Tokyo année zéro

Du même auteur
chez le même éditeur

1974
1977
1980
1983
GB 1984

David Peace

Tokyo année zéro

Traduit de l'anglais
par Daniel Lemoine

Collection dirigée par
François Guérif

Rivages/Thriller

Retrouvez l'ensemble des parutions
des Éditions Payot & Rivages sur

www.payot-rivages.fr

Titre original : *Tokyo Year Zero*
(Faber and Faber, London)

106, boulevard Saint-Germain – 75006 Paris

ISBN : 978-2-7436-1748-6

Pour mes enfants

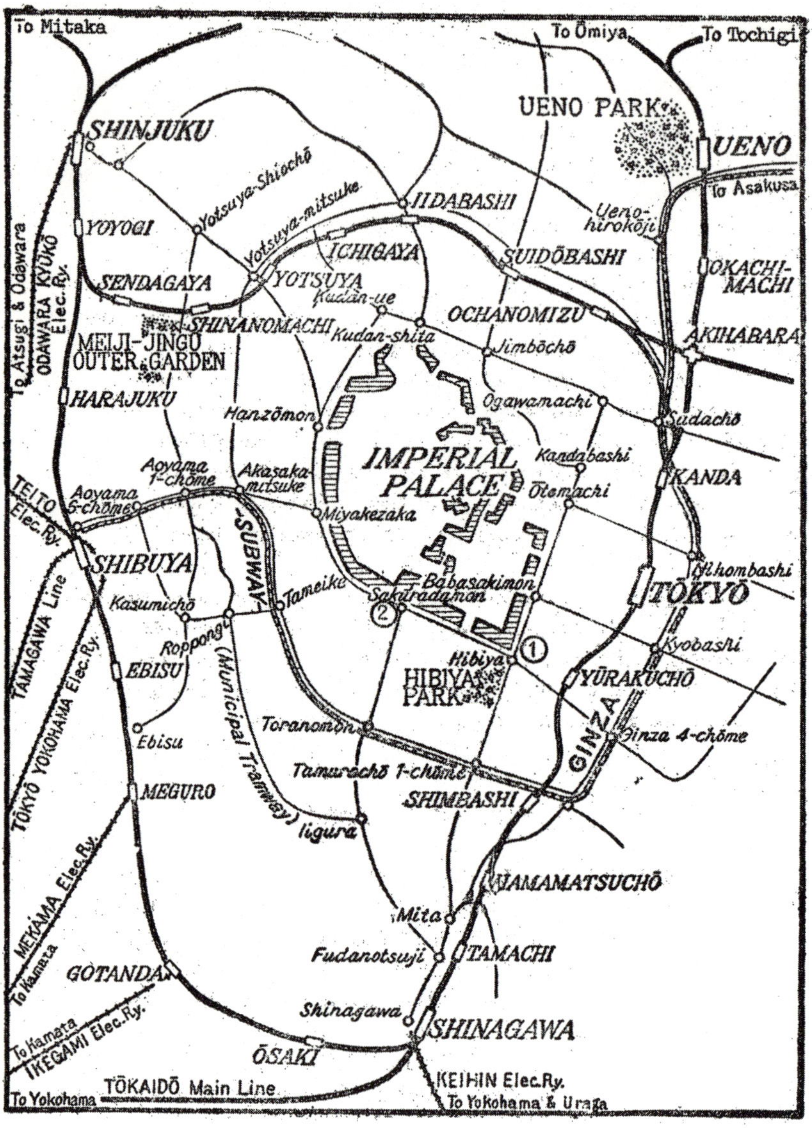

Légende :

1. Bâtiment du quartier général.
2. Police métropolitaine.

Pour les mots suivis d'un astérisque, se référer au Glossaire en fin d'ouvrage, p. 357.

51. Défaite

« La main qui prenait le stylo s'était mise à trembler.
Il bavait.
Son esprit ne s'éclaircissait un peu qu'après une dose de 0,8 de Véronal.
Mais seulement pendant une demi-heure ou une heure.
Jour après jour, il vivait dans cette pénombre.
La lame coupa, sabre mince en guise de canne. »

Akutagawa Ryūnosuke, *Vie d'un idiot*, 1927

PROLOGUE

je gis parmi les cadavres. **Une Calmotine, deux**. Des centaines, des milliers. Feuilles mortes poussées par la brise d'automne. Je tente de lever la tête, mais je ne peux pas. Mouches et moustiques s'abattent sur moi. Je veux les chasser de la main, mais je ne peux pas. Des nuages bas et sombres roulent dans le ciel. *Le moment est venu de dévoiler l'essence véritable de la nation.* Hier soir, entre minuit et l'aube, entre la retraite et la défaite, la pluie a tout détrempé, et même si l'orage est passé, de nouvelles trombes d'eau tombent sur les cadavres et sur mon visage. Ma tête est engourdie, mes pensées les ombres fugaces du délire. Des images de ma femme et de mes enfants passent devant mes yeux, parmi les cadavres. **Dix Calmotine, onze**. Sous l'avant-toit du temple Zōjōji. *Ô partons, si bravement, vers la victoire.* Mon fils a un petit drapeau à la main. Ma fille en tient aussi un dans la sienne. *Puisque nous avons promis et laissé notre pays derrière nous.* Mes parents sont là. Mes condisciples, mes camarades de l'équipe de base-ball du lycée, les collègues qui ont obtenu leur diplôme en même temps que moi. *Qui peut mourir sans avoir véritablement fait ses preuves ?* Chacun lève bien haut une grande banderole, toutes portent mon nom, toutes devant la porte de la Triple Délivrance. *Chaque fois que j'entends les clairons de notre armée qui avance, je ferme les yeux et vois les vagues innombrables de drapeaux qui nous emportent vers la bataille.* Il y a des autocars pleins d'écolières en excursion. *La terre et sa flore brûlent tandis que nous parcourons inlassablement les plaines.* L'horloge sonne midi quand mon camion arrive à la porte de la Triple Délivrance. *Le Soleil levant sur les casques.* Le camion s'arrête devant la porte et je saute à terre. *Et, alors que nous caressons la crinière de nos chevaux, qui sait ce que demain apportera... la vie ?* Je regarde la foule, les banderoles et les drapeaux, et je salue. Le signal du départ retentit. *Ou la mort dans la bataille ?* **Vingt Calmotine, vingt et une**. Les images de visages chers flottent dans un océan de drapeaux tandis que les montagnes pâlissent, que les rivières reculent, et nous agitons nos drapeaux jusqu'à l'épuisement, sur les vagues de l'océan. *Nous partons pour la Sibérie.* Dans le canal de Shimonoseki, les eaux grouillent de transports de troupes et de cargos. *Nous partons pour Dairen.* Je gis parmi les cadavres, corps mouillés et air fétide. *Nous partons pour Shanghai.* Deux niveaux de mauvaises couchettes dans les cales. *Nous partons pour Canton.* Les hommes crient, les hommes applaudissent quand Yamazaki récite *Le Mouchoir ensanglanté de la colline de Kioi.* Nouveaux cris, nouveaux applaudissements quand Shimizu raconte l'histoire de *Konya, la putain.* Je t'aime, je t'aime, je t'aime, dit Konya à son client. La cloche du dîner retentit. Les chevaux de guerre entassés dans la cale hurlent, leurs côtes visibles. Le treuil à vapeur hisse leurs cadavres dans des barques. Sur leurs couchettes, les hommes serrent plus fort leur *sennin-bari*, leur ceinture de mille points, touchent les amulettes et les talismans cousus sur la soie. Les *Huit Myriades de divinités* et un *Bouddha de trois mille mondes.* Je gis parmi les cadavres, un bouddha de dix centimètres entre les mains. Les balles ne peuvent pas toucher celui qui le tient, a dit mon père. La guerre de Shino, la révolte des Boxers et la Guerre russe sans une égratignure. Sacs de pièces de cinq ou dix *sen*, gilets de seiche séchée, à chacun son amulette. *Comme nous sommes loin de notre pays.* Le bateau transportant les troupes fend laborieusement l'océan noir. *C'est le pays de Mandchourie, loin, très loin de chez moi.* Je gis parmi les cadavres et je les écoute

Quinzième jour du huitième mois de la vingtième année de l'ère Shōwa

Tokyo, 32°, beau

« *Inspecteur Minami ! Inspecteur Minami ! Inspecteur Minami !* »

J'ouvre les yeux. *Hors de rêves qui ne m'appartiennent pas.* Je me redresse sur ma chaise, derrière mon bureau. *De rêves dont je ne veux pas.* Mon col est mouillé, mon costume tout entier humide. Mes cheveux me démangent. Ma peau me démange...

« *Inspecteur Minami ! Inspecteur Minami !* »

L'inspecteur Nishi décroche les rideaux du black-out, des rais lumineux et chauds d'aube et de poussière emplissent le bureau alors que le soleil se lève derrière les fenêtres zébrées de papier collant...

« *Inspecteur Minami !*

– Tu as dit quelque chose ? » je demande.

Nishi secoue la tête. Nishi répond : « Non. »

Je regarde fixement le plafond. Rien ne bouge dans la lumière vive. Les ventilateurs sont arrêtés. Pas d'électricité. Les téléphones sont silencieux. Pas de lignes. Les toilettes sont bouchées. Pas d'eau. Rien...

« Kumagaya a été touché pendant la nuit, dit Nishi. On parle d'une fusillade au Palais...

– Donc je ne rêvais pas ? »

Je sors mon mouchoir. Il est vieux et sale. Je m'essuie à nouveau la nuque. Puis je m'essuie le visage. Et je fouille dans mes poches...

On distribue du cyanure de potassium aux femmes, aux enfants et aux vieillards, car il paraît que le récent remaniement ministériel annonce la fin de la guerre, la fin du Japon, la fin du monde...

Nishi montre une petite boîte et demande : « C'est ce que vous cherchez ? »

Je lui arrache la boîte de Muronal des mains. Je regarde son contenu. *Suffisant.* Je la fourre dans la poche de ma veste...

Sirènes et alertes pendant toute la nuit ; Tokyo torride et noire, cachée et tremblante ; nuit et jour : rumeurs de nouvelles armes, peur de nouvelles bombes ; Hiroshima, puis Nagasaki, Tokyo ensuite...

Bombes qui signifient la fin du Japon, la fin du monde...

Pas de sommeil. Seulement des rêves. Pas de sommeil. Seulement des rêves...

Nuit et jour, c'est pourquoi je prends ces cachets...

Voilà ce que je me dis, nuit et jour...

« Ils étaient par terre », dit Nishi.

J'acquiesce. Je demande : « Tu as une cigarette ? »

Nishi secoue la tête. *Je le maudis.* La ration suivante ne sera distribuée que dans cinq jours. *Que dans cinq jours...*

La porte du bureau s'ouvre...

L'inspecteur Fujita entre à grands pas dans la pièce. L'inspecteur Fujita a un *communiqué de police* à la main. Fujita dit : « Désolé, encore de mauvaises nouvelles... »

Il lance le communiqué sur mon bureau. Nishi le prend...

Nishi est jeune. Nishi est enthousiaste. Trop jeune...

« Il émane du poste de Shinagawa, dit-il tout en lisant. Un corps découvert dans des circonstances suspectes au dortoir des femmes du Dépôt de vêtements de la marine de Dai-Ichi...

– Un instant, dis-je. Tout ce qui concerne le Dépôt de vêtements de la marine relève sûrement du *Kempeitai* * ? L'affaire revient à la police militaire, pas à la police civile...

– Je sais, dit Fujita. Mais Shinagawa demande des inspecteurs de la police criminelle. En fait, je regrette vraiment de l'avoir... »

Personne ne veut se charger d'une affaire. Pas aujourd'hui. Pas maintenant...

Je me lève. Je prends mon chapeau...

« Venez, dis-je à Fujita et Nishi. On trouvera quelqu'un d'autre. On se débarrassera de l'affaire. Vous verrez... »

Je sors de notre bureau, prends le couloir principal de la Première division criminelle de la police métropolitaine de Tokyo ; parcours le quartier général de la police, de pièce en pièce, de bureau en bureau, de porte en porte...

De porte en porte. *Personne.* De bureau en bureau. *Personne.* De pièce en pièce. *Personne.* Tout le monde évacué ou absent...

Personne ne veut se charger d'une affaire. Pas aujourd'hui...
Seulement Fujita, Nishi et moi, aujourd'hui...
Je jure. Je jure. Je jure...
Je m'immobilise dans le couloir. Je demande à Nishi : « Où est Kita ?
– Tous les directeurs ont été convoqués pour une réunion à sept heures... »
Je sors ma montre de ma poche. Il est plus de huit heures...
« Sept heures ? je répète. Donc ce sera peut-être aujourd'hui ?
– Vous n'avez donc pas écouté les informations de neuf heures, hier soir ? demande-t-il. L'Empereur doit parler à la radio aujourd'hui à midi... »
Je mange des glands. Je mange des feuilles. Je mange des mauvaises herbes...
« De quoi ? je demande...
– Je ne sais pas, mais toute la nation a reçu l'ordre de trouver un poste de radio afin de pouvoir écouter...
– Donc *c'est* aujourd'hui, dis-je. Rentrez chez vous ! Tuez vos enfants ! Tuez votre femme. Puis suicidez-vous !
– Non, non, non », dit Nishi...
Trop jeune. Trop enthousiaste...
« Si on y va, intervient Fujita, passons au moins par Shimbashi pour prendre des cigarettes...
– C'est une très bonne idée, dis-je. De toute façon, il n'y a pas de voiture pour nous...
– Allons à Shinagawa par la ligne Yamate, dit-il. Prenons notre temps, marchons lentement et espérons qu'on arrivera trop tard...
– Si la ligne Yamate fonctionne, dois-je lui rappeler...
– Comme je l'ai dit, insiste Fujita, prenons notre temps. »
Nous descendons l'escalier, Fujita, Nishi et moi, franchissons les portes, sortons du quartier général par l'arrière, sur le flanc de l'immeuble qui tourne le dos au parc du Palais impérial...
Qui donne sur les ruines du ministère de la Justice.
De Sakuradamon, le chemin le plus court pour Shimbashi consiste à traverser le parc Hibiya, ce parc qui n'est plus un parc...
Arbres noirs d'hiver dans la lumière blanche, torride, de l'été...
« Même si nous sommes vaincus dans la bataille, dit Nishi, les montagnes et les rivières demeurent. Le peuple demeure... »
Socles sans statues, piliers sans portails...
« Le héros Kusunoki a promis de vivre et de mourir sept fois pour sauver le Japon, affirme-t-il. Nous ne pouvons pas faire moins... »
Pas de feuilles. Pas d'arbustes. Plus d'herbe...

« Il faut continuer le combat, insiste-t-il, même si nous devons nous nourrir d'herbe, manger de la terre et vivre dans les champs... »

Seulement des arbres nus d'hiver...

« Avec nos sabres brisés et nos flèches épuisées, dis-je. Nos cœurs brûlés par le feu, rongés par les larmes... »

Dans la lumière blanche et torride de l'été.

Nishi sourit. « Exactement. »

La lumière blanche et torride...

Nishi dans une oreille et, maintenant, le rythme martial de la musique militaire d'un camion sonorisé dans l'autre, tandis que nous quittons le parc qui n'est pas un parc, prenons des rues qui ne sont pas des rues, passons devant des immeubles qui ne sont pas des immeubles...

Ô partons, si bravement, vers la victoire / Puisque nous avons promis et laissé notre pays derrière nous...

Immeubles dont il ne reste que la façade, où il n'y a plus que le ciel là où devraient se trouver les fenêtres et les plafonds...

Qui peut mourir sans avoir véritablement fait ses preuves ? / Chaque fois que j'entends les clairons de notre armée qui avance...

La hauteur des mauvaises herbes qui poussent çà et là, parmi les montagnes noires de briques brisées, indique la date à laquelle ces immeubles ont cessé d'être des immeubles...

Je ferme les yeux et vois les vagues innombrables de drapeaux qui nous emportent vers la bataille...

Les briques brisées, les cheminées solitaires et les coffres-forts métalliques qui ont défoncé les planchers quand ces immeubles ont brûlé, nuit après nuit...

Je ferme les yeux et vois les vagues innombrables de drapeaux qui nous emportent vers la bataille...

Nuit après nuit, depuis le onzième mois de l'année dernière, sirène après sirène, bombe après bombe...

Le Soleil levant sur les casques / Et, caressant la crinière de nos chevaux...

Bombe après bombe, incendie après incendie, immeuble après immeuble, quartier après quartier, jusqu'au moment où il n'y a plus de quartier et plus de ville, plus de Tokyo...

Qui sait ce que demain apportera... la vie ?

Seulement les survivants, maintenant...

Ou la mort dans la bataille ?

Cachés sous les gravats, vivant dans les ruines, trois ou quatre familles par cabane de tôle rouillée et de bois de récupération, ou dans les gares et les stations de métro...

Ceux qui ont de la chance...

« Il faut continuer le combat, répète l'inspecteur Nishi. Car si nous ne continuons pas le combat, l'Empereur lui-même sera exécuté et les femmes japonaises seront systématiquement violées, afin que la prochaine génération japonaise ne soit pas japonaise... »

Je le maudis...

Sous les poteaux télégraphiques dressés comme des pierres tombales, dans ces rues qui ne sont pas des rues, nous marchons et Nishi continue de divaguer...

« Nous livrerons notre dernier combat dans les montagnes de Nagano, sur le Maizuruyama, sur le Minakamiyama, sur le Zōzan ! »

Il y a des gens dans ces rues qui ne sont plus des rues, des gens qui ne sont pas des gens, des fantômes épuisés dans les files d'attente du début de la matinée, acharnés attendant un repas devant des restaurants improvisés dans d'anciens cinémas aux affiches remplacées par des slogans...

Nous sommes tous des soldats sur le front de l'intérieur...

Le camion sonorisé est parti et, avec lui, cette chanson que nous entendons chaque jour depuis sept ans : *Roei no Uta**...

Seulement la voix de Nishi, maintenant...

« Tous les hommes de moins de soixante-cinq ans, toutes les femmes de moins de quarante-cinq ans prendront une lance de bambou et marcheront...

« Pour défendre notre Japon bien-aimé... »

Je m'arrête au milieu de cette rue qui n'est pas une rue, je saisis le col de l'uniforme de la défense civile de Nishi et je le pousse contre un mur noirci par le feu, un mur noirci par le feu sur lequel est écrit...

Entraidons-nous avec le sourire...

« Retourne au poste, inspecteur », lui dis-je...

Il bat des paupières, la bouche ouverte, puis hoche la tête...

Je l'éloigne du mur noir...

« Je veux m'assurer que l'un d'entre nous au moins pourra écouter l'allocution radiophonique de l'Empereur, lui dis-je. Tu pourras ensuite nous raconter ce qu'il aura dit si nous ne pouvons pas l'entendre, Fujita et moi... »

Je lâche son col...

Nishi hoche à nouveau la tête.

« Tu peux disposer », je lui crie, et Nishi se met au garde-à-vous, salue puis s'incline...

Et il s'en va.

« Merci beaucoup, blague l'inspecteur Fujita.

– Nishi est très jeune, dis-je.

– Jeune et très enthousiaste...

– Oui, dis-je. Oui, mais je ne crois pas que notre vieil ami Matsuda Giichi l'enthousiasmerait...

– Tout à fait juste », dit Fujita alors que nous reprenons notre chemin dans ces rues qui ne sont pas des rues, entre des immeubles qui ne sont pas des immeubles...

Dans cette ville qui n'est pas une ville...

Jusqu'à Shimbashi, Tokyo.

Des files de soldats déchargent deux camions de l'Armée impériale chargés de caisses en bois devant les bureaux provisoires de Matsuda Giichi et de ses associés, qui se trouvent dans un terrain vague situé derrière la gare de Shimbashi ; Matsuda Giichi supervise en personne...

Vendeurs et acheteurs sont tous compagnons d'armes...

Matsuda Giichi, en costume de soie neuf, debout sur une caisse, un panama dans une main et un cigare d'importation dans l'autre...

Le nouvel Empereur de Tokyo...

Matsuda sourit quand il nous voit, Fujita et moi...

Le seul homme souriant de Tokyo...

« Je croyais que vous étiez tous partis pour les montagnes, blague-t-il. Le dernier combat de la race japonaise et tout ça...

– Que contiennent les caisses ? je demande...

– L'inspecteur ne dort jamais, hein ? dit Matsuda. Mais il faudrait peut-être, tous les deux, que vous pensiez à changer de branche...

– Que contiennent les caisses ? je répète.

– Des casques de l'armée, répond-il.

– Tu n'envisages pas de participer à l'effort de guerre, n'est-ce pas ?

– C'est un peu tard, répond-il. De toute façon, j'ai fait ma part sur le continent... même si personne ne m'a remercié. Mais le passé est le passé et je vais désormais aider notre pays à se redresser...

– Très patriotique, dis-je. Mais nous n'avons pas encore perdu. »

Matsuda regarde sa montre, sa montre neuve d'importation, et hoche la tête.

« Pas encore, vous avez parfaitement raison, inspecteur. Mais avez-vous vu les colonnes de fumée qui s'élèvent au-dessus de nombreux immeubles officiels... ? »

Nous secouons la tête, Fujita et moi.

« Elles indiquent qu'ils brûlent leurs dossiers et leurs archives. C'est la fumée de la capitulation...

« La fumée de la défaite. »

Deux nouveaux camions de l'armée s'arrêtent. Les klaxons retentissent. Matsuda dit : « Je regrette de me montrer impoli, mais comme vous le voyez, messieurs, je suis très occupé aujourd'hui. Vouliez-vous quelque chose en particulier ? Un nouvel emploi, par exemple ? Un nouveau nom ? Une nouvelle vie ? Un nouveau passé... ?

– Seulement des cigarettes, répondons-nous simultanément, Fujita et moi.

– Allez voir Senju », répond Matsuda Giichi.

Nous le remercions, Fujita et moi...

« Senju est derrière. »

Nous nous inclinons, Fujita et moi...

Et je le maudis.

Nous allons, Fujita et moi, derrière les bureaux provisoires de Matsuda, jusqu'à l'entrepôt bricolé devant lequel se trouve son lieutenant...

Torse nu, un sabre court dans son fourreau dans la main droite, Senju Akira supervise le déchargement d'un autre camion...

Des cartons de Chrysanthème Impérial...

Je demande : « Où vous en êtes-vous procuré une telle quantité ?

– Ne posez jamais cette question à un policier, blague Senju. Ceux qui savent savent et ceux qui ne savent pas ne savent pas...

– Qu'est-ce que ton patron va faire de tous ces casques ? je lui demande.

– Rien ne se perd, tout se transforme, répond Senju avec un sourire. On a vendu des casseroles à l'armée pour qu'elle fabrique des casques, aujourd'hui elle nous vend des casques pour qu'on fabrique des casseroles...

– Pouvez-vous nous vendre des Chrysanthème ? demande Fujita.

– Ne me dites pas que vous avez effectivement du liquide », dit Senju.

Nous secouons la tête, Fujita et moi.

« Putains de flics, soupire Senju Akira en donnant cinq paquets de cigarettes à chacun d'entre nous. Pires que les voleurs... »

Nous le remercions et nous nous inclinons.

Et nous le maudissons et nous le maudissons...

Nous partageons une allumette à l'ombre...

Dans l'ombre qui n'est pas l'ombre...

Nous fumons et nous poursuivons notre chemin...

À la gare de Shimbashi, des agents en uniforme fouillent les paquets et les ballots à la recherche de produits de contrebande...

Les sacs à dos et les poches, en quête de cigarettes provenant du marché noir...

Nous sortons notre carte, Fujita et moi, et nous nous identifions...

La gare et le quai sont déserts, le train de la ligne Yamate presque vide...

Le soleil monte, la température augmente. Je m'essuie la nuque et je m'essuie le visage...

Ça me démange et je regarde par la vitre ; le viaduc de la ligne Yamate est désormais le point culminant de l'essentiel de Tokyo, océan de gravats dans toutes les directions, sauf à l'est...

Le port et l'autre océan, le vrai.

Les agents en uniforme de la salle d'accueil du poste de police de Shinagawa nous attendent ; deux d'entre eux sont chargés de nous conduire sur les quais...

Le premier s'appelle Uchida, l'autre Murota...

Sur les lieux du crime...

« Ils croient que c'est peut-être une femme appelée Miyazaki Mitsuko, nous annoncent-ils tandis que nous marchons, le souffle court et couverts de transpiration comme des chiens au soleil. Cette Miyazaki était originaire de Nagasaki, avait été transférée à Tokyo pour travailler au Dépôt de vêtements de la marine et vivait donc dans le dortoir des ouvrières... »

Le soleil chauffe nos chapeaux...

« En mai, elle a obtenu une permission, afin d'aller voir sa famille à Nagasaki. Cependant elle n'est jamais arrivée dans cette ville, n'a pas réapparu au travail ni au dortoir... »

Le quartier empeste...

« Presque toutes les ouvrières ont maintenant quitté le dortoir parce que le Dépôt de vêtements de la marine ne fonctionne plus. Cependant de nombreux vols se sont produits dans les bâtiments et le gardien, aidé de son assistant, fouillaient puis sécurisaient les installations... »

Il empeste l'huile et la merde...

« Ils sont descendus dans un abri antiaérien, un de ceux qui n'ont pas été utilisés depuis un moment, et c'est alors qu'ils... »

Il empeste la retraite...

« Ont trouvé le corps nu d'une femme... »

La capitulation...

Ce quartier d'usines et de dortoirs, d'usines concentrées sur l'effort de guerre, de dortoirs occupés par des ouvriers volontaires ; usines bombardées et dortoirs évacués, bâtiments encore debout, noircis et vides...

Tels sont les lieux du crime...

Le dortoir des femmes du Dépôt de vêtements de la marine de Dai-Ichi est intact, près d'une usine dont ne subsistent que les colonnes brisées et les piliers du portail.

Ni matériel ni pièces...

Les ouvrières ont fui...

Tels sont les lieux du crime...

Deux hommes sont assis, immobiles, devant le dortoir abandonné, s'abritent du soleil dans l'ombre d'une cabane qui tient également lieu de bureau.

« Je ne comprends vraiment pas, dit le plus âgé. Je ne comprends vraiment pas. Je n'y comprends vraiment rien du tout... »

Le plus âgé est le gardien du dortoir. L'autre, plus jeune, est le technicien. C'est le technicien qui a découvert le corps et c'est le technicien qui montre les deux portes en tôle ondulée d'un abri antiaérien puis dit : « Elle est là-bas...

« Dans un placard, au fond de l'abri... »

Le soleil chauffe nos chapeaux...

Je tire les deux portes en tôle ondulée et recule immédiatement. L'odeur d'excréments humains est insupportable...

Pisse humaine. Merde humaine. Pisse humaine. Merde humaine...

Trois marches plus bas, le sol de l'abri est liquide...

Pas de l'eau de pluie ou de l'eau de mer : les conduites brisées des égouts ont déversé leur contenu dans l'abri ; une mare noire de pisse et de merde.

« Nishi nous serait bien utile, maintenant », dit Fujita.

Je me tourne vers le gardien assis à l'ombre.

« Quand est-ce arrivé ? je demande.

– Pendant les bombardements de mai, répond-il.

– Dans ce cas, comment as-tu découvert le corps ? dis-je en m'adressant au technicien.

– Grâce à ça, répond-il en levant une torche électrique.

– Apporte-la-moi. »

Le technicien se lève en marmonnant quelque chose à propos des piles, et nous tend la torche.

Je la prends brutalement.

Je sors mon mouchoir. Je le pose sur mon nez et ma bouche. Je scrute le pied des marches...

J'allume la torche...

Je passe le faisceau sur la mare d'eau noire venue des égouts, qui fait environ un mètre de profondeur ; des meubles apparaissent çà et là au-dessus de la surface. Contre le mur du fond, la porte d'un placard est ouverte...

Elle est là-bas. Elle est là-bas. Elle est là-bas...

J'éteins la torche. Je tourne le dos au trou. J'ôte mes chaussures. J'ôte mes chaussettes. Je déboutonne ma chemise...

« Vous n'allez pas descendre là-dedans, n'est-ce pas ? demande le gardien.

– C'est aussi la question que je voulais poser », blague Fujita.
Je déboutonne mon pantalon. Je l'ôte...
« Il y a des rats, là-dedans, dit le gardien. Et l'eau est contaminée. Une morsure ou une entaille et vous serez... »
Je dis : « Mais elle ne va pas sortir toute seule, n'est-ce pas ? »
Fujita déboutonne maintenant sa chemise, jure...
« Ce n'est qu'un cadavre de plus, fait-il.
– Vous aussi, dis-je aux deux agents en uniforme de Shinagawa. Un à l'intérieur, l'autre qui maintient les portes ouvertes... »
Je noue mon mouchoir sale sur mon visage...
Je remets mes chaussures. Je prends la torche...
Je descends une, deux, trois marches...
Fujita derrière moi, qui jure toujours...
« Et Nishi qui est au bureau ! »
Je sens le plancher de l'abri sous l'eau qui m'arrive aux genoux. J'entends les moustiques et je perçois la présence des rats...
De l'eau jusqu'à la taille, je me dirige vers le placard...
Mes chaussures glissent, mes jambes trébuchent...
Mon genou heurte le coin d'une table...
J'espère avec ferveur que c'est un bleu, un bleu, pas une entaille...
J'atteins l'extrémité opposée de l'abri...
J'atteins les portes du placard.
Elle est dedans. Dedans...
Je l'aperçois en tirant les portes, mais elles sont coincées, des meubles submergés l'emprisonnent, bloquent les battants...
Linspecteur Fujita tient la torche tandis que nous dégageons, l'agent en uniforme et moi, les chaises et les tables une par une...
Une par une jusqu'au moment où les portent pivotent...
Les portes pivotent et *la voilà...*
Corps gonflé par endroits, percé à d'autres...
Des morceaux de chair ici, seulement des os là...
Ses cheveux pendent sur son crâne...
Dents écartées comme si elle allait parler...
Murmurer : *Je suis là...*
L'agent en uniforme tient la torche tandis que nous prenons le corps, *froid ici*, Fujita et moi, que nous le transportons puis le sortons de l'eau noire, *chaud là*, que nous gravissons les marches humides, *dur ici*, sortons...
À l'air libre, *doux là*, au soleil...
Le souffle court et transpirant comme des chiens...
Fujita, l'agent en uniforme et moi sur le dos dans la poussière, le corps nu et en voie de décomposition entre nous...

Gonflé, percé, chair et os, cheveux et dents...
Je me sers de ma veste pour m'essuyer, me sécher...
Je fume une Chrysanthème...
Je me tourne vers les deux hommes assis à l'ombre, le gardien et le technicien, puis je dis : « Vous avez indiqué à ces deux agents qu'il s'agissait peut-être du corps de Miyazaki Mitsuko... »
Chair et os, cheveux et dents...
Le gardien acquiesce.
« Pourquoi avez-vous dit ça? je demande. Pourquoi le croyez-vous?
– Eh bien, c'était un peu bizarre, répond-il. Qu'elle soit partie et ne soit pas revenue. Qu'elle ne soit pas allée chez elle, qu'elle ne soit pas rentrée ici...
– Mais des milliers de personnes ont disparu, intervient Fujita. Qui sait combien de gens ont été tués dans les bombardements?
– Oui, reconnaît le gardien. Mais elle est partie après les premiers bombardements de l'usine et elle n'est jamais arrivée à Nagasaki...
– Qui affirme cela? je demande. Ses parents?
– Peut-être ont-ils menti, dit Fujita, pour que leur fille ne retourne pas à Tokyo... »
Le gardien hausse les épaules. Le gardien dit : « Si elle est vraiment retournée à Nagasaki, elle est sûrement morte de toute façon... »
Je termine ma cigarette. Je montre de la tête le corps gisant dans la poussière et je demande : « Vous est-il possible d'affirmer que c'est elle? »
Le gardien regarde les restes du cadavre. Il détourne le regard. Il secoue la tête...
« Pas dans l'état où elle est, répond-il. Je me souviens seulement qu'elle avait une montre avec son nom gravé dessous. Son père la lui avait offerte quand elle était partie s'installer à Tokyo. Elle en était très fière... »
Fujita pose à nouveau son mouchoir sur sa bouche.
Il s'accroupit. Il secoue la tête.
Il n'y a pas de montre au poignet du cadavre...
Je montre l'abri antiaérien de la tête et je dis à l'inspecteur Fujita : « Elle est peut-être restée là-dedans...
– Oui, répond-il, mais elle n'y est peut-être pas non plus.
– Et vous, je demande au technicien, la connaissiez-vous? »
Le technicien secoue la tête : « Je ne travaillais pas encore ici.
– Il a commencé en juin, intervient le gardien. Et on a vu Miyazaki ici pour la dernière fois fin mai. »

Je demande : « Vous souvenez-vous des dates exactes ? »

Il incline la tête. Il ferme les yeux. Il plisse les paupières. Puis il ouvre les yeux et secoue la tête...

« Je suis désolé, dit-il, mais je perds la notion du temps... »

J'entends un moteur. J'entends une jeep...

Je pivote sur moi-même tandis que la voiture approche...

C'est un véhicule de la police militaire.

C'est le *Kempeitai.*

La jeep s'arrête et deux *kempei** en descendent, armés chacun d'un pistolet et d'un sabre. Ils sont accompagnés de deux hommes d'âge mûr, qui portent le brassard de l'association de quartier...

J'ai envie de l'applaudir. Le *Kempeitai.* J'ai envie de l'acclamer...

Personne ne veut se charger d'une affaire. Pas aujourd'hui. Pas en ce moment...

Le corps a été découvert sur une propriété appartenant à l'armée ; c'est sa propriété, c'est son cadavre, c'est son affaire.

Nous avançons, l'inspecteur Fujita et moi. Fujita s'incline profondément...

Ces deux kempei *ressemblent beaucoup à Fujita et à moi ; le plus âgé a presque cinquante ans, l'autre presque quarante...*

Nous nous présentons, l'inspecteur Fujita et moi...

Je suis devant un miroir. Je me vois...

Nous nous excusons d'avoir pénétré sur une propriété de l'armée...

Mais ce sont des soldats, nous ne sommes que des policiers...

Ils s'inclinent à leur tour, brièvement...

C'est leur ville, leur année...

Le plus jeune indique que son aîné est le capitaine Muto et qu'il est lui-même le caporal Katayama...

Je suis devant un miroir...

Je m'incline une nouvelle fois, fais mon rapport aux deux *kempei*, et les deux représentants de l'association de quartier restent assez près pour pouvoir entendre ce que je dis...

Heures et dates. Lieux et noms...

Je termine mon rapport et m'incline une nouvelle fois...

Ils jettent un coup d'œil sur leur montre.

Le capitaine Muto, l'aîné des deux *kempei*, se dirige vers le cadavre gisant dans la poussière. Immobile, il scrute le corps pendant quelques instants, puis se tourne vers Fujita et moi...

« Il faudra qu'une ambulance de l'hôpital universitaire Keiō vienne chercher ce cadavre. Il faudra que le docteur Nakadate, de Keiō, effectue l'autopsie du corps... »

Nous acquiesçons, Fujita et moi...

C'est leur cadavre, leur affaire...

Mais le capitaine Muto se tourne vers les deux agents en uniforme et dit : « Retournez à Shinagawa, demandez à l'hôpital universitaire Keiō d'envoyer immédiatement une ambulance et au docteur Nakadate de se tenir prêt à effectuer l'autopsie. »

Uchida et Murota, les deux agents en uniforme, acquiescent, saluent puis s'inclinent profondément devant le *kempei*...

Nous le maudissons, Fujita et moi...

Plus d'échappatoire, maintenant...

Du bras, le capitaine Muto montre le gardien et le technicien, puis nous demande : « Lequel de ces deux hommes travaille ici ?

– Les deux », je réponds.

Le capitaine Muto braque l'index sur le technicien et crie : « Technicien, va chercher une couverture ou quelque chose d'approchant, ainsi que tous les vieux journaux que tu pourras trouver. Et ne traîne pas ! »

Le technicien entre en courant dans le bâtiment.

L'aîné des *kempei* jette un nouveau coup d'œil sur sa montre et demande au gardien : « As-tu un poste de radio ?

– Oui, répond-il, dans notre cahute.

– L'Empereur va bientôt prononcer une allocution et tous les citoyens du Japon ont reçu l'ordre de l'écouter. Va t'assurer que ton poste de radio est réglé sur la bonne station et fonctionne correctement. »

Le gardien acquiesce. Le gardien s'incline. Le gardien se dirige vers sa cabane, croise le technicien qui revient avec une couverture grise grossière et une pile de vieux journaux...

Le jeune *kempei* se tourne vers Fujita et moi, puis dit : « Posez le cadavre sur les journaux puis recouvrez-le avec la couverture, afin que l'ambulance puisse l'emporter... »

Nous nouons une nouvelle fois, Fujita et moi, notre mouchoir sur notre nez et notre bouche, puis nous nous mettons au travail, étalons les journaux puis installons le corps, que nous recouvrons partiellement avec la couverture...

Ce n'est plus notre affaire...

Mais le technicien s'adresse, nerveux, au jeune *kempei*. Le technicien baisse humblement la tête, marmonne puis acquiesce, montre du doigt un endroit et un autre en réponse aux questions de l'officier...

La conversation arrive à son terme.

Le caporal Katayama se dirige à grands pas vers son supérieur et dit : « D'après cet homme, de nombreux vols se sont produits dans notre propriété et il soupçonne qu'ils ont été commis par les ouvriers coréens logés dans le bâtiment qui se trouve là-bas... »

Le jeune *kempei* montre du doigt un immeuble de trois étages, noirci par le feu, qui se dresse au-delà du dortoir...

« Ces ouvriers sont-ils supervisés ? demande l'aîné. Ou bien peuvent-ils aller et venir librement ?

– Il paraît qu'ils ont fait l'objet d'une surveillance jusqu'à fin mai, répond le technicien. Puis ceux qui étaient jeunes et forts ont été envoyés dans le nord, pour y travailler, et les vieux, les faibles, sont restés ici.

– Travaillent-ils ?

– Ils devraient théoriquement nous aider à réparer les bâtiments, mais ils sont trop malades ou les matériaux font défaut, donc, en général, ils restent à l'intérieur... »

Le capitaine Muto, l'aîné des *kempei*, qui ne cesse de regarder sa montre, désigne d'un geste brusque tous les bâtiments des alentours et crie : « Je veux que tous ces bâtiments soient fouillés ! »

Nous avons fini, Fujita et moi, de disposer le corps sur les journaux. Je ne suis pas certain que le capitaine Muto veuille que nous fouillions. Fujita ne bouge pas...

Mais le capitaine aboie...

« Vous deux, prenez ce dortoir ! »

Ce n'est plus notre affaire...

Nous le saluons, Fujita et moi. Nous nous inclinons devant lui. Puis nous entrons à grands pas dans le bâtiment...

Je jure. Fujita jure...

« Et Nishi qui est au bureau ! »

Le détective Fujita prend le dernier étage. Je prends le premier. Les planches noueuses du parquet grincent. *Toc-toc.* Porte après porte. Pièce après pièce. Toutes les pièces exactement semblables...

Tatamis effilochés et usés. Fenêtre unique et rideau de black-out. Minces cloisons vertes et papier peint à motif de chrysanthème, humide et décollé...

Toutes les pièces vides, abandonnées.

Le bout du couloir. La dernière pièce. La dernière porte. *Toc-toc.* Je tourne la poignée. J'ouvre...

Mêmes vieux tapis. La fenêtre unique. Même rideau de black-out. Les cloisons minces. Même papier peint décollé...

Une autre pièce vide.

Je marche sur les tapis. Je tire le rideau. Le soleil éclaire une spirale d'insecticide, partiellement brûlée, posée sur la table basse...

Puanteur de pisse. Puanteur de merde...

Pisse humaine et merde humaine...

J'ouvre le placard intégré au mur et un vieillard est accroupi parmi les draps, le visage caché dans un futon...

Je m'accroupis. Je dis : « N'aie pas peur... »

Il lève la tête et me regarde ; le visage du vieillard est plat, ses lèvres sont crevassées et entrouvertes, elles dévoilent des dents jaunes cassées, tachées de crasse...

Il empeste la pisse et la merde...

Le vieillard est coréen...

Je jure et je jure...

C'est un *Yobo* *.

« Félicitations ! »

Je me retourne ; le caporal Katayama, le jeune *kempei*, se tient dans l'encadrement de la porte et Fujita, derrière lui, secoue la tête...

« Conduis-le en bas ! » ordonne le *kempei*.

Je regarde fixement le caporal Katayama...

Je suis face à un miroir...

« Vite ! » aboie-t-il.

Le vieillard cache à nouveau son visage dans les draps, ses épaules tremblent, il marmonne et gémit...

« Je n'ai rien fait ! Je vous en prie... »

Son souffle est nauséabond, pourri...

Je le prends par les épaules, l'éloigne des draps, le tire hors du placard ; le vieillard se tortille, résiste...

« Je n'ai rien fait ! Je vous en prie, je veux vivre !

– Aide-le ! » ordonne le caporal à Fujita.

Nous traînons le vieillard hors du placard, Fujita et moi, hors de la pièce, par les épaules, par les bras, puis nous l'entraînons dans le couloir, sur le parquet ; nous tenons maintenant chacun un bras...

Le tronc et les jambes de l'homme obliques...

Ses pieds traînent...

Le *kempei* suit, le sabre dans une main, frappe de sa chaussure la plante des pieds du vieillard, lui assène des coups du plat de son sabre pour le faire avancer plus vite...

L'escalier...

La lumière...

« C'est *lui* ! s'écrie le technicien. C'est lui !

– Va chercher deux pelles ! ordonne l'aîné des *kempei*, et le technicien se précipite dans la cabane qui fait office de bureau...

– Vous deux, amenez le suspect ici. »

Nous conduisons, Fujita et moi, le vieux Coréen jusqu'à l'endroit où se tient le capitaine Muto, dans l'ombre de l'autre dortoir...

Dans les ombres...

Le gardien revient avec deux pelles. Le capitaine Muto lui en prend une et la donne au technicien. De la tête, il indique un endroit qui avait peut-être été un parterre de fleurs, puis peut-être un carré de légumes, mais n'est plus maintenant que terre tassée, dure, tachée de noir.

« Creusez », dit-il.

Le gardien et le technicien se mettent au travail, puis le gardien, déjà trempé de sueur, dit : « Il a fait un trou dans la cloison pour pouvoir espionner les ouvrières pendant leur toilette... »

Le technicien s'essuie le crâne puis la nuque et ajoute : « On l'a surpris et on l'a tabassé, mais...

« Mais il revenait toujours...

« Il ne pouvait pas s'en empêcher... »

Le capitaine Muto désigne un endroit situé juste devant celui où les hommes creusent. Le capitaine nous ordonne, à Fujita et à moi, de placer le vieux Coréen devant le trou...

Le vieillard bat simplement des paupières...

Sa bouche est ouverte.

Nous poussons, Fujita et moi, le Coréen vers l'endroit indiqué, son corps oscille comme de la gelée de riz. Je lui dis : « Tu n'as pas de raison de t'inquiéter. Reste simplement là pendant que nous réglerons le problème... »

Mais le vieux Coréen nous regarde tous successivement...

Les deux *kempei*, les représentants de l'association de quartier, le gardien, le technicien...

L'inspecteur Fujita et moi...

Le cadavre gisant sur les journaux, partiellement caché sous la couverture...

Je suis ici...

Puis le Coréen regarde à nouveau le sol ouvert, le trou que le gardien et le technicien creusent, puis il tente de fuir, mais nous nous emparons de lui, Fujita et moi, et nous l'immobilisons, corps secoué de tremblements et visage grimaçant quand il crie : « Je ne veux pas être tué ! Je n'ai rien fait ! Je vous en prie, je veux vivre !

– Ferme-la, *Yobo* ! dit quelqu'un.

– Mais je n'ai rien fait...

– Dans ce cas, pourquoi viens-tu de tenter de t'enfuir, *Yobo* ? demande le capitaine Muto. Au Japon, les innocents ne prennent pas la fuite.

– Je vous en prie, ne me tuez pas ! S'il vous plaît !

– Tu mens, sale *Yobo* !

– Ferme-la ! » crie le jeune *kempei* *, qui montre le cadavre sous la couverture, le cadavre qui gît dans la poussière et sous le soleil, près des portes en tôle ondulée de l'abri antiaérien, et demande au vieux Coréen : « As-tu violé cette femme ? »

Le vieux Coréen regarde une nouvelle fois le corps gisant sur les journaux, sous la couverture...

Gonflé et percé...

« As-tu tué cette femme ? »

Il secoue la tête...

Chair et os...

Le capitaine Muto avance. L'aîné des *kempei* gifle le Coréen. « Réponds, *Yobo* ! »

Le Coréen garde le silence.

« Ce *Yobo* est de toute évidence un criminel, dit le capitaine Muto. Ce *Yobo* est de toute évidence coupable. Il n'y a rien de plus à dire... »

Le vieillard nous regarde à nouveau ; les deux *kempei*, les représentants de l'association de quartier, le gardien, le technicien, l'inspecteur Fujita et moi ; le vieillard secoue une nouvelle fois la tête...

Mais tous les yeux sont maintenant fixés sur le sabre du capitaine Muto, le sabre militaire brillant du *kempei*...

Le sabre dégainé, nu...

La lame levée très haut...

Tous nos regards se tournent lentement vers un point situé au-dessus des épaules du vieux Coréen...

Un point...

« C'est l'heure ! » crie soudain le jeune *kempei*.

Le gardien se précipite dans la cabane faisant office de bureau en criant : « L'allocution de l'Empereur ! L'allocution de l'Empereur ! »

Tout le monde se tourne vers le bureau, puis à nouveau vers le capitaine Muto. Le *kempei* baisse son sabre...

« Emmenez le *Yobo* près du poste de radio », crie-t-il en se dirigeant à grands pas vers la cabane du gardien...

Et tout le monde le suit...

S'immobilise en demi-cercle devant la fenêtre ouverte de la cabane faisant office de bureau...

Pour écouter la radio...

Écouter une voix...

Sa voix...

Une voix terne, triste et tremblante...

À nos bons et loyaux sujets...

La voix d'un dieu à la radio...

Ô partons, si bravement, vers la victoire / Puisque nous avons promis et laissé notre pays derrière nous...

J'entends à nouveau les accents de cette chanson diffusée par le camion sonorisé, les accents de *Roei no Uta*, et la voix d'un dieu à la radio...

« Après avoir mûrement réfléchi à la direction générale que prend le monde et à l'état réel de notre Empire aujourd'hui, nous avons décidé de mettre un terme à notre situation actuelle grâce à une mesure extraordinaire... »

Qui peut mourir sans avoir véritablement fait ses preuves ? / Chaque fois que j'entends les clairons de notre armée qui avance...

Les accents de la chanson, la voix du dieu et la chaleur torride du soleil sur nos chapeaux et nos têtes...

« Nous avons ordonné à notre gouvernement d'indiquer aux gouvernements des États-Unis, de la Grande-Bretagne, de la Chine et de l'Union soviétique que notre Empire accepte les termes de leur déclaration commune... »

Je ferme les yeux et vois les vagues innombrables de drapeaux qui nous emportent vers la bataille...

Les accents de la chanson, la voix d'un dieu, la chaleur torride du soleil et les représentants de l'association de quartier à genoux, la tête entre les mains, qui sanglotent déjà...

« La volonté d'assurer la prospérité et le bonheur de toutes les nations ainsi que la sécurité et le bien-être de nos sujets est l'obligation solennelle héritée de nos ancêtres impériaux, qui est chère à notre cœur. En réalité, nous avons déclaré la guerre à l'Amérique et à la Grande-Bretagne suite à un désir sincère d'assurer la protection du Japon et la stabilisation de l'Extrême-Orient, sans aucune intention d'attenter à la souveraineté d'autres nations ou d'annexer des territoires. Mais la guerre dure maintenant depuis presque quatre ans. Bien que chacun ait fait de son mieux : ardeur au combat des forces militaires et navales, diligence et assiduité des serviteurs de notre État, dévouement de nos cent millions de sujets, le cours de la guerre ne s'est pas nécessairement révélé favorable au Japon, tandis que les tendances générales du monde se sont toutes tournées contre ses intérêts. En outre, l'ennemi a recouru à une bombe nouvelle d'une cruauté extrême, dont la puissance destructrice est véritablement incalculable et qui prélève un très lourd tribut de vies innocentes. Si nous poursuivions le combat, cela n'entraînerait pas seulement l'effondrement et la disparition de la nation japonaise, mais conduirait également à l'extinction totale de

la civilisation humaine. Si tel était le cas, comment sauverions-nous nos millions de sujets et comment nous ferions-nous pardonner par les esprits sacrés de nos ancêtres impériaux ? C'est pourquoi nous avons ordonné l'acceptation des termes de la déclaration commune des puissances... »

La terre et sa flore brûlent / Tandis que nous parcourons inlassablement les plaines...

La chanson, la voix et la chaleur torride ; les hommes à genoux, la tête entre les mains, qui sanglotent et gémissent...

« Nous ne pouvons qu'exprimer nos plus profonds regrets aux nations d'Extrême-Orient qui n'ont cessé de collaborer avec l'Empire en vue de l'émancipation de l'Extrême-Orient. La pensée des officiers et des hommes, ainsi que de ceux qui sont tombés sur le champ de bataille, de ceux qui sont morts au poste que leur assignait leur devoir, ou de ceux qui ont connu une mort prématurée en laissant derrière eux une famille en deuil fait souffrir notre cœur nuit et jour. Le sort des blessés et de ceux qui ont été victimes de la guerre, ainsi que celui de ceux qui ont perdu leur maison et leurs moyens de subsistance, font l'objet de notre profonde sollicitude. Les difficultés et les souffrances auxquelles notre nation sera désormais confrontée seront certainement grandes. Nous avons une conscience aiguë de vos sentiments les plus profonds, vous, nos sujets. Toutefois, c'est conformément aux exigences du temps et du destin que nous avons résolu d'ouvrir la voie d'une paix grandiose à toutes les générations à venir en acceptant ce qu'on ne peut supporter et en souffrant ce qu'on ne peut endurer... »

Le Soleil levant sur les casques / Et, caressant la crinière de nos chevaux...

Chanson omniprésente, voix omniprésente, chaleur torride omniprésente ; les hommes à genoux qui gémissent, se lamentent, couchés sur le sol maintenant, pleurent dans la poussière...

« Ayant pu protéger et maintenir la structure de l'État impérial, nous sommes toujours à vos côtés, vous, bons et loyaux sujets, comptant sur votre sincérité et votre intégrité. Veillez strictement à ne pas céder à des débordements d'émotion susceptibles d'engendrer des complications inutiles, à la querelle ou la compétition fraternelles susceptibles de créer la confusion, de vous détourner du chemin et de vous faire perdre la confiance du monde... »

Qui sait ce que demain apportera... la vie ?

La chanson arrive à son terme, la voix arrive à son terme, le ciel s'obscurcit ; pleurs et plaintes de cent millions de personnes blessées, portés par le vent dans une nation arrivant à son terme...

« Puisse la nation tout entière se perpétuer comme une famille, de génération en génération, toujours ferme dans la conviction du caractère impérissable de sa terre divine, consciente du lourd fardeau de ses responsabilités et du long chemin qu'elle doit parcourir. Unissez toutes vos forces et consacrez-les à la construction de l'avenir. Cultivez la droiture, chérissez la noblesse de l'esprit, et travaillez avec opiniâtreté afin de renforcer la gloire propre à l'État impérial et de participer au progrès du monde. »

Ou la mort au combat ?

C'est fini et c'est maintenant le silence, seulement le silence jusqu'au moment où le technicien demande : « Qui était-ce, à la radio ?

– L'Empereur en personne, répond Fujita.

– Ah bon ? Qu'est-ce qu'il a dit ?

– Il a lu un décret impérial, répond Fujita.

– Mais de quoi parlait-il ? » demande le technicien et, cette fois, personne ne répond, personne jusqu'au moment où je dis :

« C'était pour finir la guerre...

– Alors on a gagné... ? »

Seulement le silence...

« On a gagné...

– Ferme-la ! » crie le capitaine Muto, l'aîné des *kempei.*

Je me tourne vers lui, m'incline et m'excuse...

Ses lèvres bougent toujours mais aucun mot ne les franchit, des larmes roulent sur ses joues quand il approche la lame du sabre de son visage, la lame épaisse réfléchissant le soleil couchant...

Ses yeux des taches rouges sur le blanc...

Il fixe la lame...

Fasciné.

Il quitte la lame des yeux et nous regarde successivement, puis il se tourne vers le vieux Coréen, qui est toujours parmi nous.

« Avance ! » crie-t-il au Coréen...

« Retourne là-bas, *Yobo* ! »

Mais le vieux Coréen reste immobile et secoue la tête...

« Avance ! Avance ! » crie à nouveau le *kempei*, qui pousse le Coréen en direction du trou...

Lui donne des coups de pied, le pique avec son sabre...

« Face au trou, *Yobo* ! Face au trou ! »

Le Coréen nous tourne le dos...

Le sabre est à nouveau levé très haut...

Yeux, taches rouges sur le blanc...

L'homme supplie maintenant...

Le soleil couchant...

Il supplie et tombe, bascule en avant dans un frisson tandis qu'une vague glacée court dans mes bras et mes jambes...

Le sabre s'est abattu...

Sang sur la lame...

Une plainte désespérée, stridente, s'échappe de la bouche du vieux Coréen...

Mon sang glacé...

« Qu'est-ce que vous faites ? crie l'homme. Pourquoi ? Pourquoi ? »

Le *kempei* maudit le Coréen. Il frappe l'arrière de ses jambes du pied et le Coréen tombe dans le trou...

Il y a une entaille de trente centimètres sur l'épaule droite de l'homme, là où le sabre du *kempei* l'a frappé, et le sang de la plaie imbibe son costume civil marron d'ouvrier...

« À l'aide ! Je vous en supplie, à l'aide ! À l'aide ! »

Il griffe frénétiquement la terre, hurle sans discontinuer, encore et encore...

« Je ne veux pas mourir !

« À l'aide ! À l'aide ! »

Mais le capitaine Muto a baissé son sabre militaire ensanglanté. Il fixe le vieux Coréen au fond du trou...

Chaque fois que le Coréen tente de remonter, l'officier le repousse du pied...

Le sang s'écoule de son corps...

Sur la terre et dans le trou...

« À l'aide ! » hoquète l'homme.

Le capitaine *kempei* se tourne alors vers le gardien et le technicien, il ordonne : « Enterrez-le ! »

Le gardien et le technicien reprennent leurs pelles et remettent la terre dans le trou, sur l'homme, de plus en plus vite, enterrent ses cris...

Dans le trou...

Jusqu'au moment où ils cessent...

Silence, maintenant...

Ma main droite tremble, mon bras droit et, à présent, mes deux jambes...

« Inspecteur Minami ! Inspecteur Minami ! Inspecteur Minami ! »

Je ferme les yeux. *Des yeux qui ne sont pas les miens.* Des larmes brûlantes coulent de ces yeux. *Des yeux dont je ne veux pas...*

J'essuie les larmes, encore et encore...

« Inspecteur Minami ! Inspecteur Minami ! »

J'ouvre enfin ces yeux.

« *Inspecteur Minami !* »

Des drapeaux tombent sur le sol, mais ces drapeaux ne sont pas des drapeaux, ces bâtiments pas des bâtiments, ces rues pas des rues...

Car cette ville n'est pas une ville, ce pays pas un pays...

Je mange des glands. Je mange des feuilles. Je mange des mauvaises herbes...

La voix d'un dieu à la radio...

Terne et triste...

Tout est difforme...

Les cieux un abîme...

Le temps est fracturé...

L'enfer est notre séjour...

Ici, maintenant...

Dix minutes après midi, le quinzième jour du huitième mois de la vingtième année du règne de l'empereur Shōwa...

Mais cette heure n'a pas de père, cette année n'a pas de fils...

Ni mère, ni fille, ni épouse ni maîtresse...

Car c'est l'heure zéro, l'année zéro...

Tokyo année zéro.

I

LA PORTE DE CHAIR

pleurer. **Trente Calmotine, trente et une.** À mon père : j'espère que tu vas bien. Nous débarquons demain. Je ferai de mon mieux, comme tu le souhaites. À ma femme : le grand moment est venu. Pour moi, il n'y a pas de lendemain. Je sais parfaitement à quoi tu penses, chère épouse. Mais sois calme et sereine. Prends soin de nos enfants. À mon fils : Masaki, mon chéri, ton papa va bientôt combattre les soldats chinois. Te souviens-tu du grand sabre que ton grand-père m'a donné ? Avec lui, je vais trancher, transpercer et abattre les soldats ennemis, comme ton héros, Iwami Jutaro. Ton père rapportera en souvenir, à ton intention, une épée et un casque d'acier chinois. Mais Masaki, mon chéri, je veux que tu sois sage, comme toujours. Sois gentil avec ta maman, ta grand-mère et tes professeurs. Aime ta sœur et étudie afin de devenir un grand homme. Je vois ta petite silhouette qui agite un petit drapeau dans son petit poing. Papa chérira toujours cette image dans son esprit. Masaki, Banzai* ! Papa, Banzai ! **Quarante Calmotine, quarante et une**. Un brouillard épais cache tout, hormis la gare de chemin de fer. Ombres de maisons chinoises, échos de voix chinoises. *Tout est jaune*. Nous sentons maintenant les fleurs d'acacia, nous voyons les drapeaux frappés du Soleil levant. *Tout est kaki*. Des patrouilles sont envoyées en éclaireur, des sentinelles sont postées. Telle unité à l'usine de pâtes, telle unité à l'usine d'allumettes. *Les Chinetoques volent les Japonais*. Les soldats font la cuisine et le ménage. *Les Chinetoques violent les Japonaises*. Les soldats gardent et patrouillent. *Les Chinetoques assassinent les Japonais*. Les soldats construisent des fortifications. *Les Chinetoques volent les Japonais*. Barbelés et barricades dans toute la ville. *Les Chinetoques violent les Japonaises*. Tous les Chinois sont contrôlés à tous les carrefours. *Les Chinetoques assassinent les Japonais*. Il y a des sacs de sable et il y a des barrages routiers. D'autres unités arrivent. Il y a toujours du sable, il n'y a jamais d'eau. D'autres unités arrivent. Toujours de la poussière et toujours de la crasse. D'autres unités arrivent. Ça me démange et je me gratte. *Gari-gari* *. Au service de jour succède le service de nuit. Ça me démange et je me gratte. *Gari-gari*. Les paillasses sont déchirées, les punaises affamées. Ça me démange et je me gratte. *Gari-gari*. Là, parmi les cadavres, je ne peux pas dormir. *Baïonnette au canon*. J'entends leurs hurlements. *Fusils chargés*. J'entends leurs supplications. *Les Chinetoques volent les Japonais*. Les patrons japonais ne paient pas leurs ouvriers chinois. *Les Chinetoques violent les Japonaises*. Les ouvriers chinois se plaignent à leurs patrons japonais. *Les Chinetoques assassinent les Japonais*. Les patrons insèrent des aiguilles à coudre entre la chair et les ongles des doigts de leurs ouvriers. *J'entends leurs hurlements*. Les patrons enfoncent les aiguilles dans l'annulaire, le majeur et l'index. *J'entends leurs supplications*. Les patrons japonais font désormais ce qu'ils veulent. *J'ai été impertinent, paresseux et mauvais*. Les ouvriers sont battus avec des fouets en cuir mouillé. *C'est un avertissement*. Les ouvriers sont pendus aux branches des arbres. *J'ai été impertinent*. **Cinquante Calmotine, cinquante et une**. Un enfant chie derrière une haie de paille de sorgho. Des charrettes à une roue filent dans la rue. *C'est la ville du vol*. Une femme aux pieds bandés se hâte. Les roues uniques grincent sous le poids de sacs de jute énormes. *Dans cette ville du viol*. Des coolies couleur de poussière fouillent les épluchures de cacahouète et les écorces de pastèque. Les voiles en forme de rhombe des barques se gonflent et disparaissent. *Dans cette ville de l'assassinat*. Des ânes aux longues oreilles conduisent une longue procession funéraire

15 août 1946

Tokyo, 32,5°, nuageux

Ton-ton. Ton-ton. Ton-ton. Ton-ton. Ton-ton. Ton-ton...*

Bruit des coups de marteau et des coups de marteau...

Ton-ton. Ton-ton. Ton-ton. Ton-ton...

J'ouvre les yeux et je me souviens...

Ton-ton. Ton-ton. Ton-ton.

Je compte au nombre des survivants...

De ceux qui ont de la chance...

Je sors mon mouchoir. J'essuie mon visage. J'essuie mon cou. J'écarte les cheveux qui tombent sur mes yeux. Je regarde ma montre...

Chiku-taku. Chiku-taku. Chiku-taku.*

Il est dix heures; il n'est que dix heures...

Seulement quatre heures ont passé, il en reste huit, puis Shinagawa et Yuki. Trois ou quatre heures là, puis Mitaka, ma femme et mes enfants. Tenter de leur apporter des provisions, de leur apporter quelque chose à manger, n'importe quoi. Manger puis dormir, essayer de dormir. Puis retour ici demain à six heures...

Chiku-taku. Chiku-taku. Chiku-taku.

Douze heures de plus dans cette étuve...

J'essuie la sueur sur le col de ma chemise. J'essuie la sueur sur mes paupières. Je regarde la longue table. Trois hommes à ma gauche, deux hommes à ma droite et trois chaises vides...

Fujita absent. Ishida absent. Kimura absent...

Cinq hommes qui s'essuient la nuque et s'essuient le visage, qui grattent leurs piqûres d'insectes et chassent les moustiques de la main, qui délaissent leur travail et tournent les pages de leurs journaux ; des journaux qui ne parlent que du premier anniversaire de la capitulation, des progrès de la réforme et du développement de la démocratie ; des journaux qui ne parlent que du tribunal militaire international, du jugement des Vainqueurs et du châtiment des Vaincus...

Tous les jours, tous les jours, tous les jours...

Nous tournons les pages de nos journaux et pensons à la nourriture...

Tous les jours, tous les jours, tous les jours...

Et nous attendons, attendons encore...

Tous les jours, tous les jours...

Les téléphones ne peuvent pas sonner, les ventilateurs électriques ne peuvent pas tourner. Chaleur torride et transpiration. Mouches et moustiques. Crasse, poussière et bruit ; vacarme incessant des coups de marteau, coups de marteau, coups de marteau...

Ton-ton. Ton-ton. Ton-ton. Ton-ton. Ton-ton...

Je me lève. Je vais à la fenêtre. Je lève le store...

Ton-ton. Ton-ton. Ton-ton. Ton-ton...

Trois étages au-dessus de Sakuradamon, je regarde Tokyo...

Ton-ton. Ton-ton. Ton-ton...

Le Palais à gauche, le quartier général à droite...

Ton-ton. Ton-ton...

Sous un ciel bas de typhoïde...

Ton-ton...

La capitale de la Shōwa morte, les Vaincus à quatre pattes, les Vainqueurs dans leurs camions et leurs jeeps...

Aucune résistance ici.

Une porte s'ouvre. Je me retourne : Kimura se tient dans l'encadrement...

Un peu plus de vingt ans. Rapatrié du Sud. Ici depuis seulement trois mois et déjà plus le membre le plus récent de notre brigade, la brigade numéro deux...

Kimura, debout de l'autre côté de la table, me regarde fixement ; mi-méprisant, mi-déférent, une feuille de papier à la main...

Idiot. Idiot. Idiot. Idiot. Idiot. Idiot. Idiot...

Mon estomac se crispe, ma tête me lance...

Idiot. Idiot. Idiot. Idiot. Idiot. Idiot...

Kimura me tend la feuille sur laquelle est indiqué *Communiqué interne* et dit : « Il s'agit peut-être d'un meurtre, inspecteur Minami. »

Au sein du service, une seule voiture est en état de marche. Elle n'est pas disponible. Donc nous allons à pied, comme nous allons partout à pied. On nous promet des voitures, comme on nous promet des téléphones, des pistolets, des stylos, du papier, un meilleur salaire, la sécurité sociale et des vacances, mais chaque jour, nous découpons, dans de vieux pneus de bicyclette, des semelles que nous clouons sous nos chaussures afin de pouvoir marcher, marcher, marcher, marcher, marcher encore...

Hattori, Takeda, Sanada, Shimoda, Nishi, Kimura et moi...

Ton-ton. Ton-ton. Ton-ton. Ton-ton. Ton-ton...

Dans la chaleur torride, parmi les mouches et les moustiques...

Ton-ton. Ton-ton. Ton-ton. Ton-ton...

Du quartier général de la police métropolitaine au parc de Shiba...

Ton-ton. Ton-ton. Ton-ton...

Sans veste, sans chapeau. Mouchoirs et éventails sortis...

Ton-ton. Ton-ton...

Sakurada-dōri et la montée jusqu'à Atago...

Ton-ton...

L'inspecteur Nishi a le communiqué interne à la main. Nishi le lit à haute voix tandis que nous marchons : « Cadavre nu d'une femme non identifiée découvert à neuf heures trente ce matin, 15 août 1946, à Nishi-Mukai Kannon Zan, 2 parc de Shiba, arrondissement de Shiba. Corps signalé au poste de police du parc de Shiba à neuf heures quarante-cinq. Corps signalé au poste de police d'Atago à dix heures quinze. Corps signalé au quartier général de la police à onze heures...

« Ils ont pris leur temps, ajoute-t-il. Deux heures se seront écoulées quand on verra le corps. Qu'est-ce qu'ils fichaient, à Atago... ?

– Il va pas s'envoler, blague l'inspecteur Hattori.

– Va dire ça aux larves et aux mouches, réplique Nishi.

– Pas de voitures. Pas de bicyclettes. Pas de téléphone. Pas de télégraphe, répond Hattori. D'après toi, qu'est-ce que les gars d'Atago y peuvent ? »

Nishi secoue la tête. Nishi garde le silence.

Je m'essuie la nuque. Je jette un nouveau coup d'œil sur ma montre.

Chiku-taku. Chiku-taku. Chiku-taku.

Il est presque onze heures trente ; seulement onze heures trente...

Cinq heures et demie passées, il en reste six et demie. Puis Shinagawa et Yuki. Trois ou quatre heures là, puis Mitaka, ma femme et mes enfants. Manger puis dormir, essayer de dormir. Puis retour ici demain à six heures...

Chiku-taku. Chiku-taku. Chiku-taku...

Si ce n'est pas un meurtre...

« C'est plus rapide par ici », dit Nishi et nous nous frayons un chemin sur les collines de gravats, dans les cratères de poussière, jusqu'à Hibiya-dōri, près d'Onarimon...

Ton-ton. Ton-ton.

Deux très jeunes agents du poste de police d'Atago, dans leur uniforme mal ajusté et poussiéreux, nous attendent. Ils s'inclinent et saluent, ils nous souhaitent la bienvenue et s'excusent, mais je n'entends pas un mot de leurs propos.

Ton-ton. Ton-ton. Ton-ton. Ton-ton. Ton-ton...

Les deux agents en uniforme nous précèdent dans la direction opposée aux coups de marteau, dans les jardins du temple...

Arbres énormes calcinés, racines dressées vers le ciel...

Il ne reste pas grand-chose du temple Zōjōji, qui a brûlé lors des bombardements de mai, l'année dernière...

Branches noircies et feuilles disparues...

Les deux agents en uniforme nous précèdent dans la cendre et sur la pente, hors du soleil et dans l'ombre ; tombes oubliées, ici, dans ce lieu envahi par la végétation, où les chemins ont disparu : avoine sauvage aussi haute qu'un homme et aussi dense que les nuages d'insectes ; dans ce lieu de renards et de blaireaux, de rats et de corbeaux, de chiens abandonnés, en meutes, qui ont pris goût à la chair humaine...

Dans ce lieu de rendez-vous secrets...

De prostituées et de suicidaires...

Ce lieu de silence...

Ce lieu de mort...

Elle est là...

Dans cette clairière où les hautes herbes ont été aplaties, où le soleil l'a trouvée, *elle est là* ; sur le dos, nue, la tête légèrement sur la gauche, le bras droit tendu, le gauche contre le flanc, *elle est là* ; jambes écartées et genoux fléchis, *elle est là...*

Probablement une vingtaine d'années et vraisemblablement morte depuis une dizaine de jours...

Namu-amida-butsu. Namu-amida-butsu. Namu-amida...*

Il y a un morceau de tissu rouge autour de son cou...

Namu-amida-butsu. Namu-amida-butsu...

Ce n'est pas un suicide. C'est un meurtre...

Namu-amida-butsu...

Notre affaire...

Je la maudis...

Je regarde ma montre. *Chiku-taku.* Il est presque midi...

Chiku-taku. C'est le quinze août 1946...

La défaite et la capitulation. Le dépôt des armes et l'occupation. Tous les fantômes sont là, aujourd'hui...

Je la maudis. Je me maudis...

Une année a passé.

Dans les hautes herbes, un vieillard est à genoux, la tête baissée, et marmonne ses prières, une hache posée par terre devant lui...

« *Namu-amida-butsu*, psalmodie le vieil homme. *Namu-amida...*

– Cet homme a découvert le corps », déclare un des agents en uniforme.

Je m'accroupis près du vieillard. Je tente d'écraser un moustique avec mon chapeau. Je le manque. Je m'essuie la nuque. Je dis : « Il fait très chaud, n'est-ce pas ? »

Le vieillard cesse de psalmodier. Le vieillard hoche la tête.

« Cet homme est bûcheron, indique l'agent en uniforme.

– Et vous avez découvert le corps ? » je demande à l'homme.

Le vieillard hoche à nouveau la tête.

« Vous l'avez découvert exactement comme ça ? »

Il acquiesce.

« Êtes-vous sûr que vous n'avez pas trouvé aussi des vêtements, un sac, un porte-monnaie ou quelque chose d'autre près d'elle ? »

Il secoue la tête.

« Vous n'avez pas caché ses affaires dans l'intention de les vendre plus tard, n'est-ce pas ? Vous n'avez pas mis une partie de ses affaires à l'abri pour revenir les chercher plus tard ? »

Il secoue une nouvelle fois la tête.

« Pas sa carte de rationnement ? »

Le vieillard me regarde. Le vieillard répond : « Non. »

J'acquiesce et je lui tapote le dos. Je m'excuse et je le remercie. Je remets mon chapeau et je me redresse...

Je la vois du coin de l'œil...

Les inspecteurs Hattori, Takeda, Sanada et Shimoda sont assis à l'ombre des arbres, leur panama à la main, s'éventent et s'essuient, tentent d'écraser les mouches et les moustiques...

Dans l'ombre avec les morts de la Shōwa...

Les deux agents d'Atago dansent d'un pied sur l'autre, d'un pied sur l'autre ; les inspecteurs Nishi et Kimura sont toujours debout près du cadavre, le regardent toujours, m'attendent...

Dans cette ville des morts...

Je me dirige vers le corps...

Elle est là...

« J'en étais sûr, dit Kimura. Je savais que ce serait un meurtre.

– C'était sûrement une putain, ajoute Nishi.

– J'en doute », lui dis-je. Leur dis-je à tous les deux.

« Mais les prostituées fréquentent cet endroit, insiste Nishi. Nous savons que celles de Shimbashi y conduisent leurs clients... »

Je scrute le corps, le corps gris pâle en décomposition, les jambes écartées, les genoux fléchis...

« Cette femme a été violée, leur dis-je. Pourquoi violerait-on et tuerait-on ensuite une prostituée ?

– Si on n'a pas d'argent, dit Kimura. Il y a beaucoup d'hommes misérables et désespérés...

– Dans ce cas, il suffit de la violer et de l'abandonner, de la tabasser si on ne peut pas s'en empêcher, mais elle n'ira pas se plaindre...

– Sauf si elle savait qui c'était, dit Nishi. Si elle connaissait son nom...

– Il nous faut découvrir son nom à elle, leur dis-je à tous, à mes hommes et à ceux d'Atago. Et il faut que nous retrouvions ses vêtements ainsi que tout ce qu'elle avait éventuellement sur elle.

– Un instant ! » aboie une voix, derrière moi, et tout le monde se met au garde-à-vous, s'incline, salue...

Je me retourne. *Je connais cette voix.* Je m'incline et je salue. *Je connais bien ce visage.* Je salue l'inspecteur chef Adachi...

Adachi, Anjo, Ando, quel que soit le nom qu'il porte cette semaine ; il a changé de nom et il a changé d'emploi, d'uniforme et de grade, de vie et de passé ; il n'est pas le seul...

Personne n'est qui il prétend être...

Personne n'est qui il paraît être...

Derrière lui se tiennent Suzuki, photographe de la Première division, et deux hommes en blouse blanche de l'hôpital universitaire Keiō avec un cercueil en bois léger...

Tous transpirent.

Adachi montre Suzuki du doigt et dit : « Écartez-vous et laissez cet homme faire son travail, ensuite les deux autres pourront emporter le corps. »

Tout le monde recule dans les hautes herbes, entre les arbres plus hauts encore, regarde Suzuki charger sa pellicule et commencer sa tâche...

Clic-clic-clic. Clic-clic-clic...

Je jette un coup d'œil sur ma montre...

Chiku-taku.

Douze heures trente.

Tout est perdu ; il y aura une réunion de tous les chefs de service de la Première division ; il y aura les rapports, verbal et écrit ; il y aura la nomination du responsable, la délégation de pouvoir, la répartition des tâches, de l'enquête et de l'évaluation ; de nouvelles heures perdues dans des pièces torrides...

« Pas de chance que ta brigade soit tombée sur cette affaire, dit Adachi. Vingt et un jours d'affilée. Pas de congé. Vous êtes tous coincés ici, à Atago, certains que vous ne résoudrez jamais l'affaire, que vous ne la classerez jamais, certains que tout le monde s'en fiche, mais certains aussi qu'un échec de plus figurera dans votre dossier...

– Ce sera donc exactement comme l'affaire Matsuda Giichi », je dis.

L'inspecteur Adachi approche son visage du mien...

Personne n'est qui il prétend être...

« Cette affaire est classée, caporal », crache-t-il.

Les gens ne sont pas qui ils paraissent être...

Je fais un pas en arrière. Je baisse la tête. Je m'excuse.

« Il te manque deux hommes », dit Adachi.

Je baisse une nouvelle fois la tête. Je m'excuse une nouvelle fois.

« Où est l'inspecteur Fujita ? »

Nouvelle inclinaison de la tête, nouvelles excuses.

« Ce n'est pas une réponse, dit Adachi. Simplement une constatation. »

Le photographe a terminé son travail. *La terre, sous elle, est tassée et plus sombre.* Les deux hommes de l'hôpital Keiō ont soulevé le corps. *La terre est infestée d'insectes.* Les hommes de Keiō ont posé le corps dans le cercueil en bois. *Elle est rigide et refuse de plier.* Les deux agents d'Atago ont été appelés en renfort et les bras ont été pliés, le couvercle mis en place puis maintenu en position avec des cordes et des nœuds, ligoté. *Elle résiste à la boîte.* Les deux hommes de l'hôpital Keiō l'ont emmenée. *Elle n'est plus là...*

Je regarde à nouveau ma montre...

Chiku-taku. Chiku-taku...

Il est presque quinze heures...

Debout sur un mur situé derrière les tombes en ruine de Tokugawa, je regarde le sommet de la colline, au-delà d'un océan d'orge sauvage et d'ormes du Japon, parsemé d'îles de lanternes et de tombes brisées ; je cherche ses vêtements ou son sac, quand je vois soudain...

Je saute dans les hautes, hautes herbes, me fraye un chemin parmi les feuilles mortes et les tiges...

Namu-amida-butsu. Namu-amida-butsu. Namu-amida...

Le tissu blanc qui ricane dans les hautes, hautes herbes...

Namu-amida-butsu. Namu-amida-butsu...

Tissu blanc autour d'os blancs...

Namu-amida-butsu...

Je me maudis une nouvelle fois !

Un autre corps...

Un second cadavre, vêtu d'un chemisier blanc à manches courtes, d'une robe-tablier jaune à rayures bleu foncé, de chaussettes roses et de chaussures en toile blanche à semelle de caoutchouc rouge ; un deuxième cadavre à dix mètres du premier ; un deuxième cadavre qui n'est plus qu'un squelette...

Parmi les mauvaises herbes et les feuilles...

Je le maudis et je maudis ce lieu...

Je jure, jure et jure...

Ce lieu d'ombre, de tombes oubliées et de chemins disparus, de renards et de blaireaux, de rats et de corbeaux, de chiens abandonnés et de chair humaine, de prostituées et de suicidaires, ce lieu de rendez-vous secrets...

Ce lieu de silence. Ce lieu de mort...

Dans ce lieu de défaite et de capitulation. Ce lieu de dépôt des armes et d'occupation. Ce lieu de fantômes...

Ce corps n'est plus que des os...

Dans ce lieu où rien ne résiste.

Il nous faut trois heures pour signaler la découverte du second cadavre au quartier général de la police métropolitaine. *Je fixe son chemisier blanc à manches courtes.* Trois heures pour qu'on envoie Suzuki photographier le second cadavre. *J'ai les yeux fixés sur sa robe-tablier jaune à rayures bleu foncé.* Trois heures pour que l'hôpital universitaire Keiō envoie une seconde ambulance chercher le second cadavre. Trois heures pour que mes hommes isolent le lieu du crime et la zone entourant le second cadavre. *Je scrute ses chaussures en toile blanche.* Trois heures pour réquisitionner, aux postes de police d'Atago, de Meguro et de Mita, les agents permettant de sécuriser la zone où les corps ont été découverts. *Leurs semelles en caoutchouc rouge.* Trois heures à transpirer et à écraser les insectes, à gratter les démangeaisons, *gari-gari*, et à scruter, debout, ce second cadavre...

Sa chair loin d'ici, emportée dans des gueules...

Je scrute les os blancs et crayeux de ses doigts...
Je scrute les os blancs et crayeux de ses mains...
De ses poignets, ses avant-bras et ses coudes...
Les os blancs et crayeux de son crâne...
Les cheveux permanentés. Les dents jaunes...
Son dernier sourire...
Les ombres sont longues, maintenant, les hautes herbes et les ormes semblent plus proches.

Le bon enquêteur se rend cent fois sur les lieux du crime. J'ai tourné le dos à cet endroit. *Le bon enquêteur sait que rien n'est dû au hasard.* J'ai quitté l'ombre pour le soleil. *Le bon enquêteur sait que l'ordre est sous-jacent au chaos.* J'ai descendu le flanc de la colline jusqu'au jardin du temple. *Le chaos recèle les réponses...*
Mais il ne reste rien du temple Zōjōji...
Arbres énormes calcinés, leurs racines dressées vers le ciel...
Rien hormis les ruines de l'antique porte de la Triple Délivrance...
Branches noircies et feuilles disparues...
Dans ces lieux désolés, debout sous l'avant-toit de la porte, je regarde l'ambulance s'éloigner...
Nous avons vu l'enfer, nous avons connu le paradis, nous avons entendu le jugement dernier et nous avons assisté à la chute des dieux...
Sous la porte de la Triple Délivrance, un chien errant essoufflé...
Mais je compte au nombre des survivants...
Sa maison disparue, son maître parti...
De ceux qui ont de la chance...
Pendant l'année du Chien.

Nouvelle longue marche pour regagner le quartier général de la police métropolitaine, marche rendue plus difficile par la crasse et la poussière des camions et des jeeps avec leurs grandes étoiles blanches et leurs grandes dents blanches...
Bruit incessant, incessant, des coups de marteau...
Ton-ton. Ton-Ton. Ton-ton...
Je frappe à la porte de Kita, le directeur. J'ouvre. Je m'excuse. Je m'incline. J'entre. Je prends ma place à la table.
Kita est assis à la tête de la table, le dos à la fenêtre dont l'encadrement a été voilé par les bombes ; Kita, *kachō** de la Première division, un homme âgé mais mince, au visage très bronzé, au crâne rasé et aux yeux durs qui ne cillent pas ; Kita, le meilleur ami de mon père...
Je ne veux pas me souvenir. Je ne veux pas me souvenir...

À sa droite, l'inspecteur chef Kanehara en compagnie d'Adachi...

Mais, dans la pénombre, je ne peux oublier...

À sa gauche, l'inspecteur Kai, responsable de la première brigade, et moi, inspecteur Minami désormais, responsable de la deuxième brigade...

Personne n'est qui il paraît être...

Le rapport du Service de la sécurité publique est sur la table. Il a été traduit en anglais, probablement par Kanehara, puis tapé. Il fait le tour de la table pour que nous signions et apposions nos sceaux...

Je sors mon stylo. Les yeux fixés sur le rapport...

Ce pourrait être Das Kapital...

Caractères romains tapés à la machine...

Mein Kampf...

Je signe.

Le rapport est rendu à l'inspecteur chef Kanehara. Kita m'adresse un signe de la tête et je commence mon rapport ; je décris l'état et l'environnement du premier cadavre à notre arrivée ; je relate ma conversation avec le bûcheron ; je laisse à Adachi le soin d'exposer ce qui concerne le photographe et l'ambulance...

« Ma déduction initiale, en présence du cadavre, a été qu'un meurtre avait été commis. J'ai par conséquent ordonné à l'inspecteur Minami et à ses hommes de fouiller avec soin la zone entourant le corps. C'est au cours de ces recherches que l'inspecteur Minami en personne a découvert le second cadavre, qui se trouvait à une dizaine de mètres du premier.

– Inspecteur Minami, s'il vous plaît...

– Comme l'a dit l'inspecteur chef Adachi, le second cadavre se trouvait à une dizaine de mètres du premier. La décomposition était très avancée, il s'agissait pratiquement d'un squelette, mais il semble que ce soit le corps d'une jeune femme. Cependant, contrairement au premier corps, il n'était pas nu mais vêtu d'un chemisier blanc à manches courtes, d'une robe-tablier jaune à rayures bleu foncé, de chaussettes roses et de chaussures en toile blanche à semelle en caoutchouc rouge. L'examen initial et l'expérience suggèrent que la mort est survenue il y a trois à quatre semaines, mais, bien entendu, l'autopsie déterminera cela avec précision. Il est clair, toutefois, que les deux femmes ne sont pas mortes en même temps.

– Croyez-vous que ces décès soient liés ? demande Kita.

– En attendant les résultats des autopsies, les seuls facteurs susceptibles de les lier sont le lieu et le sexe, dis-je. Malgré leur proximité, la nature de la végétation implique que les deux endroits ne sont pas mutuellement visibles. Comme vous le savez, un morceau de tissu était noué autour du cou du premier cadavre, ce qui nous a conduits à supposer que la mort était la conséquence d'un meurtre. Au cours de l'examen préliminaire du second corps, nous n'avons trouvé ni morceau de tissu ni indices permettant de supposer que nous étions en présence d'un meurtre. Comme nous le savons, de nombreux cadavres ont été découverts, cette année, aux alentours du parc de Shiba. Cependant, jusqu'à la découverte d'aujourd'hui, il s'est avéré qu'un seul d'entre eux était la conséquence d'un meurtre. Les autres décès étaient consécutifs au suicide ou à la maladie. »

Kita acquiesce. Kita dit : « Inspecteur chef ? »

Adachi hoche la tête à contrecœur. « Je suis d'accord avec l'inspecteur Minami.

– Dans ce cas, nous allons traiter les deux affaires séparément, dit le chef. Jusqu'au résultat des autopsies, dont nous disposerons... ?

– Après-demain, dit Adachi.

– À Keiō ou à Tokyo ?

– À Keiō...

– Par ?

– Le docteur Nakadate. »

Kanehara et Kai feignent de ne pas quitter leurs notes des yeux. Kanehara et Kai feignent de ne pas nous regarder successivement, moi, Adachi et Kita. Kanehara et Kai feignent de ne pas voir que nous nous regardons...

Je ne veux pas me souvenir. Je ne veux pas me souvenir...

« Nous n'y pouvons rien, dit Kita. Poursuivons... »

On en vient maintenant à la structure de l'enquête. La délégation de pouvoir. La répartition du travail...

« L'inspecteur Kai et la brigade numéro un enquêteront sur le premier cadavre. L'inspecteur Kai et la brigade numéro un installeront leur quartier général au poste de police d'Atago. L'inspecteur Kai sera placé sous la responsabilité de l'inspecteur chef Kanehara. »

L'inspecteur Kai s'incline. L'inspecteur Kai crie : « J'ai compris ! Merci ! Je ferai de mon mieux ! »

L'inspecteur chef Kanehara s'incline. Kanehara crie : « Merci ! Je ferai de mon mieux !

– L'inspecteur Minami et la brigade numéro deux enquêteront sur le deuxième cadavre du parc de Shiba... »

Je m'incline trop hâtivement ; cet acte suggère sans doute le soulagement, le relâchement, car le ton de Kita se fait dur.

« L'inspecteur Minami et la brigade numéro deux considéreront qu'ils enquêtent sur un meurtre. L'inspecteur Minami et la brigade numéro deux installeront également leur quartier général au poste de police d'Atago jusqu'à nouvel ordre. L'inspecteur Minami et sa brigade seront sous la responsabilité de l'inspecteur chef Adachi... »

Je le maudis. Je le maudis. Je le maudis...

Je m'incline à nouveau devant le chef. Je lui dis que j'ai compris. Je le remercie. Je lui promets de faire de mon mieux...

Donc, demain matin, la brigade numéro deux transportera ses caisses à Atago. Demain matin, notre banderole sera déroulée et hissée sur ses mâts. Demain, l'enquête commencera. Jour et nuit, nuit et jour. À partir de demain matin, il n'y aura pas de repos, pas de congé pendant vingt jours ou jusqu'à la résolution de l'affaire...

« Quelqu'un souhaite-t-il ajouter quelque chose ? demande l'inspecteur chef Kanehara. Quelqu'un souhaite-t-il clarifier quelque chose ? »

Il n'y a rien à ajouter. Rien à clarifier...

Silence, maintenant, presque...

Ton-ton. Ton-ton. Ton-ton...

« Mettez vos affaires en ordre ce soir, dit Kita. Ne laissez rien inachevé. Tout doit être réglé, s'il vous plaît. »

Le directeur tourne la tête...

Je regarde ma montre...

Chiku-taku...

Il est vingt heures trente.

Je cours, dans le couloir du quartier général de la police, jusqu'à l'escalier de derrière. Je sors par la porte de derrière. Je traverse le parc Hibiya. La nuit ne fait pas baisser la température, les mouches et les moustiques sont plus affamés que jamais...

Les *pan-pan* appellent parmi les ombres et les arbres...

Asobu... ? Asobu... ? Asobu... ? Asobu... ? Asobu... ?*

Je traverse en courant Hibiya-dōri. J'arrive au métro aérien...

Pan-pan dans les ombres et sous les voûtes...

Asobu... ? Asobu... ? Asobu... ? Asobu... ?

Je suis la voie de la ligne Yamate...

Jusqu'au marché de Shimbashi...

Asobu... ? Asobu... ?

Jusqu'à Senju Akira.

Bouilloires et casseroles. Pots et ustensiles. Vêtements et chaussures. Huile de cuisine et sauce de soja. Riz et thé. Fruits et légumes. Les étals de *kakigōri**, interminablement, encore et encore, la *Chanson de la pomme...*

Pomme rouge contre mes lèvres, ciel bleu attentif et silencieux...

Tout est posé par terre, échoppe après échoppe...

La moitié est japonaise. La moitié est étrangère. Toutes sont illégales. Mais la police est absente. Pas de Vainqueurs. Pas d'Occupants...

La pomme ne dit rien, mais ce que ressent la pomme est clair...

Ici, il n'y a qu'une loi : acheter ou être acheté. Vendre ou être vendu. Manger ou être mangé ; c'est là que viennent les cannibales...

La pomme est aimable, aimable est la pomme...

À Shimbashi, au marché de la Vie nouvelle...

Allons-nous chanter en chœur la Chanson de la pomme ?

Le marché en plein air d'autrefois a disparu. Le marché noir d'autrefois n'existe plus. C'est le marché nouveau destiné au yen japonais nouveau...

Si deux personnes chantent en chœur, c'est une chanson joyeuse...

C'est le marché de la Vie nouvelle, avec ses arcades modernes pouvant accueillir plus de cinq cents étals...

Si tout le monde chante la Chanson de la pomme...

Le rêve de Matsuda Giichi...

C'est une chanson plus joyeuse encore...

Mais Matsuda Giichi n'a pas vu son marché de la Vie nouvelle parce que deux mois auparavant, au soir du dix juin, Matsuda Giichi a été agressé et abattu dans son bureau par Nodera Tomiji, un des anciens membres de sa bande, qui avait été chassé lorsque Matsuda avait réorganisé son gang, le Kantō Matsuda-gumi, lors de sa fusion avec le gang Matsuzakaya...

Mais personne n'est certain que Nodera ait tué Matsuda...

Personne n'a vu Nodera appuyer sur la détente et tirer...

Personne n'en est certain parce que Nodera Tomiji était ivre quand des *inconnus* l'ont trouvé dans un bar de Ginza...

Et qu'il était mort quand ils l'ont quitté...

Chantons tous la Chanson de la pomme et...

Désormais, Senju Akira est le patron...

Et persuadons tout le monde de le faire...

C'est l'homme que je viens voir. C'est l'homme dont les hommes m'attendent. L'homme dont les hommes me surveillent...

Ils savent que je suis ici. Ils savent que je suis de retour...

Parmi les bouilloires et les casseroles, ils prennent position derrière moi, un de chaque côté, et me saisissent chacun un bras...

« Tu es plus brave que tu n'en as l'air, souffle l'un d'eux.

– Et plus stupide », ajoute l'autre, tandis qu'ils me poussent devant les nattes et les étals, les pots et les ustensiles, dans les passages et les ruelles, dans les ombres et sous les voûtes, jusqu'au pied d'un escalier en bois en haut duquel se trouve une porte ouverte sur laquelle est écrit : « *Syndicat des marchands ambulants de Tokyo.* »

Ils me lâchent. Ils me laissent m'essuyer le visage et m'essuyer la nuque, rentrer ma chemise dans mon pantalon et enfiler ma veste...

Impair, pair et lancez...

Un étranger descend l'escalier, un Américain à lunettes de soleil. Au pied de l'escalier, l'Américain me regarde puis détourne le regard. Il salue les hommes de Senju de la tête, puis disparaît dans les ruelles et les ombres...

Personne n'est qui il prétend être...

On n'entend pas *la Chanson de la pomme*, ici, tandis que je gravis l'escalier jusqu'à la porte ouverte, seulement les dés et sa voix...

« Tu m'apportes de bonnes nouvelles, n'est-ce pas, détective ? » crie Senju alors que je ne suis pas encore arrivé en haut de l'escalier...

Je m'arrête. Je regarde les deux gros bras. Ils rient. Je me tourne à nouveau vers la porte...

Bruit du dé qu'on lance. Impair, pair et jouez, impair, pair et jouez...

« Ne sois pas lâche, crie-t-il. Réponds, détective. »

Je me remets à monter. J'arrive en haut. *Je suis policier.* Je franchis l'encadrement de la porte, entre dans la lumière...

« Alors ? » demande Senju.

Je m'agenouille sur le tatami. Je m'incline. Je dis : « Je suis désolé. »

Senju crache son cure-dents sur la longue table basse cirée. Il tourne son ventilateur électrique neuf vers moi et secoue la tête...

« Regarde-toi, inspecteur, ironise-t-il. Tu es vêtu comme un vagabond et tu empestes le cadavre. Tu enquêtes sur des meurtres alors que tu pourrais t'enrichir, arrêter des Coréens et des Formosans, rapporter deux salaires en te faisant plaisir. Entretenir ta famille et ta maîtresse, baiser les vivants et non pas les morts...

– Je suis désolé, je répète. Je suis désolé.

– Quel âge as-tu, détective ?

– J'ai quarante et un ans.

– Dis-moi, inspecteur, combien paie-t-on un détective de quarante et un ans par les temps qui courent ?

– Cent yens par mois.

– Je te plains, ironise-t-il. Et aussi ta femme, tes enfants, ta maîtresse, vraiment. »

Je m'incline, de telle façon que mon visage touche le *tatami* et je dis : « Dans ce cas aidez-moi, je vous en prie... »

Et je le maudis ; je le maudis parce qu'il a ce dont j'ai besoin. Et je maudis Fujita ; je le maudis parce qu'il nous a présentés. Mais surtout, je me maudis moi-même ; je me maudis à cause de ma dépendance ; la dépendance qui me lie à lui...

« Tu traques les cadavres et les fantômes, dit-il. En quoi pourrais-tu m'aider ? Et si tu ne peux pas m'aider, je ne peux rien faire pour toi.

– Je vous en prie, je répète. Je vous en prie, aidez-moi. »

Senju Akira jette cinq cents yens sur la natte, devant mon visage. Senju dit : « Obtiens ta mutation dans une autre brigade ; une brigade où tu pourras apprendre des choses, des choses susceptibles de m'aider...

« Notamment qui a payé Nodera Tomiji pour tuer Matsuda, mon patron ; notamment qui a tué Nodera ; notamment pourquoi cette affaire est maintenant classée...

– Je le ferai, dis-je, puis je répète inlassablement : Merci.

– Et ne reviens que lorsque tu sauras.

– Merci. Merci. Merci.

– Maintenant dehors ! » crie-t-il.

Je m'éloigne à reculons sur la natte, puis je descends l'escalier, passe devant les gros bras, m'engage dans les ruelles, rejoins le marché...

Chanterons-nous tous la Chanson de la pomme ?

Le marché de la Vie nouvelle, à Shimbashi...

C'est le Japon nouveau...

C'est ainsi que nous vivons...

Chantons tous la Chanson de la pomme et persuadons tout le monde de le faire.

Je marchande. *Manger.* Je triche. *Travailler.* Je menace. *Manger.* Je brutalise. *Travailler.* J'achète trois œufs et quelques légumes. Il n'y a pas de poisson et il n'y a pas de viande. Il y a de nouveau un problème sur la ligne Yamate, et les trains ne fonctionnent plus en direction de Shinagawa, donc je prends le trolleybus. Il est bondé, je suis écrasé et les œufs étaient une erreur. Je descends à Tamachi puis marche ou cours jusqu'à ma destination. Les légumes dans ma poche. Les œufs dans mes mains...

Manger. Travailler. Manger. Travailler...

Il n'y a plus que ça.

J'ai attendu des heures de pouvoir m'allonger sur les vieux tatamis de sa chambre sombre, éclairée par une lampe. *Je pense sans cesse à elle.* J'ai attendu des heures de pouvoir fixer à nouveau ses paravents écaillés à motif de feuille de lys. *Je pense sans cesse à elle.* J'ai attendu des heures de pouvoir la regarder dessiner ses silhouettes à visage de renard sur ces paravents...

Je pense sans cesse à elle...

Yuki est la seule tache de couleur dans la poussière, un peigne maintenant ses cheveux en chignon. Yuki pose ses crayons, regarde fixement les trois miroirs de la coiffeuse et dit : « Je voudrais qu'il pleuve... La pluie mais pas le tonnerre, ajoute-t-elle. Je hais le tonnerre... Le tonnerre et les bombes... »

Elle me hante...

« La pluie comme il pleuvait autrefois, souffle-t-elle. La pluie comme avant. Une pluie forte, comme celle qui tombait sur le tissu huilé de la capote du rickshaw, tambourinait plus fort et plus vite sur cette capote, le noir total en dessous, lourd de l'odeur de l'huile et de la chevelure de ma mère, du maquillage de ma mère et de ses vêtements ; les visages et les voix des acteurs que nous avions vus sur scène ce jour-là, dans ces pièces interdites sur la loyauté et le devoir, ces pièces sur la chasteté et la fidélité, le meurtre et le suicide, ces visages et ces voix venaient à moi à travers le noir de la capote... »

Elle me hante depuis le jour où j'ai fait sa connaissance, dans le tonnerre et la pluie, depuis ce jour jusqu'à ce jour, à travers les bombes et les incendies, depuis ce jour jusqu'à ceci...

Yuki est allongée, nue, sur le futon. *Bombardement ! Bombardement ! C'est un bombardement !* Sa tête légèrement inclinée à droite. *Rouge ! Rouge ! Bombe incendiaire !* Son bras droit tendu. *Cours ! Cours ! Prends un matelas et du sable !* Son bras gauche contre son flanc. *Bombardement ! Bombardement ! C'est un bombardement !* Ses jambes écartées, ses genoux fléchis. *Noir ! Noir ! Voici les bombes !* Mon sperme sèche sur son ventre et ses côtes. *Pose les mains sur les oreilles ! Ferme les yeux !*

« Fais pleuvoir encore », dit-elle.

Puis elle pose sa main gauche sur son ventre. *Je pense sans cesse à elle.* Elle passe les doigts sur mon sperme. *Je pense sans cesse à elle.* Elle porte ses doigts à ses lèvres. *Je pense sans cesse à elle.* Elle lèche mon sperme et répète : « S'il te plaît, fais pleuvoir, pleuvoir comme le soir où nous avons fait connaissance... »

Elle me hante ici. Elle me hante maintenant...

Je pose un œuf et deux cents yens sur sa coiffeuse et je dis : « Je ne pourrai peut-être pas venir demain. »

Elle me hante. Elle me hante...

« Je suis une femme, souffle-t-elle. Je ne suis que larmes. »

C'est le chaos à la gare de Shinagawa. *Dans toutes les gares.* Il y a des files d'attente mais pas de billets. *Dans tous les trains.* Je me fraye un chemin jusqu'au premier rang et montre ma carte de police au contrôle. *Dans toutes les gares.* Je me fraye un chemin à bord d'un train. *Dans tous les trains.* Je suis debout, coincé parmi les gens et leurs marchandises...

Dans toutes les gares. Dans tous les trains. Dans toutes les gares. Dans tous les trains...

Le train ne bouge pas. Il reste immobile et transpire...

Finalement, au bout d'une demi-heure, le train part lentement sur la voie conduisant à la gare de Shinjuku...

Toutes les gares. Tous les trains...

À Shinjuku, je me fraye un chemin hors du wagon. Je joue des coudes sur le quai, descends un étage, en monte un autre. J'ai deux œufs dans une main, ma carte dans l'autre...

« Police ! Police !, je crie. Police ! Police ! »

Les gens se cachent les yeux et les gens serrent leur sac à dos contre eux. Les gens s'écartent quand je me hisse à bord du train de Mitaka. Je suis à nouveau serré parmi les voyageurs et leurs marchandises...

C'est ainsi que nous vivons, avec nos maisons disparues...

Je joue des coudes pour descendre du train. Je franchis le contrôle de Mitaka. Je mets les œufs dans la poche de ma veste. J'ôte mon chapeau. Je m'essuie le visage. Je m'essuie la nuque. Je meurs de soif...

Ça me démange à nouveau et je me gratte...

Gari-gari. Gari-gari...

Je suis les poteaux télégraphiques penchés, impuissants, en direction de mon restaurant habituel, à mi-chemin entre la gare et chez moi...

Une unique lanterne, dans le noir, là où il y en avait dix, vingt, trente qui illuminaient la rue, vantaient leurs plaisirs et leurs marchandises. Mais il n'y a pas d'éclairage.

Ni marchandises ni plaisirs, ici, maintenant.

J'entre. Je m'assieds au comptoir.

« Un homme vous cherchait hier soir, dit l'aubergiste. Il a posé des questions sur vous. Sur votre nouvelle adresse... »

Personne n'est qui il prétend être. Dans la pénombre...

Je hausse les épaules. Je commande du saké...

« Il n'y a plus de saké, dit l'aubergiste. Whisky ? »

Je hausse une nouvelle fois les épaules. « S'il vous plaît. »

L'aubergiste pose le verre de whisky sur le comptoir, devant moi ; il est trouble. Je le lève en direction de l'ampoule...

Je fais tourner la mixture...

« Si vous ne voulez pas le boire, dit l'aubergiste, partez. »

Je secoue la tête. Je porte le verre à mes lèvres. Je bois d'un trait...

Le liquide me brûle la gorge. Je tousse. Je lui dis : « Un autre ! »

Je vide de nombreux verres tandis que les vieillards installés au comptoir blaguent avec l'aubergiste, des blagues horribles, des blagues terribles, mais tout le monde sourit, tout le monde rit. *Ha, ha, ha, ha ! Hé, hé, hé, hé !*

Puis un vieillard se met à chanter, doucement d'abord, et de plus en plus fort, inlassablement...

Pomme rouge contre mes lèvres, ciel bleu attentif et silencieux...

Assise à la table basse, ma femme coud dans la pénombre, mes enfants dorment sous la moustiquaire et je me sens soudain trop saoul, trop saoul pour rester debout, debout face à elle, les yeux pleins de larmes...

Les deux œufs cassés dans ma poche...

Mais elle dit : « Bienvenue chez toi. »

Chez moi, où les nattes pourrissent. Chez moi, où les portes sont en lambeaux. Chez moi, où les murs penchent...

Chez moi. Chez moi. Chez moi. Chez moi. Chez moi. Chez moi...

Je m'assieds dans le *genkan**, le dos tourné à ma femme. J'ôte péniblement mes chaussures, puis je demande : « Comment vont les enfants ?

– Les yeux de Masaki vont beaucoup mieux.

– Et ceux de Sonoko ?

– Ils sont toujours enflés et enflammés.

– Tu ne l'as pas conduite à nouveau chez le médecin ?

– On les a lavés, à l'école, hier, mais l'infirmière lui a dit de rester à la maison jusqu'à ce qu'ils aillent mieux. Ils ont peur que cela se transmette au reste de la classe... »

Je me tourne vers elle et je demande : « Qu'as-tu fait aujourd'hui ?

– Nous avons fait la queue au bureau de poste pendant presque toute la matinée...

– As-tu obtenu l'argent ? Te l'ont-ils donné ?

– On nous a dit de revenir demain. Nous sommes allés au parc d'Inokashira, mais ils avaient mal aux yeux, ils avaient faim et il faisait si chaud que nous sommes rentrés avant l'heure du déjeuner...

– Avez-vous mangé aujourd'hui ?

– Oui.

– Quoi ?

– Des beignets à la pâte de haricots.

– Frais ?

– Oui.

– Combien ?

– Chacun un.

– Un pour chaque enfant et un pour toi ?

– Je n'avais pas faim.

– Menteuse ! je crie. Pourquoi mens-tu ? »

Ma femme cesse de repriser les vêtements des enfants. Elle pose son aiguille et son fil. Elle ferme sa boîte à couture. Elle s'incline légèrement et souffle : « Je suis désolée, je m'efforcerai de faire mieux. »

Je me lève. Je marche sur les nattes...

Ces nattes pourrissantes...

« Il y a eu un meurtre aujourd'hui, peut-être deux, lui dis-je. Une affaire a été attribuée à ma brigade et, comme tu le sais, cela signifie que je serai absent pendant les vingt jours qui viennent ou... »

Ma femme s'incline une nouvelle fois. Ma femme dit : « Je sais. Je comprends. »

Je sors les trois cents yens de ma poche. Je les pose sur la table et je dis : « Prends. »

Ma femme s'incline une troisième fois. Ma femme dit : « Merci.

– Ce n'est pas grand-chose, compte tenu de l'augmentation des prix, dis-je. Mais si je peux me libérer, j'essaierai de revenir et de rapporter ce que je peux.

– Je t'en prie, ne te soucie pas de nous, dit-elle. Nous nous débrouillerons. Je t'en prie, soucie-toi seulement de résoudre l'affaire. »

J'ai envie de renverser la table. J'ai envie de mettre les vêtements de mes enfants en pièces. J'ai envie de la gifler. J'ai envie de la tabasser...

J'ai envie de faire en sorte qu'elle me haïsse vraiment...

J'ai envie de faire en sorte qu'elle me quitte vraiment...

Cette fois. Cette fois. Cette fois...

Qu'elle prenne les enfants et s'en aille...

« N'essaie pas de me faire pitié, lui dis-je avant de fermer les portes de l'autre pièce. Le martyre est passé de mode ! »

Derrière les portes en lambeaux, je ferme les yeux mais ne peux pas dormir...

Je pense sans cesse à Yuki, sans cesse...

Je ne pouvais jamais dormir parce que je pensais à elle.

Parce qu'elle me hantait même alors...

Depuis le jour où nous avons fait connaissance, même ici...

Elle est allongée, nue, sur le futon, sa tête légèrement inclinée à droite, son bras droit tendu, son bras gauche contre son flanc, ses jambes écartées, ses genoux fléchis...

Je me lève. *Elle pose sa main gauche sur son ventre.* Je vais dans l'autre pièce. *Elle passe les doigts sur mon sperme.* Je fouille dans les placards et les tiroirs de la cuisine. *Elle porte ses doigts à ses lèvres.* Mais il n'y a pas de Calmotine et pas d'alcool, pas un cachet, pas une goutte...

Elle me hantait même ici...

Je fais silencieusement coulisser les portes. J'entre dans la pièce où nous dormons. Mes deux enfants sont toujours côte à côte sous la moustiquaire. Je m'allonge près de ma femme. Ses yeux sont fermés, maintenant. Je ferme les miens mais je ne peux pas dormir. Je ne peux pas dormir. Je ne peux pas dormir...

Dans la pénombre, je ne peux pas oublier...

Je me souviens des premiers bombardements de Mitaka. Je me souviens de l'évacuation, chez la sœur de ma femme, à Kōfu. Je me souviens du quai sur lequel nous nous sommes séparés. Je me souviens du train dans lequel ils sont partis. Je me souviens de leurs larmes ; parce qu'ils vivraient et que je mourrais. Puis, quand les bombardements se sont abattus sur Kōfu, quand sa sœur lui a dit qu'elle attirait le malheur, je me souviens de leur retour à Mitaka. Je me souviens du quai et je me souviens de mes larmes...

Parce qu'ils mourraient et que je vivrais...

Dans la pénombre, les murs penchés...

« Mais nous sommes déjà morts, avaient-ils dit. Nous sommes déjà morts. »

2

16 août 1946

Tokyo, 32°, beau

J'ai des démangeaisons à cause de la vermine à tête noire. Je me gratte. *Gari-gari*. Je suis assis à la table basse et je me lève. Ça me démange. Je me gratte. *Gari-gari*. Je me dirige vers l'évier de la cuisine. Ça me démange. Je me gratte. *Gari-gari*. Je me peigne. Ça me démange. Je me gratte. *Gari-gari*. Les poux tombent en grappes. Ça me démange. Je me gratte. *Gari-gari*. Je les écrase dans l'évier. Ça me démange. Je me gratte. *Gari-gari*. Les poux de peau sont plus compliqués. Ça me démange. Je me gratte. *Gari-gari*. Ils sont blancs et il est plus difficile de les traquer. Ça me démange. Je me gratte. *Gari-gari*. J'ouvre le robinet. Ça me démange. Je me gratte. *Gari-gari*. L'eau coule. L'eau s'arrête. L'eau se remet à couler...

Ça me démange. Je me gratte. *Gari-gari*. Ça me démange. Je me gratte. *Gari-gari*.

Brune puis claire, claire puis à nouveau brune...

Je me rince le visage. Je cherche le savon afin de me raser...

Mais il n'y en a pas, toujours pas...

Je me rince la bouche et je crache...

Je compte au nombre des survivants...

J'enfile ma chemise et mon pantalon, la chemise et le pantalon que je porte chaque jour depuis quatre ou cinq ans, la chemise et le pantalon que ma femme a réparés et reprisés, rapiécés et rapiécés encore, comme les chaussettes et les chaussures, la veste d'hiver et le chapeau d'été...

Ça me démange. Je me gratte. *Gari-gari*. Ça me démange. Je me gratte...

Je compte au nombre de ceux qui ont de la chance...

Il y a un petit plat de *zōsui* *, sur la table basse. Je le laisse à ma femme et à mes enfants...

J'ôte ma montre. *Chiku-taku.* Je la remonte...

Il est quatre heures. Ma femme et mes enfants dorment encore...

Ça me démange toujours et je me gratte toujours. *Gari-gari...*

J'enfile et lace mes vieilles chaussures de l'armée dans le *genkan.* J'ouvre doucement la porte, puis la ferme et la verrouille derrière moi. Je suis l'allée de notre jardin. Je ferme la barrière derrière moi.

Ton-ton. Ton-ton. Ton-ton. Ton-ton. Ton-ton...

Je m'éloigne de chez moi, de ma famille...

Ton-ton. Ton-ton. Ton-ton. Ton-ton...

Je suis notre rue jusqu'à la gare...

Ton-ton. Ton-ton. Ton-ton...

Dans le bruit des marteaux...

Ton-ton. Ton-ton...

L'aube d'un Japon nouveau...

Ton-ton...

Le travail de reconstruction commence tôt ; les immeubles survivants sont réparés ou démolis, de nouveaux sont construits à leur place ; les routes sont débarrassées des gravats et des cendres, les gravats et les cendres déversés dans les canaux, les canaux comblés et cachés. Mais les rivières et les rues de Tokyo empestent toujours la pisse et la merde, le choléra et le typhus, la maladie et la mort, la mort et le chagrin.

Ton-ton.

C'est le Japon nouveau ; à la gare de Mitaka, des centaines, des milliers de personnes attendent des trains dans les deux directions ; vers la campagne pour vendre leurs affaires bon marché afin d'acheter à manger ; vers Tokyo pour vendre la nourriture afin d'acheter bon marché les affaires des autres : aller et retour, inlassablement, retour et aller, acheter et vendre, inlassablement, vendre et acheter ; le Japon nouveau...

Toutes les gares. Tous les trains. Toutes les gares...

Ils forment une masse dense, sur les deux quais, qui ondule quand les nouveaux venus tentent de se frayer un chemin jusqu'au premier rang, qui foule et piétine les corps de ceux qui ont dormi toute la nuit sur le quai, qui frémit quand le premier train à destination de Tokyo approche...

Tous les trains. Toutes les gares. Tous les trains...

Deux voitures vides exclusivement réservées aux Vainqueurs, une voiture de deuxième classe, aux sièges en bois, pour les Vaincus privilégiés, et une longue succession de wagons de troisième classe déglingués pour nous autres...

Ceux qui ont tout perdu...

Vitres de la troisième classe brisées, wagons bondés à cinq heures du matin, les gens qui sont sur le quai poussant des ballots par les vitres, afin de les emporter à Tokyo, tandis que d'autres luttent en silence pour une place sur un marchepied ou un attelage...

Toutes les gares. Tous les trains.

Je sors ma carte...

Ça me démange et ça me démange...

Je crie : « Police ! »

Je parviens à monter dans le train. *Ça me démange, mais je ne peux pas me gratter.* Je parviens à monter dans un wagon. *Ça me démange, mais je ne peux pas me gratter.* Les gens continuent de pousser derrière moi. *Ça me démange, mais je ne peux pas me gratter.* Le train avance lentement sur la voie. *Ça me démange, mais je ne peux pas me gratter.* Dans la foule, mes bras sont plaqués contre mes flancs. *Ça me démange, mais je ne peux pas me gratter.* Il y a des gens et il y a des bagages absolument partout. *Ça me démange, mais je ne peux pas me gratter.* Ils sont accroupis sur le dossier des sièges et ils sont accroupis dans les porte-bagages. *Ça me démange, mais je ne peux pas me gratter.* Je ne peux bouger que les yeux. *Ça me démange, mais je ne peux pas me gratter.* La tête du jeune garçon qui se trouve devant moi est couverte de teigne. *Ça me démange, mais je ne peux pas me gratter.* Les poux courent dans la chevelure de la jeune femme qui se trouve à ma gauche. *Ça me démange, mais je ne peux pas me gratter.* Le crâne de l'homme qui se trouve à ma droite sent le lait gâté. *Ça me démange, mais je ne peux pas me gratter.* Le train oscille en franchissant un nouvel aiguillage. *Ça me démange, mais je ne peux pas me gratter.* Je ferme les yeux...

Je pense sans cesse à elle...

Il faut plus d'une heure pour atteindre la gare de Yūraku et il faut se battre pour descendre sur le quai...

Je me gratte. *Gari-gari.* Je me gratte. *Gari-gari.*

Je vais à pied de la gare de Yūraku au quartier général de la police. Ça me démange, je transpire maintenant, il n'est pas six heures et Tokyo pue la merde ; la merde, la crasse et la poussière, la merde, la crasse et la poussière qui couvrent mes vêtements et ma peau, qui griffent mes narines et brûlent ma gorge chaque fois qu'une jeep passe, qu'un camion passe...

Je m'arrête. Je sors mon mouchoir. J'ôte mon chapeau. Je m'essuie le visage. Je m'essuie la nuque. Je regarde fixement le ciel blanc, cherche le soleil invisible qui se cache au-dessus des nuages de typhus, des nuages de poussière, de crasse...

De merde, de merde humaine...

Le bord de la chaussée est parsemé de gens sur des nattes, hommes et femmes, jeunes et vieux, militaires et civils, les yeux vides ou fermés, épuisés...

Mes poings se serrent, ma poitrine se crispe, mes poumons hurlent : *Qu'est-ce que vous attendez ?*

Il y a un an que les gens se sont agenouillés sur le sol, de l'autre côté des douves, et ont pleuré. Il y a une année entière, mais les gens sont toujours à genoux, à genoux, à genoux...

Levez-vous ! Levez-vous !

Ishida est de retour. Ishida fait le ménage dans la salle numéro deux, essuie les chaises et les tables, balaye le sol et le seuil, remet en place les téléphones qui ne peuvent pas sonner et époussette les ventilateurs qui ne peuvent pas tourner...

Ishida est trop jeune pour cette salle, ce travail, cet endroit, mais sa famille a des relations, des relations qui l'ont maintenu en vie et lui ont procuré cet emploi, et il est reconnaissant, impatient de faire ses preuves, le visage en permanence baissé, le dos légèrement incliné ; il est chargé de faire le ménage et le thé, de faire le thé et de supporter nos conneries...

« C'est dégoûtant ! Le pire thé que je connaisse ! » crie Fujita à Ishida ; Fujita crache son thé sur le bureau...

Fujita est de retour, lui aussi. Fujita revient toujours...

Presque la cinquantaine. Supplanté et amer.

L'inspecteur Fujita sait que c'est lui qui devrait diriger cette brigade, sait que je suis trop jeune pour ce poste, ce travail, cet endroit. Mais l'inspecteur Fujita sait que ma famille a des relations, des relations qui m'ont maintenu en vie et procuré cet emploi dans cet endroit...

À sa place. Mais l'inspecteur Fujita sait...

Personne n'est qui il prétend être...

Ishida s'excuse. Ishida essuie le thé que Fujita a craché sur le bureau. Ishida s'excuse une nouvelle fois...

« Ne t'excuse pas comme ça ! crie Fujita. Tes excuses sont toujours malhonnêtes. Tes excuses sont pires que ton silence. Excuse-toi honnêtement ! »

Ishida a le visage tourné vers le plancher, le dos incliné. Fujita donne une tape sur le sommet du crâne d'Ishida. Fujita le pousse jusqu'à la porte puis dans le couloir...

« Reste là jusqu'à ce que tu aies appris à faire correctement le thé ! »

Ishida est à genoux dans le couloir. Ishida s'excuse...

Fujita lui tourne le dos. « Et apprends à t'excuser honnêtement ! »

Je regagne la salle à la suite de Fujita. Je dis : « Bonjour.

– Bonjour, marmonne-t-il. Tu as une cigarette ? »

Je secoue la tête. Je lui demande : « Comment s'est passée la journée d'hier ? »

– Je hais la campagne, répond-il, et les campagnards. »

J'acquiesce. Je demande : « Ils t'ont volé ?

– Ils ont essayé, dit-il, jusqu'au moment où ils ont compris que j'étais policier, et alors j'ai rapidement pu faire de bonnes affaires. »

Je montre la porte. Je demande : « Ishida est-il venu ?

– Malheureusement, répond Fujita. Inutile, comme d'habitude.

– Mais tu as obtenu du riz ? Du ravitaillement ?

– Oui », répond-il, puis il ajoute : « Merci. »

Je hausse les épaules. Je demande : « De quoi ?

– De nous avoir couverts.

– Ce n'est rien.

– Non, mais j'ai entendu parler du parc de Shiba, des deux cadavres. Ce n'était pas de chance. Et il paraît qu'ils demandaient où j'étais. »

Je hausse les épaules. Je dis : « N'y pense plus. Tu ferais la même chose pour moi. »

Fujita s'incline légèrement et répond : « Bien entendu. »

Je regarde ma montre. *Chiku-taku.* Je suis en retard, encore.

Je frappe à la porte du bureau du directeur. Je l'ouvre. Je m'excuse. Je m'incline. Je prends ma place à la table ; Kita en tête, Adachi et Kanehara à sa droite, Kai et moi à sa gauche ; les mêmes personnes, le même endroit, la même heure et les deux mêmes conversations, tous les jours...

Les rumeurs de purges et de soi-disant réformes du SCAP[1]...

En octobre dernier, après la publication de SCAPIN 93, quarante-sept chefs de police départementale sur cinquante et un ont été limogés, ainsi que cinquante-quatre superintendants, cent soixante-huit inspecteurs, mille inspecteurs adjoints, mille cinq cent quatre-vingt-sept sergents et deux mille cent vingt-sept agents, tous

1. Supreme Commander of the Allied Powers. Le sigle désignait à la fois le général MacArthur et l'administration qu'il dirigeait. *(Toutes les notes sont du traducteur.)*

ces inspecteurs adjoints, sergents et agents étant membres du Tokkō *dissout...*

En janvier, après la nouvelle directive relative aux purges, intitulée SCAPIN 550, deux nouveaux chefs de la police ont perdu leur emploi, ainsi que soixante superintendants et vingt-huit inspecteurs...

Cette directive relative aux purges ne se contente pas de limoger des hommes de l'administration, elle leur interdit également toute autre situation...

Et les Vainqueurs n'ont pas fini...

« J'ai vu un vieil ami de Nerima, hier soir, dit l'inspecteur chef Kanehara, et il m'a raconté que le SCAP a envoyé le Service de la sécurité publique au poste de police de Nerima et l'a chargé d'examiner la carrière de tous les policiers de la brigade, les dates de leurs mutations et nominations...

– Pourquoi Nerima ? » demande Adachi.

Ou Anjo, ou Ando, ou...

« Parce qu'un agent en uniforme a indiqué directement au SCAP, en août dernier, juste après la capitulation, que d'anciens officiers supérieurs du *Tokkō* et du *Kempei* de Nerima avaient changé de nom, pris ceux d'hommes morts ou à la retraite, puis avaient été nommés à des postes et des grades supérieurs sous le nouveau nom qu'ils avaient adopté... »

Personne n'est qui il prétend être...

« Alors que des hommes qui n'avaient servi que quelques mois au sein du *Tokkō* et du *Kempei* étaient limogés... »

Personne n'est qui il paraît être...

« Un mouchard ! » crache Adachi.

Tout le monde acquiesce...

Sauf moi...

Puis la conversation roule sur une série d'agressions à Setagaya, sur une bande de trois hommes armés de pistolets, sur les liens possibles avec les attaques à main armée du mois dernier dans le même quartier de Tokyo, sur la montée incessante de la violence, sur l'emploi d'armes alors que nous n'en avons pas, puis elle revient sur les soi-disant réformes du SCAP...

« Nous leur avons demandé des armes, dit Kanehara. Davantage d'armes. Des armes qui fonctionnent. Des armes avec les munitions correspondantes...

– Et ils nous ont promis les armes, dit Adachi.

– Mais c'est tout ce qu'ils ont fait », constate Kanehara...

Les mêmes personnes, le même endroit, la même heure et les deux mêmes conversations, tous les jours, réunion après réunion, jusqu'au moment où on frappe à la porte, où il y a une interruption...

« Excusez-moi, marmonne un agent en uniforme.
– Qu'est-ce qu'il y a ? aboie Kita.
– Les mères sont ici, monsieur le directeur. »

Il est huit heures trente, le lendemain de la découverte des corps, et vingt mères sont déjà là. Vingt mères qui ont lu le journal du matin ou appris la nouvelle par des voisins. Vingt mères qui ont sorti leur dernier kimono en bon état. Vingt mères qui ont fait appel à leurs autres filles ou à leurs sœurs. Vingt mères qui ont mendié le montant du billet de trolleybus ou de train à destination de Sakuradamon...

Vingt mères qui cherchent leur fille disparue...

« Elles se précipitent sur les journaux, me dit Kai. Elles se précipitent ici, mais où étaient-elles quand leurs filles ont disparu ? Elles arrivent trop tard, maintenant... »

Nous descendons, l'inspecteur Kai et moi, l'escalier du quartier général de la police métropolitaine en direction d'une des salles d'accueil...

« Avant la guerre, il y avait vingt disparitions par mois. Maintenant, il y en a entre deux et trois cents... »

La salle d'accueil où nous affronterons les vingt mères...

« Quarante pour cent d'entre elles sont des jeunes femmes entre quinze et vingt-cinq ans, et ce ne sont que celles qui sont signalées... »

Les vingt mères qui recherchent leur fille...

« Tu verras, dit Kai. Aucune de ces mères n'aura signalé la disparition de sa fille avant aujourd'hui. »

Un agent en uniforme nous ouvre la porte de la salle d'accueil. Nous y entrons. Nous nous présentons, Kai et moi, aux vingt mères qui se tiennent devant nous, ces vingt mères dans leur dernier kimono en bon état, avec leurs autres filles et leurs sœurs...

Ces vingt mères qui cherchent leur fille disparue...

Qui espèrent avec ferveur qu'elles ne la trouveront pas ici, dans cet endroit.

Parce que les corps sont à Keiō, parce que les autopsies n'ont pas encore été effectuées, parce que la fouille de la zone n'est pas terminée, parce que nous n'avons pas encore officiellement ouvert l'enquête, parce que nous n'avons, l'inspecteur Kai et moi, rien à montrer à ces vingt mères, rien à leur dire, et nous demanderons donc à nos hommes d'entendre ces vingt mères, de noter le signalement de leurs filles, leur taille, leur poids, leur âge, les endroits qu'elles fréquentaient, les gens qu'elles voyaient, les vêtements qu'elles portaient, le sac et les objets personnels qu'elles avaient sur elles...

Le jour où on les a vues pour la dernière fois...

Ce qu'elles avaient mangé...

« Mais pourquoi ? » demanderont-elles.

Leurs cicatrices, les dents qu'elles ont perdues ou tout signe particulier susceptible de permettre l'identification de leur fille dans la chair pourrissante et les os blanchis que nous avons trouvés dans le parc de Shiba, mais pas aujourd'hui...

« Mais si ce n'est pas aujourd'hui, demandent ces mères, alors quand ? »

Aujourd'hui, il n'y a pas de consolation pour ces mères.

« Quand ? » demandent-elles inlassablement.

Le lendemain de l'autopsie, ces vingt mères devront revenir, ces vingt mères et ce père...

Ce père unique, vêtu de son dernier costume en bon état, son chapeau à la main, qui s'éloigne des mères et demande :

« Puis-je vous parler ? »

« Je m'appelle Nakamura Yoshizo et je suis épicier à Kamata. Ma fille s'appelle Nakamura Mitsuko. C'est ma seule fille. Elle est diplômée de l'école des Arts ménagers d'Aoyama, a occupé des emplois de guerre au sein des sociétés Yasuda et Taito Yokosan, a également effectué du travail volontaire. Mais c'est ma seule fille et, comme la situation s'aggravait à Tokyo, l'année dernière, nous avons décidé, ma femme et moi, d'envoyer Mitsuko vivre chez son frère aîné et sa femme, dans le département d'Ibaraki. Donc, le douzième jour de juillet dernier, elle a quitté Kamata pour Ibaraki. Mitsuko n'est jamais arrivée chez son frère. Elle avait vingt-deux ans, mais en a vingt-trois aujourd'hui. C'est ma seule fille, inspecteur.

– Avez-vous signalé la disparition de Mitsuko ? » je demande.

Le père hoche la tête. Le père répond : « Bien entendu.

– Et que vous a dit la police locale ?

– Qu'elle n'avait trouvé aucun indice... »

J'ouvre mon carnet. Je lèche la mine de mon crayon et lui demande : « Vous souvenez-vous des vêtements que votre fille portait quand elle a disparu, l'année dernière ?

– Un pantalon *mompe** marron et un chemisier jaune pâle.

– Vous souvenez-vous des chaussures qu'elle avait ce jour-là ?

– Des sandales *geta** traditionnelles en bois.

– Et pouvez-vous décrire Mitsuko ? »

Le père de Mitsuko prend une profonde inspiration et dit : « Elle mesure un mètre cinquante-cinq et pèse environ cinquante kilos.

Elle a les cheveux longs et les coiffe généralement en deux nattes. Mitsuko porte aussi des lunettes rondes à monture métallique. »

Dans la pénombre, personne n'oublie...

« Autre chose ? je demande.

– Le jour de sa disparition, dit-il, elle avait un sac à dos en coton beige.

– Que contenait-il ?

– Une boîte *bento* * pour le déjeuner.

– Autre chose ? »

Le père de Nakamura Mitsuko hoche une nouvelle fois la tête, essuie son visage trempé de sueur et dit : « Pour ses vingt ans, je lui ai offert une broche en forme d'ellipse en ammonite. »

Personne n'oublie...

Je cesse d'écrire. Je ferme mon carnet. Je range mon crayon. Je lui dis : « Comme vous le savez, les autopsies des deux corps n'ont pas encore été effectuées. Cependant une des victimes est morte très récemment et les vêtements de l'autre ne correspondent pas à ceux de votre fille, du moins le jour de sa disparition. Il est donc peu probable que votre fille soit un de ces deux cadavres... »

Le père porte son mouchoir à son visage. Ses épaules se mettent à trembler...

« C'était dans le journal, souffle-t-il. À propos des deux corps non identifiés découverts dans le parc de Shiba, donc nous avons pensé, ma femme et moi, qu'il faudrait...

– Je comprends, dis-je, et je prendrai contact avec vous si je trouve quelque chose... »

Il baisse la tête.

« Merci. »

La première caisse est prête. Nishi et Shimoda prendront chacun une poignée. La deuxième caisse est prête. Kimura et Ishida prendront chacun une poignée. Les autres ont rassemblé leurs affaires. Ils ont tout réglé. Ils ont vidé leur table de travail. Ils sont prêts à partir pour Atago. Ils savent qu'il n'y aura plus de congés. Ils savent qu'il n'y aura plus de repos. Ils attendent le moment du départ, se passent le journal, parlent du suicide le plus récent...

Le contre-amiral Satō Shiro, cinquante-cinq ans, ancien commandant des forces navales japonaises dans la région de la Nouvelle-Guinée, s'est suicidé chez lui, à Yokosuka, hier aux environs de cinq heures du matin, après avoir tué sa femme, âgée de quarante-deux ans, son fils de onze ans et sa fille de neuf ans pendant leur sommeil. L'ancien officier, qui est rentré de Nouvelle-

Guinée en janvier, souffrait de dépression nerveuse et on estime qu'il envisageait de se tuer, ainsi que toute sa famille, depuis fin juillet...

« De trop nombreux hommes bien, disent mes collègues. Combien d'autres hommes bien donneront-ils encore leur vie pour s'excuser... ?

– Tandis que les mauvais se remplissent les poches...

– De trop nombreuses cérémonies pour les morts... »

Ils tournent la page du journal, parlent du fugitif le plus récent.

Encore un kempei *en fuite...*

« On l'arrêtera, vous verrez...

– On ne peut pas fuir indéfiniment...

– Trop de mouchards... »

Les deux dernières pages du journal, et ils parlent des condamnations et des sentences les plus récentes...

Cinq hommes ont été reconnus coupables d'avoir maltraité des prisonniers de guerre alliés. Des preuves ont montré que, gardiens au camp de prisonniers de guerre numéro un de Hakodate, ils avaient maltraité les détenus, leur avaient volé de la nourriture et des vêtements. La commission a jugé les cinq hommes coupables de crimes contre les prisonniers de guerre et prononcé des peines de prison allant de cinq à trente ans. Pendant les dernières heures du procès, un accusé, Takeshita Toshio, a dit au tribunal que l'ancien premier ministre Tōjō était responsable de tout, que ses coaccusés et lui n'étaient que des soldats mobilisés recevant des ordres auxquels ils devaient obéir sous peine de mort...

« Ça ne finit jamais. C'est interminable...

– Ce ne sont pas des criminels, seulement des soldats...

– Trop de procès... »

Notre article se trouve dans le coin inférieur de la dernière page du dernier journal : *Les cadavres de deux femmes ont été découverts à Shiba...*

Je regarde une nouvelle fois ma montre. *Chiku-taku...*

Je me lève. Tous se lèvent...

Je m'incline. Tous s'inclinent.

Je dis : « Partons. »

Nous franchissons la porte du poste de police d'Atago, Nishi et Shimoda portant la première caisse, Kimura et Ishida la seconde ; nous montons l'escalier du poste de police d'Atago, Nishi et Shimoda portant la première caisse, Kimura et Ishida la seconde ; Sanada, Hattori, Takeda, Fujita et moi les suivons à l'intérieur et dans l'escalier.

Nishi et Shimoda posent la première caisse. Kimura et Ishida posent la seconde, qui restera fermée à clé jusqu'au soir, dans un coin. Nishi et Shimoda ouvrent la première caisse. Nishi et Shimoda sortent la banderole blanche et les mâts en bambou. Nishi et Shimoda hissent la banderole sur les mâts, près de la porte.

Deux mètres de haut et cinquante centimètres de large...

Une belle broderie audacieuse rouge vif : « *Quartier général spécial.* »

Les membres de la deuxième équipe se rassemblent devant la banderole. Ils se tiennent au garde-à-vous tandis que je leur explique :

« Cette banderole restera ici jusqu'à ce que cette affaire soit résolue dans l'honneur ou bien jusqu'à ce que nous soyons contraints de regagner le quartier général couverts de honte...

« Que choisissez-vous, l'honneur ou la honte ?

– L'honneur ! crient-ils. L'honneur !

– Dans ce cas, chacun d'entre nous doit faire tout son possible, faire de son mieux, leur dis-je. Ce n'est que dans ces conditions que cette affaire pourra être résolue et que notre brigade pourra rentrer dans l'honneur...

« Donc faites tout votre possible !

– Nous ferons tout notre possible, répondent-ils. De notre mieux ! »

De l'autre côté du couloir, l'inspecteur Kai et la première brigade ont hissé leur banderole, prononcé leurs serments et leurs exhortations ; maintenant, ils nous attendent.

« C'est l'heure de la réunion ! »

La première brigade, la deuxième brigade ainsi que tous les agents en uniforme des postes de police d'Atago, Meguro et Mita sont rassemblés dans la grande salle torride du premier étage où la première brigade s'est installée...

Je me tiens à une extrémité de la salle, près des inspecteurs chefs Adachi et Kanehara et de l'inspecteur Kai ; nous faisons face à la première brigade, à la deuxième brigade et aux agents en uniforme...

« Garde-à-vous ! » crie un sergent en uniforme, et tout le monde se met au garde-à-vous.

« Saluez ! » crie le sergent.

Tout le monde s'incline...

« Repos ! »

Tout le monde reste debout ou reprend place sur sa chaise, sauf l'inspecteur chef Adachi ; Adachi a une feuille de papier à la main ; Adachi lit des listes de noms et des listes d'équipes ; Adachi donne des noms aux équipes et assigne des équipes aux responsables; Adachi montre une carte affichée sur le tableau qui se trouve derrière lui; Adachi lit une liste de coordonnées; Adachi assigne des coordonnées aux équipes, des équipes chargées de chercher et de trouver...

Finalement, Adachi nous exhorte tous à faire de notre mieux...

Et nous promettons tous de faire de notre mieux...

« Garde-à-vous ! » crie une nouvelle fois le sergent en uniforme, et nous nous mettons tous au garde-à-vous...

« Saluez ! » crie-t-il.

Et nous saluons...

« Vous pouvez disposer ! »

Des journalistes nous attendent à nouveau au rez-de-chaussée. Il y a toujours des journalistes, maintenant. Il y a des centaines de revues et de journaux nouveaux, des milliers de journalistes nouveaux...

Liberté de la presse. Liberté de la presse. Liberté de la presse...

Les choses vont mieux depuis l'échec de la grève du *Yomiuri*, le mois dernier, mais il y a encore beaucoup trop de journaux et de revues, encore beaucoup trop de journalistes, de trop nombreuses libertés de la presse...

De trop nombreuses questions. De trop nombreuses questions...

Beaucoup trop d'ordures de la presse...

Des ordures comme Hayashi Jo...

Mon ordure personnelle...

Hayashi écrit dans le *Minpo* sous un nom et dans le *Minshū Shimbun* sous un autre. Hayashi écrit n'importe quoi pour n'importe qui du moment qu'on le paie, et en général on le rémunère, donc il le fait...

Hayashi m'attend au rez-de-chaussée...

Je le prends par le bras. Je l'entraîne dehors...

Hors de portée des yeux et des oreilles, de l'autre côté de la rue et parmi les arbres, où un soldat estropié brûle des mauvaises herbes dans un vieux fût de métal noir...

Incendie sur incendie, chaleur sur chaleur, une fournaise dans une fournaise...

Hayashi inspire et déclare : « Je déteste l'odeur de brûlé. »

Je lui dis : « Tu as intérêt à avoir quelque chose, cette fois.

– Ce n'est pas qu'elle me rappelle les bombardements...

– As-tu quelque chose ? Quelque chose de nouveau ?

– Ça sentait plutôt le cochon brûlé, dit-il. Cette fumée me rappelle le jour de la capitulation...

– Vite, lui-dis-je. Qu'est-ce que tu as ?
– Les documents qu'ils brûlaient noircissaient le ciel...
– Assez de souvenirs ! je crie. Parle ou va-t'en.
– Parties en fumée, dit-il, toutes les preuves... »
Je le maudis, je le maudis, je le maudis...
« Et tous les noms...
– Ça suffit », dis-je en tournant les talons.
Il saisit mon bras. Il me tend un papier plié. Il dit : « Lis ça avant que ça parte en fumée. »
Je le prends. Je le déplie. Je le lis...
« On a vu Fujita Tsuneo, dit-il comme si je n'étais pas capable de lire les caractères du nom, boire en compagnie de Nodera Tomiji à la Nouvelle Oasis, à Ginza, le soir où Matsuda Giichi a été abattu...
– L'inspecteur Fujita de mon équipe ? »
Hayashi acquiesce.
« En personne. »
Je jure. Je jure. Je jure...
Je secoue la tête. Je dis : « C'est une erreur. »
Hayashi secoue la tête à son tour. « Ce n'est pas une erreur. »
Je lui demande : « Qui te l'a dit ? Qui ? »
Hayashi secoue une nouvelle fois la tête.
« Qui est au courant ? je demande. Ton mouchard sait, tu sais, combien d'autres savent ?
– Personne, répond Hayashi. Personne qui soit encore en vie.
– Hormis toi, dis-je.
– Et maintenant toi », répond-il avec un sourire.
Je regarde Hayashi dans les yeux. Je dis : « Qu'est-ce qui prouve que tu ne mens pas ? Qu'est-ce qui prouve que tu n'as pas inventé tout ça ?
– Salaud, réplique Hayashi. C'est toi qui es venu me voir. Toi qui voulais savoir qui avait fait tuer Matsuda. Toi qui voulais savoir qui avait payé Nodera. Puis qui avait tué Nodera... »
Je tourne le dos, pour m'éloigner...
Sortir des ombres...
Il me saisit de nouveau le bras. Il dit : « Et maintenant ? »
Je me dégage. Je réponds : « Rien.
– Comment ça, rien ? demande-t-il. J'ai fait ce que tu m'as demandé. J'ai obtenu l'information. Maintenant je veux mon argent !
– Mais je ne peux pas utiliser cette information, je réponds.
– Ce n'est pas mon problème, dit-il dans un rire.
– Mais je ne peux pas te payer. »

Hayashi ne rit plus. Hayashi dit : « Bon, dans ce cas, il va falloir que je la donne à quelqu'un qui peut me payer.

– Qui, par exemple ?

– Senju, par exemple. »

Je ris à mon tour. « Senju ? »

– Il me paiera. »

Je m'approche de lui. Je me penche vers lui. Je dis : « Tu crois que Senju te paiera ? Une ordure de journaliste minable qui ne pourrait pas donner l'heure exacte si on la lui demandait, parce qu'il ne connaît pas l'heure exacte, puisqu'il ment, ment et ment ? Tu crois que Senju paiera une ordure minable comme toi parce qu'il raconte qu'il a entendu dire qu'on a vu un de mes inspecteurs dans un bar de Ginza en compagnie de l'ordure minable qui, à la fin de cette même soirée, a abattu son patron, son mentor, son père de substitution... ? Et tu crois que Senju te paiera cette information ? Hein ? Vraiment ? Parce que la première chose que fera Senju, avant de tuer Fujita et de me tuer, sera de te torturer pour savoir comment tu t'es procuré cette information, quand tu l'as obtenue, pourquoi tu n'en as pas parlé avant, et crois-moi, Hayashi, quoi que tu dises à Senju, ce sera la mauvaise réponse et ce sera aussi ta dernière réponse, parce qu'il te tuera ensuite ! Donc, si j'étais toi, j'oublierais que j'ai entendu le nom de Fujita associé à celui de Matsuda Giichi. »

Hayashi hausse les épaules. Hayashi dit : « Tu ne vaux pas mieux que moi, inspecteur. Tu le crois, mais c'est faux... »

Je souris. Je pivote sur moi-même. Je m'en vais...

Incendie sur incendie, chaleur sur chaleur, une fournaise dans une fournaise...

« Je sais qui tu es ! crie-t-il tandis que je m'éloigne. Je connais tes secrets... »

Je me retourne. Je réponds : « Nous avons perdu la guerre. Nous avons tous des secrets. »

Hayashi sourit. Hayashi secoue la tête...

« Pas comme les tiens, inspecteur. »

Il y a trente hommes sur les pentes du parc de Shiba. Trente hommes avec leur mouchoir et leur bâton. *Fouiller les hautes herbes.* Trente hommes en trois groupes de dix. Trois groupes qui transpirent dans leurs vêtements civils et transpirent dans leur uniforme, écrasent les moustiques et écrasent les mouches. *Découvrir les secrets des morts.* Ils fixent le soleil. Ils reportent leur regard sur le sol. *Dans les hautes herbes.* Ils sortent leur mouchoir. Ils ôtent leur chapeau. *Crânes exposés au soleil.* Ils s'essuient la tête. Ils s'essuient la nuque. *Dans les hautes herbes*. Ils remettent leur chapeau. Rangent leur mouchoir. *Qui étrangle et ligote*. Ils prennent leur bâton. Ils commencent les recherches. *Dans les hautes herbes*. Recommencent les recherches. Tentent de trouver. *Dans les hautes herbes...*

Chiku-taku. Chiku-taku. Chiku-taku. Chiku-taku...

De onze heures du matin à six heures du soir...

Mais il n'y a pas de pendule au pays des morts...

Parmi ces tombes oubliées. Ces arbres abattus...

Seulement le bruit des corbeaux, des nombreux corbeaux...

Il n'y a que de la résignation, pas d'enthousiasme...

Chiku-taku. Chiku-taku. Chiku-taku...

Dans les hautes herbes. Les hautes mauvaises herbes...

Dans ce lieu de rendez-vous secrets...

Je cherche, moi aussi...

Fujita...

« Tu cherches quelqu'un ? demande l'inspecteur chef Adachi...

– N'est-ce pas ce que nous faisons tous ? » je réponds, avant de tourner le dos encore une fois.

Ishida est dans notre bureau d'emprunt, au premier étage du poste de police d'Atago. La crasse et la transpiration des recherches recouvrent Ishida. Il essuie les chaises et les tables, balaie le plancher et le seuil, redresse notre banderole. Ishida perçoit mon ombre. Il lève la tête...

Ishida se met au garde-à-vous. Il s'incline. Il s'excuse...

Je lui souris et je lui dis : « Repos. »

Ishida s'incline une nouvelle fois. Il s'excuse une nouvelle fois...

Tes excuses sont toujours malhonnêtes.

« Tu as travaillé dur, aujourd'hui, lui dis-je. Merci. »

Il s'incline à nouveau. À nouveau il s'excuse...

« Comment s'est passée la journée d'hier ? je lui demande. Avec l'inspecteur Fujita ? »

Ishida fixe le plancher, le dos légèrement incliné. Il ne veut pas lever la tête, me regarder dans les yeux...

« Hier ? j'insiste. Êtes-vous parvenus, l'inspecteur Fujita et toi, à obtenir du riz et du ravitaillement ? »

Ishida tourne légèrement la tête sur la gauche, le dos toujours incliné...

« Vous êtes allés à la campagne, n'est-ce pas ? je lui demande. « Où êtes-vous allés ? »

Ishida tourne une nouvelle fois la tête et répond : « J'ai accompagné l'inspecteur Fujita à sa demande, monsieur l'inspecteur.

– Je sais, je réponds. Maintenant je te demande où tu es allé en compagnie de l'inspecteur Fujita. »

Ishida inspire entre les dents, mais ne répond pas...

Je lui donne une claque sur le sommet du crâne, je crie : « Réponds ! »

Ishida recommence à s'incliner, recommence à s'excuser...

Je le frappe une nouvelle fois. Je crie à nouveau : « Vite ! Réponds ! »

Mais Ishida ne répond pas, se contente de s'excuser...

Tes excuses sont toujours malhonnêtes.

« Idiot ! » je crie, avant de pivoter sur moi-même...

Nishi et Kimura sont là...

« Monsieur Kita est là, monsieur, dit Nishi. Dans la salle d'accueil, avec l'inspecteur chef Adachi. »

Le directeur de la Première division de police criminelle est venu au poste de police d'Atago. Kita vient s'informer des résultats de la recherche initiale. Je reste devant la porte de la salle d'accueil. J'attends que Kita et Adachi aient terminé leur réunion, qu'Adachi sorte et passe devant moi sans un mot, sans même un regard, puis je frappe à la porte de la salle d'accueil et j'entre...

Je m'incline devant Kita. Je m'excuse. Je m'assieds sur la chaise que le directeur me propose. Je lui expose ce que nous avons fait pendant la journée, ce que nous avons trouvé et ce que nous ferons ensuite, demain...

Kita écoute, puis Kita dit : « Mais il paraît que vous voulez quitter la brigade numéro deux. Être muté... ? »

Je n'ai parlé de cela à personne. Mais je ne demande rien et ne dis rien. Je m'incline profondément devant le directeur. Je m'excuse d'avoir demandé une mutation...

« Il est intéressant que vous ne niiez pas, dit Kita avec un sourire. Et vous voudriez apparemment être muté au sein de la brigade numéro six »

Je ne demande rien, je ne dis rien...

Je m'incline. Je m'excuse à nouveau.

Le directeur demande : « Pourquoi ?

– Je suis affecté à la brigade numéro deux depuis presque un an, je réponds. Elle a peut-être besoin d'un nouveau responsable.

– Mais pourquoi voulez-vous la brigade numéro six ? insiste le directeur. Elle s'occupe des gangs et des marchés. Vous ne savez rien...

– Je ne savais rien quand vous m'avez affecté à la brigade numéro deux. »

Kita sourit et demande : « Et maintenant ?
– On ne peut jamais savoir assez... »

L'escalier à nouveau, la même pièce torride et sombre du premier étage et la dernière réunion de la première journée complète des deux enquêtes...

« Garde-à-vous ! » crie le sergent en uniforme...

« Saluez ! » crie le sergent...

« Repos ! » crie-t-il.

Nous nous tenons, l'inspecteur Adachi et moi, à une extrémité de la pièce, devant la table sur laquelle sont posés les objets trouvés pendant la journée dans le parc de Shiba, les nombreux objets...

Le panier en osier contenant des outils de charpentier découvert à quinze mètres du premier cadavre ; le maillot de corps d'enfant et le morceau de tissu qui se trouvaient près du panier ; le sous-vêtement féminin taché ; le sac à dos militaire de l'accotement du chemin nord ; la longue pipe de style chinois et la boîte à déjeuner vide ; l'*Asahi Shimbun* du onze août ; les lunettes de vieillard cassées en deux ; le rasoir rouillé de type occidental et le *haramaki** rouge, à cinq trous reprisés, gisant sur le chemin est, cinq trous reprisés qui permettront peut-être une identification...

« Il semblerait que le tissu de l'*haramaki*, indique Adachi, corresponde à celui qui se trouvait autour du cou du premier cadavre. Cependant il faut attendre le résultat de l'autopsie, demain, pour en avoir la certitude. Inspecteur Minami...

– Le sac à dos militaire, je poursuis, contient un certificat de travail au nom d'un certain Takahashi, de Zōshigaya, dans l'arrondissement de Toshima. Des inspecteurs sont partis pour le poste de police de Toshima en vue d'exploiter cette information...

– Des analyses scientifiques seront également effectuées, annonce Adachi, sur les vêtements découverts pendant les recherches. Le sous-vêtement contribuera peut-être à permettre l'identification. »

Nous nous asseyons, l'inspecteur chef Adachi et moi. L'inspecteur chef Kanehara se lève...

« Demain matin, dit-il, nous reprenons les recherches. »

Le directeur a réservé un salon dans un restaurant de Daimon ayant rouvert récemment, près d'une des cantines des Vainqueurs. Le chef invite la totalité de la Première division à dîner. Tous les membres de la Première division de police criminelle sont assis manche contre manche, genou contre genou, sur des tatamis neufs. Il n'y a pas de carte. Pas de choix. Mais il y a de la bière et il y a de la nourriture ; nous mangeons les restes, *zanpan* *, des poubelles des Vainqueurs, simplement reconnaissants de ne pas être obligés de manger encore du *zōsui*...

Chiens affamés au pied de leurs maîtres, sous leurs tables...

Tout le monde parle du contre-amiral qui a tué son épouse, son fils de onze ans et sa fille de neuf ans, puis s'est suicidé en laissant ce message :

Disposez de nos corps comme vous le feriez pour des chiens...

Tout le monde parle des cendres de millions de Victimes de guerre qui n'ont pas été réclamées, des quatre millions de civils et de soldats rapatriés, beaucoup avec les os et les cendres de leurs camarades et des membres de leur famille dans de petites boîtes blanches qu'ils portaient au cou, du million qui n'est pas rentré...

Vivre des existences de joyaux brisés, pas d'argile ordinaire...

Tout le monde parle de la pisse et de la merde des rivières, du choléra et du typhus, des catastrophes ferroviaires et des manifestations syndicales, des appels à la grève sur les flancs des trains...

Je n'ai pas l'impression d'être libre. Je n'ai pas l'impression d'avoir des droits...

On parle du GI qui a violé et sodomisé une petite fille de treize ans, des deux Vainqueurs qui ont enlevé et violé une jeune fille qui rentrait d'un cours d'art floral, on parle du Japonais qui a agressé et tabassé deux GI à Kamata...

Il y avait du courage pendant la guerre, de la stimulation...

Tout le monde parle des minutes qui semblent des heures. Des heures qui semblent des jours. Des jours qui semblent des semaines. Des semaines qui semblent des mois. Des mois qui semblent des années...

De cette année qui a paru durer une décennie...

Car il n'y a plus que la monotonie...

On parle des purges. On parle des procès. On parle de toutes nos épreuves ; pour travailler, pour manger. On parle de nourriture. On parle de nourriture. On parle de nourriture, de nourriture, de nourriture...

Dans un souffle. Dans un hurlement. Dans un souffle. Dans un hurlement...

Quand on n'a pas été vaincu, qu'on n'a pas perdu...

Quand on n'a jamais été battu...

On ne comprend pas la souffrance...

La souffrance de la capitulation...

De l'occupation...

Dans un souffle, dans un hurlement, c'est ainsi que parlent les Vaincus...

La poitrine crispée et les poings serrés...

Les genoux en sang et le dos brisé...

Par la chute...

C'est ainsi que parlent les Vaincus...

Ils soufflent, ils hurlent...

Nous sommes les survivants. Nous sommes ceux qui ont eu de la chance.

À Atago, au premier étage, la deuxième caisse a été ouverte, les couvertures ont été distribuées, mais cette pièce d'emprunt est une étuve, une fournaise, et la puanteur de la transpiration et le bourdonnement des moustiques sont insupportables. De l'autre côté du couloir, dans l'autre pièce, la première brigade chante ses berceuses avinées...

Pomme rouge à mes lèvres, ciel bleu silencieux et attentif...

Mais, ici, ils sont bientôt tous endormis, sur leur chaise ou sous leur table de travail, ronflent et pètent, tous sauf l'inspecteur Fujita...

La seule chaise vide. La table de travail vide...

Je me lève et enjambe les corps, sur la pointe des pieds, aussi silencieusement que possible. J'ouvre la porte. Je prends le couloir. L'escalier de derrière. Je sors par la porte de derrière...

Elle me hante...

Je me mets à courir, à courir dans la nuit, la nuit obscure et sans étoiles, tissu humide, torride et noir...

Vers Yuki.

Dans la pénombre de ses faibles lampes, dans les trois miroirs de sa coiffeuse, elle pose une main sur ses cheveux et dit : « Tu venais d'acheter un paquet de cigarettes à la boutique du coin quand un homme est passé en courant et en criant ! *Il va pleuvoir ! Il va pleuvoir !* Les vieilles femmes en tablier et les jeunes garçons avec leurs jouets se sont précipités à l'intérieur, tandis qu'une rafale de vent jetait le rideau de roseaux à terre et que les journaux volaient comme des fantômes dans la rue. Puis il y a eu la lumière blanche de l'éclair. Le grondement du tonnerre. Les grosses gouttes de pluie. Mais tu n'as pas couru. Tu as fini ta cigarette et tu as ouvert ton parapluie. Et c'est à cet instant que je t'ai vu, sous ton parapluie, à cet instant que j'ai fait appel à toi pour la première fois, alors que je sortais du salon de coiffure, tu te souviens ? »

Je ne veux pas me souvenir. Je ne veux pas me souvenir...

« Puis-je aller avec vous ? avait-elle dit. Seulement jusque là-bas ? »

Son cou blanc sous mon parapluie noir, son chignon récemment orné de longs fils d'argent, je me souviens...

Rapatrié de Chine, sorti de l'hôpital...

« Ne vous inquiétez pas pour moi, avais-je dit. Prenez le parapluie...

– Ça ne vous ennuie pas ? avait-elle demandé avec un sourire. Seulement jusque là-bas... »

Mon parapluie dans la main droite, elle soulève la jupe de son kimono de la gauche, puis se tourne à nouveau vers moi et demande :

« Ce parapluie me va-t-il bien ? »

Dans la pénombre, je ne peux oublier...

Ça me démange et je me gratte. *Gari-gari...*

Dans la pénombre. Je pense à ma femme. Dans la pénombre...

Je suis désolé. Je suis désolé. Je suis désolé. Je suis désolé. Je suis désolé...

Je pense à mes enfants. Dans la pénombre. Son dos tourné vers moi...

Je suis désolé. Je suis désolé. Je suis désolé. Je suis désolé...

Dans la pénombre. Son visage vers le mur. Dans la pénombre...

Je suis désolé. Je suis désolé. Je suis désolé...

Vers le papier. Dans la pénombre. Vers les taches...

Je suis désolé. Je suis désolé...

Dans la pénombre, l'esquisse des choses...

Je suis désolé...

L'esquisse de vies, qui disparaît.

3

17 août 1946

Tokyo, 32°, beau

Ça me démange et je me gratte. *Gari-gari.* Une fois de plus, je n'ai pas dormi. Je n'ai pas fermé l'œil. Mes yeux fatigués et douloureux. Le soleil du début de la matinée entre par la fenêtre, maintenant, éclaire la poussière et les taches de sa chambre, et le bruit des marteaux suit la lumière...

Ton-ton. Ton-ton. Ton-ton. Ton-ton. Ton-ton...

Je m'assieds sur le futon. Je regarde ma montre...

Chiku-taku. Chiku-taku. Je suis en retard...

Idiot! Idiot! Idiot! Idiot! Idiot!

Je me lève. Ça me démange et je me gratte. *Gari-gari.* J'enfile ma chemise et mon pantalon. *Gari-gari.* J'atteins le *genkan. Gari-gari.* Je noue les lacets de mes chaussures. *Gari-gari...*

Je jure. Je jure. Je jure...

Je me retourne pour dire au revoir...

Mais elle ne bouge pas, le dos vers la porte, son visage vers le mur, le papier, les taches...

Je me maudis...

Je ferme la porte et je cours dans le couloir. Dans l'escalier et hors de l'immeuble. Hors des ombres et dans la lumière. La lumière très vive du matin, les ombres très sombres, qui écrasent et tachent la ville en noir et blanc. Masses de béton blanc et fenêtres vides, noires. Trottoirs et chaussées blancs, poteaux télégraphiques et arbres noirs. Plaques de métal blanches, tas de gravats noirs. Feuilles blanches, mauvaises herbes noires. Yeux blancs et peau noire des Vaincus, étoiles blanches et uniformes noirs des Vainqueurs...

Ton-ton. Ton-ton. Ton-ton. Ton-ton. Ton-ton...
Pas de couleurs aujourd'hui. Pas de couleurs sur cette lune.

L'inspecteur Fujita est à sa table de travail d'emprunt, dans notre pièce d'emprunt. *Fujita ne lève pas la tête.* Ishida sert le thé. *Fujita fouille dans les poches de sa veste.* Nishi et Kimura réparent leur carnet, roulent de minces bandes de papier usagé pour en faire des fils permettant de relier le papier grossier, rugueux, sur lequel ils prennent leurs notes. *Fujita sort une enveloppe de la poche intérieure de sa veste.* Les autres se réveillent, bâillent et s'étirent, toussent et se grattent. *Fujita n'a pas dormi.* Les fenêtres sont ouvertes, mais la pièce reste torride, empeste la mauvaise haleine et la transpiration. *Fujita jette un coup d'œil sur sa montre.* Ils boivent leur thé et se mettent à ronchonner. *Fujita écrit un nom sur l'enveloppe.* Ils ont envie de cigarettes, mais la prochaine distribution aura lieu lundi, et c'est samedi. *Fujita remet l'enveloppe dans la poche intérieure de sa veste.* Ils ont envie d'un petit déjeuner, mais le prochain repas sera encore composé de *zōsui* froid. *Il lève la tête.* L'inspecteur Fujita me regarde...

J'attends qu'il prenne la parole, mais il demeure silencieux. Je me lève, derrière ma table de travail. Je m'incline et je dis : « Bonjour, brigade numéro deux. »

Ils se lèvent. Ils s'inclinent. Ils disent : « Bonjour. »

Je leur indique : « Ce matin, j'accompagnerai l'inspecteur Kai à l'hôpital universitaire Keiō pour les autopsies. L'inspecteur Fujita sera responsable de la poursuite des recherches sur les lieux du crime. L'identification du second cadavre ne sera pas facile et le plus petit indice pourrait se révéler capital, donc je vous demande d'être aussi diligents que possible dans vos recherches.

– Nous serons aussi diligents que possible », répondent-ils.

Je m'incline une nouvelle fois. Ils s'inclinent...

Tous sauf l'inspecteur Fujita.

Retour dans la lumière, retour hors des ombres. Dans le blanc et dans le noir. Dans la crasse et la poussière. Marche, dans la chaleur torride, jusqu'au quartier général de la police métropolitaine de Tokyo. Réunion du matin...

Je frappe à la porte du bureau du directeur. Je l'ouvre. Je m'excuse. Je m'incline. Je prends ma place à la table ; Kita en tête ; Adachi et Kanehara à sa droite ; Kai et moi à sa gauche ; les mêmes personnes, le même endroit, la même heure et les deux mêmes conversations...

Purges et réformes. Réformes et purges...

L'année dernière, sept mille huit cent quatre-vingt-onze policiers ont volontairement renoncé à leur poste, trois mille sept cent quarante-neuf sont partis pour cause de blessure ou de maladie, mille six cent quarante-neuf sont morts et deux mille huit cent cinquante-six policiers ont été limogés ou renvoyés...

« Ils veulent maintenant sortir une nouvelle directive de purge, dit Kanehara. Nous n'avons pas beaucoup d'hommes et s'ils appliquent cette directive, il ne restera personne...

– C'est pour cette raison qu'ils promettent de meilleures conditions de travail, dit Adachi. Pour recruter de nouveaux hommes... »

Réformes et purges. Purges et réformes...

À partir de lundi, de nouvelles règles entreront en application ; les agents en uniforme travaillent actuellement en moyenne treize heures par jour en trois équipes. Les Vainqueurs ont décrété qu'ils travailleront désormais en moyenne huit heures par jour en trois équipes ; la première équipe travaillera de huit heures à dix-huit heures, la deuxième équipe de dix-sept heures à neuf heures et le troisième jour sera une journée de congé...

« Mais il n'y a pas assez de personnel pour fonctionner de cette façon, dit Kanehara. Nous n'avons pas les hommes qui permettraient d'appliquer ces horaires...

– Et nous connaissons tous la réponse qu'ils donnent, dit Adachi. Affecter sept cents agents chargés de l'administration de la police métropolitaine sur le terrain afin de compenser...

– C'est notre faute, dit Kanehara. Nous leur avons demandé de meilleures conditions de travail, des horaires moins lourds, davantage de congés, de meilleures garanties, de meilleures retraites et de meilleurs salaires. Nous leur avons demandé si nous pouvions recruter de meilleurs hommes et conserver les bons éléments dont nous disposons. Nous leur avons demandé cela et telle est leur réponse, c'est tout ce qu'ils font...

– Ils continuent simplement de purger la direction, dit Adachi, et de transférer les hommes que nous avons...

– Nous demandons inlassablement, dit Kanehara. Et ils promettent ceci, ils promettent cela...

– C'est tout ce qu'ils font... »

Les mêmes personnes, le même endroit, la même heure et les deux mêmes conversations tous les jours, réunion après réunion, jusqu'au moment où on frappe à la porte, jusqu'à ce qu'il y ait une interruption...

« Excusez-moi, marmonne l'agent en uniforme...

– Qu'est-ce qu'il y a ? aboie Kita.
– L'hôpital Keiō est prêt, monsieur. »

Il y a eu un nouvel accident de trolleybus, une mère et son enfant ont été tués. Le réseau tout entier est stoppé et nous descendons du bus, l'inspecteur Kai et moi, terminons le trajet à pied. Il nous faut traverser les vieux parcs et jardins de Moto-Akasaka...

Bruit des corbeaux, bruit des corbeaux...

Là aussi, la lumière est si vive que les feuilles vertes paraissent blanches sur le noir des troncs, même si l'essentiel de cette zone a été épargné par les bombardements, tout comme le palais impérial et son parc ; désormais, les vastes villas et les anciens palais de Moto-Akasaka abritent les bureaux et les logements des Vainqueurs et de leurs familles...

« On chasse encore, dans ce coin, dit Kai.

– On chasse ? je demande. Qui chasse ici ?

– Les nobles et les Américains.

– Ils vont à la chasse ensemble ?

– Oui, répond Kai. Il paraît que des membres de notre noblesse distraient les pontes américains avec des faucons. Même MacArthur...

– Donc les Américains ne confient pas d'armes aux nobles ?

– Ils emmènent aussi les Américains à la pêche au cormoran.

– Je voudrais manger de l'*ayu*, je réponds. Même de l'*ayu* pris par les Américains. J'en sens le goût, avec du saké pour le faire passer. »

Kai rit. « Je mangerais même le cormoran. »

Deux collines plus loin, au nord, à Ichigaya, se dressent les bâtiments de l'ancien ministère de la Guerre, la boîte énorme de trois étages qui était autrefois le quartier général de l'Armée impériale mais abrite, depuis mai, le tribunal militaire international d'Extrême-Orient...

Une chasse différente. Un sport différent.

L'hôpital universitaire Keiō est à Shinanomachi, dans l'arrondissement de Yotsuya. Le bâtiment principal est endommagé mais debout, les abords et le jardin calcinés ou envahis par les mauvaises herbes. Les malades et les égarés entrent et sortent, vont et viennent. Il y a des files d'attente aux barrières. Des policiers aux portes. À l'intérieur, le plâtre tombe et le linoléum est déchiré. Les couloirs grouillent de mourants et de morts, de gens qui attendent et de gens qui pleurent...

Je ne veux pas me souvenir. Je ne veux pas me souvenir...

Je les contourne ou les enjambe, m'efforce de ne pas respirer...

Je hais les hôpitaux. Je hais les hôpitaux. Je hais les hôpitaux...

L'air est alourdi de hurlements et de sanglots, de mort et de maladie, de DDT et de désinfectant. Les seuls médicaments sont l'aspirine et le mercurochrome, les seuls pansements sont gris et ensanglantés. Les chariots sont alignés contre les murs, des membres pendent contre leurs flancs. Restes de repas et morceaux de nourriture puants dans des boîtes en carton et des récipients cabossés en fer-blanc, sous des lits de couvertures rugueuses et de draps souillés...

Mais, dans la pénombre, je ne peux pas oublier...

Je m'efforce de ne pas regarder, de me contenter de marcher...

J'ai passé trop de temps ici...

Dans les salles d'attente puis les longs couloirs, devant les cabinets de consultation et les blocs opératoires, les infirmeries et les services, jusqu'au médecin chef...

Le médecin chef a quatre-vingts ou quatre-vingt-dix ans, son visage est gris et chiffonné, ses yeux noirs et vides. Il porte une blouse non repassée et un pantalon à rayures, tous les deux trop grands de deux tailles et sentant les boules de naphtaline...

« Vous êtes en retard », dit-il.

Nous nous inclinons profondément, l'inspecteur Kai et moi. Nous nous excusons à de nombreuses reprises...

Le médecin chef secoue la tête et dit : « Je dois faire un rapport important devant la Commission chargée de la santé. Il ne faut pas que je sois en retard...

– Nous regrettons vraiment beaucoup, je répète, mais il y a eu un accident de trolleybus.

– Du travail supplémentaire, gémit-il...

– Ils sont morts, dis-je...

– Qui est mort ?

– La mère et son enfant, je réponds. La mère et son enfant, qui sont tombés du marchepied du trolleybus... »

Il nous remet deux dossiers pris sur la pile qui se trouve sur son bureau. Il dit : « Vous connaissez le chemin ? »

Chacun avec notre dossier, nous lisons en marchant dans le long couloir qui conduit à l'ascenseur. Des mères sont assises ici. Cinq des mères qui recherchent leurs filles disparues...

Cinq mères dont le signalement des filles disparues ressemble de plus près aux cadavres découverts dans le parc de Shiba. Cinq mères qui espèrent avec ferveur qu'elles ne les trouveront pas ici...

« Qu'est-ce qu'elles veulent encore ? crache Kai. Nous leur avons dit d'attendre demain. Elles n'ont rien à faire ici... »

J'ai parcouru les indices et les déclarations des dossiers. J'ai vu les espoirs et les peurs dans leurs yeux. Je dis : « Laissons-les les voir.

– Elles peuvent attendre, dit Kai, que les autopsies soient terminées...

– Pourquoi ne pas laisser ces cinq femmes les voir ? Ça pourrait nous aider...

– Pourquoi ? demande-t-il. Elles auront de la chance ou elles seront arrivées trop tard...

– Laissons-les les voir avant l'autopsie, j'insiste.

– Non.

– Et si c'était ta fille qui avait disparu ? je demande. Voudrais-tu la voir après une autopsie ? »

L'inspecteur Kai s'immobilise dans le couloir. L'inspecteur Kai dit : « Ma fille est morte. Ma fille a été brûlée vive dans un abri antiaérien. Ma fille n'a pas subi d'autopsie... »

Je me tais. Je me souviens. Il est trop tard. Je dis : « Je suis désolé. Je suis vraiment désolé... »

Mais Kai s'éloigne, s'éloigne des cinq mères, est déjà au milieu du couloir. Du couloir étroit qui conduit à l'ascenseur de service. Il appuie sur le bouton de l'ascenseur. Il attend. Il regarde les portes de l'ascenseur s'ouvrir. Il y entre. Je le suis. Il appuie sur un deuxième bouton. Il regarde les portes de l'ascenseur se fermer...

Il n'y a pas d'ampoule électrique à l'intérieur, pour des raisons d'économie, indique un infirmier, et nous descendons dans un ascenseur où il fait si noir que je ne peux pas voir ma main devant mon visage...

Je pense sans cesse à elle...

Je ne peux pas voir le corps allongé sur le chariot qui se trouve près de moi. Le corps allongé sur le chariot qui touche ma jambe. Le corps qui sent...

Qui sent le fruit, qui sent l'abricot pourri...

L'ascenseur s'arrête. Les portes s'ouvrent...

La lumière revient. *La pénombre.* Il ne fait guère plus clair, au sous-sol, que dans l'ascenseur. *Des esquisses de choses bougent dans la pénombre.* Gens et insectes attirés comme par des aimants par les rares ampoules nues. *Esquisses de choses.* Les gens travaillent en manches de chemise ou en maillot de corps ; les insectes se repaissent de leur sueur et de leur peau, de leur chair et de leurs os. *Dans la pénombre.* Ce labyrinthe de couloirs et de pièces. *Ici, où viennent les morts.* Les murs carrelés d'éviers, d'évacuations. *Où les morts vivent.* Les affichettes mettant en garde contre les coupures et les piqûres. Les infirmiers lavant leurs mains et leurs avant-bras, inlassablement. *Ici. En bas...*

La salle d'autopsie donne sur le couloir, à droite, après la morgue. Il y a des mules destinées à nos pieds, la salle proprement dite se trouvant au-delà d'une porte en verre à double battant sur laquelle on voit encore le papier collant posé pendant les bombardements...

Elle arrive maintenant. Elle arrive...

Le docteur Nakadate nous attend devant la porte en verre à double battant, devant le papier collant. Nakadate termine sa cigarette, la fume jusqu'à l'extrême limite...

Visage familier, endroit familier...

Le docteur Nakadate nous adresse un bref regard. Il nous salue d'un sourire.

« Bonjour, inspecteurs.

– Bonjour, répondons-nous. Nous sommes désolés d'être en retard.

– Il n'y a pas de pendules, ici », répond le docteur Nakadate.

Il éteint sa cigarette et pousse la porte en verre à double battant de la salle, où cinq médecins légistes en blouse grise crasseuse sont rassemblés autour des trois tables d'autopsie et des deux tables de dissection, plus petites ; les trois tables d'autopsie sont scellées dans le béton du sol au centre de la salle, trois tables octogonales allongées, en marbre blanc et de conception allemande, inclinées afin de permettre l'écoulement, aux bords surélevés afin de prévenir les fuites...

Ça me démange et je me gratte. *Gari-gari...*

Elle arrive...

La porte en verre s'ouvre à nouveau. Le premier corps arrive de la morgue sous un drap gris et sur un chariot aux vieilles roues. Le drap gris est enlevé. Le corps allongé sur le chariot est soulevé...

Dans la pénombre, elle est là...

Le corps nu de la première femme, allongé sur la table...

Ici, où des esquisses de choses bougent dans la pénombre...

Son corps semble plus long, plus pâle. Yeux ouverts, bouche entrouverte...

Et je suis ici à cause de toi, dit-elle...

On note le sexe. L'âge, estimé à dix-huit ans...

Ici, où il y a de la souffrance...

On la pèse. On la mesure...

Ici, dans la pénombre...

Le docteur Nakadate enfile une blouse de chirurgien tachée et des gants en caoutchouc. Les infirmiers soulèvent le corps. Les infirmiers placent un bloc de caoutchouc dessous. Ses seins et sa poitrine se soulèvent, ses bras et son cou s'abaissent...

« Il n'y a toujours pas de nom ? demande le médecin. Pas d'identification ? »

Je regarde brièvement l'inspecteur Kai et je réponds : « Nous n'avons pas encore de noms.

– Dans ce cas, c'est le numéro un. Le suivant sera le numéro deux. »

J'acquiesce. Je porte mon crayon à mes lèvres. Je lèche la mine.

Nakadate commence ses observations générales de l'état extérieur du premier corps, un de ses assistants note tout ce qu'il dit sur un tableau fixé au mur, un autre écrit dans un grand registre de l'hôpital les observations en allemand et en latin...

Évocations marmonnées. Incantations murmurées...

« Les iris sont noirs, les cornées troubles, psalmodie le médecin. Hémorragies sous-cutanées... »

Je lève à nouveau la tête...

Elle regarde le médecin, le regarde travailler...

« Après avoir ôté un morceau de tissu qui se trouvait autour du cou, on constate une marque de ligature – qui sera qualifiée de ligature A – sous la mâchoire... »

Elle fixe le tissu qu'il tient...

« Abrasions mineures dans la région de la ligature A, mais l'absence d'hémorragie suggère que la ligature A est postérieure à la mort... »

Elle ouvre et ferme les yeux...

« Les fortes meurtrissures du cou selon un motif suggérant qu'on a tenté d'étrangler la victime... »

Elle déglutit, maintenant, tandis...

« Dans la même région que les meurtrissures du cou, une deuxième marque de ligature est présente – qu'on qualifiera de ligature B –, laquelle entoure le cou, en coupe la ligne médiane juste sous la saillie du larynx... »

Et elle se souvient...

« La peau de la face antérieure du cou, au-dessus et en dessous de la ligature B, présente des hématomes sous-épidermiques... »

De sa mort...

« L'absence d'abrasion, à cet endroit, correspond à l'utilisation d'un lien plus souple...

– Un *haramaki*, par exemple ? » demande Kai.

Le docteur Nakadate lève la tête. Il acquiesce. « Oui, inspecteur Kai, par exemple un *haramaki.* »

Kai se tourne vers moi. J'ouvre la bouche dans l'intention de parler. Pour lui demander une nouvelle fois. L'inspecteur Kai secoue la tête. Je renonce...

Le docteur Nakadate s'est approché des parties génitales. « Il y a des indices d'activité sexuelle forcée... »

Voici la souffrance. La souffrance est ici...

« Antérieure ou postérieure à la mort ? » je demande...

Je suis là à cause de toi...

Le docteur Nakadate me regarde par-dessus le corps. Il lève un doigt. « Un instant, je vous prie, inspecteur. »

Ses joues rougissent. Ses yeux se ferment...

« Peut-être les deux », dit-il.

Voici la souffrance. La souffrance est ici...

Le docteur Nakadate et ses assistants examinent maintenant très attentivement la totalité de sa peau, chaque ongle et chaque cheveu, chaque dent et chaque orifice, chaque bouton et chaque tache...

« Existe-t-il des signes distinctifs permettant l'identification, docteur ? je lui demande. Quelque chose...

– Oui, répond-il. Il y a une petite cicatrice de panaris sur le pouce gauche. »

Je me tourne à nouveau vers l'inspecteur Kai. Kai prend des notes. Je tousse. Je m'éclaircis la gorge. Je reprends la parole : « Nous devrions peut-être autoriser les mères à voir le corps, maintenant, inspecteur Kai ? »

Le docteur Nakadate interrompt son examen. Il lève la tête...

« Non, dit à nouveau l'inspecteur Kai.

– Mais avec cette cicatrice ? j'insiste. Et le *haramaki*, les cinq trous reprisés du *haramaki...* ?

– Non, répète Kai.

– Je crois qu'une identification est maintenant possible...

– Non.

– Mais nous perdons du temps...

– La brigade numéro un a été chargée de ce cadavre...

– Oui, dis-je, mais...

– Et la brigade numéro deux du cadavre suivant...

– Mais de toute évidence, tant que ce corps n'aura pas été identifié, je ne peux pas...

– Dans ce cas, inspecteur, je crois que je suis responsable de cette affaire.

– Oui, mais...

– Mais quoi, inspecteur ? demande l'inspecteur Kai.

– Rien.

– Docteur Nakadate, dit Kai, je m'excuse car nous vous avons dérangé dans votre travail. Veuillez poursuivre l'autopsie. »

Le docteur Nakadate prend un scalpel sur le plateau. *Métal sur métal.* Le docteur Nakadate insère le scalpel dans sa cavité thoracique. *Métal dans la peau.* Le docteur Nakadate trace une incision en forme de Y au milieu de son corps, de la face antérieure de l'épaule jusque sous chaque sein, autour du nombril et jusqu'à l'os pubien. *Métal dans la chair jusqu'à l'os...*

Elle croise les bras. Elle saisit ses épaules...

La peau, les muscles et les tissus mous de la paroi thoracique sont écartés puis posés sur son visage, la cage thoracique et la partie inférieure du cou sont dévoilées...

Elle tourne la tête et me regarde...

Son corps est ouvert. Son sang coule...

Je suis ici à cause de toi...

Lumière noire/blanche. Scalpel qui entre/sort...

Ici à cause de toi...

Il tranche. Il coupe. Morceau par morceau...

Pour peser. Mesure pour mesure...

Ici où il y a de la souffrance...

Le docteur Nakadate ôte l'estomac et un assistant l'ouvre sur une des petites tables de dissection, examine son contenu tandis qu'un autre assistant tranche son foie, et l'odeur du suc gastrique...

La puanteur du suc gastrique emplit la pièce...

Sa cage thoracique est ouverte maintenant...

Ici où il y a de la souffrance...

On ôte son cœur...

Ici.

Finalement, le bloc de caoutchouc est placé sous sa tête. Le docteur Nakadate ouvre son cuir chevelu...

Je ferme à nouveau les yeux...

Lumière noire/blanche. *Le cuir chevelu de ma femme.* Scalpel qui entre/sort. *Le cuir chevelu de ma fille.* Tranche/coupe. *Mon fils...*

J'ouvre les yeux...

Ici...

Sa tête a basculé en arrière et ses yeux fixent, dans un dernier regard glacé, le plafond fissuré de la salle d'autopsie ; sa moelle épinière et son cerveau ont été extraits...

Mesure pour mesure...

Morceau par morceau...

Pour enregistrer...

L'inspecteur Kai a fermé son carnet. Il a rangé son crayon, sorti une cigarette. L'inspecteur a fini son travail...

Sa souffrance enregistrée. Sa détresse notée...

Le docteur Nakadate lave ses gants dans une cuvette métallique. L'eau est rouge, sa blouse noire. Le médecin a terminé son travail...

Les assistants du médecin commencent à recoudre.

Sa souffrance. Sa détresse...

Je les regarde travailler. Je la regarde...

Brisée...

« Vos premières conclusions, docteur ? demande l'inspecteur Kai...

– J'estime qu'elle est morte il y a environ dix ou onze jours, répond le médecin, et que la cause de la mort est l'asphyxie due à la strangulation.

– Merci beaucoup, docteur, dit l'inspecteur Kai. Je suis impatient de lire votre rapport.

– Je vous en prie. »

L'inspecteur Kai se tourne vers moi.

« Je retourne à Atago.

– Et le deuxième corps ? lui dis-je. Tu n'assistes pas à l'autopsie ? Il y a peut-être...

– C'est ton affaire, dit Kai. De toute façon, ce ne sont pratiquement que des os. Il n'y aura rien à voir. »

Je me tourne à nouveau vers la table d'autopsie. *À nouveau vers elle.* Les sutures sont terminées, on pose le corps sur le chariot. Le drap gris est une nouvelle fois étendu sur le corps. La porte en verre à double battant est ouverte et on sort la victime de la salle d'autopsie, on la ramène à la morgue...

Le marbre de la table est lavé avec un seau d'eau...

J'avale de la bile. J'avale de la bile. J'avale...

Son sang coule en rivières.

Je suis assis dans le couloir entre la salle d'autopsie et la morgue. Ça me démange et je me gratte. *Gari-gari* *. J'attends que le docteur Nakadate ait bu son thé et fumé sa cigarette. Ça me démange et je me gratte. *Gari-gari.* J'attends que les employés aient fini de nettoyer la salle d'autopsie. Ça me démange et je me gratte. *Gari-gari.* J'attends qu'ils amènent le second corps. Ça me démange et je me gratte. *Gari-gari.* J'attends le début de la seconde autopsie...

En me grattant parce que ça me démange, en me grattant parce que ça me démange...

Mon autopsie, mon cadavre. Mon cadavre, mon autopsie...

Le papier collant datant des bombardements est toujours fixé sur le verre.

Le second cadavre est allongé sur une couverture, sur une civière posée sur un chariot. Le second cadavre ne comporte pratiquement que des os et des vêtements. Deux employés saisissent deux coins de la couverture, soulèvent les os et les vêtements puis les posent sur la table d'autopsie. On ôte ensuite la couverture de sous les vêtements et les os.

Le docteur Nakadate a enfilé la même blouse chirurgicale tachée ainsi que les mêmes gants en caoutchouc et commence l'examen externe par les mensurations et les estimations, un assistant se tient près du tableau fixé au mur, l'autre écrit dans le registre de l'hôpital; les faits, les chiffres et les conclusions; en allemand, en latin puis dans notre langue maternelle...

Évocations marmonnées. Incantations murmurées...

« Le corps est celui d'une jeune femme, cette fois encore âgée approximativement de dix-huit ans... »

Même âge, même sexe...

On ôte soigneusement les vêtements qui couvrent les os...

Couteaux et ciseaux dans les boutons et les fils...

Tout d'abord la robe-tablier jaune à rayures bleu foncé, puis le chemisier à manches courtes blanc et les chaussures en toile blanche à semelle de caoutchouc rouge, enfin les chaussettes roses...

Elle ne porte pas de sous-vêtements...

Le même sexe, le même endroit...

Je dis : « Nous avons trouvé un sous-vêtement près des lieux.

– Faites-le envoyer ici, dit un assistant. Il sera peut-être encore possible de comparer son âge à celui de ces vêtements et de rechercher des fils ou des fibres identiques. »

Je lèche la mine de mon crayon.

Je note et je demande : « L'heure de la mort ? »

Le docteur Nakadate secoue la tête. « Compte tenu de la chaleur et de l'humidité de l'été, comme les insectes et la vermine ont été les premiers à la découvrir, il est difficile d'être précis, mais j'estime qu'elle est morte il y a environ trois ou quatre semaines... »

Je lèche la mine de mon crayon. Je note à nouveau.

Trois, quatre semaines. Entre le vingt et le vingt-sept juillet...

Le docteur Nakadate pose ses doigts gantés sur le cou et la mâchoire inférieure. Le docteur Nakadate lève la tête et me regarde. Le docteur Nakadate avance la lèvre inférieure, hoche la tête pour lui-même, puis dit : « L'os hyoïde, à la base de la langue, est brisé, ainsi que les cartilages thyroïde et cricoïde, ce que nous avons constaté sur le corps numéro un... »

Le même endroit, le même crime...

« Cette jeune fille a été étranglée ?

– Plus vraisemblablement garrottée.

– La même personne ? »

Le docteur Nakadate acquiesce. « Et nous avons tous les deux déjà vu cela, inspecteur. Vous vous souvenez ? »

Retour dans la lumière. Je jure. Je jure. Je jure. *Je ne veux pas me souvenir. Je ne veux pas me souvenir.* Chaleur torride de la rue. Je transpire. Je transpire. Je transpire. *Simplifie, simplifie ; deux cadavres, un meurtrier ; une affaire, l'affaire de Kai.* Le trolleybus ne passe pas ou le trolleybus est bondé. Ça me démange. Ça me démange. Ça me démange. *Je ne veux pas me souvenir. Je ne veux pas me souvenir.* Les trains toujours en retard, les trains toujours pleins. Je me gratte. Je me gratte. Je me gratte. *Rien à foutre de Nakadate, cache le lien, enterre le rapport.* Traversée de Moto-Akasaka, puis le long de la rivière. Je cours. Je cours. Je cours. *Je ne veux pas me souvenir. Je ne veux pas me souvenir.* Je franchis les portes du poste de police. Je halète. Je halète. Je halète. *Ne rien entendre, ne rien voir, ne rien dire.* L'escalier jusqu'à la Première division de police criminelle et la porte du bureau du directeur. Je frappe. Je frappe. Je frappe. *Ne se souvenir de rien. Ne se souvenir de rien...*

J'entre dans le bureau du directeur. Je m'excuse. Je m'incline...

Ni Adachi. Ni Kanehara. Ni Kai. Seulement moi...

« Assieds-toi donc, dit-il. Tu sembles avoir chaud... »

Je m'incline et m'excuse à nouveau. Je m'assieds.

Il me donne du thé. « Bois... »

Je prends le thé. Je le remercie...

« Il fait toujours très chaud dans notre ville, dit Kita. Je déteste cela, cette chaleur citadine. J'ai acheté un peu de terrain, tu sais ? Près d'Atami. J'ai commencé à le cultiver. Regarde... »

Kita pose les mains sur son bureau. Ses mains sont calleuses...

« Ce sont de vrais cals, dit-il. Dus à la terre. Parce que la terre est importante. La terre nous maintient en vie. La terre nous maintient près des gens... »

Kita a perdu ses deux fils ; l'un est mort en Chine, l'autre a disparu en Sibérie...

J'acquiesce. Je suis d'accord avec lui. Je pose le bol de thé...

« Qu'a dit Nakadate ? demande le directeur...

– Le docteur Nakadate croit que les deux corps découverts dans le parc de Shiba ont probablement été tués par la même personne.

– Vraiment ? dit Kita. D'après vous, cela nous rend-il les choses plus faciles ou plus difficiles ?

– J'espère que cela les rend plus faciles. Une seule enquête est nécessaire, maintenant que... »

Je me tais. Il est trop tard...

Je jure ! Je jure ! Je jure !

Le directeur me regarde par-dessus sa table de travail. Il a un geste d'impatience. Il sourit.

Je me maudis ! Je me maudis ! Je me maudis !

« Je crois simplement que deux ne sont pas utiles... »

Le directeur a levé un doigt.

Je me maudis ! Je me maudis !

« Je suis désolé, dis-je, je n'avais pas l'intention... »

Le directeur soupire. Le directeur secoue la tête. Le directeur demande : « Pourquoi ne voulez-vous pas de cette affaire, inspecteur ?

– Ce n'est pas que je n'en veuille pas, je réponds. C'est seulement que je...

– Que vous voulez être muté ? Muté à la brigade numéro six ?

– Oui, je réponds, puis j'ajoute : Mais ce n'est pas seulement ça...

– Savez-vous que Kanehara et Adachi trouvent que je suis trop coulant avec vous ? Qu'ils croient que je vous laisse faire, alors que je devrais vous réprimander ? »

J'incline la tête. Je m'excuse...

« Et je sais qu'ils ont raison, dit-il. Mais je connaissais votre père et votre père était mon ami, si bien que j'ai des obligations vis-à-vis de sa mémoire et, de ce fait, vis-à-vis de son fils... »

Je m'excuse une nouvelle fois...

« Et pendant des périodes telles que celle que nous vivons, je crois que remplir ses obligations est plus important que tout, qu'en remplissant nos obligations, nous parviendrons à survivre à cette période et à reconstruire notre pays... »

Je regarde le rouleau accroché au mur derrière sa table de travail, ce rouleau taché de sang sur lequel il est écrit : *Le moment est venu de dévoiler l'essence véritable de la nation.*

« Ce n'est pas le moment d'oublier nos obligations, dit-il. Elles sont ce que nous sommes.

– Je regrette très profondément, dis-je. Je vous ai présenté des requêtes déraisonnables...

– Vos yeux sont rouges, dit le directeur. Suivez le chemin de la prudence. »

Il fait toujours une chaleur insupportable et j'ai besoin d'un verre. J'ai besoin d'un repas et j'ai besoin d'une cigarette. Je me rends au parc de Shiba par un chemin différent, traverse un des marchés improvisés où les commerçants ambulants ont installé leurs étals et leurs échoppes de nattes de paille et de paravents de roseau. Accroupis dans l'ombre rare, ils vantent leur marchandise, le visage rouge et l'humeur agressive, un éventail à la main et une serviette sur la tête ; les hommes pourraient être des femmes et les femmes pourraient être des hommes...

Mais il y a à boire, ici. De la nourriture et des cigarettes...

Ici, parmi les glapissements des vendeurs et le vacarme de leurs plats, alors que les clients, la bouche ouverte, titubent d'étal en étal, fixent la marchandise et la nourriture de leurs yeux injectés de sang, serrent leurs vieux billets froissés et leur ventre difforme...

À boire, de la nourriture et des cigarettes...

Je regarde un vendeur jeter des sardines pourrissantes sur un gril de tôle ondulée. Je sens l'odeur de l'huile sur le métal, et j'entends les affamés se précipiter avec leurs billets et leur ventre...

Je ne peux pas manger ça.

Je tourne le dos. Je continue mon chemin. J'arrive près d'une femme qui vend des boulettes de riz enroulées dans des algues...

« Dix yens, dit-elle. Riz blanc... »

Mais il y a dix ou vingt mouches sur chaque boulette, les algues sont déchirées et le riz est vieux. Je tourne le dos à l'étal, regarde les allées du marché, guette des yeux et des oreilles la boisson et les cigarettes...

Je regarde l'homme de l'étal suivant. Je le regarde vendre les sucreries et les bonbons contenus dans un bidon de kérosène. Je le vois plonger la main dans le bidon et en sortir aussi des paquets de cigarettes américaines...

Je me rends à l'étal. « Combien vaut un paquet ? je demande.

– Je ne vois pas de quoi tu parles », répond l'homme.

Il porte un maillot de corps, un short et des chaussures de l'armée...

« Je vous en prie, j'insiste. Combien vaut un paquet... ? »

L'homme me dévisage et répond : « Cent yens.

– Pourquoi pas deux paquets pour cent yens ? »

L'homme éclate de rire. « Barre-toi, clodo... »

Je regarde autour de moi. Je sors ma carte de police. Je la place devant moi de telle façon que lui seul puisse la voir. Je dis : « Quatre paquets.

– Quoi ? s'écrie l'homme. Tu blagues... »

Je secoue la tête. Je répète : « Quatre paquets. »

L'homme soupire. L'homme plonge la main dans le bidon de kérosène. L'homme en sort quatre paquets de Lucky Strike...

« Voilà, monsieur l'agent », dit-il.

Je prends les cigarettes. Je pivote sur moi-même...

« Arrête ! Remets ça où tu l'as pris, sale petit voleur... »

Je me retourne à nouveau. La vendeuse de boulettes de riz tient un jeune garçon par le poignet. Le jeune garçon a une boulette de riz à la main...

J'ai vu ce jeune garçon quelque part...

Le jeune garçon est noir de crasse et de haillons que la chaleur et la sueur ont collés les uns aux autres, la crasse au tissu, le tissu à la peau ; son visage et ses mains sont couverts d'ampoules et de furoncles qui pleurent du pus sous le soleil du marché...

J'ai vu ce jeune garçon...

« Lâche ça ! » crie la femme...

Mais le jeune garçon refuse, se penche et mord la main de la femme qui recule d'un bond sous l'effet de la douleur, pousse le jeune garçon...

Qui me heurte...

*Banzai *!*

Mordant la boule de riz tout en tombant, l'avalant en une bouchée, le jeune garçon me fait basculer en arrière dans une échoppe et sur le sol, mais sans me laisser le temps de me saisir de lui, sans me laisser le temps de me redresser, il est debout et s'éloigne dans la foule qui, maintenant, me regarde fixement...

Dont fait partie l'homme en maillot de corps, short et chaussures de l'armée, qui secoue la tête et dit : « Sale voleur. »

Mon pantalon est couvert de poussière. Mon dos me fait mal à cause de la chute. Il est seize heures. Je retrouve une partie de mon équipe sur les pentes du parc de Shiba ; Hattori, Takeda, Sanada et Shimoda assis à l'ombre, leur chapeau à la main, chassant les mouches et les moustiques. Ils se lèvent péniblement à mon approche, s'inclinent et s'excusent, s'expliquent et font leur rapport. Je leur offre des cigarettes. Je m'en fiche. Je n'écoute pas. Je cherche les autres. L'inspecteur Fujita...

Hattori, Takeda, Sanada et Shimoda se grattent la tête et inspirent avec bruit, secouent la tête et disent : « L'inspecteur Fujita était là. Il était effectivement ici. Mais il n'est plus...

– Et Nishi ? Kimura ? Ishida ? » je demande.

Hattori, Takeda, Sanada et Shimoda fixent le soleil et protègent leurs yeux, montrent la colline et répondent : « Nishi et Kimura sont partis par là avec le bûcheron...

– Et où est Ishida ? » je demande...

Hattori, Takeda, Sanada et Shimoda réfléchissent avant de répondre : « Avec l'inspecteur Fujita. »

Je pivote sur moi-même dans l'intention de m'éloigner, de m'en aller, mais me trouve face à Adachi...

« Dur travail, comme d'habitude », dit l'inspecteur chef Adachi...

Je m'incline. Je m'excuse. Je donne mes explications. Fais mon rapport...

Mais Adachi s'en fiche. Il n'écoute pas. Adachi ne cherche pas les autres. Il cherche l'inspecteur Fujita...

Personne n'est qui il prétend être...

Je me gratte la tête et j'inspire bruyamment. Je secoue la tête et je dis : « L'inspecteur Fujita est retourné au poste de police d'Atago, monsieur l'inspecteur chef. »

À Atago, une heure plus tard, l'inspecteur chef Adachi me regarde fixement. *Fujita absent.* La première brigade, la deuxième brigade et tous les agents en uniforme des autres postes de police sont réunis dans la salle de la première brigade. Adachi me regarde fixement. *Fujita absent.* Je me tiens à une extrémité de la pièce en compagnie d'Adachi, Kanehara et Kai, face à la première brigade, la deuxième brigade et les agents en uniforme. Mais les yeux d'Adachi sont rivés sur moi...

Fujita absent. Fujita absent. Fujita absent. Fujita absent...

« Garde-à-vous ! crie le sergent.

– Inclinez-vous, crie-t-il. Repos ! »

Tout le monde est au repos et assis, hormis l'inspecteur Kai et moi. Kai a un morceau de papier à la main ; Kai lit les constatations du rapport d'autopsie préliminaire du docteur Nakadate concernant le premier cadavre ; les caractéristiques physiques de la victime et son âge probable, l'heure de sa mort et la cause de sa mort. Mais je n'écoute pas. Je cherche le visage de l'inspecteur Fujita parmi les visages qui se trouvent au fond et dans le périmètre de la salle...

« Inspecteur Minami ! répète Adachi. Si vous pouviez nous faire votre rapport... »

Je m'incline. Je m'excuse et lis les conclusions du rapport préliminaire de l'autopsie du second cadavre ; les caractéristiques physiques de la victime et son âge probable, l'heure de sa mort et la cause de sa mort. Mais je n'écoute pas les mots que je prononce. Je cherche toujours le visage de Fujita parmi les visages du fond et du périmètre de la salle, je cherche toujours Fujita, quand je vois Ishida...

« Garde-à-vous ! » crie une nouvelle fois le sergent...

Ishida présent, la tête baissée...

« Inclinez-vous ! » crie le sergent...

Le dos courbé...

« Vous pouvez disposer ! »

Il fuit...

Je fuis...

Dans l'escalier d'Atago, parmi les agents en uniforme, jusqu'à la porte, mais j'arrive trop tard. *Trop tard. Trop tard. Trop tard.* Une main sur mon bras. *Je sursaute. Je sursaute. Je sursaute.* Je tourne la tête, mais ce n'est pas Ishida. Pas Fujita...

Le sergent de permanence demande : « Avez-vous vu l'inspecteur Fujita ?

– Non, je réponds. Où est l'inspecteur Fujita ?

– Hayashi, du *Minpo*...

– Et alors ? je demande.

– Il est venu...

– Quand ?

– Cet après-midi, répond le sergent. Hayashi vous cherchait, mais vous étiez à Keiō et il a donc demandé à voir l'inspecteur Fujita...

– L'inspecteur Fujita était-il là ?

– Oui, répond le sergent de permanence. Il vous attendait, demandait sans cesse à quelle heure vous reviendriez de Keiō.

– Et quand avez-vous vu l'inspecteur Fujita pour la dernière fois ?

– Je ne l'ai pas revu depuis qu'il a parlé avec Hayashi...

– Quand ? je demande. Quand était-ce ?

– Aux environs de quinze heures...

– Où ? Où ont-ils parlé ?

– D'abord ici, répond le sergent. À la salle d'accueil, mais ensuite ils sont sortis et...

– Et quoi ?

– Et je n'ai pas revu l'inspecteur Fujita depuis qu'il est parti avec monsieur Hayashi. »

Les marmites et les casseroles, les bouilloires et les boîtes. Les allées et les ruelles, les ombres et les passages voûtés. L'escalier puis sa porte. Je m'agenouille sur ses tatamis. Je m'incline. Je dis : « Je m'excuse. »

Senju Akira choisit un cure-dents neuf. Senju le glisse entre ses lèvres et mâchonne. Il tourne son ventilateur électrique neuf dans ma direction et dit : « Tu sens toujours le cadavre, tu empestes toujours la mort, détective.

Je répète : « Je m'excuse, je vous prie de m'excuser....

– Il paraît que vous avez découvert un nouveau cadavre, dit Senju. Il paraît que vous campez tous au poste de police d'Atago ? »

Je dis : « Oui, on a trouvé deux jeunes femmes dans le parc de Shiba.

– Ces deux jeunes femmes étaient-elles des prostituées ? » demande-t-il.

Je dis : « Peut-être pas. Nous ne les avons pas encore identifiées.

– Dans ce cas, il n'est pas surprenant que tu pues, n'est-ce pas ? dit-il en riant. On te fait travailler dur, hein ? Combien d'heures par jour ? »

Je réponds : « Vingt-quatre dans une enquête sur un meurtre.

– Vingt-quatre heures ? dit-il en riant à nouveau. C'est presque autant que moi, détective ! Mais au moins je travaille pour moi, au moins je suis bien payé, au moins mes enfants ont à manger, ma maîtresse porte des bas de soie et je ne sens pas le putain de cadavre... »

Senju Akira cesse de rire. Senju crache son cure-dents. Senju reprend : « Dis-moi, détective, combien d'hommes travaillent sur l'affaire de ces deux jeunes filles ? »

Je réponds : « Environ vingt.

– Vingt ? Pour deux putains assassinées ? »

Je commence : « Je ne suis pas sûr...

– Dis-moi, détective, combien d'hommes, sur le terrain, recherchent le meurtrier de mon patron ? Le véritable meurtrier ? L'homme qui a payé Nodera pour qu'il appuie sur la détente ? Combien, détective ? »

Je m'incline, je m'excuse. Je réponds : « La décision ne m'appartient pas...

– Dans ce cas, à quoi me sers-tu ? À quoi, détective ? »

Je m'incline une nouvelle fois. Une nouvelle fois, je commence : « Je vous en prie...

– Ferme-la ! crie Senju, qui se lève et ajoute : Allons faire un tour, détective, tous les deux. »

Je me lève. Je le suis. Dans l'escalier. Jusqu'à ses deux gros bras...

Avec leurs costumes clairs, leurs chemises imprimées et leurs lunettes de soleil...

Nous nous engageons, les deux gros bras et nous, dans le marché...

Son marché, le marché de la Vie nouvelle de Shimbashi...

Tous les commerçants s'inclinent et remercient Senju quand il passe devant eux, devant les sardines fraîches et les costumes d'occasion, devant le café et la soie, chaque propriétaire d'étal lui offrant ceci et cela gratuitement, s'inclinant et le remerciant ; il répond d'un hochement de tête impérial ou d'un salut militaire, les gens à genoux, s'inclinant et le remerciant, leurs genoux usés à ses pieds chaussés de cuir...

Empereur Senju, Banzai ! Empereur Senju, Banzai ! Banzai !

Puis il se tourne vers moi et demande : « Tu as un nom à me donner ?

– Je regrette. Je regrette infiniment », dis-je.

Je baisse la tête...

« Dans ce cas pourquoi es-tu venu ici, détective ?

– Je regrette, je répète. Je regrette infiniment...

– Cesse de t'excuser, dit Senju, et regarde un peu autour de toi, regarde où tu es. C'est un marché, détective, où les gens viennent acheter et vendre. C'est l'avenir... C'est le Japon nouveau !

– Oui, j'admets. Oui.

– *Oui ?* ironise Senju. Mais tu n'as rien à vendre, et pas d'argent pour acheter, détective.

– Je regrette, je répète. Je regrette infiniment.

– Tu es le passé, inspecteur Minami, ironise-t-il à nouveau, avec ta puanteur de mort et tes cent yens par mois, tes enfants qui pleurnichent et ta maîtresse qui meurt de faim... »

Je baisse la tête.

Senju s'arrête devant une échoppe de *kakigōri*. Senju demande deux tasses à la fraise. Le propriétaire de l'échoppe s'incline. Le propriétaire les donne à Senju. Il remercie interminablement Senju...

Senju me tend une tasse...

Je m'incline. Je m'excuse. Je remercie...

Je le maudis. Je le maudis...

« Que veux-tu vraiment, détective ? me demande-t-il. Encore de l'argent, est-ce ce dont tu as besoin, détective ? »

Je secoue la tête. Je m'excuse une nouvelle fois. Puis, finalement, je dis : « S'il vous plaît, j'ai besoin de Calmotine.

– De Calmotine ? répète Senju en riant. Pourquoi veux-tu dormir ? Je ne voudrais pas de tes rêves...

– Je vous en prie, je supplie à nouveau. J'ai vraiment besoin de Calmotine. »

Senju cesse de rire. « Et j'ai vraiment besoin de noms. »

Fujita. Hayashi. Fujita. Hayashi. Fujita. Hayashi...

« Donne-moi un nom et je te donnerai ta Calmotine.

– Mais combien pouvez-vous m'en donner ? je demande. J'ai vraiment besoin de la plus grande quantité possible. Je vous en prie...

– Ne t'inquiète pas, répond Senju, qui rit à nouveau. Si tu me donnes un nom, tu n'auras plus jamais besoin de te réveiller.

– Merci, dis-je interminablement. Merci. Merci... »

Pomme rouge à mes lèvres, ciel bleu silencieux et attentif...

« Mais ne t'avise pas de revenir sans un nom... »

Hayashi. Fujita. Hayashi. Fujita. Hayashi...

« Merci, je répète. Merci...

– Sinon je promets que tu ne te réveilleras plus jamais. »

De Shimbashi à Atago. L'escalier et le bureau...

Fujita absent. Fujita absent. Fujita absent...

Mais Ishida est là ; Ishida, la tête posée sur sa table de travail...

Je le bouscule. Je lui tire les cheveux. Je souffle : « Où est l'inspecteur Fujita ? Vite ! Allez ! Où est-il ? Dis-le-moi ! Vite ! »

Ishida secoue la tête. Ishida commence à s'excuser...

Je le bouscule à nouveau. Je le gifle. Je crache : « Dis-le-moi ! »

Ishida s'excuse encore et encore...

Les corps bougent. Les corps s'éveillent...

Je le repousse...

Je fuis, encore.

Atago et encore une fois Shimbashi. Shimbashi puis Ginza. Ginza et Hatchōbori. *La ville de plus en plus noire, les lumières de plus en plus rares.* Hatchōbori puis le pont sur la Kameshima. Le pont sur la Kameshima puis Shinkawa. Shinkawa et le pont Eitaibashi. *La ville de plus en plus plate, les immeubles de plus en plus rares.* Le pont Eitaibashi puis Monzen-nakachō. Monzen-nakashō et la côte jusqu'à Fukugawa, l'étendue noire et calcinée où se dressait Fukugawa...

Bombardement ! Bombardement ! C'est un bombardement !

L'étendue immense, noire et calcinée sur laquelle ne se dressent désormais qu'une cheminée solitaire par-ci, une cheminée solitaire par-là ; les établissements de bains et les usines ne sont plus que gravats et poussière. *Rouge ! Rouge ! Bombe incendiaire !* Carcasse d'un hôpital et carcasse d'une école, le reste n'étant que cendres et mauvaises herbes. *Cours ! Cours ! Prends un matelas et du sable !* Une étendue immense de cendres et de mauvaises herbes...

Bombardement ! Bombardement ! C'est un bombardement !

C'était là que se trouvait la maison de Fujita...

Noir ! Noir ! Les bombes arrivent !

Sa maison disparue. Sa famille disparue...

Couvre tes oreilles ! Ferme tes yeux !

Fujita n'a plus rien à perdre...

Je suis immobile devant les ruines de sa maison, la pierre noircie et la souche calcinée, le souffle court et en sueur, ça me démange et ça me démange, puis je me mets à pleurer quand un coup de vent soulève l'épaisse poussière brune recouvrant le terrain sur lequel sa maison se dressait, fait claquer les plaques de tôle des cabanes environnantes, couvre mes sanglots, mon hurlement...

Lève-toi !

4

18 août 1946

Tokyo, 32°, nuageux

J'ai marché toute la nuit dans les étendues de cendre et je l'ai trouvé là ; l'inspecteur Fujita est assis, dans l'ombre de l'aube, sur les marches du poste de police d'Atago, le visage au soleil, les yeux fermés, un panama neuf dans une main et une cigarette à peine entamée dans l'autre...

Je m'immobilise devant lui. Je cache la lumière. Je dis : « Bonjour.

– Bonjour », répond-il, mais il n'ouvre pas les yeux...

Je dis : « Allons faire un tour, s'il te plaît. Il faut qu'on parle.

– De quoi ? demande-t-il, les yeux toujours fermés...

– D'Hayashi Jo, je réponds. De Matsuda Giichi. De Senju Akira. »

L'inspecteur Fujita ouvre les yeux. Il se lève. Il époussette son pantalon. Il dit : « Je te suis. »

J'ai mal aux yeux. J'ai mal à la tête. J'ai mal au ventre...

Dans l'ancien bois qui se trouve de l'autre côté de la chaussée, parmi les cèdres et les bambous, nous nous arrêtons dans l'ombre et le soleil, motifs noirs et blancs sur nos vêtements et nos visages...

« Ils te cherchaient, hier, dis-je. Adachi et Kanehara. Ils demandaient tous les deux où tu étais... »

Fujita s'incline très légèrement et dit : « Je suis désolé. Je ne pouvais pas faire autrement. Il fallait que je voie quelqu'un...

– Il paraît que tu as parlé avec Hayashi, du *Minpo*... »

Fujita rit : « Du *Minpo*, du *Minshū*, de l'*Akahata*...

– Que voulait Hayashi ? je lui demande.

– Chantage. Extorsion. Argent.
– Il a tenté de te faire chanter ?
– Pas seulement moi. Toi aussi.
– Moi ? Pourquoi ?
– Il sait des choses.
– Des choses sur toi et Nodera Tomiji ? Sur le meurtre de Matsuda Giichi ?
– Des mensonges, crache Fujita. Rien que des mensonges.
– C'est ce que tu as dit à Hayashi ?
– Je n'ai rien dit à Hayashi, répond Fujita. Je voulais simplement qu'il s'en aille, et maintenant, il est parti et ne reviendra pas. »
J'ai mal à l'estomac. J'ai mal à la tête. « Vraiment ?
– Je l'ai payé pour qu'il s'en aille. Pour qu'il ne revienne pas.
– Combien l'as-tu payé ?
– Laisse tomber, répond Fujita avec un sourire.
– Non, dis-je. Combien ?
– Laisse tomber ! » répète-t-il sèchement.
J'acquiesce. Je m'incline. Je le remercie. Puis je lui demande : « Mais tu sais où est Hayashi en ce moment ?
– Il fuit, répond Fujita. Il fuit Tokyo. Il fuit pour protéger sa vie. C'est à son tour de changer de nom. De changer d'emploi. Il ne reviendra pas. Je te le promets. »
Je dis : « Senju Akira veut que je lui donne un nom.
– Quel nom ? demande Fujita.
– Le nom de la personne qui a engagé Nodera Tomiji.
– Et si tu ne le lui fournis pas ?
– Il me fera des difficultés.
– Donne-lui le nom de Hayashi, répond l'inspecteur Fujita en riant. Hayashi n'en a plus besoin.
– Mais comment peux-tu être sûr qu'il ne reviendra pas ?
– J'en suis sûr, répond-il en riant à nouveau. Fais-moi confiance.
– Mais comment en es-tu sûr... ? »
L'inspecteur Fujita fait un pas en avant. Fujita souffle : « Je lui ai dit que je le tuerais si jamais je le revoyais. »

J'ai vomi dans les toilettes du poste de police d'Atago. *Bile noire.* Je suis debout devant le lavabo. Je crache. Je m'essuie la bouche. J'ouvre le robinet. Je me lave le visage. Je regarde fixement le miroir...
Personne n'est qui il prétend être...
Je me tiens devant la première brigade, la deuxième brigade et tous les agents en uniforme des postes de police d'Atago, Meguro

et Mita, tandis que l'inspecteur chef Kanehara fait le point sur l'enquête ; la fouille des deux lieux du crime, dans le parc de Shiba, est terminée ; les dépositions des témoins ont été notées ; les autopsies ont été réalisées ; les étapes initiales de l'enquête ont été accomplies, hormis l'identification des corps, prévue pour le courant de la matinée ; ensuite, la deuxième étape de l'enquête débutera...

Je déglutis...

« Tous les rapports doivent être achevés et soumis au quartier général ce matin, dit Adachi à la première brigade, à la deuxième brigade et aux agents en uniforme des postes de police d'Atago, de Meguro et de Mita. Quand le processus d'identification sera terminé, une nouvelle réunion se tiendra à seize heures. »

« Garde-à-vous ! » crie un sergent...

« Inclinez-vous ! » crie le sergent...

« Vous pouvez disposer ! »

Je cours à nouveau aux toilettes. Je vomis une nouvelle fois. *Bile brune*. Je vais au lavabo. Je crache. Je m'essuie la bouche. J'ouvre le robinet. Je me lave le visage. Je regarde le miroir. Je regarde fixement le miroir...

Personne n'est qui il prétend être...

Dans le couloir de l'étage, j'attends Nishi et Kimura. Je les prends à part. Je leur demande : « Avez-vous rédigé vos rapports ? »

Ils acquiescent. Ils disent : « Oui, c'est fait.

– Dans ce cas, il faut que vous alliez à Toshima, leur dis-je. Il faut que vous alliez au centre administratif de l'arrondissement. Il faut que vous vous renseigniez à nouveau sur ce Takahashi de Zōshigaya, Toshima... »

Kimura acquiesce une nouvelle fois, mais Nishi dit : « La première équipe y est déjà allée.

– Je sais, je réponds. Et je sais qu'elle ne l'a pas trouvé, n'a découvert aucune trace de lui, mais son nom, qui figure sur le certificat d'emploi du sac retrouvé dans le parc, est le seul dont nous disposions pour le moment ; et n'oubliez pas que notre cadavre n'est que des ossements et que ces ossements ont besoin d'un nom pour ne pas demeurer indéfiniment un tas d'os... »

Nishi acquiesce. Kimura acquiesce. Ils s'inclinent. Ils s'en vont. J'attends qu'ils soient partis et je me mets à courir. Je cours à nouveau jusqu'aux toilettes et vomis une troisième fois. *Bile jaune*. J'ouvre le robinet. Je me lave le visage. Je regarde le miroir. Je regarde fixement le miroir...

Personne n'est qui il paraît être...

Ishida essuie les chaises et les tables, balaie le plancher et le seuil, redresse la banderole. Ishida lève la tête. Il me voit. Il se tasse sur lui-même. Puis il se met au garde-à-vous...

« Repos », dis-je, et il s'incline, s'excuse...

Je demande : « As-tu rédigé ton rapport ? »

Il acquiesce. Il dit : « Oui, monsieur l'inspecteur.

– Dans ce cas il faut que tu fasses quelque chose pour moi, dis-je. Il faut que tu ailles au siège du *Minpo*... »

Ishida acquiesce. Ishida s'incline à nouveau.

« Il faut que tu demandes un entretien avec Hayashi Jo... »

Ishida sort son carnet...

« Dis à Hayashi de venir me voir... »

Ishida lèche la mine de son crayon...

« S'il n'est pas là, il faut que tu découvres qui il a vu récemment, où il est allé et quand il rentrera. »

Ishida acquiesce. Ishida dit : « Je comprends, monsieur l'inspecteur.

– Je compte sur toi, Ishida. »

Ishida hoche la tête. Il s'incline. Il s'en va. Je me remets à courir. Retour dans les toilettes du poste de police d'Atago. Je vomis à nouveau. *Bile grise*. J'ai vomi quatre fois dans les toilettes du poste de police d'Atago. *Bile noire, bile brune, biles jaune et grise*. Quatre fois j'ai regardé le miroir. Quatre fois je l'ai regardé fixement...

Je ne veux pas me souvenir. Mais, dans la pénombre...

Quatre fois j'ai hurlé dans la glace...

Dans la pénombre, je ne peux pas oublier. Je ne peux pas oublier...

Je me suis hurlé au visage...

Personne n'est qui il prétend être !

Les inspecteurs Kanehara, Adachi et Kai sont partis pour le quartier général, partis en voiture sans moi. *Ton-ton*. Mais je suis content. *Ton-ton*. Je m'en fiche. *Ton-ton*. J'ai envie de marcher. *Ton-ton*. Dans la merde. *Ton-ton*. Dans la poussière. *Ton-ton*. Dans la crasse. *Ton-ton*. Un typhon se dirige vers le Japon. *Ton-ton*. Mais il ne touchera pas Tokyo. *Ton-ton*. Pas cette fois. *Ton-ton*. Pas celui-ci. *Ton-ton*. Cependant son approche alourdit l'air. *Ton-ton*. Les gens flétrissent dans les rues. *Ton-ton*. Les échoppes qui bordent la chaussée sont silencieuses. *Ton-ton*. Hommes assis sur leur derrière, qui écossent lentement des amandes qu'ils vendront, qui démontent de vieux postes de radio pour récupérer les pièces. *Ton-ton*. Amande après amande, pièce après pièce, aussi lentement que possible. *Ton-ton.* Redoutant de terminer, redoutant de ne plus avoir d'amandes à vendre, de n'avoir plus de radio à démonter, de ne plus rien avoir à faire.

Ton-ton. Ton-ton. Ton-ton. Ton-ton. Ton-ton. Ton-ton...

De ne plus avoir l'esprit occupé, sauf par la nourriture...

Ton-ton. Ton-ton. Ton-ton. Ton-ton. Ton-ton...

J'ai mal à l'estomac. J'ai mal à la tête...

Ton-ton. Ton-ton. Ton-ton. Ton-ton...

J'ai mal aux pieds. J'ai mal aux yeux...

Ton-ton. Ton-ton. Ton-ton...

Je jure ! Je jure ! Je jure !

Ton-ton. Ton-ton...

Je me maudis...

Ton-ton.

Je frappe à la porte du bureau de Kita. Je l'ouvre. Je m'incline profondément. Je m'excuse abondamment. Je prends ma place à la table ; les mêmes personnes, le même endroit, la même heure et les deux mêmes conversations tous les jours, mais aujourd'hui je suis en retard et j'ai manqué leurs propos sur les procès de Tokyo et les rumeurs de purges. Ils parlent maintenant, une fois de plus, du SCAP, de ses prétendues réformes, qui sont toutes basées sur les recommandations de Lewis J. Valentine, ancien directeur de la police de New York, et de Tanikawa, marionnette du SCAP, chef du Service central de la police au ministère de l'Intérieur...

« Il les aide à limoger de bons policiers travailleurs, dit Kanehara. Et à les remplacer par des femmes policiers, transforme des employées de bureau en officiers de police, leur donne l'autorité d'arrêter les suspects, de les conduire au poste...

– Tanikawa est un imbécile, approuve Adachi. Un imbécile et un pantin.

– C'est peut-être un imbécile et un pantin, dit Kanehara, mais il n'en a pas terminé ; avez-vous vu les réformes qu'ils veulent introduire dans le nouveau projet de loi relatif à la police ? Non seulement des femmes policiers disposant du pouvoir d'arrêter et de détenir des suspects, mais le recrutement prioritaire de diplômés de l'université...

– Tous des communistes, dit Kai...

– Exactement, poursuit Kanehara. Et n'oublions pas l'élément central de la loi : l'interdiction de la détention abusive ou injustifiée dans les cellules ou les prisons de la police. Vous savez ce que cela entraînera ? Chaque fois que vous arrêterez un suspect, il faudra qu'il y ait une preuve de culpabilité ou un motif d'inculpation. Il sera impossible d'arrêter les gens et de les détenir jusqu'au moment où on découvrira des preuves ou obtiendra des aveux. Il faudra disposer de preuves ou d'un motif d'inculpation pour les appréhender. Si tel n'est pas le cas, vous serez vous-mêmes inculpés... de violation des droits de l'homme !

– Les droits de l'homme ! s'esclaffe tout le monde.

– C'est comme tous ces projets de nouveaux uniformes, dit Kai, ces appels en faveur de tenues moins militaires, du bleu au lieu du kaki, des bandes sur les manches au lieu d'épaulettes. Tous ces projets de nouveaux uniformes, alors que c'est à peine s'il nous reste assez d'hommes...

– Nous avons inlassablement demandé des uniformes neufs, dit Kanehara. Des uniformes neufs et des chaussures neuves ou, à défaut d'uniformes et de chaussures, du tissu pour rapiécer nos tenues ou des semelles neuves pour nos chaussures, tout ce qui pourrait éviter que nos hommes ressemblent à des clochards et que la population les méprise parce qu'elle les considère comme des vagabonds...

– Et ils ont promis et promis encore, dit Adachi...

– Oui, admet Kanehara, mais c'est tout ce qu'ils ont fait... »

Les mêmes personnes, le même endroit, la même heure et les mêmes conversations, tous les jours, réunion après réunion, jusqu'au moment où on frappe une nouvelle fois à la porte, où il y a une nouvelle interruption...

« Excusez-moi, dit un agent en uniforme...

– Qu'est-ce qu'il y a ? aboie le directeur.

– Les mères sont prêtes, monsieur. »

Les autopsies ont été réalisées, la fouille de la zone est terminée et on a demandé à cinq mères de revenir au quartier général. Cinq mères qui ont lu le journal du matin ou appris la nouvelle par des voisins cinq jours auparavant. Cinq mères qui ont une nouvelle fois mis leur dernier kimono en bon état. Cinq mères qui ont fait pour la troisième fois appel à leurs autres filles et à leurs sœurs. Cinq mères qui ont une fois de plus mendié le prix du billet de trolleybus ou de train pour Sakuradamon. Cinq mères qui cherchent toujours leur fille...

Cinq mères qui ne l'ont pas trouvée.

Un agent en uniforme nous ouvre, à l'inspecteur Kai et à moi, la porte de la salle d'accueil. Nous demandons, l'inspecteur Kai et moi, à ces cinq mères de nous excuser de les avoir fait attendre, ces cinq mères qui portent leur dernier kimono en bon état, leurs autres filles et leurs sœurs auprès d'elles...

Qui prient, prient et prient...

Ces cinq mères dont l'âge et le signalement des filles correspondent, la taille et le poids, les cicatrices ou les dents que leurs filles ont perdues, les vêtements et les chaussures qu'elles portaient, leur sac à main...

Le jour où on les a vues pour la dernière fois...

Ces caractéristiques et signalements qui nous permettront d'infirmer ou de confirmer que les disparues sont les mortes, ces caractéristiques et ces signalements qui ont ramené ces mères ici...

Les mains sur les genoux...

Ces cinq mères qui nous regardent fixement quand Kai demande : « Laquelle d'entre vous est madame Midorikawa de l'arrondissement de Meguro ? »

Madame Midorikawa bat des paupières et hoche la tête, se lève avec l'aide de ses deux autres filles. Nous battons des paupières et hochons la tête, l'inspecteur Kai et moi, et les conduisons dans une pièce plus petite, voisine de la salle d'accueil. Madame Midorikawa bat des paupières et hoche la tête, s'assied entre ses deux filles aînées. Madame Midorikawa bat des paupières et hoche la tête, tord un morceau de tissu entre ses mains. Madame Midorikawa bat des paupières et hoche la tête, fixe un autre morceau de tissu posé sur la table. Madame Midorikawa bat des paupières et hoche la tête, les larmes roulant déjà sur ses joues. Elle bat des paupières et hoche la tête...

Le haramaki* *rouge aux cinq trous reprisés...*

« Il appartenait à son père. Ryuko l'a reprisé elle-même, nous explique-t-elle. Cinq fois. Elle a remplacé les boutons. »

Elle bat des paupières et hoche la tête tandis que l'inspecteur Kai prend le *haramaki*, le plie en deux et le remet dans le sac en papier brun, en papier brun froissé...

« Ryuko l'a reprisé elle-même, répète-t-elle en battant des paupières et en hochant la tête. Ryuko l'a reprisé elle-même. »

Je m'excuse. Je sors. Je retourne dans la salle d'accueil. Les quatre autres mères me regardent. Les quatre autres mères me regardent fixement...

Bouche ouverte...

Je dis aux quatre mères qu'une voiture les conduira à l'hôpital universitaire Keiō.

Madame Midorikawa et ses deux filles aînées gardent le silence dans la voiture qui nous conduit à l'hôpital universitaire Keiō. Elles gardent le silence dans les couloirs encombrés de mourants et de morts, de gens qui attendent et de gens qui pleurent...

Elle est ici. Elle est ici. Elle est ici. Elle est ici...

Elles gardent le silence tandis que nous attendons l'ascenseur, que nous regardons les portes de l'ascenseur s'ouvrir, que nous y entrons, que nous regardons les portes se fermer...

Elle est ici. Elle est ici. Elle est ici...

Elles gardent le silence tandis que nous descendons dans l'ascenseur plongé dans le noir, puis regardons les portes s'ouvrir à nouveau, que la lumière revient...

Elle est ici. Elle est ici...

Elles gardent le silence pendant que nous suivons le couloir de la morgue, qu'elles enfilent les mules, franchissent les portes et pénètrent dans la pénombre de la morgue...

Elle est ici, ici...

Elles s'inclinent mais gardent le silence quand elles sont présentées au docteur Nakadate, quand les employés sortent un chariot du réfrigérateur...

Ici est Ryuko...

Elles gardent le silence en fixant le drap gris du chariot, quand le docteur Nakadate glisse un bras sous le drap gris, quand il sort une main de sous le drap gris, quand il lève la main gauche et montre la cicatrice du pouce gauche ; elles gardent le silence, mais elles pleurent...

Elles gardent le silence, mais elles pleurent et pleurent...

Je suis ici à cause de toi...

Elles pleurent et pleurent, mais gardent toujours le silence, quand le docteur Nakadate tire lentement le drap gris, quand il leur montre le visage crayeux d'une jeune fille de dix-sept ans, une jeune fille de dix-sept ans...

Je m'appelle Midorikawa Ryuko, de Meguro...

Elles pleurent et pleurent mais gardent toujours le silence, jusqu'au moment où madame Midorikawa quitte enfin des yeux le visage crayeux de sa fille, le cadavre détruit de son enfant, et s'écrie : « Kodaira ! »

Nous sommes, l'inspecteur Kai et moi, dans le couloir qui sépare la morgue de la salle d'autopsie, où nous attendons que madame Midorikawa et ses deux filles aînées terminent d'organiser, avec le personnel de Keiō, les funérailles de sa fille cadette. L'inspecteur Kai fume une cigarette. L'inspecteur Kai sourit. L'inspecteur Kai regarde son bloc, le nom qui y est écrit trois fois...

Kodaira. Kodaira. Kodaira...

« Demain à la même heure, dit l'inspecteur Kai avec bonne humeur, cette affaire sera résolue et je serai saoul... »

L'assistant du docteur Nakadate se dirige vers nous dans le couloir. Il s'incline. Il s'excuse d'interrompre notre conversation. Il me tend un morceau de journal déchiré et dit : « On a trouvé ceci dans la poche de la robe-tablier de votre cadavre. »

Je déplie le morceau de papier. C'est une petite annonce...

Le salon Matsu, de Kanda, engage du personnel...

C'est un indice, enfin. C'est un point de départ, enfin...

« On ne sait jamais, dit Kai en riant, demain, à cette heure, nous serons peut-être tous les deux saouls... »

Je m'incline et remercie l'assistant du docteur Nakadate alors que madame Midorikawa et ses deux filles sortent de la morgue...

Les dispositions sont prises.

L'inspecteur Kai écrase sa cigarette. L'inspecteur Kai cesse de sourire. L'inspecteur Kai raccompagne madame Midorikawa et ses filles au quartier général.

Maintenant c'est mon tour...

J'ouvre la porte vitrée à double battant. J'entre dans la salle d'autopsie. Je vais jusqu'à un lavabo. J'ôte ma veste. Je roule les manches de ma chemise. Je me lave les mains. Je m'essuie les mains. Je boutonne les poignets de ma chemise. Je remets ma veste. Je m'approche d'une des tables d'autopsie octogonales, en marbre et de conception allemande. Je sors mon canif émoussé, rouillé et japonais. Je coupe les ficelles des trois paquets de papier brun posés sur la table à mon intention. J'ôte le papier brun du premier paquet. Je sors la robe-tablier jaune à rayures bleu foncé, le chemisier blanc à manches courtes, les chaussettes roses. Je pose ces vêtements sur une autre table d'autopsie. J'ôte le papier brun du deuxième paquet. J'en sors les deux chaussures en toile blanche à semelle en caoutchouc rouge. Je les pose sur la même table d'autopsie. J'ouvre le dernier paquet enveloppé de papier brun. J'en sors les sous-vêtements féminins que nous avons trouvés près des cadavres, dans le parc Shiba, ces sous-vêtements qui n'appartenaient pas à Midorikawa Ryuko. Je pose ces effets sur une table de dissection voisine...

Les quatre autres mères, en compagnie de leurs filles, sœurs ou voisines, attendent. Quatre mères qui ont perdu une fille entre quinze et vingt ans. Quatre mères qui ont perdu leur fille plus de trois semaines auparavant. Des mères qui se tordent les mains, espèrent avec ferveur qu'elles ne retrouveront pas leur fille ici, au bout de ce couloir, au-delà de ces portes vitrées à double battant.

Espèrent et espèrent...

Je demande à madame Tamba, de l'arrondissement d'Ōmori, de bien vouloir entrer dans la salle d'autopsie. Madame Tamba et ses deux sœurs m'y suivent...

Madame Tamba et ses sœurs fixent la robe-tablier jaune à rayures bleu foncé, le chemisier blanc à manches courtes, les chaussettes roses et les chaussures en toile blanche à semelle de caoutchouc rouge posés sur la table d'autopsie et secouent la tête. Je leur demande de regarder les sous-vêtements posés sur l'autre table. Elles les fixent également, puis secouent une nouvelle fois la tête. Je les remercie et elles s'en vont...

Je lèche la mine de mon crayon. Je note...

Madame Nakahara, de l'arrondissement de Yodobashi, et son autre fille fixent la robe-tablier bleue à rayures jaunes, le chemisier à manches courtes, les chaussettes roses et les chaussures en toile blanche à semelle en aoutchouc rouge. Elles s'essuient les yeux mais secouent la tête. Je leur demande de regarder les sous-vêtements posés sur l'autre table. Elles secouent à nouveau la tête. Je les remercie et elles s'en vont...

Je tourne la page. Je note...

Madame Hidari, de l'arrondissement d'Ebara, et sa sœur fixent la robe-tablier jaune à rayures bleu foncé, le chemisier blanc à manches courtes, les chaussettes roses et les chaussures en toile blanche à semelle de caoutchouc rouge, puis, au bout de cinq minutes, secouent la tête. Je leur demande de regarder les sous-vêtements. Elles échangent un regard puis secouent à nouveau la tête. Je les remercie et elles s'en vont...

Je lèche la mine de mon crayon...

Madame Mitani, du district de Jōtō, n'a ni fille, ni sœur, ni voisine pour lui tenir compagnie ce jour-là. Madame Mitani est seule devant la table d'autopsie et fixe la robe-tablier jaune à rayures bleu foncé, le chemisier blanc à manches courtes, les chaussettes roses et les chaussures en toile blanche à semelle en caoutchouc rouge. Madame Mitani secoue la tête. Je lui demande de regarder les sous-vêtements. Madame Mitani secoue une nouvelle fois la tête. Je la remercie, mais elle ne bouge pas. Madame Mitani continue de regarder les sous-vêtements féminins posés sur la table de dissection. Je la remercie une nouvelle fois, mais elle reste tout aussi immobile et demande : « Que va-t-il se passer maintenant ?

– Nous allons poursuivre le travail d'identification de ces vêtements afin de...

– Pas à ce sujet, dit-elle. Au sujet de ma fille...

– Je suis sûr que la police de Jōtō tente de la retrouver...

– Comment pourrait-elle le faire ? demande-t-elle. Êtes-vous allé dans l'arrondissement de Jōtō ? Il ne reste rien. La police n'a rien. Pas de locaux. Pas de téléphone. Pas de bicyclettes. Comment pourrait-elle la retrouver ?

– Je suis désolé, dis-je. Je suis vraiment désolé...

– Elle était tout pour moi, dit-elle. Je n'ai rien, maintenant. Pas de famille. Pas de maison. Pas d'argent. Pas de travail. Rien...

– Je suis désolé, je répète. Mais je vous promets que je veillerai à envoyer le signalement de votre fille à tous les postes de police de Tokyo, et j'espère qu'on la retrouvera... »

Madame Mitani, de l'arrondissement de Jōtō, qui regardait fixement les sous-vêtements posés sur la table de dissection, lève la tête. Madame Mitani s'essuie les yeux. Madame Mitani s'incline et me remercie...

Madame Mitani s'en va...

Je prends une dernière note...

J'ai besoin d'une cigarette...

Je suis le couloir du sous-sol, entre les murs d'éviers et d'évacuations, les panneaux d'avertissement liés aux coupures et aux piqûres, les employés en train de se laver les mains et les avant-bras, et j'appuie sur le bouton de l'ascenseur, regarde les portes s'ouvrir et m'apprête à y entrer, quand le docteur Nakadate me saisit par le bras et demande : « Avez-vous trouvé ce dossier, inspecteur ? Le dossier Miyazaki... ? »

Je ne veux pas me souvenir. Dans la pénombre, je ne peux pas oublier...

Les voitures sont retournées au quartier général. Le trolleybus à nouveau plein...

Kai a un nom. Kai a un suspect. Kai obtiendra une adresse...

Je traverse Moto-Akasaka, regagne Sakuradamon à pied...

Kai arrêtera quelqu'un. Kai obtiendra des aveux...

La rivière, derrière le Parlement...

Kai peut résoudre l'affaire. Nos deux affaires...

Les douves impériales, puis le quartier général...

Nos deux affaires classées...

Miyazaki Mitsuko à nouveau oubliée...

Je frappe à la porte de la salle d'interrogatoire. Je l'ouvre. Je m'incline. Je m'assieds près du sténographe, sur le côté. L'inspecteur Kai ne lève pas la tête. Madame Midorikawa ne lève pas la tête ; assise près d'une de ses filles aînées, madame Midorikawa tortille et triture le même morceau de tissu posé sur ses genoux tandis que l'inspecteur Kai confirme, inlassablement, ce qu'elle lui a indiqué pendant les deux premiers interrogatoires initiaux...

« Donc vous avez vu votre fille pour la dernière fois le six ?

– Oui, souffle madame Midorikawa. Ryuko est partie vers neuf heures du matin le six août.

– De chez vous, dans l'arrondissement de Meguro ?

– Oui, répond-elle. Mais ce n'est pas chez nous, c'est chez les Yamamoto. Nous vivons chez eux depuis qu'on a abattu notre maison, en mars, pour empêcher les incendies de se propager.

– Et Ryuko habitait également cette maison ?

– Oui, dit-elle. Toujours. »

L'inspecteur Kai demande ensuite : « Pouvez-vous me dire une nouvelle fois ce qu'elle portait, le six, quand elle a quitté la maison de Meguro ?

– Une robe d'été blanche et des chaussures en toile blanche.

– Avait-elle de l'argent sur elle ?

– Elle devait avoir une dizaine de yens, répond madame Midorikawa. De quoi prendre un billet de trolleybus ou de train. »

L'inspecteur Kai tourne une page de son carnet. « Et vous avez dit qu'elle allait se présenter à un entretien pour un emploi ? »

– Oui, confirme madame Midorikawa. Ryuko n'aimait pas beaucoup son travail de serveuse à Ginza.

– Elle était serveuse dans un café du Fourth-chōme ?

– Oui, confirme-t-elle à nouveau. Mais il n'y avait pas beaucoup de pourboires.

– Et l'entretien relatif à ce nouvel emploi se déroulait à Shibaura ?

– Oui, dit-elle. Pour le compte de l'armée d'occupation.

– Et elle avait obtenu cet entretien grâce à ce Kodaira ? demande l'inspecteur Kai. Kodaira Yoshio ? »

Madame Midorikawa demeure quelques instants silencieuse. Madame Midorikawa déglutit. Puis madame Midorikawa dit : « Grâce à cet homme, oui.

– Veuillez me raconter à nouveau, aussi précisément que possible, comment Ryuko, votre fille, a rencontré ce Kodaira. »

Madame Midorikawa soupire. Madame Midorikawa secoue la tête. Madame Midorikawa répond : « Par hasard, à la gare de Shinagawa.

– Par quel hasard Ryuko a-t-elle rencontré cet homme ? demande l'inspecteur Kai. Et à quelle date ont-ils fait connaissance ? »

Madame Midorikawa se tourne vers son autre fille. Madame Midorikawa lui demande : « Tu as dit que c'était le dix juillet ?
– Oui, répond l'autre fille. Il y a eu un accident à Shinagawa et tous les trains ont été retardés. »
L'inspecteur Kai regarde son carnet puis demande : « Et c'est ce jour-là que Kodaira a abordé Ryuko et lui a adressé la parole ?
– Oui, répond l'autre fille. Ryuko m'a raconté qu'il s'était approché d'elle sur le quai et avait engagé la conversation. »
L'inspecteur Kai demande : « Savez-vous de quoi ils ont parlé ?
– Oui, répond-elle. Ils ont parlé de travail et de nourriture.
– Ryuko lui a dit qu'elle voulait changer d'emploi, ajoute madame Midorikawa. Et Kodaira a affirmé qu'il avait des relations au sein de l'armée d'occupation et qu'il pourrait l'aider à trouver un travail pour son compte.
– Comment, exactement, a-t-il dit qu'il pourrait aider Ryuko ? »
Madame Midorikawa secoue la tête. « Je ne sais pas.
– Grâce à ses relations, dit l'autre fille. C'est ce que Ryuko m'a raconté : grâce à ses *relations*...
– A-t-elle précisé quel type de relations ? demande Kai.
– Il portait le brassard du Shinchū Gun. »
Kai acquiesce. « Quand se sont-ils revus ?
– Seulement au début de ce mois, répond madame Midorikawa. Ryuko a eu des problèmes intestinaux et n'a pas revu Kodaira, jusqu'au jour où il est soudain venu chez nous...
– Donc Kodaira savait où Ryuko habitait ?
– Oui, répond madame Midorikawa. Elle avait dû lui donner son adresse, ce jour de juillet, à Shinagawa...
– Quand, exactement, Kodaira vous a-t-il rendu visite ? demande Kai. À la maison de Meguro ? »
Madame Midorikawa répond : « La veille de la disparition de Ryuko.
– Le cinq août, confirme l'autre fille.
– Avez-vous vu Kodaira toutes les deux ? demande Kai.
– Oui, répondent-elles en même temps.
– Dans ce cas, dites-moi de quoi il a l'air », dit l'inspecteur Kai.
Elles demeurent quelques instants silencieuses, puis madame Midorikawa soupire et dit : « Il semblait bien élevé. Il a apporté un petit cadeau. Il a dit qu'il s'inquiétait de la santé de Ryuko. Il a raconté qu'il était cuisinier pour le compte de l'armée d'occupation. Il croyait pouvoir obtenir pour Ryuko un emploi dans la même caserne.
– Vous souvenez-vous de quelle caserne il s'agissait ? demande Kai.

– La 589, répond l'autre fille. À Shinagawa. »

Kai, qui regardait ses notes, lève la tête. « Et vous l'avez cru ?

– Bien sûr, crache madame Midorikawa, soudain furieuse. Croyez-vous que j'aurais laissé ma fille aller le retrouver si je ne l'avais pas cru ? Si je ne lui avais pas fait confiance ? »

L'inspecteur Kai regarde à nouveau ses notes. L'inspecteur Kai secoue la tête et dit : « Je regrette infiniment. Je...

– Nous sommes six dans notre famille, dit-elle. Et pas d'homme. »

L'inspecteur Kai baisse la tête et répète : « Je regrette.

– Il lui a promis un bon emploi, dit-elle. De la nourriture gratuite. »

L'inspecteur Kai se contente d'acquiescer, les yeux rivés sur son bloc.

« Il portait le brassard du Shinchū Gun. »

Je tousse. Je m'avance sur ma chaise. Je m'incline et demande : « Donc Ryuko est allée le retrouver le six août ?

– Oui, répond madame Midorikawa. Ils avaient rendez-vous à dix heures à la porte est de la gare de Shinagawa.

– Dix heures du matin ? je demande.

– Bien entendu, répond-elle. Bien entendu.

– Donc, lorsque Ryuko n'est pas rentrée, qu'avez-vous fait ?

– J'ai attendu le lendemain matin, répond madame Midorikawa. Et ensuite, je suis allée aussitôt voir Kodaira.

– Vous êtes allée chez lui ? je demande. Où est-ce ?

– À Hanezawamachi, répond-elle. Dans l'arrondissement de Shibuya.

– Et qu'a-t-il dit quand vous êtes allée le voir ?

– Il m'a menti, crache madame Midorikawa. Il a dit que Ryuko ne l'avait pas rejoint à la gare de Shinagawa.

– Permettez-moi de préciser une chose, dis-je. Quand vous êtes allée voir Kodaira à Shibuya, c'était le sept août ?

– Oui, répond madame Midorikawa.

– Et vous êtes allée le voir parce que Ryuko n'était pas rentrée la veille au soir ?

– Oui, dit madame Midorikawa. Il m'a menti.

– Ils mentent tous », dit l'autre fille.

Je sors l'enveloppe de la poche de ma veste. J'ouvre l'enveloppe. J'en sors le morceau de journal provenant de la poche de la robe-tablier de *mon* cadavre. Je pose la petite annonce sur la table, devant madame Midorikawa...

Je demande : « Ceci vous rappelle-t-il quelque chose ? »

Madame Midorikawa regarde la petite annonce. Madame Midorikawa la repousse. Madame Midorikawa lève la tête et me regarde. Madame Midorikawa dit : « Ma fille n'était pas une putain. »

L'inspecteur Kai et la brigade numéro un n'ont pas chômé. La brigade numéro un a l'adresse de Kodaira Yoshio. L'inspecteur Kai et la brigade ont envoyé deux hommes à cette adresse de Hanezawa-machi, dans l'arrondissement de Shibuya. La brigade numéro un a placé deux groupes de deux hommes près de cette adresse...

Impossible de fuir. Impossible de fuir. Impossible de fuir...

« C'est la maison de la sœur de Kodaira, nous explique l'inspecteur Kai. La maison de sa sœur cadette. Il y habite avec sa femme et son fils... »

Kita sait que Kai veut arrêter Kodaira immédiatement...

Pas d'échappatoire. Pas d'échappatoire. Pas d'échappatoire...

Le directeur demande : « Et son lieu de travail ?

– C'est la caserne-blanchisserie numéro 589, répond l'inspecteur Kai. Exactement comme il l'a dit à la mère, mais il n'est pas cuisinier. Il travaille à la blanchisserie depuis mars. À Shinagawa, dans la partie proche de l'océan... »

Adachi, qui regardait ses notes, lève la tête. Adachi se tourne vers moi.

Et nous avons déjà vu cela, inspecteur. Vous vous souvenez ?

Le directeur demande : « Quels sont ses horaires de travail à la blanchisserie ?

– Il est de nuit pendant ce mois », répond Kai.

Adachi ne m'a pas quitté des yeux. Il me dévisage toujours...

Avez-vous trouvé ce dossier, inspecteur ? Le dossier Miyazaki... ?

Le directeur demande : « Avons-nous l'adresse de sa famille ?

– Elle habite Nikkō, dans le département de Tochigi », répond l'inspecteur Kai.

Pas d'échappatoire. Dans la pénombre, aucune échappatoire.

Je retourne à Atago par un autre chemin, par le parc Hibiya et Hibiya-dōri. Les branches des arbres sont très inclinées dans l'air torride et brumeux, les feuilles couvertes de crasse et de poussière. Il y avait des statues dans ce parc avant que la guerre ne tourne à notre désavantage, quand il y avait des héros à honorer et du métal à leur consacrer. Il y avait aussi des fontaines, quand il était encore possible de leur consacrer des heures de détente et de l'eau. Des restaurants, des maisons de thé et des expositions de fleurs, des concerts symphoniques, des courts de tennis et un terrain de base-ball, avant qu'ils ne soient transformés en potagers et en batteries antiaériennes...

Ton-ton. Ton-ton. Ton-ton...

J'attends le trolleybus à Uchisaiwai-chō, tout près de l'immeuble Sanshin et de l'hôtel Impérial ; l'hôtel Impérial où il y a toujours des héros à honorer et du métal à leur consacrer, des heures de détente et de l'eau à leur consacrer. La vieille femme qui fait la queue près de moi est pliée en deux sous le poids de la caisse attachée sur son dos. La vieille femme raconte aux gens qui attendent le trolleybus l'histoire d'un petit garçon de Hongō qui a attendu et attendu sa ration de chocolat, qui était si enthousiaste quand il l'a enfin reçue qu'il ne pouvait quitter le chocolat des yeux, qu'il n'a pas vu le trolleybus arriver. Les gens qui attendent notre trolley demeurent silencieux. Les gens se contentent d'attendre, debout, attendent un trolleybus qui n'arrive jamais, écoutent les coups de marteau qui ne cessent jamais...

Ton-ton. Ton-ton...

Je suis à nouveau dans les toilettes du poste de police d'Atago. J'ai vomi une nouvelle fois. *Bile noire, encore.* Je suis debout devant le lavabo. Je crache. Je m'essuie la bouche. J'ouvre le robinet. Je regarde une nouvelle fois dans le miroir...

Je ne veux pas me souvenir. Je ne veux pas me souvenir...

Ishida m'attend près de notre banderole...

« As-tu vu Hayashi Jo ? je demande.

– Non, répond Ishida. Il a démissionné.

– Quand Hayashi a-t-il démissionné ?

– Hier en fin d'après-midi.

– Où est-il ?

– Personne ne le sait.

– Bon travail, lui dis-je. Tu peux disposer. »

J'attend qu'Ishida soit entré dans notre bureau d'emprunt et je cours à nouveau aux toilettes. Je vomis une nouvelle fois. *Bile brune.* Je vais au lavabo. Je crache encore. Je m'essuie la bouche. J'ouvre le robinet. Je me lave encore le visage. J'ai les yeux fixés sur ce miroir...

Je ne veux pas me souvenir...

Hayashi absent. Fujita absent...

L'expression du visage permet de distinguer les membres de la brigade numéro un de ceux de la brigade numéro deux. *Fujita absent.* Espoir sur les visages de la brigade numéro un, résignation sur ceux de la brigade numéro deux. *Fujita absent.* La brigade numéro un a le nom d'un suspect. *Fujita absent.* La brigade numéro deux n'a toujours pas le nom de sa victime. *Fujita absent.* Les inspecteurs Hattori, Takeda, Sanada et Shimoda sont assis tout au fond de la pièce. *Fujita absent.* Les inspecteurs Nishi, Kimura et Ishida sont devant. *Fujita absent.* Les hommes de la deuxième brigade ne sourient pas tandis qu'ils écoutent l'inspecteur Kai...

« Mais la mère et les sœurs ont identifié le *haramaki* grâce à ses cinq trous reprisés et nous ont donné des explications précises sur la cicatrice de panaris sur son pouce gauche ; elle a donc été formellement identifiée par sa mère et il s'agit de Midorikawa Ryuko, dix-sept ans, de l'arrondissement de Meguro... »

L'inspecteur Kai informe les deux brigades de l'identification du corps, de la vie de la victime, de l'identité du suspect et du projet d'arrestation prévue pour le lendemain à midi. Ce soir, les agents en uniforme d'Atago, Meguro et Mita n'ont pas été invités. La réunion est réservée aux inspecteurs ; exclusivement aux inspecteurs...

« Et les deux groupes d'enquêteurs postés à Shibuya viennent de nous indiquer que le suspect est parti au travail à dix-sept heures trente, comme d'habitude, et qu'il est arrivé à la blanchisserie avant dix-huit heures... »

Je me tiens près de l'inspecteur Kai, au bout de la pièce, près des inspecteurs Kanehara et Adachi...

Je maudis l'inspecteur Kai...

« Bien entendu, les inspecteurs de la brigade numéro deux pourront également interroger Kodaira à propos du deuxième cadavre découvert dans le parc de Shiba, et nous espérons qu'il pourra également fournir une identité ainsi que des aveux, évitant ainsi à la brigade numéro deux de rougir une nouvelle fois... »

Une moitié de la salle rit...

L'autre moitié cache sa jalousie...

« Ce n'était qu'une plaisanterie, dit Kai. Nous sommes tous camarades, maintenant. »

Nouveaux éclats de rire et nouveaux quolibets, poings sur les bureaux et souliers sur le parquet, claques dans le dos et mains passées dans les cheveux...

L'espoir, l'enthousiasme...

« Garde-à-vous ! » crie Kai.

Poings contre les flancs, souliers joints...

« Inclinez-vous ! » crie-t-il.

Dos droits et cheveux en ordre...

« Vous pouvez disposer ! »

Ils sortent...

Je sors en courant de la salle de réunion, descends l'escalier et vomis dans les toilettes. Je vomis une troisième fois dans les toilettes du poste de police d'Atago. *Bile jaune*. Je crache. J'ouvre à nouveau le robinet. Je me lave le visage. Je regarde une nouvelle fois ce miroir. J'ai les yeux fixés sur ce miroir...

Je ne peux pas oublier. Dans la pénombre, je ne peux pas oublier...

Adachi m'attend devant les toilettes...

Nous avons déjà vu cela, inspecteur...

Adachi saisit mon bras. « Où est Fujita ? »

Avez-vous trouvé ce dossier, inspecteur ?

« Je l'ai envoyé au salon Matsu, à Kanda », je mens, mais je ne demande pas pourquoi, pourquoi Adachi veut voir Fujita. Je ne le demande pas, parce que je rentre dans les toilettes. Pour vomir à nouveau. *Bile grise*. Encore le lavabo. Encore le robinet. Encore le miroir...

Dans la pénombre...

Adachi est parti, mais Nishi et Kimura m'attendent dans le couloir. Ils ont chaud et ils sont sales. Ils savent que je les ai oubliés. Ils sont fatigués et en colère...

« Il n'y a pas de dossier sur Takahashi à Zōshigaya, dit Nishi. Parce qu'il n'y a de dossier sur personne, que toutes les archives ont disparu quand le quartier général de l'arrondissement a brûlé...

– Mais êtes-vous allés à l'adresse de Zōshigaya ? »

Kimura acquiesce et Nishi dit : « Oui. »

Je leur demande : « Et... ?

– Il n'y a plus que des cendres », répond Nishi.

Je demande : « Avez-vous vu l'inspecteur Fujita aujourd'hui ? »

Kimura secoue la tête et Nishi répond : « Non.

– Très bien, dis-je, puis je sors l'enveloppe de ma poche et leur donne le morceau de journal. Trouvez de quel journal provient cette petite annonce et la date à laquelle elle a été publiée. Ensuite, en fin de soirée, avant l'arrestation prévue demain, vous m'accompagnerez à Kanda et m'aiderez à réveiller les dames du salon Matsu. »

Kimura acquiesce. Nishi acquiesce. Ils s'inclinent. Ils s'en vont. J'attends qu'ils soient partis et me précipite une nouvelle fois dans les toilettes du poste de police d'Atago pour vomir dans la cuvette...

Mais je ne vomis pas...

Rien ne sort.

Tout se met en place. Retour à Shimbashi afin de donner le nom à Senju. *Tout s'arrange*. Retour à Shimbashi pour obtenir de la Calmotine. *Se met en place.* Retour parmi les marmites et les casseroles, les couteaux et les cuillers. *S'arrange.* Retour parmi les costumes et les sardines, les fruits en conserve et les vieilles chaussures de l'armée...

Pomme rouge à mes lèvres, ciel bleu attentif et silencieux...

Mais, ce soir, il y a beaucoup plus de gros bras en costume clair, beaucoup plus de chemises imprimées et de lunettes de soleil américaines dans les allées et les ruelles, les ombres et les passages voûtés...

Les trains hurlent sur le viaduc...

Huit gros bras, ce soir, au pied de l'escalier qui conduit au bureau, jambes écartées et mains dans les poches, joues qui frémissent et pupilles en tête d'épingle...

Dans la pénombre...

La porte de son bureau est fermée, la lumière de son bureau éteinte ce soir...

Je tire sur ma veste. Je leur demande : « Le patron est-il là ?

– Tu es qui ? » s'enquiert l'un d'entre eux...

Je réponds : « L'inspecteur Minami, du quartier général de la police métropolitaine. »

Un gros bras ordonne à un autre gros bras de monter, ce gros bras monte et frappe à la porte du bureau, puis ce gros bras redescend et parle à l'oreille du premier gros bras, qui dit : « Il faut que tu attendes, Minami du quartier général de la police métropolitaine. »

Pas de dés, ce soir. Pas impair, pair, lancez...

La porte du bureau s'ouvre. Un étranger, un Américain, un Vainqueur, descend l'escalier. Au pied de l'escalier, cet homme se tourne vers moi et dit : « Bonsoir, inspecteur...

– Bonsoir, monsieur », je réponds.

L'étranger, l'Américain, le Vainqueur m'adresse un clin d'œil et les gros bras de Senju rient...

« Monte, maintenant, Minami du quartier général de la police métropolitaine », dit un des gros bras tandis que le Vainqueur s'éloigne...

Et je monte.

Senju Akira est assis en tailleur dans le noir, la seule lumière de la rue éclairant la transpiration de son crâne et le poli de sa peau ; Senju Akira est nu, hormis un pagne traditionnel...

« Tu as intérêt à m'apporter un nom, souffle Senju Akira, sinon tu ne sortiras pas d'ici ce soir... »

Je le maudis et je me maudis...

Je m'agenouille devant lui. Je dis : « Hayashi Jo, du *Minpo.* »

Senju garde le silence. *Ses yeux sur moi.* Senju garde le silence...
Le visage dirigé vers le sol, je dis : « On l'a vu en compagnie de Nodera. »
Ses yeux sur moi. Rien. *Ses yeux sur moi.* Rien...
« Le soir précédant le meurtre », j'ajoute.
Dans le noir. Senju change légèrement de position. Dans le noir. Senju crache : « Va-t'en, détective ! Va-t'en tout de suite ! Vite, avant que je change d'avis... »
À genoux, je recule jusqu'à la porte, l'escalier...
Pomme rouge à mes lèvres, ciel bleu attentif et silencieux...
Dans le noir, Senju se lève. Dans le noir, Senju se redresse, dit : « Si tu veux ta drogue, viens ici demain soir. »

J'ouvre la porte du bureau d'emprunt d'Atago. *Fujita toujours absent.* Ils dorment, maintenant. *Fujita à nouveau parti.* Je pose la tête sur ma table de travail. *Fujita reviendra.* Je ne peux toujours pas dormir. *Fujita ne risque plus rien.* Demain, je dormirai. *Demain, Fujita reviendra. Demain...*
Tout se mettra en place. Tout s'arrangera...
Demain, Kai et la première brigade effectueront leur arrestation...
Demain, le meurtrier avouera les deux crimes...
Demain, tout se mettra en place...
Tout s'arrangera...
Tout finira...
« Patron... Patron... »
J'ouvre les yeux...
« La petite annonce provient de l'*Asahi*, annonce Nishi. Elle a été publiée le dix-neuf juillet...
– Merci », dis-je.
Nishi sourit. Nishi demande : « Est-ce le moment d'aller réveiller les dames du salon Matsu ? »

Les rues sont obscures et silencieuses, maintenant, la chaleur toujours forte, tandis que nous suivons Hibiya-dōri, et nous montrons nos cartes à de très nombreuses reprises quand nous passons devant l'immeuble de la compagnie d'assurances Dai-Ichi, quartier général de l'Empereur MacArthur, face au Palais impérial obscur de l'ancien empereur, quand nous passons devant le Théâtre impérial et l'immeuble Meiji Seimei, puis l'immeuble Yūsen et l'immeuble Kaijō, dans Marunouchi et Ōtemachi...
L'ancienne ville Mitsubishi...
Ici, presque tous les immeubles modernes de béton et d'acier sont encore debout, seuls quelques-uns, çà et là, sont éventrés ; ici, où les

Vainqueurs gouvernent depuis leurs bureaux et leurs casernes ; ici, dans le nouveau cœur de Tokyo occupée...

Le même que le vieux cœur...

Nous passons, Kimura, Nishi et moi, sous les voies de la gare de Tokyo et entrons dans Kanda...

Ici, à moins d'un kilomètre et demi des empereurs, l'ancien et le nouveau, rares sont les bâtiments en bois qui sont encore debout. Il y avait autrefois, ici, des gares de triage. Des entreprises familiales. Des boutiques de bicyclettes. Des maisons. Désormais, il n'y a plus que des ruines calcinées et des abris de fortune, de rares groupes de maisons en bois épargnées, des alignements inattendus d'immeubles de bureaux d'un étage ayant surgi parmi les étendues de mauvaises herbes et les montagnes de cendres, des braséros et des lanternes, des guitares et des femmes, des chansons et des appels...

Asobu... ? Asobu... ? Asobu... ? Asobu... ?*

Dans les ruelles et les entrées, avec leurs cheveux permanentés et leurs visages peints, elles cajolent et elles appellent, attirent puis conduisent leurs prises dans les petits immeubles miteux où leurs noms étrangers et leurs prix japonais sont écrits sur des banderoles ou des affiches...

Interdit. Interdit. Interdit. Interdit...

Le salon Matsu est un petit immeuble délabré, couvert de crasse, parmi tous les autres petits immeubles délabrés, couverts de crasse, une enseigne au néon rose, éteinte, étant le seul élément neuf. Je fais coulisser la porte à la vitre fêlée. Un jeune Coréen est assis dans le *genkan*, devant un rideau *moren* déchiré. Le Coréen a les cheveux coupés comme un page, des lunettes, un pantalon voyant et un vieux maillot de corps gris.

Il nous voit. Il se lève. Il se met à parler...

« La ferme ! je lui ordonne. Descente de police ! »

Je dis à Kimura de rester avec le Coréen dans le *genkan*, puis j'entraîne Nishi de l'autre côté du rideau déchiré, dans la cuisine transformée en salle d'attente où trois Japonaises sont assises, le chemisier largement ouvert, la jupe remontée sur les cuisses, et s'éventent...

Elles se tournent vers moi. Elles soupirent. Elles lèvent les yeux au ciel...

« Qu'est-ce que vous voulez, cette fois ? » demande la plus âgée.

Je réponds : « Nous appartenons au quartier général de la police métropolitaine de Tokyo.

– Et alors ? dit-elle. Nous avons payé. »

Je lui offre une cigarette. Elle l'accepte. Je la lui allume. Je lui demande : « Es-tu la *mama*, ici ?

– Et alors ? demande-t-elle, puis elle m'adresse un clin d'œil et ajoute : Tu veux un tour gratuit ? »

Je sors l'enveloppe. J'y prends la coupure de l'*Asahi*. Je lui montre la petite annonce. Je lui demande : « Recrutez-vous toujours ?

– Pourquoi ? demande-t-elle en riant. Tu es trop laid, même pour ici. »

Les autres femmes rient. J'offre à nouveau des cigarettes...

Je lui demande : « Te charges-tu personnellement des entretiens ?

– Pourquoi ? Qu'est-ce que ça peut faire ?

– Allons, joue le jeu, dis-je. Réponds aux questions et on pourra tous rentrer chez nous. »

Elle a un bref rire ironique. Elle dit : « *Chez nous ?* Où est mon *chez moi* ? C'est ici, mon *chez moi*, monsieur l'agent. Il vous plaît ?

– Écoute, dis-je, on a découvert le cadavre d'une jeune fille dans le parc de Shiba, derrière Zōjōji. Il s'y trouvait depuis un moment et il est impossible de l'identifier... »

Elles écoutent maintenant, fument mes cigarettes, transpirent comme des truies, éventent leur chose ; images dans leurs têtes, images derrière leurs yeux...

Les morts...

« Cette petite annonce se trouvait dans une de ses poches et nous sommes donc venus voir si tu pourrais l'identifier, nous aider à mettre un nom sur son corps...

– Comment est-elle morte ? » demande une des femmes.

L'image dans sa tête, derrière ses yeux...

« Violée et garrottée », je réponds.

Les images des morts...

C'est le silence, maintenant, derrière le rideau déchiré, dans cette cuisine devenue salle d'attente, le silence hormis les rires étouffés et les gémissements en provenance des chambres de l'étage, les halètements et les chocs sourds...

Ton-ton-ton-ton-ton-ton-ton-ton-ton-ton...

« Qu'est-ce qui prouve qu'elle est venue ici avant ? demande la *mama*. La malheureuse venait peut-être ici quand...

– C'est la raison de ma présence ou ce dont je voudrais parler avec toi...

– Mais tu ne nous as pas donné de signalement, dit-elle. Comment pourrais-je savoir si elle est venue ou non ? »

Je pose une nouvelle fois la question : « Donc tu t'occupes personnellement des entretiens.

– Pas seulement moi, répond-elle. Moi et monsieur Kim.

– C'est lui qui est dehors ? je demande. Monsieur Kim ?
– C'est un Kim, répond-elle en riant. Mais pas le bon.
– Dans ce cas, où est le bon monsieur Kim ?
– Il sera là demain.
– Où est-il en ce moment ?
– Il recrute.
– Où ?
– Où ? Où ? Où ? »
Elle rit et lève les yeux au ciel. Elle écrase sa cigarette. Elle prend un miroir. Elle fait gonfler sa permanente...
Je pense sans cesse à elle. Je pense sans cesse à elle...
« Quatre-vingt-dix pour cent des femmes qui franchissent notre porte viennent du Palais international, dit-elle. Cela ne veut pas dire que c'était le cas de ta morte, mais ça ne signifie pas que ça ne l'était pas... »
Je me tourne vers le détective Nishi. Je lui ordonne : « Décris le corps et les vêtements de la victime à cette dame. »
Mais le détective Nishi est à des kilomètres, perdu parmi les seins et les cuisses des femmes. Nishi rougit, sort son carnet et bredouille : « La victime avait approximativement dix-sept ou dix-huit ans et les cheveux permanentés jusqu'aux épaules ; elle portait une robe-tablier jaune à rayures bleu foncé, un chemisier blanc à manches courtes, des chaussettes roses et des chaussures en toile blanche à semelle en caoutchouc rouge...
– Nous sommes toutes des cadavres, ironise la *mama*. Toutes des fantômes...
– Ce pourrait être n'importe qui », ajoute une autre femme...
Faite de larmes. Faite de larmes. Faite de larmes...
« Elle est nous toutes, dit la *mama*. Toutes les femmes du Japon. »

5

19 août 1946

Tokyo, 31°, nouvelle lune et nuageux

Nous quittons le salon Matsu, quittons Kanda et regagnons le quartier général à pied. Ça me démange et je me gratte. *Gari-gari. Cette fois, nous suivons l'autre côté des voies, le côté de Nihonbashi, le côté opposé à l'ancien Palais impérial et au nouveau. Ça me démange et je me gratte. Gari-gari.* De ce côté, nous ne sommes pas obligés de montrer nos cartes...

Car il n'y a pas de Vainqueurs, ici. Pas d'étoiles blanches. Aucune lumière...

De Sotobori à la porte Yaesu de la gare de Tokyo...

Une file de cinq camions. Cinq camions pleins de Formosans...

Mais ce ne sont pas tous des Formosans, il y a quelques Japonais...

Kimura se tourne vers Nishi. Nishi se tourne vers moi...

Pas de radio. Pas de téléphone. Pas de voiture...

« Patron ? crie Nishi. Qu'est-ce que vous faites, patron ? Patron ? »

Je me dirige vers les cinq camions. Je sors ma carte, je la montre. Je m'approche de la portière du passager du premier camion. Je lève le bras, j'ouvre la portière du camion et je crie : « Il faut que vous descendiez de ces camions immédiatement ! »

Mais je suis face à une mitraillette...

Peau sur le métal, métal sur la peau...

Doigts sur la détente de l'arme...

Balle dans ma peau...

J'attends la mort...

Avec ferveur...

Mais la balle n'arrive jamais ; ni hier, ni aujourd'hui, ni demain ; ni là-bas ni ici...

Je ne peux pas mourir. Je ne peux pas mourir...

Ce n'est pas une balle dans le ventre qui me jette à terre, c'est un coup de pied, tandis que les camions filent dans Sotobori-dōri en direction de Shimbashi...

Vers Senju Akira...

Je suis déjà mort.

Quand je me suis relevé, quand Kimura, Nishi et moi nous sommes mis à courir, quand nous sommes arrivés au quartier général, quand nous avons rapporté et répété notre histoire trois ou quatre fois, quand on nous a donné un téléphone qui fonctionne, quand les renforts ont été convoqués, quand les renforts ont été déployés, quand nous arrivons tous au marché de Shimbashi...

Il est trop tard...

Les camions formosans sont partis...

Les coups de feu ont claqué...

Le sang a coulé...

La bataille est terminée...

Provisoirement...

« *Kuso*, ces ordures de Formosans, jurent les hommes de Senju, les anciens hommes de Matsuda. *Kuso*, ces ordures d'Américains. *Kuso*, ces ordures de flics. *Kuso*, ces ordures de Formosans, jurent les hommes de Senju, les anciens hommes de Matsuda. *Kuso*, ces ordures d'Américains. *Kuso*, ces ordures de flics. *Kuso...*

« Kuso... Kuso... Kuso... Kuso... »

Deux morts. Huit blessés...

Mais pas Senju Akira...

Jamais Senju...

Senju Akira, un sabre court dans une main et un pistolet dans l'autre, son gilet blanc et le haut de son *haramaki* tachés de sang frais...

« Heureusement que j'étais sorti pour affaires, dit Senju. Une balle perdue par-ci, une balle perdue par-là, et où en serions-nous ? »

Senju ôte ses lunettes de soleil américaines...

Senju se tient devant ses hommes, devant ses troupes ; le Shōgun de Shimbashi sous le ciel nocturne, devant le quartier général de campagne ; empereur de tout, il prend la mesure de la situation...

« Où en serais-tu, détective ? »

Je hausse les épaules mais ne réponds pas. Je garde le silence...

Nishi, Kimura et la moitié du poste de police d'Atago est avec moi, ce soir...

Je suis venu en tant que policier, ce soir, pas pour mendier...

« Mais surtout, poursuit Senju, où était la police ? Nulle part, voilà. Les Coréens, les Formosans, les Chinois, ils essaient de nous piétiner et où êtes-vous ? Nulle part.

« Et que faites-vous ? Rien... » soupire-t-il.

Je le maudis. Je le maudis. Je le maudis...

« À part mendier... »

Les commerçants du marché de la Vie nouvelle, tirés de leur sommeil, tirés de leurs rêves, s'alignent et apportent à Senju leur soutien et leurs marchandises en prévision de la guerre à venir, s'inclinent et lui offrent leurs meilleurs saké, viande et riz blanc...

Je suis ici en tant que policier...

« Parce que si j'ai de l'argent, si j'ai des cigarettes, si j'ai de l'alcool ou un produit alimentaire spécial, je peux toujours trouver un policier, je peux être sûr que je vais en rencontrer un ou trébucher sur un autre, qui se traîne à quatre pattes et mendie des somnifères... »

Et je me maudis...

« Les Formosans ne vous piétinent pas vraiment, lui dis-je. Ils veulent seulement des échoppes au sein du marché de la Vie nouvelle, comme ils en avaient dans votre ancien marché noir, mais vous refusez de leur en donner... »

Cependant Senju n'écoute pas. Senju se contente de parler...

« Ils se comportent comme les Vainqueurs, mais ils n'ont rien gagné ! Ils n'ont battu personne ! Ils ne se sont pas battus et ils n'ont pas gagné. Ils ont eu de la chance, c'est tout ! De la chance d'avoir été autorisés à venir ici et de la chance d'y être encore...

– Il n'y avait pas que des Formosans dans les camions, dis-je. Il y avait aussi des Japonais ; je le sais, parce que je les ai vus personnellement.

– Quand tu prenais leur argent pour fermer les yeux ?

– Personne ne veut une nouvelle guerre, dis-je. Pas maintenant.

– Une *nouvelle* guerre ? crache Senju. C'est la *même* guerre... »

Je secoue la tête. « La police métropolitaine va fermer votre établissement.

– Tu vois, ironise-t-il. C'est toujours la même guerre !

– Dans ce cas, les Formosans l'auront gagnée.

– Les Formosans ? Gagner ? ironise à nouveau Senju. Jamais, et je vais te dire pourquoi, détective. Des milliers de personnes dépendent de ce marché. Si je laisse les Formosans ou les Yankees le fermer ou me chasser, ce marché mourra, et si ce marché meurt, les milliers de personnes qui dépendent de lui et de moi mourront aussi...

– Si on vous oblige à fermer, dis-je, vous êtes perdu.

– Jamais ! Jamais ! Jamais ! crie Senju. Je n'ai jamais perdu. Je n'ai jamais été vaincu et je ne le serai jamais. Pas par les *kuso* de Formosans ! Pas par les *kuso* de Coréens ! Pas par les *kuso* de Chinois ! Pas par les *kuso* de Yankees et pas par les *kuso* de policiers !

« Je n'ai jamais perdu ! Je n'ai jamais été vaincu ! Et ça n'arrivera jamais !

– Dans ce cas, qu'allez-vous faire ? je demande.

– Tu tues un des miens, dit Senju...

« Je tuerai dix des tiens, je le jure ! »

Je regarde le ciel nocturne au-dessus de nous. Il n'y a pas d'étoiles, ce soir. Je secoue une nouvelle fois la tête. Je m'incline devant lui. Je m'éloigne...

« À plus tard, détective, crie-t-il. N'oublie pas... »

Nishi et Kimura m'emboîtent le pas...

« Parce que je n'oublie jamais, ajoute-t-il...

« Je n'oublie jamais mes dettes ; ni envers les vivants ni envers les morts. »

Les hommes parlent des morts dans leur sommeil. Les hommes se souviennent des morts dans leur sommeil. De leur père, de leur mère, de leur épouse et de leur maîtresse. De leur famille, de leurs amis, de leurs collègues et de leurs camarades. Plus d'un million d'urnes contenant les cendres de victimes de la guerre n'ont pas été réclamées par leurs familles en deuil. D'après le premier et le deuxième services de démobilisation, chargés de la délivrance des avis de décès et de la conservation des morts, de nombreuses cendres leur ont été transférées sans ordre et ils sont de moins en moins en mesure d'établir si les cendres et les restes des Victimes de guerre dont ils ont la charge sont effectivement ceux de personnel militaire. Les services rencontrent également de nombreuses difficultés lors de la restitution des cendres des morts aux familles, qui ont souvent changé d'adresse ou dont le domicile a été détruit. En outre, l'absence d'ayant-droit est généralement la conséquence de la mort...

Estomacs vides, rêves égarés...

Jusqu'à juin, les services de démobilisation recevaient une subvention de quinze yens par urne conservée. Cependant, depuis juin, ces institutions ne perçoivent plus cette subvention. Par manque de crédits, ces institutions se sont trouvées dans l'impossibilité de commander des boîtes neuves destinées à contenir les cendres. Ces boîtes sont actuellement fabriquées grâce aux stocks de bois, mais le jour viendra où les cendres des victimes de guerre seront inévitablement rendues aux familles dans du papier d'emballage brun ordinaire...

Ils ont faim, ils sont affamés...

Les hommes parlent des morts dans leur sommeil. Les hommes se souviennent des morts dans leur sommeil ; de leur père, de leur mère, de leur épouse et de leur maîtresse ; de leur famille, de leurs amis, de leurs collègues et camarades. Les hommes parlent de fantômes et de démons dans leur sommeil...

Leurs maîtres partis...

J'ai passé le reste de la nuit assis sur cette chaise d'emprunt, la tête posée sur cette table de travail d'emprunt. J'ai fermé les yeux, mais je n'ai pas dormi. J'ouvre les yeux, mais je ne me réveille pas. Je lis les rapports. Je lis de vieux journaux. Le jour se lève, mais il fait tout de même l'effet d'être vieux. Mort. Comme le crépuscule au début d'une longue nuit. Égaré et mort. Pas un matin nouveau. Il n'y a pas de matins nouveaux, ici. Je me redresse sur ma chaise d'emprunt. Je regarde autour de moi. Fujita absent. Je ferme à nouveau les yeux...

Ce soir je dormirai. Ce soir je dormirai. Ce soir je...

Je les ouvre. Je regarde l'agent en uniforme debout devant moi.

L'agent en uniforme a un télégramme à la main.

Quatre agents de Takanawa déboutonnent leur uniforme. *Les moustiques tournent.* Les quatre agents ne gardent que leurs sous-vêtements. *Les moustiques attaquent.* Les quatre agents sautent dans le canal de Shiba. *L'eau empeste.* Les quatre agents nagent jusqu'à la porte en bois qui flotte sur le canal. *Eau noire.* Les quatre agents poussent la porte jusqu'à l'endroit de la berge où nous nous tenons. *Au soleil.* Le directeur hoche la tête. *Dans la chaleur torride.* Les quatre agents retournent la porte. *Je jure.* Le cadavre d'un noyé, nu et ligoté sur la porte...

Hayashi Jo, nu et ligoté sur l'arrière de la porte...

Ligoté, les mains et les pieds cloués sur la porte...

Ses mains et ses pieds cloués sur la porte...

La porte jetée ensuite dans le canal...

Hayashi le visage dans l'eau...

Sa bouche et ses poumons pleins...

Il flotte mais il se noie...
Nu et cloué...
Je m'agenouille devant lui. Je dis : « Hayashi Jo, du Minpo. »

Est-ce Senju ou Fujita ? Personne ne connaît son nom. Tout le monde connaît son nom. *Fujita ou Senju ?* Ça n'intéresse personne. Ça intéresse tout le monde. *Senju ou Fujita ?* Le jour est la nuit. La nuit est le jour. *Fujita ou Senju ?* Le noir est blanc. Le blanc est noir. *Senju ou Fujita ?* Les hommes sont les femmes. Les femmes sont les hommes. *Fujita ou Senju ?* Les braves ont peur. Les peureux sont braves. *Senju ou Fujita ?* Les forts sont faibles. Les faibles sont forts. *Fujita ou Senju ?* Les bons sont méchants. Les méchants sont bons. *Senju ou Fujita ?* Il faudrait libérer les communistes. Il faudrait enfermer les communistes. *Fujita ou Senju ?* Les grèves sont légales. Les grèves sont illégales. *Senju ou Fujita ?* La démocratie est bonne. La démocratie est mauvaise. *Fujita ou Senju ?* L'agresseur est la victime. La victime est l'agresseur. *Senju ou Fujita ?* Les gagnants sont les perdants. Les perdants sont les gagnants. *Fujita ou Senju ?* Le Japon a perdu la guerre. Le Japon a gagné la guerre. *Senju ou Fujita* ? Les vivants sont les morts. Les morts sont les vivants. *Fujita ou Senju ?* Je suis vivant. Je suis mort...

Senju ou Fujita ? Fujita ou Senju ?

Je compte au nombre de ceux qui ont eu de la chance.

Deux morts et huit blessés à Shimbashi ; le corps du canal de Shiba ; la nuit a été mauvaise, la matinée a été mauvaise. Et les Vainqueurs veulent des explications ; les Vainqueurs ont convoqué le directeur de la Sécurité publique. Maintenant le directeur veut des explications ; le directeur nous a tous convoqués au quartier général de la police métropolitaine...

Tous les chefs de service. Tous les chefs de brigade...

« Il n'y aura pas de guerre des gangs, dit le directeur. Je vais demander la fermeture de tous les marchés. J'obtiendrai de la Direction générale le renfort de la Huitième armée. Mais il n'y aura pas de guerre des gangs à Tokyo...

« Ils croient qu'ils peuvent faire ce qu'ils veulent, poursuit le directeur. Mais ils n'apprécient pas à sa juste valeur l'aide que nous leur apportons. Ils n'apprécient pas à leur juste valeur la protection que nous leur fournissons. Ils n'apprécient pas à leur juste valeur les ennuis que nous leur épargnons. Et tout ce que je demande, c'est la paix.

– Mais ce ne sont pas nos gangs qui ont commencé, dit Kanehara. Ce sont les Formosans et les Chinois du continent qui tentent d'imposer leur domination...

– Et les Coréens, ajoute l'inspecteur Adachi.

– Et les Américains les protègent, dit Kanehara. Ils laissent ces *immigrants* faire ce qu'ils veulent, alors qu'ils punissent les *tekiya** ordinaires, qui veulent seulement gérer leurs échoppes...

– Et nous ne pouvons pas intervenir, dit Adachi, parce que si la police se range aux côtés des Japonais contre les Formosans ou les Coréens, nous risquons d'être limogés sous prétexte que nous maltraitons les *immigrants*, que nous revenons à nos vieilles attitudes japonaises, ne tenons pas compte des droits de l'homme et tournons le dos aux libertés démocratiques ; mais si la police est impuissante à le faire, qui peut protéger les droits de l'homme, les principes démocratiques, la vie et les moyens de subsistance des *tekiya*, sinon les gangs ?

– Diviser pour vaincre, dit Kanehara. Diviser pour régner.

– Je sais tout ça et je le leur dirai, déclare le directeur. Mais dites à vos hommes qui appartiennent aux gangs qu'ils devront choisir... »

Il se bat pour ses *droits, il se bat pour* ses *libertés...*

« La guerre ouverte, conclut le directeur, ou les marchés ouverts. »

Ils découvriront le nom de Hayashi. Ils iront chez Hayashi. Ils parleront à la famille de Hayashi. Ils iront au bureau de Hayashi. Ils parleront aux collègues de Hayashi. Ils trouveront les articles de Hayashi. Ils liront les articles de Hayashi. Ils parleront aux contacts de Hayashi. Ils trouveront les notes de Hayashi. Ils liront les notes de Hayashi. Ils parleront aux mouchards de Hayashi et ils leur diront...

Ils leur donneront mon nom et ils viendront m'arrêter...

Exactement comme nous allons arrêter aujourd'hui Kodaira Yoshio...

Rien ne bouge dans les rues de Shibuya. Il est presque midi en cette journée la plus torride de l'année. Rien ne bouge devant la maison de Hanezawamachi. Trente-six degrés à l'ombre, maintenant. La brigade numéro deux est chargée de soutenir la brigade numéro un. Groupes de deux hommes à tous les carrefours. Dans toutes les ruelles. Dans toutes les entrées. L'inspecteur Kai commande. L'inspecteur Kai a son sifflet à la main. L'inspecteur Kai regarde une nouvelle fois sa montre. *Chiku-taku.* L'inspecteur Kai porte son sifflet à ses lèvres...

La porte. L'escalier. La chambre de l'étage, où Kodaira Yoshio dort nu sous une moustiquaire, sa femme cachant ses seins, tendant le bras vers leur enfant...

Kodaira tiré de sous la moustiquaire par les pieds, sur les nattes et dans l'escalier...

Kodaira enfile son pantalon. Kodaira enfile sa chemise. Kodaira boutonne son pantalon. Boutonne sa chemise, met ses chaussures de l'armée...

À l'arrière de la voiture. *Un homme d'âge mûr ordinaire*. Kodaira se frotte le sommet du crâne. Kodaira se gratte les couilles. À l'arrière de la voiture. *Visage maigre*. Kodaira bat des paupières. Kodaira se frotte les yeux. À l'arrière de la voiture. *Cheveux clairsemés*. Kodaira sourit. Kodaira rit. À l'arrière de la voiture. *Kodaira ressemble à Kai, Kodaira ressemble à Kanehara et il me ressemble...*

Me ressemble...

Il y a des journalistes dans la rue et sur les marches du poste de police d'Atago. *Kodaira accepte une cigarette*. La voiture prend Sakurada-dōri puis Meguro-dōri à droite. *Kodaira parle du temps*. La voiture prend Yamate-dōri puis suit la rivière jusqu'au poste de police de Meguro...

Kodaira parle avec maturité. Il parle avec autorité...

C'est là que Kodaira Yoshio sera interrogé...

Kodaira sourit, maintenant. Kodaira rit...

C'est là que Kodaira avouera.

Mais la police de Meguro est en colère. La police de Meguro a effectué le travail de routine depuis la découverte des deux cadavres dans le parc de Shiba. Maintenant, la police de Meguro est dépossédée de ses bureaux. Dans le noir et maintenue à l'écart, la police de Meguro boude et transpire...

Deux hommes de la brigade numéro un entraînent Kodaira dans l'escalier...

Ils lui donnent du thé. Ils lui donnent une cigarette...

Ils le laissent boire et fumer.

Ils le laissent attendre et réfléchir.

L'inspecteur chef Kanehara, l'inspecteur Kai et le reste de la brigade numéro un prennent un autre bureau du couloir, débarrassent les tables de travail, vident les tiroirs, déplacent les dossiers et volent les stylos...

La police de Meguro se contente de regarder et de jurer, boude et transpire, dans le noir et maintenue à l'écart...

J'emporte une chaise au fond, près de la fenêtre, pendant que Kanehara et Kai exposent la stratégie de l'interrogatoire, les questions qu'ils poseront et celles qu'ils ne poseront pas...

Puis Adachi revient, un télégramme à la main et un sourire aux lèvres : « Ceci vient d'arriver de Nikkō. Il a déjà tué. »

Et nous avons tous les deux déjà vu cela, inspecteur. Tu te souviens... ?

Kai est debout. Kai dit : « Allons-y ! Allons-y ! »

Avez-vous trouvé ce dossier, inspecteur ? Le dossier Miyazaki... ?

« Lentement, lentement, dit Kanehara avec un sourire. Pas à pas. »

Je suis Adachi, Kanehara et Kai. Dans le couloir. Dans la salle d'interrogatoire. Personne ne m'invite. Personne ne refuse ma présence. Je m'assieds près de la porte. Je garde le silence. La pièce est lumineuse. Nue, hormis une table et six chaises. Adachi, Kanehara et Kai prennent place face à Kodaira, de l'autre côté de la table, le sténographe légèrement en retrait avec un stylo et du papier...

Les mains sur la table, Kodaira sourit...

L'inspecteur Kai lui demande : « Quand êtes-vous né ?

– Dans la trente-huitième année du règne de l'empereur Meiji, dit Kodaira, pendant le premier mois, le vingt-huitième jour. »

Le vingt-huit janvier 1905...

Kai demande : « Et où êtes-vous né ?

– Dans le département de Tochigi, répond Kodaira.

– Où, dans le département de Tochigi ?

– À Kami Tsuga-gun, Nikkō-chō, Ōaza-Hosō.

– Êtes-vous le fils aîné de votre famille ?

– Non, répond-il, je suis le sixième fils.

– Votre père est-il toujours en vie ?

– Non.

– Comment votre père est-il mort ?

– D'une hémorragie cérébrale.

– Quand est-il mort ?

– Il y a dix ans. »

Kai hoche la tête. Kai demande : « Quelle profession exerçait votre père ?

– Il avait de la terre, une ferme et une auberge, répond Kodaira. Mais il buvait beaucoup, payait des femmes, jouait, et il a tout perdu.

– Donc il était ruiné, demande Kai. Au chômage ?

– Non, répond Kodaira. Il a toujours travaillé. Avant sa mort, il était graisseur dans une usine de ferronnerie... »

Kai demande : « Et votre frère aîné ?

– Il est mort, lui aussi, répond Kodaira.

– Quand est-il décédé ?
– Cette année.
– Et quelle était sa profession ?
– Rien de stable, répond Kodaira dans un rire. Il a travaillé dans une usine de production de cuivre de Nikkō. Puis il a démissionné et il est allé à Tokyo, mais je ne sais pas ce qu'il faisait ici. Je ne l'ai jamais vu, à Tokyo. »
Kai demande : « Qui est maintenant le chef de famille ?
– Mon autre frère aîné, je suppose, dit Kodaira en haussant les épaules. Mais je ne le vois jamais. Je ne retourne pratiquement jamais là-bas.
– Cependant vous avez toujours de la famille à Nikkō-chō ? »
Kodaira acquiesce. Kodaira répond : « Oui.
– Parlons un peu de vous, dit l'inspecteur Kai. Vous êtes né à Nikkō-chō ? Est-ce là que vous êtes allé à l'école ?
– J'ai obtenu mon diplôme à l'école de Nikkō, répond Kodaira. Oui.
– Et qu'avez-vous fait ensuite ? demande Kai. Après l'école ?
– Je suis parti et je suis venu m'installer ici, à Tokyo.
– Quand cela s'est-il passé ? Quel âge aviez-vous ?
– J'avais à peu près quatorze ans, je crois.
– Donc c'était à quelle époque ? calcule l'inspecteur Kai. Approximativement la septième année de Taishō. Cela vous semble-t-il juste ?
– Ça me semble juste, admet Kodaira. Mais je ne m'en souviens pas exactement. Cependant j'avais environ quatorze ans.
– Et où avez-vous travaillé ?
– Dans une fonderie d'Ikebukuro, répond-il. La Société des métaux de Tokyo. Mais je n'y ai pas travaillé très longtemps...
– Pourquoi ? demande Kai. Vous a-t-on mis à la porte ?
– Non, répond-il en riant. J'ai trouvé un meilleur emploi.
– Lequel ? Ou ?
– À l'épicerie Kameya.
– Celle de Ginza ?
– Oui.
– C'est un magasin très célèbre, dit l'inspecteur Kai. Combien de temps y avez-vous travaillé ?
– Seulement deux ans.
– Pourquoi ?
– J'en ai eu assez de l'épicerie, répond Kodaira. Les horaires étaient trop lourds, la paie trop mauvaise et le travail lui-même consistait à déplacer et transporter, soulever des caisses et ainsi de suite... »

Kai demande : « Qu'avez-vous fait ensuite ?
– Je suis retourné à Nikkō.
– Chez vous ?
– Oui.
– De quelle année s'agissait-il ? calcule une nouvelle fois Kai. Quand avez-vous quitté Tokyo ? Trois ans plus tard ? La dixième année de Taishō ?
– Dans ces eaux-là, admet Kodaira. Oui.
– Et avez-vous travaillé, chez vous ?
– Oui, répond-il. J'ai trouvé un emploi chez Furukawa.
– La grosse usine de production de cuivre, c'est ça ?
– Où mon frère travaillait, oui.
– Combien de temps y êtes-vous resté ?
– J'y ai travaillé deux fois, répond Kodaira. La première jusqu'au moment où je me suis engagé.
– Quand était-ce ?
– Le sixième mois de la douzième année de Taishō.
– Donc en 1923, dit Kai. Avant le grand tremblement de terre.
– Oui, dit Kodaira en riant. J'ai eu la chance d'y échapper.
– Étiez-vous dans l'armée ou dans la marine ?
– J'ai choisi la marine, répond-il, et je me suis engagé dans le corps des Marines à Yokosuka.
– En tant que quoi ?
– J'ai reçu une formation de mécanicien à bord du navire école *Yakumo*, puis j'ai servi à bord du *Yamashiro*, du *Kongō* et du *Manshu*, ainsi qu'à bord du sous-marin *I-Gō*.
– Avez-vous toujours été mécanicien ?
– Non, non, non, répond-il. Plus tard, j'ai appartenu à une unité combattante. J'ai été membre de la Force de défense Ryojun, puis des marines Rikusen Tai stationnés au Shandong.
– Donc vous avez participé aux combats ?
– Évidemment, répond-il en riant.
– Sans doute avez-vous combattu lors de l'Incident de Jinan ?
– Évidemment, répète-t-il. Pendant l'Incident de Jinan proprement dit, j'ai participé au premier assaut de la gare de triage nord, puis à la défense de la société Nissei Bōseki...
– Vous avez donc dû tuer à plusieurs reprises ?
– Naturellement, répond-il en souriant. À Jinan, j'ai tué six soldats chinois à la baïonnette, et il y en a eu d'autres...
– Pendant combien de temps avez-vous servi ?
– J'ai servi pendant six ans, puis j'ai été démobilisé en tant que sous-officier de première classe, et j'ai reçu la médaille du Paulownia blanc de l'ordre du Soleil levant. »

L'inspecteur Kai dit : « Félicitations. »

Kodaira baisse la tête.

L'inspecteur Kai offre une cigarette à Kodaira et nous nous levons, le laissons fumer...

En paix...

Dans le couloir, devant la salle d'interrogatoire, Adachi fixe le mur ; Kanehara lit le télégramme de Nikkō ; Kai fume...

Puis l'inspecteur chef Adachi se tourne vers moi, sourit et demande : « Tu as également servi en Chine, inspecteur ?

– Oui, je réponds. J'étais dans l'armée.

– Quel âge as-tu ?

– Quarante et un ans.

– Donc le même âge. »

La lumière commence à baisser. Les ombres glissent des murs sur le plancher. Kodaira a fini sa cigarette. Kodaira regarde ses ongles. Je reprends ma place près de la porte. À nouveau, je garde le silence. Adachi, Kanehara et Kai s'installent une nouvelle fois face à Kodaira...

L'inspecteur Kai se penche et lui demande :

« Donc, après votre démobilisation, vous êtes retourné à Nikkō ?

– Oui, répond-il. J'ai travaillé à nouveau chez Furukawa.

– Comment vous a semblé la vie civile, après la Marine ?

– Au début, elle a été agréable...

– Pourquoi ?

– Je me suis marié. »

Kanehara demande : « C'est donc à cette époque que vous avez fait la connaissance de votre épouse ?

– Oui, la première.

– Mais pas votre épouse actuelle ?

– Non, dit Kodaira.

– Comment avez-vous fait sa connaissance ?

– Le directeur de l'usine me l'a présentée, répond-il. C'était la fille de sa sœur, sa nièce.

– Quel âge aviez-vous ?

– Elle avait vingt et un ans et j'en avais vingt-huit.

– Que s'est-il passé ?

– Nous avons vécu ensemble pendant environ six mois, répond-il. Mais ensuite, elle est retournée chez ses parents.

– Pourquoi ?

– Elle est allée les aider à repiquer le riz et elle n'est pas revenue.

– Pour quelle raison ?

– Parce que sa famille voulait que je divorce.

– Parce que ?

– Parce que j'avais eu une aventure avec une autre femme et que cette femme était enceinte.

– Vous avez donc dû être heureux de divorcer ? »

Il y a quelque chose, maintenant, quelque chose dans ses yeux...

« Non, répond-il. Je me suis senti humilié. »

Dans ses yeux, un éclair, dans ses yeux...

« Qu'avez-vous fait ? »

La flamme d'une torche dans le noir...

« Vous le savez. »

La mort...

L'inspecteur Kanehara regarde le morceau de papier posé devant lui, sur la table. Kanehara hoche la tête puis dit : « Mais racontez-le-nous. Donnez-nous votre version. Expliquez-nous ce qui est arrivé...

– Je suis allé chez eux.

– Chez qui ?

– Chez les parents de ma femme.

– Quand cela s'est-il produit ?

– À minuit, le premier jour du septième mois de la septième année du règne de l'empereur Shōwa... »

Le premier juillet 1932...

« Et...

– Je suis parti de chez moi à neuf heures du matin. Je suis allé dans la famille de ma femme. J'ai soigneusement surveillé la maison pendant la journée, puis j'ai attendu la nuit.

– Et...

– Je suis entré chez eux par effraction à minuit.

– Et...

– Je suis allé de pièce en pièce.

– Et...

– Je les ai frappés pendant qu'ils dormaient.

– Avec ?

– Une barre métallique.

– Vous souvenez-vous de la barre métallique ? demande l'inspecteur Kanehara. Pouvez-vous la décrire ?

– Bien sûr que je m'en souviens, dit Kodaira. La barre métallique faisait à peu près quatre-vingts centimètres de long, cinq centimètres de diamètre et pesait environ quatre kilos.

– Combien de membres de la famille avez-vous frappés ?

– Six ou sept, je crois.

– Combien en avez-vous tué ?

– Seulement le père. »
L'inspecteur Kanehara acquiesce. « Et la Haute Cour de Tokyo vous a condamné à quinze ans en février 1933...
– Quinze ans, confirme Kodaira. Mais plus tard, la peine a été réduite.
– Combien de temps avez-vous passé en prison ?
– Environ six ans et demi.
– À Kosuge ? À Tokyo ?
– Oui.
– Donc vous avez été libéré dans le cadre de l'amnistie impériale de 1940 ?
– Oui, répond Kodaira. Grâce à la compassion de l'Empereur.
– Qu'avez-vous fait, après votre libération ?
– Je suis allé aux sources chaudes de Kusatsu.
– Combien de temps y avez-vous passé ?
– Environ six mois.
– Travailliez-vous ?
– Pas vraiment, répond-il. Je récupérais de ma détention.
– Puis vous êtes revenu travailler à Tokyo ?
– J'ai exercé la profession de technicien en chaudières.
– Dans quelles sociétés ?
– Quatre ou cinq, répond-il. Mais je ne me souviens pas de tous les noms. C'était avant mon départ pour Saipan.
– Comment avez-vous obtenu cet emploi ?
– On m'a recruté.
– Malgré vos antécédents judiciaires. »
Kodaira Yoshio hausse les épaules. Kodaira sourit. Il dit : « On ne m'a rien demandé et je n'en ai pas parlé.
– Quelle profession avez-vous exercée à Saipan ?
– Je travaillais dans le bâtiment, je construisais une piste d'atterrissage.
– Combien de temps avez-vous travaillé à Saipan ?
– J'ai encore une fois eu de la chance, répond-il. Je suis parti en avril 1942.
– Et vous êtes venu une nouvelle fois travailler à Tokyo ?
– Oui, j'ai obtenu un emploi chez Nihon Steel, à Kamata.
– Combien de temps l'avez-vous conservé ?
– Environ six mois.
– Et ensuite ?
– Je crois que j'ai travaillé chez Suzuki Seihyo, à Ōmori, dit Kodaira. À l'entretien des réfrigérateurs.
– Combien de temps avez-vous occupé cet emploi ?

– Environ six mois.

– Et ensuite ? »

Kodaira reste silencieux pendant quelques instants, mais hausse les épaules et dit : « J'ai été affecté au Dépôt des vêtements de la marine, à Shinagawa. »

Nous avons déjà vu cela, inspecteur. Vous vous souvenez ?

« Qui vous a affecté au Dépôt de vêtements de la marine ? »

Avez-vous trouvé ce dossier, inspecteur... ?

« Le service local de la mobilisation de la main-d'œuvre de Gotanda m'a affecté au Dépôt des vêtements de la marine...

– Et vous avez été affecté en tant que... ?

– Technicien en chaudières.

– Quand cela s'est-il produit ?

– En août 1944.

– Et ensuite ? »

Kodaira hausse une nouvelle fois les épaules, puis dit : « Je me suis marié. J'ai eu un enfant.

– Avec votre épouse actuelle ? demande Kanehara.

– Oui.

– Comment avez-vous fait la connaissance de cette nouvelle épouse ?

– Par l'intermédiaire d'un ami.

– Et quand vous êtes-vous marié ?

– En février dernier.

– Travailliez-vous toujours au Dépôt de la marine ?

– À cette époque, oui, répond-il. J'y suis resté jusqu'en juin de l'année dernière.

– Que s'est-il passé en juin de l'année dernière ?

– Rien, répondit-il. J'ai simplement démissionné.

– Pourquoi ?

– J'avais envoyé ma femme et mon enfant dans sa famille, à Tomaya, et je louais une maison à Wakagi-chō, à Shibuya...

– Il s'agit de la maison que vous occupez actuellement ?

– Non, répond-il. La maison que nous louions a brûlé pendant les bombardements de mai, et j'ai donc décidé de démissionner du Dépôt de la marine, de rejoindre ma femme et mon enfant à Tomaya.

– Avez-vous trouvé du travail à Tomaya ?

– Nous vivions chez le frère aîné de ma femme et il m'a aidé à trouver un emploi de vigile.

– Où ?

– Chez Fuji Seikō-zai, à Higashi Toyama.

– Quand êtes-vous revenu ici ?
– Environ une semaine après la capitulation.
– Qu'avez-vous fait ?
– J'avais emprunté de l'argent à un prêteur, répond-il, en vue de m'installer en tant que vendeur de boîtes médicinales Toyama au porte à porte.
– Combien de temps cela a-t-il duré ?
– Pas très longtemps, répond-il en riant. Jusqu'au moment où j'ai remboursé le prêteur. En novembre de l'année dernière...
– Quand avez-vous été embauché par la blanchisserie du Shinchū Gun pour le compte de l'armée d'occupation ?
– Ma femme et mon enfant sont revenus à Tokyo en décembre dernier, dit-il. Donc il me semble que j'ai commencé à travailler au Shinchū Gun en mars de cette année.
– Merci beaucoup, dit l'inspecteur chef Kanehara. Vous nous avez beaucoup aidés. Vous avez été très coopératif. Nous allons maintenant vous laisser vous reposer un peu, boire du thé, puis nous reviendrons vous poser de nouvelles questions. »
Kodaira Yoshio sourit. Kodaira acquiesce.
« Mais ces questions ne concerneront pas votre vie, dit Kanehara. Ces questions ne concerneront pas votre famille. Ces questions ne concerneront pas votre travail. Ces questions seront différentes...
« Savez-vous ce que ces questions différentes concerneront ? »
Kodaira ne sourit plus. Kodaira secoue la tête...
Kanehara sourit. « Mais je crois que vous le savez... »
Kodaira secoue une nouvelle fois la tête. Et encore...
« Ces questions concerneront Midorikawa... »
Il secoue la tête, encore et encore...
« Midorikawa Ryuko... ? »
Encore et encore...
Kanehara dit : « Ôtez votre chemise et votre pantalon, nous serons bientôt de retour. »
Dans le couloir, devant la salle d'interrogatoire, Adachi a de nouveau les yeux fixés sur le mur ; Kanehara lit les notes ; Kai fume...
L'inspecteur chef Adachi se retourne vers moi et demande : « Le Dépôt des vêtements de la marine vous rappelle-t-il quelque chose ?
– Non, je réponds, je ne me souviens plus de rien, depuis quelque temps. »

Il fait nuit. La table a disparu. Les chaises ont disparu. Le sténographe aussi. Toutes les cigarettes ont été fumées. Tout le thé a été bu. La pièce n'est qu'ombre. Dix policiers entrent. Dix policiers armés de bâtons en bambou. Dix policiers face à Kodaira Yoshio. Kodaira Yoshio est debout, en sous-vêtements. Kodaira Yoshio la tête baissée. Kodaira Yoshio dont les larmes tombent sur le plancher...

L'inspecteur chef Adachi s'immobilise devant lui...

Adachi dit : « Votre version...

– J'ai rencontré Midorikawa Ryuko à la gare de Shinagawa il y a environ deux mois. Il y avait eu un accident de train, ce jour-là, et le quai était bondé de gens qui attendaient. J'ai vu Midorikawa Ryuko qui marchait sur le quai. J'avais du pain provenant du Shinchū Gun. Quand elle est passée près de moi, je lui ai offert la moitié du pain ; elle l'a pris et mangé sur-le-champ. J'ai eu pitié d'elle et je lui ai donné l'autre moitié, puis elle est restée près de moi... »

L'inspecteur chef Adachi dit : « Donc c'est Midorikawa Ryuko qui vous a suivi. Vous ne l'avez pas suivie...

– Nous avons pris ensemble le train à destination de Meguro et, dans le train, j'ai glissé la main sous sa jupe et caressé sa chatte. Ryuko ne s'y est pas opposée et quand nous sommes descendus du train, elle a copié mon adresse sur ma carte professionnelle. Elle est ensuite venue trois fois chez moi... »

Adachi dit : « Donc, visiblement, elle aimait que vous passiez la main sous sa jupe. Elle aimait que vous touchiez sa chatte...

– J'ai revu Ryuko le six août, à dix heures, à l'entrée est de la gare de Shinagawa. Je lui avais dit que je pouvais l'aider à trouver un emploi au Shinchū Gun, mais qu'il faudrait qu'elle passe un test écrit à la caserne ; que nous avions besoin d'une lettre d'autorisation pour pénétrer dans la caserne ; qu'il faudrait aller à l'American Club de Marunouchi pour obtenir cette lettre. Ce n'étaient que des mensonges. Mais je lui ai dit de me suivre et je l'ai conduite sur la colline de Shiba...

– Cependant, une nouvelle fois, Midorikawa vous a suivi, hein ? Vous ne l'avez pas traînée là-bas, n'est-ce pas ?

– Nous avons trouvé un coin tranquille, nous nous sommes assis côte à côte et nous avons commencé de manger notre *bentō**, côte à côte. Mais pendant que nous mangions, je ne pouvais pas m'empêcher de regarder ses nichons, de sentir son odeur de femme, et pendant que nous mangions, j'avais vraiment envie de la prendre, de la prendre tout de suite, mais elle a dit qu'elle ne voulait pas le faire à ce moment-là, qu'elle ne voulait pas le faire à cet endroit. Je me suis mis en colère, j'étais frustré, et je l'ai giflée, puis j'ai arraché ses sous-vêtements et je l'ai prise tout de suite, même si je savais que ce n'était pas bien. Je ne me contrôlais plus, voilà tout...

– Mais vous l'aviez déjà eue, vous aviez glissé vos doigts sous sa jupe et dans sa chatte...

– Puis, quand j'ai eu terminé, elle pleurait et elle n'a pas voulu cesser, donc je l'ai étranglée.

– Elle n'avait jamais été malheureuse avant, n'est-ce pas ? Elle était venue à votre rendez-vous, n'est-ce pas ?

– Je l'ai étranglée avec son *haramaki**.

– Vous n'aviez pas prévu que cela se passerait ainsi...

– Puis je l'ai déshabillée...

– Vous aviez peur...

– Je me suis enfui. »

Dans le couloir, devant la salle d'interrogatoire, l'inspecteur chef Kanehara et l'inspecteur Kai félicitent l'inspecteur chef Adachi. *Affaire classée.* L'inspecteur chef Kanehara et l'inspecteur Kai disent à l'inspecteur chef Adachi qu'il a fait de l'excellent travail. *Affaire classée.* Dans le couloir, devant la salle d'interrogatoire, l'inspecteur chef Adachi félicite l'inspecteur chef Kanehara et l'inspecteur Kai. *Affaire classée.* L'inspecteur chef Adachi dit à l'inspecteur chef Kanehara et à l'inspecteur Kai qu'ils ont fait de l'excellent travail. *Affaire classée. Affaire classée. Affaire classée...*

Ils mangeront bien, ce soir, lèveront leurs verres...

Ils chanteront de vieilles chansons, leurs chants de victoire...

« Tu as vu comment on a fait, me dit Kai. Bonne chance. »

On a allumé la lumière. On a rapporté la table. On a rendu sa chaise à Kodaira Yoshio. On lui a rendu ses vêtements. On lui a donné du thé. On lui a donné une cigarette...

Kodaira sourit, Kodaira rit...

Je lui demande : « Voulez-vous me raconter autre chose ?

– Quoi ? demande-t-il. À propos de Midorikawa ?

– Ce n'était pas la première fois que vous tuiez, n'est-ce pas ?

– Vous le savez, répond-il. Je vous l'ai dit.

– S'il vous plaît, dites-le-moi à nouveau...

– Pourquoi ? demande-t-il en riant.

– Dites-le-moi ! »

Il hausse les épaules. Il dit : « J'ai tué mon beau-père.

– Et ? »

Il dit : « Et je viens de vous dire que j'ai tué Midorikawa.

– Et ? »

Il sourit maintenant. « Et j'ai tué six soldats chinois.

– Et ? »

Il secoue la tête. Il me demande : « Et quoi ?
– Et combien d'autres personnes avez-vous tuées ? »
Il demande : « Tuées où ? En Chine ?
– Parlez-moi simplement des autres... »
Kodaira demande : « Où étiez-vous quand vous étiez soldat, inspecteur ? Avez-vous combattu ?
– Je ne parle pas de la Chine, dis-je. Je parle d'ici. »
Mais il demande à nouveau : « Avez-vous combattu, inspecteur ?
– Oui, je réponds. Dans l'armée. En Chine. »
Il dit : « Donc vous avez vu ce que j'ai vu. Vous avez fait ce que j'ai fait. »
Des esquisses de pensées prennent forme. Dans la pénombre. Des esquisses de choses bougent...
« Je ne parle pas de la Chine, dis-je. Un deuxième cadavre a été découvert dans le parc de Shiba. Une autre jeune fille a été assassinée. »
Ton-ton. Ton-ton. Ton-ton. Ton-ton. Ton-ton...
Kodaira hausse une nouvelle fois les épaules. Il secoue la tête...
« Une autre jeune fille morte, de dix-sept ou dix-huit ans... »
Ton-ton. Ton-ton. Ton-ton. Ton-ton...
Kodaira secoue la tête. Il baisse les yeux...
« Elle portait une robe-tablier jaune à rayures bleu foncé, dis-je, un chemisier blanc à manches courtes, des chaussettes roses et des chaussures en toile blanche à semelle de caoutchouc rouge... »
Ton-ton. Ton-ton. Ton-ton...
Kodaira hausse les épaules. Kodaira secoue la tête. Kodaira baisse les yeux. Kodaira dit : « Ce n'est pas moi, inspecteur... »
Ton-ton. Ton-ton...
Je me lève...
Ton-ton...
« Je suis vraiment désolé, dit Kodaira. Mais ce n'est pas moi, soldat. »

Je reste à l'écart du quartier général. *Ils ont sûrement trouvé son nom.* Ils vont faire la fête pour marquer l'événement. *Ils ont sûrement vu sa famille.* Ils vont bien manger. *Ils ont sûrement localisé son bureau.* Ils vont lever leurs verres. *Ils ont sûrement vu ses collègues.* Ils vont ôter leur cravate. *Ils ont sûrement trouvé ses articles.* Ils vont nouer leur cravate sur leur front. *Ils ont sûrement vu ses contacts.* Ils vont chanter leurs chants. *Ils ont sûrement trouvé ses notes.* Leurs chants de résolution. *Ils ont sûrement vu ses mouchards.* Leurs chants de courage. *Ils ont sûrement trouvé mon nom.* Leurs chants de bataille. *Ils vont venir m'arrêter...*

Affaire classée. Affaire classée. Affaire classée...

Vont chanter leurs chants de victoire...

Chiku-taku. Chiku-taku...

La nuit est lourde ; la chaleur est noire ; le marché de la Vie nouvelle de Shimbashi est désert, à l'exception de quelques commerçants ici et là, en petits groupes, qui assistent à la destruction des paravents de roseau, boivent du *mechiru-arukōru* et lisent les pancartes pendant que c'est encore possible :

Fermeture provisoire. Nous ouvrirons dès que possible...

Pas de marmites. Pas de casseroles. Ni sardines ni costumes d'occasion...

Ni fruits en conserve ni souliers militaires...

Pas de Vainqueurs dans l'escalier, ce soir...

Pas de pomme rouge à mes lèvres...

« Le patron t'attend », dit le gros bras en costume neuf, tandis que deux autres gros bras en costume neuf me prennent chacun par le coude et m'entraînent parmi les nattes vides et les échoppes détruites, dans les allées et les ruelles, dans les ombres et les passages voûtés, jusqu'au vieil escalier en bois et la porte grande ouverte qui se trouve en haut des marches...

Je m'essuie le visage. Puis je m'essuie la nuque...

Je gravis l'escalier...

J'entre dans la lumière.

Senju Akira est assis en tailleur devant la longue table basse cirée, torse nu, la ceinture du pantalon déboutonnée, un *haramaki* blanc et propre autour du ventre...

Senju plus calme...

Avant la tempête...

« J'ai assisté aujourd'hui à une réunion très intéressante », annonce-t-il...

Des revolvers de la police sont posés sur la longue table...

« Tous les patrons de gang et tous les chefs de la police... »

Il y a des munitions. Il y a des sabres courts...

« Je leur ai bien fait comprendre que l'amitié traditionnelle qui lie les patrons et les hommes doit demeurer intacte, mais j'ai reconnu que le système devait être complètement remodelé, qu'il ne survivrait pas à cette époque nouvelle de démocratie s'il ne l'était pas... »

Il prend une arme. Il prend un morceau de tissu. Il entreprend de nettoyer...

« J'ai soutenu que les gangs devaient renoncer à vivre de l'argent de la protection, ainsi que d'autres pratiques dépassées et parasites... »

Partie par partie, pièce par pièce, il essuie, il polit, il graisse...

« J'ai affirmé que les marchés devaient être radicalement réorganisés, transformés en sociétés commerciales modernes, disposant même de leurs syndicats propres... »

Il fouille parmi les munitions, il trie...

« J'ai dit aux patrons de gang et aux chefs de la police que le marché noir était déjà devenu le marché de la Vie nouvelle et que le gang Matsuda était devenu le Kantō Matsuda Group, organisation commerciale moderne, que je préside... »

Il choisit, il charge...

« Que tous nos membres ont troqué leurs vêtements traditionnels pour le veston des employés de bureau ordinaires. Que l'assurance chômage a été instituée... »

Une cartouche, deux cartouches, trois cartouches, quatre...

« Une allocation pour les travailleurs malades... »

Quatre cartouches, cinq cartouches, six...

« Et une somme allouée aux familles des morts... »

Il referme le barillet de l'arme...

« Je leur ai dit que notre rôle consiste à travailler avec la police, côte à côte, en frères, en Japonais. Je leur ai dit que notre rôle était d'aider la police... »

Il arme le revolver...

« Mais je leur ai également dit que nous ne céderons jamais, que nous ne reculerons jamais face aux menaces et à l'intimidation des Formosans et des Coréens... »

Bang. Bang. Bang...

« Jamais. Absolument jamais... »

Bang. Bang...

Senju braque l'arme sur mon visage. Senju demande : « Qu'est-ce que tu en penses, détective ? »

Bang...

« Hayashi Jo est mort, dis-je. On l'a sorti ce matin du canal de Shiba. »

Ligoté et cloué...

Senju abaisse le revolver. Il sourit. « Tu as de la chance.

– Pourquoi ai-je de la chance ? Il y aura une enquête.

– Mais il est heureux que tu m'aies donné le nom d'un mort.

– Il n'était pas mort quand je vous ai donné son nom.

– C'est ce que tu affirmes maintenant, fait Senju en riant. C'est toi qui le dis.

– Mais si j'avais su qu'il était mort, pourquoi vous aurais-je donné son nom ? »

Senju lève de nouveau le revolver. Senju dit : « Parce que les morts ne parlent pas beaucoup, n'est-ce pas, inspecteur Minami ? »

Je le maudis. Je me maudis. Et je maudis ma dépendance...

Je m'incline. Je m'excuse. Je dis : « Hayashi était cloué sur une porte. J'ai pensé que vous l'aviez peut-être tué.

– Et tu es venu m'arrêter, n'est-ce pas, détective ? »

Je m'incline à nouveau. Je m'excuse à nouveau. Je secoue la tête et je dis : « Non, je suis venu chercher la Calmotine. »

Senju glisse une main sous la table. Senju en sort une petite boîte...

« Voilà, dit-il. Fais de beaux rêves, détective. »

Je m'excuse une nouvelle fois. Je le remercie. Je prends la boîte.

Senju Akira lance des billets sur la table. Senju dit : « Mais j'ai toujours besoin d'un nom, détective. Compris ? »

J'acquiesce. Je m'incline à nouveau. Je m'excuse à nouveau. Je le remercie à nouveau...

« Un nom de vivant, pas un nom de mort... »

Je recule, d'un pas traînant, sur les nattes, mais je demande : « Qu'allez-vous faire pour le marché ? Pour les Formosans ?

– Il paraît qu'ils n'ont pas renoncé, dit Senju en riant.

– Et qu'avez-vous répondu ? Que leur avez-vous dit ? »

Senju lève l'arme. « Je leur ai simplement dit la vérité...

« Je leur ai dit que je n'avais encore rien fait... »

Nous n'avons pas trouvé son nom. Je reste à l'écart du poste de police d'Atago. Je reste à l'écart de la brigade numéro deux. *Nous n'avons pas vu sa famille.* Mes hommes ne mangeront pas bien. Mes hommes ne lèveront pas leur verre. *Nous n'avons pas établi de lien entre elle et Kodaira.* Ils n'ôteront pas leur cravate. Ils ne chanteront pas leurs chants de victoire. *Nous n'avons pas obtenu d'aveu.* Ils dormiront à leurs tables de travail d'emprunt. Leur estomac restera vide, leurs rêves égarés...

Notre affaire n'est pas classée. Notre affaire ne sera jamais classée...

Je me fraye un chemin à bord du train. Ça me démange et je me gratte. *Gari-gari.* Je franchis le contrôle des billets de Mitaka. Je m'essuie le visage. Je m'essuie la nuque. Je suis les poteaux télégraphiques, dans la rue, jusqu'à mon restaurant habituel, à mi-chemin entre la gare et chez moi...

Mais, dans la pénombre, je ne peux pas oublier...

« D'autres hommes sont venus demander après vous, dit l'aubergiste. Ils sont venus presque tous les soirs... »

Personne n'est qui il prétend être...

Je hausse les épaules. J'ôte mon chapeau. Je commande un *yakitori* et un whisky. Je porte le verre à mes lèvres. Je bois d'un trait...

Personne n'est qui il paraît être...

« Ici tous les soirs, à poser des questions... »

Ça brûle. Je tousse. J'en commande un autre...

« Sur votre femme et vos enfants... »

Je le laisse. Je sors du bar...

Je marche puis je cours...

Je cours jusqu'au bout de la rue...

La maison est noire. La maison est silencieuse. Je m'essuie le visage et je m'essuie la nuque. Je sors ma clé et j'ouvre la porte. *Nattes pourrissantes.* La maison sent le radis bouilli. *Les portes en lambeaux.* La maison sent le DDT. *Les murs penchés.* La maison sent la souffrance...

La souffrance que je leur ai apportée. La souffrance que je leur ai laissée...

Je pose l'argent et la nourriture dans le *genkan...*

L'argent et la nourriture ; l'argent du sang...

Je pivote sur moi-même. Je m'en vais...

Les larmes dans mes yeux...

J'entends la porte qui s'ouvre...

Larmes de sang...

Je me mets à courir, je fuis, fuis encore.

Je pense sans cesse à elle. Sa tête légèrement inclinée à droite. *En chemisier blanc à manches courtes.* Je pense sans cesse à elle. Son bras droit tendu. *En robe-tablier jaune à rayures bleu foncé.* Je pense sans cesse à elle. Son bras gauche contre son flanc. *En chaussettes roses.* Je pense sans cesse à elle. Ses jambes écartées et ses genoux fléchis. *En chaussures de toile blanche à semelle de caoutchouc rouge.* Je pense sans cesse à elle. Mon sperme sèche sur son ventre et ses côtes...

« Je n'ai que la peau et les os », dit Yuki dans la pénombre...

Dans la pénombre, j'ouvre la boîte de Calmotine.

J'avale des cachets. Dans la pénombre...

Les morts sont les vivants, les vivants sont...

Dans la pénombre, je ferme les yeux...

Ce parapluie me va-t-il... ?

« Je ne me souviens pas du parapluie, dis-je. Mais je me souviens de tes cheveux, de ton chignon tout juste orné de longs fils d'argent.

– Et tu m'as suivie, dit-elle en souriant. Tu m'as suivie. »

Nouvel éclair. Nouveau coup de tonnerre...

« Tu avais peur, dis-je. Tu m'as pris la main.

– Je craignais que tu te sois égaré. Craignais que tu ne m'égares... »

Elle tourne dans la ruelle, traverse le petit pont qui franchit la tranchée et m'attend devant l'auvent en roseau de sa maison...

« Tu m'as rendu mon parapluie, puis tu as brossé les gouttes de pluie sur ma veste.

– Tes vêtements occidentaux étaient vraiment très mouillés », dit-elle en riant...

Le tonnerre s'éloigne, mais la pluie est toujours très forte, rebondit sur les immeubles et nos corps en un déluge de pierres...

« Tu t'inquiétais pour mes vêtements et tu m'as invité à entrer.

– Je me montrais simplement polie, dit-elle. Que pouvais-je faire d'autre ? »

Elle me conduit dans une pièce du fond, cachée par un treillis en bois brut, un rideau de longs rubans et de clochettes...

« Tu as essuyé tes pieds nus pendant que j'ôtais mes chaussures étrangères.

– Mais tu as refusé d'enlever ta veste », dit-elle en riant à nouveau...

Et elle m'a fait asseoir près du long brasero de charbon de bois, puis elle a préparé du thé, le genou gauche contre son sein gauche...

« Était-ce de l'eau venue d'un puits, je lui redemande, ou de l'eau du robinet ?

– La typhoïde t'inquiétait davantage que la syphilis, dit-elle. Est-ce pour cette raison que tu ne bois jamais de thé chez moi... ? »

Elle essuie l'huile de son front avec un morceau de papier propre puis franchit le rideau et s'approche de la cuvette...

« Tu avais vingt-trois ou vingt-quatre ans, dis-je. Et le maquillage avait gâché, flétri la peau de ton visage.

– Mais mes lèvres étaient rouges, dit-elle. Et mes yeux étaient clairs. »

Je la vois encore derrière les rubans, derrière les clochettes, inclinée pour laver son visage, le kimono tiré en arrière sur ses épaules, ses épaules et ses seins plus blancs encore que son visage...

« Tu étais toujours seule, dis-je. N'avais-tu pas peur ? »

Dans la pénombre, elle ne répond pas. Dans la pénombre...

Son visage face au mur. Au papier. Aux taches...

Dans la pénombre, Yuki dort. Dans la pénombre...

Noir ! Noir ! Les bombes arrivent !

Je couvre mes oreilles. Je ferme tes yeux...

Couvre tes oreilles ! Ferme tes yeux !

Dans la pénombre, elle sursaute et se réveille, les mains dans ses cheveux. Elle s'aperçoit qu'une mèche s'est enroulée autour de mon cou...

« Mes cheveux ne poussent que lorsqu'on dort ensemble », dit-elle en souriant.

J'avale des cachets. Je ferme à nouveau les yeux...

« Mais je ne veux pas dormir, souffle-t-elle dans ma bouche. Pourquoi faudrait-il que je dorme ? Pourquoi faudrait-il que les amants dorment ?

– Un amour qui ne dort jamais, nous rendrait fous.

– Nous ne dormions jamais, avant, dit-elle. Quand le sommeil était égoïste. Quand le sommeil était bon pour les démons. Quand le sommeil était bon pour les morts... »

II

LE PONT DES LARMES

le cercueil orné d'images de serpents, le maître de cérémonie coiffé d'un chapeau de chanvre brut tandis que les femmes hurlent à l'unisson du vent jaune dans les fils électriques. L'humus s'envole, le soleil pâlit alors que je gis parmi les cadavres. **Soixante Calmotine, soixante et une**. Les officiers chinois se bourrent de melon sous le drapeau immense du Soleil rouge sur ciel bleu qui flotte sur la porte à la laque rouge écaillée. *Derrière nos sacs de sable, nous les épions*. Leurs soldats en uniforme gris ont envahi les rues, renversent les étals et volent les marchandises. *Derrière nos fils de fer barbelés, nous les épions*. Ils mangent tout en se promenant dans la ville. *Vêtus de nos uniformes kaki, nous les épions*. Ils crachent de la peau et des os au visage des Chinois de la région. *Avec nos mitrailleuses, nous les épions*. Ils aiment le pillage et ils aiment la violence. *Un coup de feu retentit*. Ils renversent les autels, ils ouvrent les tiroirs. *Nouveaux coups de feu*. Mendiants et coolies courent en direction des coups de feu. *Les Chinetoques volent les Japonais*. Femmes aux pieds bandés et enfants aux cheveux nattés fuient. *Les Japs violent les Chinoises*. Deux véhicules blindés gris foncent dans la rue. *Les Chinetoques assassinent les Japonais*. Des cavaliers nationalistes traversent la ville au galop en direction du sud. *Les Japs assassinent les Chinois*. On tire depuis les fenêtres du premier étage d'un immeuble de style occidental. *L'artillerie tonne*. Des Japonais nu-pieds courent dans les rues, la chemise déboutonnée. *Les canons tirent*. Une foule de prostituées sort du quartier de Yung-Hsien-li. *Des fenêtres volent en éclats*. Une femme vêtue de satin rouge tombe. *Mon fils a dit qu'il se trancherait la gorge !* Des maisons sont incendiées. *Le mien aussi !* Des réfugiés se terrent dans les entrées d'immeuble. *Un vrai Japonais !* Des hommes perdent leur épouse. *Fuyez !* Des mères perdent leurs enfants. *Cachez-vous !* Une cage à oiseau gît, piétinée, sur la chaussée. *Non !* C'est ainsi que ça commence, parmi les cadavres. **Soixante-dix Calmotine, soixante et onze**. Les soldats désarmés, en uniforme gris, grognent et gémissent comme des animaux, les mains liées dans le dos, dans l'enclos entouré de fil de fer barbelé. Des centaines, assis par terre devant les baïonnettes de cinq membres de notre unité tandis que notre artillerie tonne jusqu'à l'aube. Puis il n'y a plus que la fumée, désormais plus que les rumeurs. Deux cent quatre-vingts colons japonais massacrés, selon les journaux japonais. Japonaises dénudées, traitées avec une sauvagerie inimaginable, puis découpées en morceaux. On parle de pieux enfoncés dans les vagins, de bras cassés à coups de bâton, d'yeux arrachés. De maisons pillées, d'écoles incendiées. On a exhumé les cadavres mutilés de six Japonais dans un pré situé au nord-est du pont de chemin de fer, six autres près de la citerne. Oreilles coupées, estomac plein de pierres. **Quatre-vingts Calmotine, quatre-vingt une**. Les avions arrivent, lâchent des bombes sur les quartiers chinois et les combats de rue cessent. *L'air grouille de mouches*. Pendant deux jours, nous buvons du saké et errons dans la ville. *Puanteur d'abricot pourri*. Nous comptons les cadavres chinois, mais ne tardons pas à renoncer. *Des chiens agitent la queue parmi les cadavres*. Nous faisons des photos mais nous trouvons à court de pellicule. *Les mendiants dorment parmi les os*. Nous découvrons des familles chinoises toujours terrées chez elles. *Deux cent quatre-vingts colons japonais massacrés, selon les journaux japonais*. Nous séparons les hommes des femmes. *Japonaises dénudées, traitées avec une sauvagerie inimaginable, puis découpées en morceaux*. Les jeunes des vieux. *On parle de pieux enfoncés dans les vagins, de bras cassés à coups de bâton, d'yeux arrachés*. Masaki, *Banzai* * ! Papa

6

20 août 1946

Tokyo, 31°, nuageux

La nuit est le jour. J'ouvre les yeux. *Plus de cachets.* Le jour est la nuit. J'entends le bruit de la pluie. *Cache-toi !* La nuit est le jour. Je vois le soleil briller. *Plus de cachets.* Le jour est la nuit. Je ferme les yeux. *Les cadavres des morts.* La nuit est le jour. Le bon enquêteur va cent fois sur les lieux du crime. *Plus de cachets.* Le jour est la nuit. Lumière blanche du matin derrière les arbres de Shiba. *Dans les hautes, hautes herbes.* La nuit est le jour. Les arbres noirs qui ont vu tant de choses. *Plus de cachets.* Le jour est la nuit. Les branches noires qui ont porté tant de choses. *Les feuilles mortes et les mauvaises herbes.* La nuit est le jour. Les feuilles noires qui sont revenues. *Plus de cachets.* Le jour est la nuit. Qui grandissent, tombent et grandissent à nouveau. *Les jeunes d'un autre pays.* La nuit est le jour. Je tourne le dos. *Plus de cachets.* Le jour est la nuit. Je m'éloigne des lieux du crime. *Les morts d'un autre pays.* La nuit est le jour. Sous la porte de la Triple Délivrance. *Plus de cachets.* Le jour est la nuit. Le chien attend toujours. *Un autre pays.* Maintenant la nuit est le jour.

Ils sont tous réveillés. *Fujita absent.* Ils ont tous encore faim. *Fujita absent.* Ils m'attendent tous. *Fujita absent.* Hattori, Takeda, Sanada et Shimoda bâillent, se grattent la tête. *Fujita absent.* Nishi, Kimura et Ishida avec leur carnet et leur crayon...

Fujita absent. Fujita absent. Fujita absent. Fujita absent...

« Nous savons tous, désormais, qu'un suspect nommé Kodaira Yoshio a avoué le meurtre de Midorikawa Ryuko, leur dis-je. Mais, malheureusement, Kodaira Yoshio prétend tout ignorer du second cadavre, de *notre* cadavre. Je ne le crois pas... »

Fujita absent. Fujita absent. Fujita absent...

« Mais il faut d'abord que nous établissions son identité... »

Fujita absent. Fujita absent...

« Nous savons qu'elle était en vie le dix-neuf juillet, puisqu'elle a découpé une annonce dans le journal, leur dis-je. Et nous savons que, selon l'estimation du docteur Nakadate, elle a été tuée entre le vingt et le vingt-sept juillet... »

Fujita absent. Fujita absent. Fujita absent. Fujita absent...

« N'oubliez pas qu'une enquête est un travail de routine ; prenons donc ces dates ainsi que le signalement du suspect Kodaira Yoshio et allons à Shiba demander aux gens s'ils ont vu un homme lui ressemblant. »

Fujita absent. Fujita absent. Fujita absent...

« En compagnie d'une jeune fille vêtue comme la nôtre. »

Fujita absent. Fujita absent...

« Entre ces dates ? »

Fujita absent.

Je me rends au quartier général de la police métropolitaine de Tokyo par un autre chemin. *Ton-ton.* L'air est plus humide que jamais. *Ton-ton.* Les coups de marteau plus forts que jamais. *Ton-ton.* J'ai envie de me laver le visage. *Ton-ton.* J'ai envie de me laver les mains. *Ton-ton.* J'entre dans la salle des fêtes d'Hibiya. *Ton-ton.* Je regrette de l'avoir fait. *Ton-ton.* C'est l'assemblée inaugurale du Congrès des syndicats de l'industrie. *Ton-ton.* Le hall d'entrée désormais crasseux de cette salle autrefois grandiose grouille d'agents du contre-espionnage, de membres de la police militaire, de journalistes étrangers et de mouchards japonais, leur planche à pince sur les genoux et une ration supplémentaire de cigarettes dans les poches. *Ton-ton.* De jeunes hommes vendent *Akahata*. *Ton-ton.* De jeunes hommes sifflent *Le Drapeau rouge*. *Ton-ton.* J'ai envie de me laver le visage. *Ton-ton.* J'ai envie de me laver les mains. *Ton-ton.* Je passe parmi les brassards du Shinchū Gun et les badges de presse. *Ton-ton.* L'auditorium est sombre et étouffant, bourré d'hommes qui transpirent, fixent la vaste scène ou lui adressent des injures. *Ton-ton.* Pas de cigarettes. *Ton-ton.* Pas de ration supplémentaire. *Ton-ton.* La scène est ornée de banderoles exigeant que les ouvriers luttent pour obtenir la semaine de quarante heures, refusent en masse et combattent tous les vestiges et résurgences du militarisme et du nationalisme. *Ton-ton.* Devant les banderoles, une douzaine d'hommes sont assis derrière une longue table, tous de haute taille, tous minces, portant tous des lunettes. *Ton-ton.* Ils s'inclinent profondément devant le public. Ils se présentent. *Ton-ton.* Ils s'inclinent à nouveau. *Ton-ton.* Ils se rassoient. *Ton-ton.* Puis les discours commencent. *Ton-ton.* Ces hommes de haute taille, minces et portant des lunettes déboutonnent leur veste, desserrent leur cravate, serrent les poings et brandissent leurs documents...

Ton-ton. Ton-ton. Ton-ton. Ton-ton. Ton-ton. Ton-ton...

« Certains, Japonais et Occupants, disent, même ici, aujourd'hui, dans cette salle, que la main-d'œuvre ne devrait pas militer, que la main-d'œuvre ne devrait pas lutter. Mais je vous le demande, aujourd'hui, l'organisation et la défense de nos emplois ne sont-elles pas nos droits démocratiques ? Enseigner à nos collègues à distinguer l'ennemi de l'ami n'est-il pas notre droit démocratique ? »

Ton-ton. Ton-ton. Ton-ton. Ton-ton. Ton-ton...

« D'après le gouvernement Yoshida et l'Occupant américain, le Japon subit les conséquences de la défaite, tous les différends intérieurs doivent donc être oubliés, tous les conflits du travail reportés. Mais les capitalistes ont-ils un jour accepté les conflits ? »

Ton-ton. Ton-ton. Ton-ton. Ton-ton...

« Le gouvernement Yoshida est un gouvernement *zaibatsu* *. C'est un gouvernement hostile à la main-d'œuvre, soutenu par une occupation hostile à la main-d'œuvre. Les choses sont aujourd'hui telles qu'elles ont toujours été...

« Des uniformes neufs, mais la même vieille politique ! »

Ton-ton. Ton-ton. Ton-ton...

« La tactique utilisée par le gouvernement Yoshida et l'Occupant américain dans la campagne actuelle contre les membres du Parti communiste est la même que celle des fascistes et des militaristes pendant les années de guerre. Elle démontre que leurs mots, des mots tels que liberté, droit et démocratie, sont dépourvus de sens...

« *Le drapeau rouge enveloppe le corps de nos morts...*

« La main-d'œuvre donne tout au capital. Le capital ne donne rien à la main-d'œuvre !

« Les corps ne sont pas refroidis que le rouge teint le drapeau...

« Tous les travailleurs doivent s'unir ! Tous les travailleurs doivent lutter ! »

Ton-ton. Ton-ton...

Je vais aux toilettes. Le lavabo...

Je me lave le visage et je me lave les mains...

Avec de l'eau chaude couleur de rouille...

Je sors de l'immeuble...

Ton-ton...

Devant la salle des fêtes de Hibiya, un ancien communiste est debout sur une caisse. *Ton-ton.* L'homme commence par pleurer en évoquant la folie politique de sa jeunesse. *Ton-ton.* Puis l'homme s'emporte quand il affirme que le contrôle des naissances est le moyen qu'emploient les Vainqueurs pour stériliser et éradiquer la race *yamato. Ton-ton.* Puis l'homme appelle à crier trois fois *Banzai* pour l'Empereur...

« *Banzai ! Banzai ! Banzai !* » hurle-t-il, debout sur sa caisse, devant un mur encore orné d'une fresque représentant un bombardier japonais...

Augmentons la production d'avions en vue de l'attaque finale !

Des drapeaux rouges flottent dans le parc d'Hibiya...

Ton-ton. Ton-ton. Ton-ton. Ton-ton...

J'ai à nouveau envie de me laver le visage...

Ton-ton. Ton-ton. Ton-ton...

J'ai envie de me laver les mains...

Pendant l'année du Chien.

Je suis encore en retard. L'inspecteur chef Adachi se tient sur les marches du quartier général de la police métropolitaine de Tokyo. L'inspecteur Adachi me cherche. Adachi m'attend. Il me demande : « Où est l'inspecteur Fujita, inspecteur Minami ?

– Je viens de laisser l'inspecteur Fujita à Atago, je réponds. L'inspecteur Fujita dirige l'enquête de Shiba en mon absence. »

L'inspecteur Adachi demande : « Tu affirmes que tu viens d'Atago, n'est-ce pas ? Et tu affirmes que tu viens de voir l'inspecteur Fujita ?

– Oui, je réponds. Nous venons de finir notre réunion du matin. »

Adachi sourit. Adachi me demande : « Et tu as vu Fujita ?

– Oui. Pourquoi me posez-vous cette question ? »

Adachi sourit à nouveau. Adachi prend son temps, maintenant. « Te souviens-tu du cadavre que nous avons sorti du canal de Shiba... ?

– C'est arrivé hier, dis-je, et j'étais présent.

– C'était le corps d'un journaliste, dit Adachi. Un journaliste qui utilisait des noms différents en fonction des journaux, qui écrivait tantôt pour le *Minpo*, tantôt pour le *Minshū Shimbun* et même pour l'*Akahata*.

– Vraiment ? je fais. Et comment s'appelait-il ?

– Tu ne le sais pas ? demande Adachi. *Vraiment ?* »

Je te maudis. Je te maudis. Je te maudis...

« Pourquoi connaîtrais-je son nom ? »

Je te maudis et je me maudis...

« Parmi les journalistes que tu connais, inspecteur, combien travaillent pour trois journaux différents sous trois noms différents ? »

Je souris. Je dis : « Je m'efforce de ne connaître aucun journaliste.

– Pas Kato Kotaro, de l'*Akahata* ? »

Je ris. Je dis : « Je n'ai jamais entendu parler de lui.

– Ni Suzuki Nobu du *Minshū Shimbun* ? »

Je hausse les épaules. Je réponds : « Non.

– Ni Hayashi Jo du *Minpo* ? »

Je déglutis. Je dis : « Non. »

Je me maudis...

« C'est très étrange, dit Adachi. Parce que je suis allé au *Minpo,* hier en fin de soirée, et j'ai posé des questions sur cet Hayashi Jo, j'ai demandé pourquoi on l'avait trouvé dans le canal Shiba, pourquoi on l'avait tué et ligoté sur une porte, pourquoi on l'avait noyé et pourquoi cela avait pu arriver, et sais-tu quelle est la première chose qu'on m'a dite ? La première chose qu'on m'a dite a été : “ Encore ”...

– Encore, je répète. Que voulait-on dire par : “ Encore ” ?

– C'est exactement ce que j'ai demandé, dit Adachi en riant. Et sais-tu ce qu'on m'a répondu ? On m'a répondu que j'étais le troisième policier à m'être présenté dans les bureaux du *Minpo* ces trois derniers jours... »

Je déglutis une nouvelle fois tandis que l'inspecteur Adachi ajoute : « Le troisième qui soit venu poser des questions sur Hayashi Jo... »

Je demande : « Que voulez-vous de moi ? »

L'inspecteur chef Adachi avance d'un pas. L'inspecteur chef Adachi souffle : « Je ne veux rien de toi, inspecteur, hormis ta reconnaissance, parce que c'est à moi, et pas à un autre, que cette affaire a été confiée. Mais quand tu verras effectivement l'inspecteur Fujita, envoie-le-moi... »

J'acquiesce. Je demande : « Mais pourquoi voulez-vous voir Fujita ?

– Parce que l'inspecteur Fujita a été le premier policier à se rendre au *Minpo* ces trois derniers jours, voilà pourquoi... »

Je le maudis. Je déglutis. *Je me maudis.* Je demande :

« Et qui était le deuxième ? »

Ishida. Ishida. Ishida. Ishida...

« C'est à toi de me le dire, caporal. C'est à toi de me le dire. »

J'ai besoin de réponses ; il faut que je trouve Fujita et il faut que je voie Ishida ; je veux savoir comment Adachi a obtenu cette affaire ; je veux savoir qui a identifié le corps de Hayashi. Mais ce n'est pas aujourd'hui qu'il faut poser ces questions au directeur. Aujourd'hui, on ne bavarde pas ; aujourd'hui, on ne parle pas de nouvelles purges, aujourd'hui, on ne parle pas des procès de Tokyo, aujourd'hui, on ne parle pas des réformes du SCAP ; on ne parle pas de meilleures armes ; on ne parle pas d'uniformes neufs. Parce que le directeur est au courant de la fête d'hier soir ; de la bonne nourriture, de leurs verres levés ; des chansons ; de leurs chants de victoire...

« Le suspect Kodaira Yoshio a avoué le meurtre de Midorikawa Ryuko et je sais que vous êtes nombreux à croire que cela signifie que l'affaire est classée, dit le directeur. Mais ce n'est pas vrai. Il faut vérifier les affirmations des aveux. Il faut confirmer les adresses des endroits où Kodaira prétend avoir vécu et travaillé. Et nous avons encore un cadavre non identifié...

« Inspecteur Minami, s'il vous plaît...

– Kodaira déclare tout ignorer du cadavre de Shiba. Cependant, le docteur Nakadate estime que ce crime est également l'œuvre de la personne responsable du meurtre de Midorikawa Ryuko, et le docteur Nakadate croit donc que Kodaira est coupable des deux crimes...

– Et toi, Minami ? demande l'inspecteur chef Adachi. Es-tu d'accord avec le docteur Nakadate ?

– Oui. Je crois que Kodaira, confronté à l'évidence, avouera à nouveau si nous pouvons découvrir une preuve ou, mieux, si nous parvenons à identifier le corps, puis à trouver des témoins ou des événements liant Kodaira à la victime, ou même au moment où elle a été tuée.

– Et s'il n'avoue pas ?

– Le meurtre et le viol de deux jeunes femmes entraînera la peine de mort, dis-je. Et Kodaira le sait. Mais s'il n'y en a qu'une, dans les circonstances qu'il a reconnues, probablement pas...

– Kodaira a tué son beau-père, dit Kai. Midorikawa sera sa deuxième condamnation pour meurtre. Cette fois, Kodaira sera pendu.

– Kodaira sait très bien tout cela, dis-je. S'il croit qu'il peut encore échapper à la corde, il n'a aucune raison d'avouer quoi que ce soit. »

Le directeur demande : « Inspecteur Minami, avez-vous de nouvelles pistes susceptibles de permettre l'identification du deuxième cadavre ?

– On a trouvé, dans les poches de sa robe, une annonce de journal indiquant qu'un certain salon Matsu, à Kanda, cherchait du personnel, dis-je. Elle provenait de l'*Asahi* du dix-neuf juillet et cela nous a conduits à nous rendre à ce salon Matsu de Kanda. Malheureusement, comme nous ne pouvions décrire que ses vêtements, le personnel n'a pas pu l'identifier ni indiquer si elle était venue au salon. Il nous a cependant suggéré de nous rendre au Palais international... »

Mieux vaut être mort. Mieux vaut être mort. Mieux vaut être mort...

« Le Palais international, répète le directeur. Près de Funabashi ? Pourquoi vous ont-ils suggéré d'aller vous renseigner sur elle là-bas ?

– Quatre-vingt-dix pour cent de leurs candidates y travaillaient.

– Mais cela ne signifie pas que c'était le cas de celle-ci », dit Kai.

Je hausse les épaules. « Et ça ne signifie pas que ça ne l'est pas.

– Le Shinchū Gun n'en interdit-il pas l'accès ? demande l'inspecteur chef Adachi. N'aurons-nous pas besoin d'une autorisation... ? »

Le directeur acquiesce. Le directeur regarde sa montre. Il dit : « Revenez dans trois heures, inspecteur. »

J'ai besoin de réponses ; il faut que je trouve Fujita et il faut que je voie Ishida. *Chiku-taku.* Il faut que je retourne à Atago. *Chiku-taku.* Il faut que je trouve Fujita. *Chiku-taku.* Il faut que je voie Ishida. *Chiku-taku.* Je dispose de trois heures avant de partir pour le Palais international. *Chiku-taku.* Mais il faut que je trouve Fujita. *Chiku-taku.* Il faut que je parle à Ishida. *Chiku-taku.* Mais avant, j'ai besoin d'un verre. *Chiku-taku.* Avant, j'ai besoin d'un verre...

Chiku-taku. Chiku-taku. Chiku-taku. Chiku-taku...

Le bar est situé au sous-sol d'une carcasse de trois étages de béton armé. *Chiku-taku.* Au-dessus du bar, toutes les pièces ont explosé, si bien qu'il n'y a plus que des poutrelles métalliques nues, là où se trouvaient les murs et les planchers. *Chiku-taku.* Le bar proprement dit était autrefois un bar du Peuple dirigé par le gouvernement ; ces bars n'ouvraient qu'une ou deux fois par semaine pendant la guerre, vendaient du whisky local bon marché, de la bière en bouteille et du saké de mauvaise qualité qu'on appelle *bakudan* * ; des bars devant lesquels les gens faisaient la queue pendant des heures ; des bars censés soutenir notre moral...

Chiku-taku. Chiku-taku. Chiku-taku...

Ce bar appartient désormais à nouveau au secteur privé, est maintenant ouvert vingt-quatre heures sur vingt-quatre, néanmoins il ne vend toujours que du whisky local bon marché, de la bière en bouteille, du saké *bakudan*, et les gens font toujours la queue pendant des heures pour pouvoir se soutenir le moral. *Chiku-taku.* Mais ce matin, il n'y a que deux clients au comptoir : une femme d'âge mûr vêtue de rouge, qui sent le parfum et fume des Lucky Strike, ainsi qu'un vieillard en costume sombre crasseux, qui sort sans cesse sa montre de sa poche, la remonte et l'y remet, la sort à nouveau, la remonte et l'y remet, la sort...

Chiku-taku. Chiku-taku...

Il y a de vilaines plaies sur le dos des mains du vieillard. *Chiku-taku.* Il a manqué de vitamines et a maintenant le béribéri. *Chiku-taku.* Je vide mon verre de *bakudan* trouble. *Chiku-taku.* Il explose dans ma gorge et dans mon ventre. Je tousse et je demande au vieillard : « Votre montre est cassée, monsieur ?

– J'étais dans le train, répond-il, le jour de la capitulation, quand une femme qui se trouvait devant moi, dans l'allée, a perdu l'équilibre ; la grosse boîte qu'elle portait sur le dos a heurté ma poitrine et cassé cette montre, qui était dans ma poche... »

Il sort la montre...

Elle indique midi...

Il faut que je trouve Fujita. Il faut que je voie Ishida. Il faut que je parle à Ishida. Les inspecteurs Nishi et Kimura sont de retour à leurs tables de travail d'emprunt. Ils rédigent les dépositions...

Je leur demande : « Avez-vous obtenu quelque chose ? »

Ils secouent la tête. Ils s'inclinent...

« Avez-vous vu l'inspecteur Ishida ? »

Ils secouent à nouveau la tête...

« Très bien, dis-je. Nishi, tu viendras avec moi au Palais international ; Kimura, il faut que tu trouves Ishida, et quand ce sera fait, ramène-le ici, mais ne le laisse pas s'entretenir avec l'inspecteur chef Adachi tant que je ne lui aurai pas parlé. Et ceci est également valable pour l'inspecteur Fujita, s'il revient... »

Le quinze août de l'année dernière, quelques minutes après la capitulation de l'Empereur, la direction de la police métropolitaine a convoqué les présidents des sept principales sociétés de divertissement de Tokyo. Cela incluait les responsables des associations de restaurants, de cabarets, de geishas et de bordels. Le directeur de la police métropolitaine redoutait le déferlement sur le Japon de Vainqueurs qui violeraient nos épouses et nos filles, nos mères et nos sœurs. Le directeur avait besoin d'un « pare-chocs » et le directeur avait donc une proposition. Il suggéra que les responsables des associations de restaurants, cabarets, geishas et bordels constituent une organisation unique chargée de satisfaire aux besoins et aux distractions des Vainqueurs. Le directeur promit à l'association qu'elle ne manquerait pas de fonds...

L'Association pour la distraction et les loisirs était née.

On trouva ou on acheta des recrues dans les ruines des villes et dans les campagnes. Des salles de danse et des centres de loisirs furent rouverts ou créés du jour au lendemain, le plus vaste et le plus mal famé étant le Palais international, ancienne usine de munitions située au-delà de la limite est de Tokyo. Cinq dortoirs d'ouvriers furent transformés en bordels. Une partie de l'ancienne direction fut chargée d'administrer l'activité nouvelle. Quelques-unes des plus jolies filles restèrent, afin de se mettre au service des nouveaux clients, les Vainqueurs...

Parce que seuls les Vainqueurs sont les bienvenus au Palais...

Seul les Vainqueurs sont autorisés à suivre le chemin du saule...

Mais le prix est lourd et le taux de roulement élevé...

Presque toutes les premières filles furent hospitalisées...

Parmi les autres, beaucoup se suicidèrent...

Mieux vaut être mort...

Le deuxième groupe de filles fut constitué de geishas et de prostituées, de barmaids et de serveuses, d'épouses adultères et de déviantes sexuelles, des femmes plus fortes, trop fortes aux yeux de certains, car le Palais international fut interdit au printemps...

Théoriquement.

Notre directeur a obtenu l'autorisation et nous pouvons, l'inspecteur Nishi et moi, nous rendre au Palais international. Notre directeur s'est même arrangé pour qu'on nous y conduise, à l'arrière d'un camion appartenant aux Vainqueurs. À l'arrière, en compagnie de Larry, Moe et Curly, trois GI propres et bien nourris...

Ils nous offrent du chewing-gum et Nishi mâche. Ils nous offrent des cigarettes et Nishi fume. Ils parlent de leur jour de chance et Nishi acquiesce, rit. Ils parlent de toucher le jackpot, de gamins dans une boutique de bonbons, de Noëls qui arrivent en avance et de Noëls qui arrivent tous en même temps, et Nishi acquiesce, rit, crie : « Joyeux Noël ! »

C'est un bon Jap, un bon singe. C'est un Jap apprivoisé...

Je ne mâche pas. Je ne fume pas. Je n'acquiesce pas et je ne ris pas. Je ne crie pas : « Joyeux Noël ! »

Parce que je suis le mauvais Jap. Le mauvais singe.

Le camion des Vainqueurs roule vers le sud-est, vers Funabashi, et sort de la ville, où les champs remplacent les ruines ; la terre noire et brûlée est désormais un humus brun et nu. Puis nous apercevons des bâtiments de deux étages devant nous et les pancartes en anglais deviennent visibles :

ACCÈS INTERDIT – VD. ACCÈS INTERDIT – VD...

D'autres pancartes plus petites, à mesure que nous approchons, des centaines, peintes en rouge, des milliers, sur les clôtures et les barrières :

VD. VD. VD. VD. VD. VD. VD. VD. VD. VD. VD. VD. VD. VD. VD. VD. VD. VD. VD. VD. VD. VD. VD. VD. VD. VD. VD. VD. VD. VD. VD. VD. VD. VD. VD. VD. VD. VD. VD. VD. VD. VD. VD. VD. VD. VD. VD. VD. VD. VD. VD. VD. VD. VD. VD. VD. VD...

Le camion des Vainqueurs franchit la clôture de fil de fer barbelé ouverte et klaxonne en s'arrêtant dans une petite cour poussiéreuse ; une foule d'hommes et de femmes jaillissent des bâtiments à notre arrivée...

Je suis déjà venu ici, j'ai déjà vu ces endroits...

Des Japonais de petite taille en veste blanche de serveur et sans plateau, des Japonaises de haute taille en costume occidental et sans bas, qui tous sourient et s'inclinent, applaudissent et nous appellent...

Ces endroits, ces bâtiments, ces femmes...

« Tout propre, tout propre, tout propre...

– Très propre, très propre...

– Tout pas cher... »

Puis les femmes de haute taille entraînent le chauffeur, Larry, Moe et Curly vers les dortoirs, les mains des Vainqueurs déjà sous leur jupe, si bien qu'il ne reste que les hommes de petite taille en veste blanche de serveur, en compagnie de Nishi et de moi, dans la cour poussiéreuse...

J'ai honte d'être policier, honte d'être japonais...

Je demande à voir le directeur et les serveurs disparaissent...

J'ai honte d'être japonais, honte d'être moi...

Le directeur, japonais, sort d'un autre bâtiment. Le directeur redresse sa cravate. Le directeur aplatit sa chevelure grasse. Il s'incline. Il me tend son grand *meishi* * gravé...

C'est un petit homme huileux de plus...

Un collaborateur apprivoisé de plus...

Je lui explique la raison de notre présence. Je lui parle du parc de Shiba. Je lui parle de la jeune fille de dix-sept ou dix-huit ans assassinée. *Il vaut mieux qu'elle soit morte*. Je lui parle de la robe-tablier jaune à rayures bleu foncé et du chemisier blanc à manches courtes. *Il vaut mieux qu'elle soit morte*. Je lui parle des chaussettes roses et des chaussures en toile blanche à semelle en caoutchouc rouge. *Il vaut mieux qu'elle soit morte.* Je lui parle du salon Matsu. *Il vaut mieux qu'elle soit morte...*

Le directeur secoue la tête mais veut nous aider parce que nous sommes arrivés à bord d'un camion appartenant aux Vainqueurs. Parce qu'il croit que nous avons des relations au sein du Shinchū Gun. Parce qu'il croit que nous avons de l'influence. Parce qu'il croit que nous pouvons l'aider à faire rouvrir son établissement...

Cet endroit que j'ai déjà vu. Où je suis déjà allé...

Il nous fait visiter. Il nous conduit à l'infirmerie...

Si elle était ici, il vaut mieux qu'elle soit morte...

L'infirmerie. Salle énorme et nue où des tatamis sont alignés. Sur le sol, douze femmes transpirent sous d'épais couvre-pieds...

Toutes cachent leur visage, hormis une...

Je m'accroupis. Je souris. « Quel âge as-tu ?

– Dix-neuf ans.

– Depuis combien de temps es-tu ici ?

– Six mois.

– Que faisais-tu avant ?

– J'étais employée de bureau.

– Pourquoi restes-tu ici ?

– Je leur dois de l'argent.

– Combien leur dois-tu ?

– Dix mille yens.

– Dix mille yens ? Pourquoi ?

– Parce que j'ai acheté des vêtements.

– Où les as-tu achetés ?

– Ici, à la boutique.

– Et ta famille ? Sait-elle où tu es ?

– Je n'en ai pas, dit-elle. Tout le monde est mort pendant les bombardements.

– Tu sais que cet établissement est fermé, maintenant ? »

Elle acquiesce. Elle répond : « Oui.

– Parce que le général MacArthur a interdit la prostitution ? »

Elle secoue la tête. Elle dit : « Je ne le savais pas. »

J'acquiesce. Je prends sa main et je la serre. Je la regarde dans les yeux. Je commence à lui dire qu'elle devrait partir et rentrer chez elle. Mais je m'interromps...

« Chez elle, maintenant, dit le directeur, c'est chez nous. »

Il poursuit la visite. Il nous conduit à la clinique...

Si c'était là qu'elle allait...

La clinique. Les femmes subissent un examen une fois par semaine. Sur les fauteuils. Toutes les semaines. Chaque fauteuil est équipé d'un petit rideau qui cache le visage de la femme au médecin. Deux bassins peu profonds où les femmes doivent prendre un bain un jour sur deux. Un jour sur deux, toutes les semaines...

« Très propre », dit le directeur.

Il vaut mieux qu'elle soit morte...

Il nous fait visiter. Il nous conduit au réfectoire...

Le réfectoire. Ici, les femmes mangent. Par roulement...

« Deux bons repas par jour », indique fièrement le directeur.

Il reprend la visite. Il nous conduit dans la salle de bal...

La salle de bal. Il y a des centaines de jeunes Japonaises. Robes occidentales. Rien dessous. Sous les bandes de papier rouge suspendues au plafond dans l'air torride. Elles dansent ensemble sur la musique assourdissante de disques rayés reliés à une batterie d'amplificateurs. D'un bout à l'autre du parquet, sur des escarpins aux talons usés ou des espadrilles d'écolière. Elles se bousculent. Sur le jazz américain saturé. Dans la salle de bal. D'un bout à l'autre...

« Elles sont toutes très jolies, n'est-ce pas ? dit le directeur. Mais, au fond d'elles-mêmes, elles sont toutes très tristes et très seules parce que le général MacArthur leur interdit désormais d'être les amies des GI, et les GI, de leur côté, ont le mal du pays et se sentent seuls... »

Il vaut mieux qu'elle soit morte...

Il nous fait visiter. Il nous conduit aux chambres des femmes...

Les chambres des femmes. Dans les dortoirs d'un étage. Cinquante pièces par bâtiment. Toutes les chambres minuscules séparées par une cloison basse. Minces rideaux ou draps en guise de porte. *Bien Venue, Kimi. Bien Venue, Haruko...*

Bien Venue, Mitsuko. Yori. Kazuko. Yoshie. Tatsue...

Bien Venue, Hiroko. Yoshiko. Ryuko. Yuki...

Il y a dans chaque chambre, un futon et un couvre-pieds, un petit miroir de maquillage sur le plancher, parfois une photo jaunie. L'air est humide et lourd, sent le désinfectant...

Il vaut mieux qu'elle soit morte...

En haut de chaque escalier, se trouve une pièce longue et étroite et une pancarte indique, près de la porte, en *katakana* et en anglais : *PRO Station* ; c'est là que les Vainqueurs se procurent leurs produits préventifs...

Odeur de désinfectant. Goût de désinfectant...

Près de cette pièce il y en a deux autres, sans fenêtre, où les femmes se reposent après les visites des Vainqueurs...

Désinfectant. Désinfectant. Désinfectant...

La visite est terminée...

Tout a été vu...

Il vaut mieux qu'elle soit morte.

Dehors, devant les dortoirs d'un étage, le directeur nous précède dans un passage couvert, situé entre les bâtiments, jusqu'à la boutique de la société où les femmes achètent leurs produits de maquillage bon marché et leurs vêtements de mauvaise qualité à des prix très élevés et avec de l'argent emprunté...

La boutique est vide. La boutique est morte...

Mon cœur est vide. Mon cœur est mort...

« Maintenant, il faut que vous fassiez la connaissance des responsables de notre syndicat, dit le directeur. C'est un vrai syndicat. Il est très démocratique. Je vous en prie, dites-le à vos patrons américains. »

Le directeur disparaît dans la boutique de la société mais revient rapidement en compagnie de trois jeunes femmes...

Deux en costume occidental. Une en kimono...

« Ces dames sont les responsables de la Ligue de protection des femmes, explique-t-il. Voici la présidente, Kato Akiko, ancienne geisha. Voici Hasegawa Sumiko, vice-présidente, ancienne dactylo. Voici Iijima Kimi, ancienne danseuse. »

Les trois femmes sourient. Les trois femmes s'inclinent.

J'ordonne au directeur de s'en aller.

« Nous appartenons à la police métropolitaine de Tokyo, dis-je aux trois femmes. Nous tentons d'identifier le corps d'une jeune femme découvert récemment dans le parc de Shiba. Nous pensons qu'il est possible qu'elle ait travaillé ici. Nous vous serions très reconnaissants de votre coopération... »

Les trois femmes sourient à nouveau. Elles s'inclinent à nouveau.

« Connaissez-vous le salon Matsu, je leur demande. À Kanda ? »

Les trois femmes secouent la tête.

« Connaissez-vous quelqu'un qui y ait travaillé ? »

Les trois femmes secouent une nouvelle fois la tête.

« Quelqu'un qui serait parti pour aller y travailler ?

– Je regrette, dit Kato, la présidente, vêtue de son kimono de couleur vive. Mais personne ne parle vraiment de ce qu'il faisait avant de venir ici ou de ce qu'il fera après son départ. Il est préférable que nous ne pensions pas au monde extérieur et que nous n'en parlions pas...

– Mais vous étiez geisha. Elle était dactylo. Elle était danseuse.

– C'est possible, dit-elle avec un sourire. Personne ne s'en souvient. »

Je ne veux pas me souvenir. Dans la pénombre...

« Mais les nouvelles recrues ? je demande. Ne les recevez-vous pas ? Ne cherchez-vous pas à savoir ce qu'elles faisaient avant ?

– Il n'y a pas d'entretien, ici, répond-elle en riant. Seulement des examens médicaux. »

Fauteuils et rideaux minuscules. Visages cachés et jambes ouvertes. Deux bassins peu profonds. Un jour sur deux...

Je demande aux trois femmes : « Depuis combien de temps êtes-vous ici ?

– Nous sommes arrivées en décembre de l'année dernière, répond Kato.

– Et combien devez-vous à la société ?

– Environ cinq mille yens chacune, dit-elle.

– Avez-vous des économies ?

– Bien sûr que non, répond-elle en riant. Il nous faut payer la nourriture et les soins médicaux, acheter les vêtements et les produits de maquillage dont nous avons besoin pour travailler.

– Mais combien gagnez-vous ?

– Avant la fermeture, nous avions chacune quinze clients par jour, dit-elle. Chaque client payait cinquante yens, dont nous devions donner la moitié au directeur.

– Cela fait presque quatre cents yens par jour, intervient soudain Nishi.

– Presque quatre cents, admet Kato. Mais c'était avant.

– Et combien de clients y avait-il par jour ?

– Presque quatre mille, à cette époque.

– Combien de femmes y avait-il ?

– Trois cents.

– La société gagne cent mille yens par jour, s'écrie Nishi. Cent mille yens par jour !

– Mais c'était avant, répète Kato. C'était avant que l'accès de notre établissement soit interdit aux soldats.

– Et maintenant ? je demande. Combien viennent maintenant ?

– Peut-être dix, répond-elle. Vingt, tout au plus. »

Je lui demande : « Pourquoi avez-vous un syndicat ?

– Pour présenter nos requêtes au général MacArthur, répond Kato avec un sourire. Le directeur a pensé que si nous écrivions au général MacArthur en tant que syndicat, pour lui demander de laisser venir ici les GI qui ont le mal du pays et se sentent seuls, le général autoriserait peut-être le Palais international à rouvrir. »

Je secoue la tête. Nous les remercions...

Elles s'inclinent. Nous partons...

Partons. Partons...

J'ai envie de quitter cet endroit. *Ce pays*. J'ai envie de fuir cet endroit. *Ce cœur*. J'ai envie de rejoindre le chauffeur. *Tout de suite...*

J'entre dans un des dortoirs...

Nishi me suit. L'escalier...

Il y a une femme dans le couloir. Il y a une femme nue dans le couloir. Il y a une femme nue, dans le couloir, à quatre pattes. Il y a une femme nue, dans le couloir, à quatre pattes, qui n'a pas plus de quatorze ans. Il y a une femme nue, dans le couloir, à quatre pattes, qui n'a pas plus de quatorze ans, qu'un Vainqueur pénètre dans le cul, qui fixe le long, long couloir où nous nous trouvons, Nishi et moi, et je vois les larmes qui coulent sur ses joues, roulent sur ses joues et dans sa bouche tandis qu'elle dit : « Oh, très bon, Joe. Merci, Joe. Très bon, Joe. Merci, Joe. Oh, oh, oh, Joe... »

Il vaut mieux qu'elle soit morte. Il vaut mieux que je sois mort...

C'est l'Amérique. C'est le Japon. C'est la démocratie. C'est la défaite. *Je n'ai plus de pays.* À genoux, sur le dos, du sang sur les cuisses. *Je n'ai plus de cœur...*

Jambes écartées, con gonflé de bites et de chattes...

Je n'ai pas envie de cœur. Je n'ai pas envie de cœur...

Merci, Empereur MacArthur...

Je n'ai pas envie de pays...

Dōmo, Hirohito.

Nishi fait le bon singe pendant le retour à Tokyo, alors que les champs se muent en ruines, que les ruines se muent en bidonvilles, que les bidonvilles se muent en immeubles et, assis, je le regarde en regrettant de ne pas avoir eu l'intelligence et le courage de rentrer à pied, de retourner à Tokyo pieds nus parmi les champs et parmi les ruines, en regrettant d'être assis là, à l'arrière de la jeep des Vainqueurs, à écouter Nishi confondre les *l* et les *r* pendant que les Vainqueurs rient, lui lancent des cigarettes et des chewing-gums, tandis qu'un sourire enfantin éclaire son visage reconnaissant, puis, quand nous descendons devant le quartier général, nous inclinons aussi bas que possible et les remercions mille fois, après qu'ils sont partis en riant et blaguant, en lançant leurs cigarettes et leurs chewing-gums, même si je sais que, ce soir, ça les brûlera et ça les démangera, qu'ils pleureront et qu'ils se gratteront, ce n'est pas une consolation et je pivote sur moi-même puis gifle violemment Nishi, si violemment qu'il tombe sur la chaussée et ne se relève pas...

Parce que Nishi n'a pas de courage. Pas de courage...

Parce que Nishi est lâche...

Lâche. Lâche...

Exactement comme moi.

Au quartier général, je me rends à l'endroit où nous mettons ceux qui ne sont pas morts. *Et nous avons déjà vu ça, inspecteur. Vous vous souvenez ?* Je me rends à l'endroit où nous conservons les dossiers des affaires que nous n'avons pas résolues. *Je ne veux pas me souvenir.* Les archives et les documents de nos défaites et de nos échecs. *Mais, dans la pénombre, je ne peux oublier.* Je demande le dossier d'un de nos échecs au responsable de service. *Avez-vous trouvé ce dossier, inspecteur... ?*

« C'était le quinze août, dis-je, de l'année dernière. »

Le responsable disparaît, puis réapparaît les mains vides...

« Il n'est pas là, dit-il. Quelqu'un l'a sûrement sorti.

– Ah bon ? dis-je. Savez-vous qui l'a pris ? »

Le responsable sort un vieux registre fatigué...

« Nishi, de la brigade numéro deux, indique-t-il en riant.

– Vous blaguez ? je demande. Quand ?

– Hier », répond-il, toujours moqueur.

Dans la crasse et la poussière. Dans les ombres et la transpiration. *Chiku-taku.* Je cours, dans Sakurada-dōri, jusqu'à Atago. La porte et l'escalier. *Chiku-taku.* Les inspecteurs Kimura et Ishida assis en bras de chemise sur leurs chaises d'emprunt, derrière leurs tables de travail d'emprunt ; Kimura fier d'avoir trouvé Ishida ; Ishida, nerveux, qui attend...

Je m'immobilise devant eux. Je demande : « Où sont les autres ?

– Ils ne sont pas rentrés », répond Kimura...

Je regarde fixement Ishida. Je demande : « Et Nishi ?

– Je croyais qu'il était avec vous », dit Kimura...

Sans cesser de fixer Ishida, je demande : « Fujita ? »

Ils secouent la tête. Kimura dit : « Pas aujourd'hui. »

Je tends la main vers Ishida. J'attrape Ishida. Je le fais lever. Je donne un coup de pied dans sa chaise d'emprunt. Je dis : « Où est l'inspecteur Fujita ?

– Je ne sais pas, bredouille Ishida. Je ne le sais vraiment pas. »

J'approche son visage du mien, en le tenant par la chemise. Il y a de la sueur sur son visage. Il y a de la sueur sur le mien. Il y a des larmes dans ses yeux et il y a des larmes dans les miens. « Tu m'as déjà menti. Tu as menti...

– Non, glapit Ishida. Je ne vous ai pas menti. Je ne vous ai pas...

– Tu as menti et tu n'as pas cessé de mentir...

– Non, non, non ! crie Ishida. Je n'ai pas...

– Tu as menti pour le protéger...

– Non, non, non, je n'ai pas...

– Tu as menti pour le sauver...

– Non, non, non...

– Si, tu l'as fait », je crache en le repoussant. Vers sa chaise d'emprunt et sa table de travail d'emprunt. Sueur sur son visage et larmes dans ses yeux...

« Je m'excuse. Je m'excuse...

– Fujita est fini, dis-je. Et tu seras fini...

– Je m'excuse. Je m'excuse. Je m'excuse. Je m'excuse...

– Si tu ne me dis pas où il est...

– Je m'excuse. Je m'excuse...

– Dis-le-moi ! Vite !

– L'inspecteur Fujita sera ce soir à Ginza, sanglote Ishida. Il sera à la Nouvelle Oasis. Après vingt et une heures. »

On l'a vu boire en compagnie de Nodera Tomiji, à la Nouvelle Oasis, le soir où Matsuda Giichi a été tué...

« À la Nouvelle Oasis ? Pourquoi à cet endroit ? »

Mais Ishida regarde le plancher...

Ishida secoue la tête.

« Je ne sais pas... »

Je sors mon mouchoir. Je m'essuie le visage. Je m'essuie la nuque...

Je me penche vers Ishida. Je lui lève le visage. Je lui sèche les yeux...

Je lui dis : « Tu restes avec Kimura, d'accord ? »

Il baisse de nouveau la tête et, de nouveau, il acquiesce.

Autrefois, il y avait ici des salons de thé et des cafés où on pouvait écouter des disques sur un gramophone et regarder passer les dernières modes. Aujourd'hui, immobile dans Ginza, je contemple les fenêtres de la Poste centrale des Vainqueurs. Immobile, je contemple, en compagnie des adolescents et des adolescentes affamés, les vêtements flambant neufs des Vainqueurs, leurs mouchoirs d'un blanc éclatant et leurs chaussures en vrai cuir. Immobile, je fixe les adolescents et les adolescentes qui entourent les Vainqueurs chargés de sacs de courses, les adolescents et les adolescentes qui mendient du chewing-gum et du chocolat...

Je m'en vais. Je m'en vais. Je m'en vais. Je m'en vais. Je m'en...

Je passe devant les grands magasins, pour la plupart toujours vides, mais quelques-uns aux étages inférieurs ouverts, même si ces étages sont couverts de gravats et les vitrines pleines de saloperies bon marché. Devant les immeubles morts qui ne sont toujours que des structures en béton, sont toujours noircis par les incendies, sur les trottoirs effondrés et les sempiternels tas d'ordures...

Je tourne le dos. Je tourne le dos. Je tourne le dos. Je tourne...

Aux petites nattes crasseuses posées sur les vieux trottoirs, à leurs mouchoirs de soie rêche et leurs cartes postales passées, à leurs stylos à plume hors d'usage et leurs tasses de glace aromatisée...

Je détourne le regard. Je détourne le regard. Je détourne...

Mais le moindre lambeau de tissu et le moindre morceau de nourriture ont une valeur, chaque grain de riz de notre bol quotidien, alors qu'une tasse de riz, trois cigarettes et quatre allumettes sont notre ration, alors qu'un poisson mort depuis longtemps est le salaire de toute une semaine...

Je ne peux pas fuir. Je ne peux pas...

Maintenant c'est l'heure. *Chiku-taku.*

Maintenant le jour est la nuit.

Le jour est la nuit. La nuit est le jour. Le jour est la nuit. La nuit est le jour. Le jour est...

Je suis devant la porte. Je lis la pancarte qui se trouve au-dessus...

La Nouvelle Oasis est un trou à rats dirigé par un Coréen, dans l'ombre de l'Oasis d'origine, dans une petite rue de Ginza, entre une carcasse bombardée semblable à toutes les autres et des chaînes de montagnes de gravats semblables à toutes les autres. L'Oasis d'origine était un cadeau de l'Association des distractions et des loisirs aux Vainqueurs, un autre Palais international. Mais la Nouvelle Oasis n'est pas destinée aux Vainqueurs blancs. La Nouvelle Oasis est pour les Jaunes, les Coréens et les Chinois. La Nouvelle Oasis n'est pas dirigée par l'Association des distractions et des loisirs. La Nouvelle Oasis n'est pas la propriété d'Akira. La Nouvelle Oasis appartient à monsieur Machii...

Machii Hisayuki, japonais-coréen, le Taureau de Ginza...

Ça me démange, je transpire et j'ai peur...

L'ancien rival de Matsuda. Le nouvel ennemi de Senju...

Si Fujita est là, Fujita a franchi la ligne...

Hayashi Jo à plat ventre dans l'eau...

La porte est fermée. Je l'ouvre. Je vois un escalier qui aboutit à une autre porte. Je descends les marches. La porte possède un judas. Je frappe. Je sais qu'on me regarde par le judas. La poignée tourne. Le battant pivote...

« Qu'est-ce que vous voulez ? demande un Coréen trapu vêtu d'un costume...

– Un verre, je réponds. J'ai rendez-vous avec un ami.

– C'est un club réservé aux membres, dit-il.

– Dans ce cas je voudrais m'inscrire.

– C'est cent yens. »

Je jure. Je jure...

Je sors mon portefeuille. Mais pas ma carte. Je l'ouvre. J'ai cent yens en billets. Mais c'est tout ce que j'ai. Le Coréen trapu prend les billets que je lui tends. Le Coréen les met dans sa poche...

Il ironise : « Bienvenue à la Nouvelle Oasis... »

Le plafond est bas et la lumière faible. *Si Fujita est là, Fujita a franchi la ligne.* Le bar est long et le personnel coréen...

Je vois Fujita. *Fujita est là.* Fujita me voit. *Fujita a franchi la ligne.* Je crois qu'il va fuir, mais il sourit. *Fujita souriant.* Il sourit, se lève, se dirige vers moi le long du bar...

Et s'il a une arme ? Et s'il la sort ?

Le long du bar, toujours souriant...

Fujita s'incline et dit : « Bonsoir.

– Hayashi Jo est mort, dis-je. Et Adachi te cherche.

– Adachi ne sait rien, dit-il. Il ne dit rien non plus et te laisse remplir les blancs à sa place. Félicitations, inspecteur. Il t'a probablement suivi jusqu'ici...

– Je n'ai rien dit à Adachi. Mais il sait des choses.

– Que sait Adachi ? Qu'y a-t-il à savoir ?

– Adachi sait que tu es allé au siège du *Minpo*, dis-je. Il sait que tu y allais pour rencontrer Hayashi Jo...

– Et alors ? demande Fujita.

– Ils ont dit à Adachi qu'il était le troisième flic à leur rendre visite en trois jours et que tu avais été le premier...

– Mais ça ne signifie pas que je l'ai tué, n'est-ce pas ? dit Fujita.

– Cependant il n'a pas mentionné d'autre nom que le tien, dis-je. Tu es la seule personne qu'Adachi recherche...

– Je n'ai pas peur d'Adachi, dit Fujita en riant. Le capitaine a ses secrets, comme tout le monde. Comme toi. »

Je le maudis et maintenant je me maudis...

Je demande : « As-tu tué Hayashi Jo ?

– C'est une question très étrange, répond Fujita en riant, parce que c'était à peine si je connaissais Hayashi Jo et ce n'est pas moi qui ai donné le nom de ce malheureux Hayashi à Senju Akira... »

Le jour est la nuit. La nuit est le jour. Le jour est la nuit. La nuit est le jour....

Fujita sourit. « Je croyais que c'était toi, caporal ? »

Le jour est la nuit. La nuit est le jour. Le jour est la nuit...

Fujita rit. « C'est toi, n'est-ce pas ? »

La nuit est le jour. Le jour est la nuit. Le jour est...

J'ouvre la bouche mais la lumière s'éteint...

La nuit. La nuit. La nuit. La nuit...
C'est une nouvelle coupure d'électricité...
La nuit. La nuit. La nuit...
« C'est toi, n'est-ce pas ? » souffle à nouveau Fujita dans le noir.

L'électricité est toujours coupée et il fait plus noir encore. Il n'y a toujours pas de lumière et je suis plus saoul encore, maintenant. Je me suis enivré d'alcool coréen. La puanteur de l'alcool colle à ma transpiration. Ma peau me démange et je me gratte. *Gari-gari.* Je me gratte et me gratte jusqu'à ce que mes bras saignent sous ma chemise. *Gari-gari.* Ma chemise lourde de transpiration, et maintenant de sang. Sang sur mes mains quand je quitte Ginza à pied pour Atago. Pour Atago parmi les débris de Yūraku-chō. Les débris de Yūraku-chō empilés en montagnes et en monuments. En monuments dédiés au chagrin, le chagrin sous chaque passage voûté. Sous tous les passages voûtés, dans toutes les ruelles. Dans toutes les ruelles et dans toutes les ombres. Dans toutes les ombres et dans tous les appels. Tous les appels...

*Asobu *... ? Asobu... ? Asobu... ? Asobu... ?*

Je regarde tous les passages voûtés. Toutes les ruelles. Toutes les ombres. Jusqu'au moment où je trouve celle que je cherche. Celle qui porte une robe-tablier jaune à rayures bleu foncé...

Asobu... ? Asobu... ? Asobu... ? Asobu... ?

Un chemisier blanc à manches courtes et des chaussettes roses...

Des chaussures en toile blanche à semelle de caoutchouc rouge...

Asobu... ? Asobu... ? Asobu... ? Asobu... ?

Ses cheveux sont noirs. Sa peau est blanche...

Dans le passage voûté. Dans une ombre...

Asobu... ? Asobu... ?

« *Asobu ?* » demande-t-elle avec un rude accent *tōhoku* *, et j'acquiesce puis la suis dans les profondeurs du passage voûté, les profondeurs des ombres, où elle me demande l'argent d'abord...

« Je n'ai pas d'argent », dis-je...

Et je me maudis à nouveau...

Je sors ma carte. Je lui montre ma carte de police et elle me maudit, et dit : « J'appartiens à la Société de l'Oiseau blanc.

– Et alors ? » je fais en me mettant à quatre pattes...

Je me mets à quatre pattes et soulève sa robe...

Sa robe-tablier jaune à rayures bleu foncé...

Elle ne porte pas de sous-vêtements. Elle est nue dessous...

Je baise son cul et elle jure et me maudit...

À genoux. À genoux. À genoux...

Je la retourne et l'allonge sur le dos...
Je vois sa chatte et je jouis...
Pas de pays. Pas de cœur...
« C'est fini ? » demande-t-elle avec son rude accent *tōhoku*, et j'acquiesce puis elle me repousse et se redresse, s'époussette, frotte ses genoux puis ses paumes...
La nuit est le jour. Le jour est la nuit. Les hommes sont les femmes...
Je me lève à mon tour, je m'incline et je dis : « Je regrette de ne pas avoir d'argent. Je regrette beaucoup. Comment t'appelles-tu ? »
Les femmes sont les hommes...
Elle rejette la tête en arrière, dans les profondeurs du passage voûté, dans les profondeurs des ombres, et elle ironise : « Choisis : Mitsuko ? Yori ? Kazuko ? Yoshie ? Tatsue ? Hiroko ? Yoshiko ? Ryuko ? Allez, choisis... »
Les morts sont les vivants. Les vivants sont les morts...
« Tu t'appelles Yuki, dis-je. Yuki. »

Je ferme les yeux, mais je ne peux pas dormir. *Le jour est la nuit.* J'entends la pluie. J'ouvre les yeux, mais je ne peux pas réfléchir. *La nuit est le jour.* Je vois le soleil qui brille. Je ferme les yeux, mais je ne peux pas dormir. *Le jour est la nuit.* Le bon enquêteur va cent fois sur les lieux du crime. J'ouvre les yeux, mais je ne peux pas réfléchir. *La nuit est le jour.* Lumière noire de la nuit derrière les arbres blancs de Shiba. Je ferme les yeux, mais je ne peux pas dormir. *Le jour est la nuit.* Les arbres blancs qui ont vu tant de choses. Ouvre les yeux, mais ne peux pas réfléchir. *La nuit est le jour.* Les branches blanches qui ont porté tant de choses. Ferme les yeux, ne peux pas dormir. *Le jour est la nuit.* Feuilles blanches qui sont revenues. Ouvre les yeux, ne peux pas réfléchir. *La nuit est le jour.* Qui grandissent et tombent et grandissent à nouveau. Ferme les yeux, ne peux pas dormir. *Le jour est la nuit.* Je tourne le dos. Ouvre les yeux, ne peux pas réfléchir. *La nuit est le jour.* Je m'éloigne des lieux du crime. Ferme, ne peux pas dormir. *Le jour est la nuit.* Sous la porte de la Triple Délivrance. Ouverts, ne peux pas réfléchir. *La nuit est le jour.* Le chien attend toujours. Ne peux pas dormir. *Le jour est la nuit.* Le chien attend toujours. Ne peux pas réfléchir. *La nuit est le jour.* Le chien attend toujours. Ne peux pas. *Jour.* Le chien attend toujours. Ne peux pas. *Nuit...*

7

21 août 1946

Tokyo, 32°, légèrement nuageux

Il y a des nuages gris foncé dans le ciel blanc quand la nuit se mue en jour. Je vomis dans les toilettes du poste de police d'Atago. *Bile noire à nouveau.* Il y a des affiches récentes sur le plâtre écaillé des murs, quand je remonte à l'étage. Ce sont des avertissements des autorités locales à propos de nouveaux foyers de choléra. Je crache. Il est conseillé d'éviter de boire de l'eau qui n'a pas bouilli, surtout l'eau des puits, et d'éviter de manger des produits alimentaires non cuits, surtout le poisson cru. Je me lave le visage. Je regarde le miroir. Je regarde fixement le miroir...

Personne n'est qui il prétend être...

Des visages gris m'attendent dans la pièce d'emprunt de l'étage : Hattori, Takeda, Sanada, Shimoda et Kimura ; Ishida avec ses soucis et Nishi avec son œil au beurre noir. *Fujita absent pour le moment...*

La veille, ils ont arpenté Shiba pendant toute la journée. *L'enquête est un travail de routine.* Ils ont posé des questions, à Shiba, pendant toute la journée. *L'enquête est un travail de routine.* Ils ont décrit le suspect pendant toute la journée. *L'enquête est un travail de routine.* Ils ont décrit la victime pendant toute la journée...

La robe-tablier jaune à rayures bleu foncé...

Je demande à Hattori et Takeda ce qu'ils ont trouvé...

« Absolument rien », répondent Takeda et Hattori.

Le chemisier blanc à manches courtes et les chaussettes roses...

Je demande à Sanada et Shimoda ce qu'ils ont trouvé...

« Rien du tout », répondent-ils.

Les chaussures en toile blanche...

Je demande à Kimura et Ishida...

« Rien », disent-ils.

Mais ils me fixent, maintenant, des questions dans les yeux. Ils me dévisagent, le doute dans les yeux...

Mais je suis le chef de la brigade...

Ils me regardent, du désaccord dans les yeux. Ils me regardent, de la haine dans les yeux...

Je suis le chef. Je suis le patron...

Je les répartis en paires différentes : Takeda et Ishida, Hattori et Shimoda, Sanada et Kimura. Je garde Nishi pour plus tard...

Je suis le patron ! Je suis le patron !

Je donne deux rapports concernant des personnes disparues à Takeda et Ishida : Ishihara Michiko et Ōzeki Hiromi, seize et dix-sept ans. *Je suis le chef de cette brigade.* Je donne deux rapports concernant des personnes disparues à Hattori et Shimoda : Konuma Yasuyo et Sugai Seiko, dix-sept et dix-huit ans. *Je suis le patron de cette brigade.* Je donne deux rapports concernant des personnes disparues à Sanada et Kimura : Tanabe Shimeko et Honma Fumiko, dix-huit ans toutes les deux. *Je suis le chef !* Je dis à Nishi d'aller m'attendre en bas, près des cellules...

Je suis le patron ! Je suis le patron ! Je suis le patron !

« Ces rapports concernent toutes les jeunes filles de quinze à vingt ans dont la disparition a été signalée, dis-je aux autres. Et toutes ces jeunes filles ont disparu entre le quinze et le trente et un juillet. Une de ces jeunes filles pourrait être la nôtre... »

Je suis le patron ! Je suis le patron !

« Je veux donc que vous les retrouviez ! »

Je suis le patron !

Je cours à nouveau aux toilettes. Je vomis à nouveau. *Bile brune.* Je vais au lavabo. Je crache. Je m'essuie la bouche. J'ouvre le robinet. Je me lave une nouvelle fois le visage. Je regarde le miroir. Je regarde fixement ce miroir...

Personne n'est qui il prétend être...

L'inspecteur Nishi m'attend en bas, près des cellules. Nishi avec son œil au beurre noir et ses peurs plus ténébreuses encore. Nishi en état de choc, maintenant. Nishi étonné, maintenant. Nishi contre la paroi de la cellule. Mon visage tout près de son visage. Mais Nishi sait ce que je veux. Nishi sait *forcément* ce que je veux...

Cependant, il commence à s'excuser à propos de la veille. Il dit : « Je regrette mon comportement, hier. Dans le camion... »

Je n'ai pas envie d'entendre ses excuses ou ses mensonges...

Nishi *sait* pourquoi je suis ici. Nishi *sait* ce que je veux. Nishi sait *forcément* pourquoi je suis ici. Nishi sait *forcément* ce que je veux...

Mais Nishi continue de s'excuser et de mentir...

« Je regrette, répète-t-il, ma conduite d'hier, elle était inacceptable, dans le camion. Je regrette... »

Mais Nishi ment. Il ment forcément. Nishi sait *forcément* ce que je veux. Il sait *forcément* pourquoi je suis ici quand je dis : « Je veux ce dossier.

– Quel dossier? demande Nishi, qui répète : Quel dossier... ?

– Le dossier que tu as sorti des archives ! je crie. Ce dossier-là ! »

Il secoue la tête et dit : « Je ne sais pas.

– Le dossier Miyazaki Mitsuko », dis-je...

Il secoue à nouveau la tête. « Je ne sais pas.

– Tu veux dire que tu ne sais pas où il est?

– Non, je ne sais pas de quel dossier vous parlez.

– Mais tu te souviens de l'affaire Miyazaki Mitsuko? je lui demande. Le meurtre, le jour de la capitulation. Le cadavre dans un abri antiaérien de Shinagawa? Tu t'en souviens? »

Nishi acquiesce. Nishi dit : « Oui, maintenant que vous me le dites.

– Donc où est le dossier que tu as sorti au quartier général? »

Nishi secoue la tête. « Je n'ai pas sorti de dossier.

– J'ai vu ton nom dans le registre », je rétorque.

Nishi dit : « Ce n'est pas moi, vraiment. »

Il y a des questions dans ses yeux...

« Dans ce cas, quelqu'un a utilisé ton nom, a utilisé ton sceau pour sortir le dossier de Miyazaki Mitsuko? »

Nishi secoue une nouvelle fois la tête. Puis l'inspecteur Nishi demande : « Mais pourquoi ferait-on ça? Pourquoi? »

L'innocence dans ses yeux...

« Nous n'étions même pas chargés de l'affaire, dit-il. C'était le *Kempeitai...* »

Ton-ton. Ton-ton. Ton-ton. Ton-ton. Ton-ton. Ton-ton...

« Donc il n'y a sans doute pratiquement rien dans le dossier... »

Ton-ton. Ton-ton. Ton-ton. Ton-ton. Ton-ton...

« Seulement le minimum d'informations... »

Ton-ton. Ton-ton. Ton-ton. Ton-ton...

« La date et l'heure du crime... »

Ton-ton. Ton-ton. Ton-ton...

« Les noms des témoins... »

Ton-ton. Ton-ton...

« Les noms des officiers... »

Ton-ton...

Je m'éloigne de lui. Je m'éloigne de la cloison de la cellule. Je me tourne vers la porte de la cellule. Je quitte la cellule...

« Patron? demande l'inspecteur Nishi, que voulez-vous que je fasse? »

Je ne me tourne pas vers lui. Je me contente de répondre : « Attends en haut...

– Et si l'inspecteur Fujita revient? demande Nishi...

– Fujita ne reviendra pas je réponds, et je me mets à marcher plus vite, je me mets à courir, à courir vers les toilettes, à l'étage...

Je vomis. *Bile jaune.* Je vomis à nouveau. *Bile grise.* J'ai vomi quatre fois. *Bile noire. Bile brune. Biles jaune et grise.* Quatre fois j'ai regardé fixement ce miroir. Quatre fois j'ai hurlé...

Personne n'est qui il prétend être!

Dans les ruines, parmi les gravats, avec une cigarette. Deux jeunes garçons s'accroupissent et me regardent fumer, attendent le mégot. Deux jeunes garçons en maillot de corps gris et pantalon trop large, le visage et les bras aussi noirs que le charbon. Ces ruines étaient autrefois une imprimerie produisant une lettre d'information qui indiquait le prix du riz et qu'on distribuait dans toute la ville. Pendant les fêtes de Shiba, le propriétaire donnait du papier de couleur aux enfants du quartier, leur enseignait à faire des éléphants et des grues en origami. Trois petites filles sortent des ruines et appellent les deux jeunes garçons. Des petites filles aux cheveux courts et au visage sale. Les jeunes garçons demandent mon mégot et mon journal. Je leur donne le mégot, je leur donne le journal et ils rejoignent les trois petites filles en courant. Je regarde les jeunes garçons ouvrir mon journal. Je les regarde plier le journal en forme de calot de GI. Les trois petites filles, immobiles parmi les ruines, appellent les jeunes garçons. Dans les ruines, les deux jeunes garçons marchent au pas, leur mégot aux lèvres, leur calot en papier sur la tête...

« *Asobu? crient les trois petites filles. Asobu...? Asobu...?* »

Je frappe à la porte de la salle d'interrogatoire du poste de police de Meguro. Je l'ouvre. Je m'incline. Je m'assieds près du sténographe. L'inspecteur chef Kanehara et l'inspecteur Kai ne lèvent pas la tête, mais l'épouse de Kodaira Yoshio m'adresse un bref regard puis détourne les yeux...

Madame Kodaira est plus jeune que son mari, femme robuste aux seins ronds et pleins, au visage rond et plein. Madame Kodaira porte sa plus belle robe d'été, serre son sac à main...

« Je sais qu'il connaissait cette Midorikawa, dit-elle. Mais je suis sûre qu'il ne l'a pas tuée. Je suis sûre que c'est une erreur...

– Votre mari a avoué le meurtre, dit l'inspecteur Kai. Et vous avez lu ses aveux. Il n'y a pas d'erreur.

– Mais je veux le voir, dit-elle. Le lui demander moi-même.

– Plus tard, dit Kai. Si vous répondez à nos questions...

– Mais les aveux indiquent que le meurtre a eu lieu le six août aux environs de midi, dit-elle. Ce jour-là, mon mari a travaillé à la blanchisserie jusqu'à quatorze heures trente, puis il est rentré directement et il est resté chez nous jusqu'au lendemain matin...

– Comment pouvez-vous en être sûre ? demande l'inspecteur Kai.

– Parce que c'est ce jour-là qu'il m'a demandé de commencer à tenir un journal, dit-elle. De noter les heures auxquelles il travaillait, les heures auxquelles il rentrait et les heures auxquelles il sortait à nouveau...

– Pourquoi vous a-t-il demandé cela ? s'enquiert Kai.

– Parce qu'il n'était pas certain que la blanchisserie lui payait toutes ses heures supplémentaires et toutes ses nuits, répond-elle. Voilà pourquoi.

– Et vous avez commencé le six août ?

– Oui, dit-elle. Le six août j'ai écrit quelque chose comme : *Rentré directement du travail à quatorze heures trente.*

– Et vous avez toujours ce journal ? demande Kai.

– Oui. Chez nous. »

L'inspecteur Kanehara pose une feuille de papier sur la table. L'inspecteur Kanehara lui demande : « Savez-vous ce que c'est ? »

Madame Kodaira secoue la tête et répond : « Non.

– C'est la feuille de présence de votre mari à la blanchisserie, dit l'inspecteur Kanehara. Ce document indique les journées et les nuits pendant lesquelles votre mari a effectivement travaillé à la blanchisserie... »

Madame Kodaira fixe la feuille de papier.

« Comme vous le voyez, poursuit l'inspecteur Kanehara, le six août était en fait le jour de congé hebdomadaire de votre mari.

– Mais c'était pour cette raison qu'il voulait que je tienne un journal, dit-elle. Parce qu'ils faisaient toujours des erreurs telles que celle-ci...

– Ce n'est pas une erreur, dit Kanehara. Nous avons vérifié. »

Madame Kodaira serre son sac à main un peu plus fort...

Questions. Questions. Questions. Questions...

« Pourquoi tuerait-il ? demande-t-elle. Pourquoi ?

– Vous avez lu ses aveux, dit Kai. Il dit, dans les aveux, que le désir que Midorikawa suscitait chez lui l'y a poussé...

– Elle voulait que mon mari lui procure un emploi, dit madame Kodaira. Et elle l'a séduit pour le persuader de l'aider.

– Il l'a abordée, dit Kai. À Shinagawa...

– Il lui a donné à manger, dit-elle. Elle avait faim.

– Il nous a raconté qu'il avait passé la main sous sa jupe, dit Kai. Il nous a raconté qu'il avait glissé le doigt en elle dans le train...

– Exactement ! crie l'épouse. Elle le voulait...

– Il l'a violée, dit Kai. Il l'a tuée.

– Il l'a *violée* ? ironise madame Kodaira. Vous plaisantez ? Cette Midorikawa l'a séduit, comme toutes les autres... »

Je me penche. Je demande : « Quelles autres ?

– Celles qui traînent autour de la caserne, répond-elle. Il m'a parlé d'elles, de leur façon honteuse de s'habiller, de leur façon honteuse de parler. Qu'elles feraient n'importe quoi pour de la nourriture ou des cigarettes... »

Je demande : « Votre mari parle-t-il souvent des femmes ?

– Non, bien entendu, répond madame Kodaira. Et je sais que vous essayez de le faire passer pour un maniaque sexuel qui viole et tue des jeunes femmes, mais c'est simplement un Japonais normal...

– Nous n'avons pas mentionné le meurtre et le viol d'autres femmes que mademoiselle Midorikawa, dis-je. N'est-ce pas ? »

Elle secoue la tête. Elle serre son sac à main...

Questions. Questions. Questions. Questions...

« Mais je veux maintenant que vous réfléchissiez au mois dernier, dis-je. Vous souvenez-vous des jours de juillet pendant lesquels votre mari n'a pas travaillé ? »

Elle hausse les épaules. « Il a travaillé tous les jours... »

L'inspecteur Kanehara pose une nouvelle feuille de papier sur la table. L'inspecteur Kanehara dit : « Sauf le huit et le vingt-deux.

– Vous souvenez-vous de ce que votre mari a fait, ces jours-là ? je demande. Est-il resté avec vous à la maison ? Est-il allé faire des courses ?

– Il allait souvent faire des courses, répond-elle. À Nikkō. »

Nous nous regardons, Kanehara, Kai et moi...

Je ne les vois jamais. Je n'y retourne pratiquement pas...

« Avec quelle fréquence ? je demande. Vous souvenez-vous exactement quand ? »

Mais elle répond : « Quand nous avons besoin de manger, inspecteur. Besoin de nourriture...

– Je sais, dis-je. Nous ne cherchons pas à établir si votre mari rapportait de la marchandise légalement ou illégalement. Nous cherchons simplement à connaître les dates auxquelles, selon vous, il est allé chercher du ravitaillement...

– Je ne m'en souviens pas exactement, répond-elle. Je suis désolée...

– Et le mois dernier, j'insiste. La feuille de présence de votre mari indique qu'il était en congé le huit et le vingt-deux.

– C'est sûrement exact, admet-elle, puisque vous le dites.

– Vous souvenez-vous de ce qu'il a fait ces jours-là ? je demande une nouvelle fois. Est-il resté à la maison ? Est-il sorti ? Qu'a-t-il fait ?

– Comment le saurais-je ? s'écrie-elle. Tous les jours se ressemblent !

– Mais sûrement pas quand votre mari est en congé ?

– Je ne me souviens pas du huit et du vingt-deux ! crie-t-elle. Comment pourrais-je distinguer une journée d'une autre ? »

L'inspecteur Kanehara intervient : « Je vais essayer de vous aider à vous souvenir. Lisez-vous le journal ? »

Elle serre son sac à main. Elle hoche la tête.

« Très bien, dit Kanehara. Le huit juillet, il y avait un article sur un bébé qui est né avec deux visages, à Nagoya... »

Elle acquiesce. Elle dit : « Je m'en souviens...

– Et le vingt-deux juillet était le jour où toutes les écoles devaient détruire leurs portraits de l'Empereur... »

Elle acquiesce une nouvelle fois et dit : « Je sais...

– Dans ce cas, vous souvenez-vous d'événements s'étant produits pendant ces deux journées ? demande l'inspecteur Kanehara. Vous souvenez-vous de ce que votre mari a fait ?

– J'étais sûre qu'il était allé au travail, répond-elle. J'en étais sûre. »

L'inspecteur Kanehara hoche la tête. Kanehara dit : « Je vois. »

L'inspecteur Kai se penche. L'inspecteur Kai dit : « Ce n'est pas le premier mariage de votre mari, n'est-ce pas ? Ni le vôtre.

– Mon premier mari a été tué en Chine, répond-elle.

– Mes condoléances, dit Kai. Quand est-il décédé ?

– Il y a presque cinq ans.

– Depuis combien de temps êtes-vous mariée avec monsieur Kodaira ?

– Un an et demi, répond-elle. Pas très longtemps, en fait.

– Et quand êtes-vous tombée enceinte ? demande Kai...

– Presque immédiatement, répond-elle. En mars dernier. »

L'inspecteur Kai demande : « Pas avant votre mariage ?

– Non ! s'écrie-t-elle. C'est une question déplacée !

– Veuillez m'excuser, dit l'inspecteur Kai. Et quand avez-vous été évacuée, à Tomaya, au sein de votre famille ?

– En mai dernier, répond madame Kodaira.
– Mais votre mari est resté à Tokyo ?
– Mon mari refusait que je sois évacuée à Toyama, dit-elle. Il pleurait au contrôle des billets. *Wā-wā.* Il pleurait sur le quai. *Wā-wā.* Il pleurait plus fort qu'un bébé. *Wā-wā...* »
Elle s'essuie les yeux. Elle serre son sac à main...
Questions. Questions. Questions. Questions...
« Je sais qu'il a mal agi, autrefois, reprend-elle. Et je sais qu'il a changé de nombreuses fois d'emploi. Mais c'était un bon soldat, c'est un bon père, et depuis la naissance de son enfant, il travaille beaucoup plus dur et apprécie même son emploi actuel. »
Elle serre plus étroitement son sac à main...
Questions. Questions. Questions. Questions...
« Mon mari est un homme très sympathique, ajoute madame Kodaira. Mon mari est aussi très gentil. Il parle à tout le monde, il est prêt à aider tout le monde et, selon moi, c'est en réalité sa pire qualité, parce que c'est pour cette raison qu'il a des ennuis aujourd'hui. Mais mon mari n'est pas violent. Bien sûr, il se met en colère quand ce que je lui sers à manger ne lui plaît pas, ou s'il n'y a pas assez de nourriture pour nous tous. Mais mon mari ne boit jamais d'alcool, n'est jamais violent et ne ment jamais...
– Je vous crois, madame Kodaira, dit l'inspecteur Kanehara. Et c'est pour cette raison que je suis convaincu que les aveux de votre mari sont authentiques... »
Les épaules de la femme tremblent. Ses épaules tremblent...
Pas de réponses. Pas de réponses. Pas de réponses. Pas de réponses...
Dans une cellule, en bas, son mari attend.

Je ne retourne pas au quartier général en compagnie de l'inspecteur chef Kanehara et de l'inspecteur Kai. Je prends la ligne Yamate de Meguro à Shimbashi. Ça me démange et je me gratte. *Gari-gari.* Je descends du train à Shimbashi. Ça me démange et je me gratte. *Gari-gari.* Le marché de la Vie nouvelle est toujours fermé. Ça me démange et je me gratte en regardant. *Gari-gari.* Quatre policiers militaires en uniforme d'été blanc montent la garde. Ça me démange et je me gratte. *Gari-gari.* Leurs yeux bleus sont vides et leurs chaussures noires sont cirées. Ça me démange et je me gratte. *Gari-gari.* Derrière les sentinelles, dans le marché proprement dit, je vois les rangées d'échoppes vides. Ça me démange quand je pivote sur moi-même et ça me gratte quand je m'éloigne. *Gari-gari.* Je suis les allées obscures et les ruelles sombres, passe dans les ombres et sous les voûtes, atteins le vieil escalier en bois et la porte qui se trouve en haut de cet escalier...

Ça me démange et je me gratte. *Gari-gari*. Ça me démange et je me gratte...

Mais la porte, en haut de l'escalier, est fermée...

La pancarte, sur la porte de Senju, indique : *Parti à la guerre.*

J'entre au quartier général de la police métropolitaine de Tokyo. Je gravis l'escalier. Je frappe à la porte de Kita. Je l'ouvre. Je m'excuse. Je m'incline. Je m'excuse une nouvelle fois. Je prends ma place à la table. Kita, le directeur, en tête ; les inspecteurs chefs Adachi et Kanehara à sa droite ; l'inspecteur Kai à sa gauche ; les mêmes personnes et le même endroit, mais aujourd'hui, une heure et une conversation différentes...

Aujourd'hui, on ne parle que de Kodaira...

L'inspecteur Kanehara, l'inspecteur Kai et la moitié de la brigade numéro un ont interrogé Kodaira pendant toute la journée, la veille, tandis que nous poursuivions, Nishi et moi, des fantômes au Palais international et que le reste de ma brigade arpentait les rues de Shiba dans la chaleur et la crasse...

L'enquête est un travail de routine...

« Il y a quelques similitudes avec d'autres affaires, dit le directeur. Et il faudra donc revenir sur ces autres affaires. Je sais que nous manquons de personnel et il nous faudra donc commencer par établir combien d'affaires correspondent aux endroits où Kodaira a vécu et travaillé...

« Et la première affaire est celle d'Abe Yoshiko... »

Shinagawa. Shinagawa. Shinagawa...

« Vous vous souvenez peut-être qu'un agent de signalisation a découvert le corps d'une adolescente, le treize juin, il y a exactement deux mois, sous un camion brûlé, dans le dépôt de matériel réformé de la société de transports Shibaura, situé 7 Hamamachi, dans l'arrondissement de Shiba, du côté de la gare de Shinagawa donnant sur l'océan... »

Adachi me regarde fixement...

« L'autopsie a montré que la jeune fille avait été violée puis étranglée avec son foulard aux environs du neuf juin. Le quartier général de l'enquête a été installé au poste de police de Takanawa et la direction en a été assurée par l'ex-inspecteur chef Mori qui, comme vous le savez, n'est malheureusement plus des nôtres... »

Arrêté et emprisonné...

« Il est apparu qu'il s'agissait du corps d'Abe Yoshiko, qui avait quinze ans et fréquentait le Dai-san Kokumin Gakkō de Hirai.

Cependant, l'enquête a dévoilé qu'elle était en réalité membre d'un *fūten* * de quatre filles qui fréquentaient les soldats américains. L'autopsie a également montré que son dernier repas se composait de macaronis et de saucisse, ce qui permet de supposer que les soldats américains la nourrissaient. En outre, selon des rumeurs insistantes, Abe couchait également avec un agent en uniforme du poste de police de Mita. Vous savez sans doute que cet agent a été identifié et congédié pour faute grave... »

Congédié et déshonoré...

« Cependant, en raison du lien avec le Shinchū Gun, en raison de l'implication possible de soldats américains, l'ex-inspecteur chef Mori s'est trouvé dans l'impossibilité de poursuivre ses investigations, l'affaire a été considérée comme non résolue et la banderole roulée...

« L'enquête a été officiellement classée.

« Cependant, à la lecture des déclarations de Kodaira et en les recoupant avec les crimes non résolus d'une nature similaire au meurtre de Midorikawa, en recoupant en outre ces crimes non résolus avec les dates et les lieux où Kodaira a vécu et travaillé, l'inspecteur chef Kanehara estime qu'il faudrait interroger le suspect sur le meurtre, en juin, d'Abe Yoshiko. »

L'inspecteur Kanehara remercie le directeur. Puis Kanehara dit : « Kodaira a affirmé tout ignorer du meurtre d'Abe Yoshiko. Cependant, en début de matinée, l'épouse de Kodaira nous a involontairement indiqué que Kodaira avait effectivement mentionné les jeunes femmes qui traînent autour de la caserne et de la blanchisserie où il travaille. J'espère qu'il nous sera possible de trouver un témoin ayant vu Kodaira en compagnie d'Abe aux environs du neuf juin et que Kodaira se verra de ce fait pratiquement dans l'obligation d'avouer à nouveau...

« La première étape consistera donc à retrouver les membres restants du *fūten* d'Abe. Heureusement, l'ex-inspecteur chef Mori les a interrogées au cours de son enquête, de sorte que leurs noms et leurs adresses ont été vérifiés et indiqués dans le dossier. Si Abe connaissait Kodaira, il est vraisemblable qu'une ou plusieurs de ces filles étaient également dans le même cas...

– De plus, ajoute le directeur, il est peut-être possible qu'une de ces filles puisse contribuer à l'identification du deuxième cadavre de Shiba...

– Ou même être ce cadavre », ironise l'inspecteur chef Adachi...

Il me regarde fixement, tous me regardent fixement maintenant...

Je m'éclaircis la gorge. Je m'incline, je dis : « Comme vous le savez tous, nous ne sommes toujours pas parvenus à identifier le corps, de sorte que je vous remercie beaucoup et vous suis reconnaissant de votre assistance... »

Le directeur acquiesce. Le directeur dit : « Vous vous rendrez donc en personne aux adresses de ces filles telles qu'elles sont indiquées dans le dossier... »

Ils me punissent, mais ils me punissent de quoi ?

« Vous vous rendrez en personne à ces adresses, répète le directeur. Il est important que vous ne déléguiez pas cette responsabilité... »

S'est-on plaint de moi... ?

« Si ces filles se trouvent à ces adresses, vous devrez les conduire au poste de police de Shibuya... »

Pourquoi pas Atago ? Pourquoi pas ma brigade ?

« Vous remettrez les filles que vous serez parvenus à contacter à l'inspecteur chef Kanehara. Quand l'inspecteur chef Kanehara aura interrogé ces filles sur Abe Yoshiko et Kodaira Yoshio, vous pourrez, ainsi que les membres de la brigade numéro deux, les interroger sur le cadavre du parc de Shiba... »

Ils me punissent...

Le directeur se tait. Le directeur lève la tête. Le directeur dit : « Nous vous remercions de votre dur labeur dans cette affaire, inspecteur... »

Mais de quoi ?

Le directeur se tourne ensuite vers l'inspecteur Kai. Le directeur dit : « L'inspecteur Kai et la brigade numéro un communiqueront le signalement d'Abe Yoshiko, la victime, à la famille du suspect, Kodaira Yoshio, ainsi qu'à ses amis, ses voisins et ses collègues... »

Questions. Questions. Questions...

Enfin, le directeur dit : « L'inspecteur chef Adachi et sa brigade poursuivront leur enquête sur le meurtre de Hayashi, le journaliste... »

Réponses. Réponses et...

« Vous pouvez disposer ! »

Avertissements !

Je retourne à Atago par un autre chemin. *Ils me punissent.* Le restaurant est une cabane bricolée avec des tôles ondulées. *Ils m'avertissent.* Ils n'y a pas de riz blanc, mais il y a du pain blanc. *Ils me punissent.* Il y a des gâteaux à la crème anglaise, mais il n'y a pas de riz blanc. *Ils m'avertissent.* Je commande un café à la femme qui se tient derrière le comptoir et je me glisse sur un tabouret improvisé. *Ils me punissent.* Le jeune homme qui se trouve près de moi porte toujours son uniforme et son sac est appuyé contre le comptoir. *Ils m'avertissent.* Il a les cheveux très courts et sent le DDT. *Ils me punissent.* Il n'y a pas d'insignes sur son uniforme et il n'y a pas de lumière dans ses yeux. *Ils m'avertissent.* La femme qui se tient derrière le comptoir pose un beignet devant lui. « Tu viens de rentrer ? »

Le jeune homme contemple le beignet et acquiesce.

« Tu as une épouse qui t'attend ? demande-t-elle. Ta mère ? »

Le jeune homme lève la tête et dit : « Elles croient que je suis mort au champ d'honneur il y a trois ans. Elles ont reçu une citation du maire de Tokyo où il était dit qu'on n'oublierait jamais le soldat Noma et que son âme reposerait en paix. On leur a donné un petit cercueil blanc dans lequel les cendres de mon corps avaient été rapatriées au Japon. Elles ont déposé le cercueil au temple. Elles ont posé une photo de moi, en uniforme, sur le *butsudan* familial. Elles ont fait brûler de l'encens pour moi, fait des offrandes de riz blanc et de saké... »

Je ne veux pas me souvenir. Je ne veux pas me souvenir.

« Elles n'ont pas voulu regarder mon visage. Elles ont dit que Noma était mort... »

Mais, dans la pénombre, je ne peux pas oublier...

« Elles n'ont pas voulu regarder mes pieds... »

Ils nous punissent tous...

« Elles ont dit que j'étais un fantôme... »

Nous avertissent tous...

Personne n'est qui il paraît être.

Je suis à nouveau devant le lavabo. *Bile noire encore.* Je crache à nouveau. *Bile brune encore.* Je m'essuie une nouvelle fois la bouche. *Bile grise encore.* Je me lave à nouveau le visage. *Bile noire, bile brune, biles jaune et grise.* Je ne regarde pas le miroir...

Couvrez les miroirs ! Couvrez les miroirs !

Je monte dans notre bureau d'emprunt. Les détectives Takeda et Ishida sont toujours à la recherche d'Ishihara Michiko et d'Ōzeki Hiromi. Les détectives Hattori et Shimoda sont toujours à la recherche de Konuma Yasuyo et de Sugai Seiko. Les détectives Sanada et Kimura toujours à la recherche de Tanabe Shimeko et de Honma Fumiko. Mais le détective Nishi est assis à sa table de travail d'emprunt, dans notre bureau d'emprunt, où je l'ai laissé, où je lui ai demandé de m'attendre. Ils me tiennent. *Étroitement.* Mais je le tiens davantage encore...

« Réveille-toi, dis-je. C'est l'heure de partir... »

Les petites rues de Shibuya, puis les ruelles de Shibuya, où nous frappons aux portes des adresses trouvées dans le dossier Abe, où on nous donne une autre adresse puis une autre, parce que la ville est un océan immense de personnes déplacées, qui s'en vont puis reviennent à leur point de départ à la recherche d'un parent, d'un emploi, d'un repas, d'un visage familier ou d'une rue non bombardée dans un quartier qui n'a pas brûlé, vendent ceci et vendent cela pour acheter ceci ou cela, d'une chambre à l'autre, d'une maison à l'autre, d'un quartier à l'autre, d'un endroit à l'autre, ici une minute, disparues la suivante, revenues puis parties à nouveau, poissons minuscules dans une mer démontée...

L'après-midi tire à sa fin quand nous trouvons enfin une des amies d'Abe Yoshiko, membre de son *fūten*, dans une autre petite rue de Shibuya, dans une autre ruelle de Shibuya, notre chemise collée sur nos épaules, nos jambes de pantalons usés collées sur nos cuisses...

Il est dix-sept heures et la jeune fille dort toujours, d'après la propriétaire. La jeune fille ne se lève jamais avant le crépuscule. Mais elle paie toujours son loyer. Mais elle apporte toujours des rations supplémentaires. Même si elle ne devrait pas le dire à deux beaux inspecteurs de la police métropolitaine de Tokyo. Mais oui, elle est dans sa chambre, et oui, la propriétaire accepte de monter la réveiller...

La propriétaire, qui est restée à genoux, s'essuie la nuque avec un mouchoir, se redresse, monte l'escalier raide en bois, suit l'étroit couloir en bois jusqu'à la chambre de Masaoka Hisae, dix-sept ans...

Masaoka Hisae suit la propriétaire dans l'étroit couloir en bois, dans l'escalier raide en bois, allume une cigarette, serre la ceinture de son *yukata*, plisse les paupières, grimace et soupire, puis nous demande : « Qu'est-ce que vous voulez, cette fois ? »

Le poste de police de Shibuya est sur ses gardes. Le poste de police de Shibuya est armé jusqu'aux dents. Nous aurions dû, Nishi et moi, conduire Masaoka à Meguro ou à Atago. Mais le directeur nous a ordonné d'emmener les jeunes femmes qui nous trouverions à Shibuya. Shibuya est sur ses gardes. Shibuya est armé jusqu'aux dents. Le poste de police de Shibuya a fait une descente au quartier général du Kakyō Sōkai, l'association des commerçants chinois. Le poste de police de Shibuya a arrêté Kō Gyoku-Ju, président du Kakyō Sōkai. Le poste de police est sur ses gardes. Le poste de police est armé jusqu'aux dents. Le poste de Shibuya détient Kō Gyoku-Ju dans une cellule du sous-sol. Le poste de Shibuya ne veut pas que cela se sache. Le poste de Shibuya sur ses gardes. Shibuya armé jusqu'aux dents. Mais tout le monde sait et tout le monde prévoit ce qui va se passer ensuite...

Parce qu'ils arrivent. Ils arrivent...

Nous réquisitionnons, Nishi et moi, une pièce de l'étage afin d'interroger Masaoka Hisae. Puis nous envoyons un message à l'inspecteur chef Kanehara, qui est au quartier général. Nous laissons ensuite Masaoka dans une cellule du sous-sol et attendons l'arrivée de l'inspecteur Kanehara. Le moment de commencer l'interrogatoire...

Ils arrivent. Ils arrivent...

Masaoka dans une cellule du sous-sol, face à celle de Kō Gyoku-Ju qui a le visage ensanglanté et les yeux au beurre noir...

Ils arrivent.

La nuit tombe. L'inspecteur chef Kanehara est arrivé. Des rivières de sueur coulent sur le visage et le cou de Masaoka. L'éventail qu'elle tient à la main ne s'immobilise jamais. Son visage ne se départit jamais, de son expression hostile...

Ne s'en départit jamais jusqu'au moment où Kanehara lui montre une photo...

Masaoka regarde fixement la photo. Masaoka hoche la tête et dit : « Nous sommes allées dans sa chambre de la caserne...

– Il a une chambre à la caserne ?

– Oui, répond-elle. Seulement un futon et...

– Vous y êtes allées pour avoir des relations sexuelles ?

– Il nous a promis du *zanpan*, dit-elle. Du pain et des saucisses des cuisines du Shinchū... Des restes...

– Avez-vous baisé avec lui ?

– Oui, répond-elle.

– Abe aussi ?

– Non. Du moins pas quand on était ensemble. Elle a refusé...

– Quand cela s'est-il passé ?

– En mai ou en juin...

– Où ?

– Dans la caserne du Shinchū Gun, l'ancienne École navale de commerce et de comptabilité de Shinagawa. C'était là qu'il travaillait et avait une chambre...

– Y avez-vous habité ?

– Oui.

– Toutes les deux ?

– Toutes les trois.

– Qui était la troisième ?
– Tominaga...
– S'est-elle fait sauter par lui ?
– Peut-être, répond Masaoka en riant. Il pouvait baiser toute la nuit, ce type, il disait qu'il compensait toutes les fois où il n'avait pas pu baiser...
– Mais il n'appartenait pas au Shinchū Gun, n'est-ce pas ?
– Il avait du pain. Il avait de la viande. »
Nous n'avons pas de riz. Pas à manger...
« Vous baisiez pour du pain ? »
Nous mendions tous à manger...
« Il était gentil avec nous. »
Nous mendions tous...
« Gentil avec vous ? »
Mendions...
« Oui.
– Donc, après le meurtre d'Abe, vous n'avez pas imaginé que cet homme pouvait avoir tué votre amie le neuf juin ?
– Non, mais maintenant que vous m'avez dit toutes ces choses et maintenant que vous m'avez montré sa photo, peut-être...
– Cependant vous n'avez pas parlé de lui à l'inspecteur Mori, à l'époque du meurtre, n'est-ce pas ?
– Personne ne m'a parlé de lui et je n'ai pas imaginé qu'il pouvait être son assassin...
– Vous a-t-il dit qu'il avait été condamné pour le meurtre de son beau-père ?
– Il n'en a jamais parlé, répond-elle avec un sourire. Sinon je l'aurais dit.
– Il a également avoué le viol et le meurtre d'une jeune fille.
– Dans ce cas, il a peut-être tué Yoshiko...
– Mais il connaissait effectivement Yoshiko ?
– Oui, il la connaissait.
– Lui a-t-il demandé d'avoir des relations sexuelles avec lui ?
– Il lui a demandé d'avoir des relations sexuelles avec lui.
– Et elle a refusé.
– Ce soir-là, oui.
– Merci, dit l'inspecteur chef Kanehara. Vous nous avez beaucoup aidés, mademoiselle Masaoka. »
Masaoka plisse les paupières, grimace et demande : « Puis-je rentrer chez moi ?
– Dans un petit moment, j'interviens. Il faut d'abord que je vous pose quelques questions supplémentaires... »

Masaoka Hisae croise les bras et dit : « Faites, je vous en prie.
– Je voudrais que vous me parliez un peu plus de votre groupe ? »

Masaoka Hisae rit. « Mon groupe ? Mon *fūten* ? »

Il y a des pas dans l'escalier, maintenant, des pas qui approchent...

« Oui, dis-je. Les noms et les âges... »

Des pas dans le couloir...

La porte s'ouvre à la volée sans qu'on ait frappé, un agent en uniforme se précipite dans la salle d'interrogatoire, le souffle court. « C'est une vraie bataille rangée, monsieur l'inspecteur. Les Formosans, les Chinois et les Coréens se sont alliés, ont attaqué les marchés de Shimbashi et d'Ōji, lapidé les postes de police d'Atago et d'Ōji, blessé Hashioka, le chef du poste de police d'Ōji... »

Les Chinetoques assassinent les Japonais...

« Ils sont des milliers, ils sont venus d'Osaka et de Kobe, ils sont accompagnés par les marins du navire de guerre chinois ancré à Yokohama, ils ont des mitrailleuses, tirent sur la police et les Japonais... »

Les Chinetoques assassinent les Japonais...

« Maintenant ils viennent ici, se dirigent vers le poste de Shibuya pour libérer Kō-Gyoku-Ju... »

Nous courons dans l'escalier puis dehors, Kanehara, Nishi et moi. *Ils arrivent.* La nuit est tombée. *Ils arrivent.* Il est vingt et une heures et le front est stabilisé. *Ils arrivent.* Deux cents agents protègent le poste de police de Shibuya. *Ils arrivent.* L'inspecteur Adachi est là, un sabre court dans une main, un pistolet dans l'autre. *Ils arrivent.* Cinq camions pleins de Formosans approchent...

Courage. Courage. Courage. Courage. Courage. Courage...

« Ils sont là ! Ils sont là ! Ils sont là ! »

Courage. Courage. Courage. Courage. Courage...

La police arrête le premier camion. *Courage.* Le chauffeur dit aux agents qu'ils vont au quartier général du Kakyō Sōkai. *Courage.* Les agents informent le chef de Shibuya. *Courage.* Le chef de Shibuya leur dit de laisser passer les camions. *Courage.* Le premier camion reçoit l'autorisation de franchir le barrage. *Courage.* Puis le deuxième. *Courage.* Puis le troisième. *Courage.* Puis le quatrième. *Courage.* Enfin le cinquième...

Courage. Courage. Courage. Courage...

L'abattant arrière du cinquième camion baissé. *Courage.* Une mitrailleuse dans le cinquième camion. *Courage.* La mitrailleuse ouvre le feu, qui tranche la nuit et provoque la fuite des agents, touche deux hommes, les jette au sol, les autres dégainent leur revolver, ripostent...

Bang ! Bang ! Bang ! Bang ! Bang ! Bang ! Bang ! Bang ! Bang...

Les hommes de Senju et ceux de la police de Tokyo sont maintenant côte à côte.

Bang ! Bang ! Bang ! Bang ! Bang ! Bang ! Bang ! Bang ! Bang...

Les Formosans répliquent depuis les camions. Les Formosans tombent des camions, en sang. Les Formosans gisent sur la chaussée...

Bang ! Bang ! Bang ! Bang ! Bang ! Bang ! Bang ! Bang ! Bang...

Un, deux, trois, quatre, cinq, six Formosans sur la chaussée...

Bang ! Bang ! Bang ! Bang ! Bang ! Bang ! Bang ! Bang ! Bang...

À travers le pare-brise d'un camion formosan, le chauffeur touché...

Bang ! Bang ! Bang ! Bang ! Bang ! Bang ! Bang ! Bang ! Bang...

Le camion sur le trottoir. Le camion dans un mur...

Bang ! Bang ! Bang ! Bang ! Bang ! Bang ! Bang ! Bang...

Les Formosans sautent hors du camion...

Bang ! Bang ! Bang ! Bang ! Bang ! Bang ! Bang...

Ils ont des barres de fer. Ils ont des pics...

Bang ! Bang ! Bang ! Bang ! Bang ! Bang...

Nous avons des revolvers. Nous avons des balles...

Bang ! Bang ! Bang ! Bang ! Bang...

Je vois Senju Akira avec un pistolet...

Bang ! Bang ! Bang ! Bang...

Un, deux, trois, quatre...

Bang ! Bang ! Bang...

Formosans morts...

Bang ! Bang...

Cinq, six...

Bang !

Il y a du sang devant le poste de police de Shibuya. Du sang sur le plancher de la salle d'accueil. Du sang dans le couloir. Du sang dans l'escalier. Du sang sur les murs. Du sang dans les cellules du sous-sol. Les cellules sont pleines. Les cellules sont silencieuses...

Il y a des hommes avec des seaux. Des hommes avec des serpillières...

Les Vainqueurs arriveront d'un instant à l'autre....

Des hommes avec des torchons, et des hommes avec de la lessive...

Des hommes avec des pistolets et des hommes avec des bâillons...

Les Vainqueurs exigeront des explications...

« Ils sont là ! Ils sont là ! »

Nous entendons les moteurs des jeeps des Vainqueurs. Nous entendons leurs camions. Nous les entendons s'arrêter devant le poste de police de Shibuya. Nous entendons les portières claquer. Nous entendons les pas des Vainqueurs. Nous voyons les visages des Vainqueurs...

Les voilà qui reviennent...

Les Vainqueurs et leurs interprètes *Nisei* franchissent les portes du poste de police, agitent les bras et crient des ordres...

« Que s'est-il passé ici ? demandent-ils au chef du poste de police de Shibuya...

– Un groupe de Formosans nous a attaqués, répond-il...

– Où sont ces Formosans ? lui demandent-ils...

– Ils ont fui avec leurs camions, leur répond-il...

– Avez-vous effectué des arrestations ? lui demandent-ils...

– Pas encore, leur répond le chef de Shibuya...

– Vous n'avez pas de suspects en détention ?

– Malheureusement non », répond-il...

Les Vainqueurs regardent l'extérieur du poste de police de Shibuya. L'extérieur d'une propreté éclatante du poste de police de Shibuya. Les Vainqueurs regardent la salle d'accueil. La salle d'accueil d'une propreté éclatante. Les Vainqueurs regardent le couloir. Le couloir d'une propreté éclatante. Mais les Vainqueurs ne regardent pas l'escalier. L'escalier qui était couvert de sang. Les Vainqueurs ne regardent pas les murs. Les murs qui étaient tachés de sang. Les Vainqueurs ne demandent pas à voir les cellules du sous-sol. Les cellules pleines d'hommes bâillonnés, d'hommes armés de pistolets, bâillons ensanglantés et pistolets ensanglantés...

Les Vainqueurs ne voient pas ces hommes aux pistolets ensanglantés...

Ces hommes aux bâillons ensanglantés...

Ne rien voir. Ne rien entendre. Ne rien dire...

Les Vainqueurs sortent du poste de police. Les Vainqueurs remontent dans leurs camions. Ils remontent dans leurs jeeps.

Les Vainqueurs lancent les moteurs. Les Vainqueurs s'en vont...

« Ils sont partis ! »

Et nous aussi, dans l'escalier qui était couvert de sang, entre les murs qui étaient tachés de sang, nous regagnons les cellules qui sont toujours pleines, toujours silencieuses...

Personne ne peut plus les sauver...

Ils ont dépouillé les Formosans de leurs pistolets. *Personne ne peut plus les sauver.* Ils ont dépouillé les Formosans de leurs poignards. *Personne ne peut plus les sauver.* Ils ont dépouillé les Formosans de leurs barres de fer. *Personne ne peut plus les sauver.* Ils ont dépouillé les Formosans de leurs bâtons. *Personne ne peut plus les sauver.* Ils ont dépouillé les Formosans de leurs pics. *Personne ne peut plus les sauver.* Ils ont dépouillé les Formosans de leur argent. *Personne ne peut plus les sauver.* Ils ont dépouillé les Formosans de leurs vêtements. *Personne ne peut plus les sauver.* Ils vont maintenant dépouiller les Formosans d'une dernière chose...

Tout le poste de police de Shibuya dans les cellules...

Rumeurs de policiers japonais morts...

Des policiers armés de pistolets. Des policiers armés de sabres...

Je ne sais pas pourquoi je suis descendu...

On a ouvert les cellules...

Il ne faut pas que je regarde...

Le tabassage a commencé...

Il ne faut pas que je voie...

L'inspecteur chef Adachi avec son sabre court; ses lèvres bougent mais ne forment pas de mots, des larmes roulent sur ses joues...

Adachi approche la lame de son sabre court de son visage. Il regarde fixement la lame, ensorcelé par la lame qui réfléchit la lumière...

Ses yeux des points rouges sur fond blanc...

« Vengeance ! Vengeance ! »

Sang sur la lame...

« Capitaine ! »

Il y a du sang frais sur les murs et il y a du sang frais sur le sol, sur leurs phalanges et sur leurs chaussures, sur les poignets de leurs chemises et les revers de leurs pantalons ; ce soir, le sang frais est du sang formosan...

Sang sur nos mains et sang sur nos lèvres...

Il y a des dents égarées et des morceaux de leurs os...

Nous sommes les perdants. Nous sommes les Vaincus...

Il y a des hurlements, puis le silence.

Ils emporteront les corps hors de la ville, au-delà de Kokubunji, au-delà de Tachikawa. Ils réduiront les corps en cendres parmi les arbres, dans la plaine de Musashino. Puis ils rentreront en ville au lever du soleil. Ils laveront l'arrière de leurs camions. Ils brûleront les rapports d'arrestation. Ils détruiront les documents liés aux incarcérations. Ils réécriront l'histoire...

Leur histoire. Votre histoire. Mon histoire. Notre histoire...

Ils mentiront sans cesse, mentiront sans répit, jusqu'au moment où ils croiront tous ces mensonges, croiront qu'il n'y avait pas de documents liés aux incarcérations. Qu'il n'y avait pas de rapports d'arrestation. Qu'il n'y a pas eu de tabassage dans les cellules. Qu'il n'y a pas eu de massacre dans les cellules. Qu'il n'y avait pas de cadavres ensanglantés à l'arrière de leurs camions. Qu'il n'y a pas de cendres et d'ossements parmi les arbres de Musashino. Ils vont mentir sans cesse, accumuler les mensonges...

Le gardien et le technicien ramassent leurs pelles...

Jusqu'au moment où tout le monde croira cette accumulation de mensonges...

Ramassent leurs pelles et déversent la terre...

Ces mensonges que tout le monde se répète...

Déversent la terre dans le trou...

Jusqu'au moment où tout le monde croira cette histoire...

Dans le trou, sur l'homme...

Cette histoire que nous nous racontons...

Sur l'homme, de plus en plus vite...

Jusqu'au moment où je croirai, moi aussi, ces mensonges...

De plus en plus vite ils enterrent...

Jusqu'au moment où je croirai cette histoire...

Ils enterrent ses cris...

Mes mensonges. Mon histoire.

Masaoka a entendu les hurlements. Masaoka a entendu le silence. Désormais Masaoka est prête à parler. Désormais, Masaoka est prête à dire tout ce que j'ai envie d'entendre. Désormais, elle racontera tout ce que je veux qu'elle raconte...

Mais je hurle, maintenant. *À l'intérieur*. Je tremble. *À l'extérieur...*

« Nous étions quatre, dit-elle. Yoshiko, Tominaga Noriko, Shishikura Michiko et moi. Mais après ce qui est arrivé à Yoshiko, nous sommes parties chacune de notre côté... »

Je tremble. Je répète : « Environ dix-huit ans, vêtue d'une robe-tablier jaune à rayures bleu foncé, d'un chemisier blanc à manches courtes, de chaussettes roses et d'une paire de chaussures en toile blanche à semelle en caoutchouc rouge... »

Semelle en caoutchouc rouge...

Je demande : « Cela ressemble-t-il à Tominaga ou à Shishikura ?

– Ce pourrait être Tominaga Noriko, dit Masaoka. Ce pourrait être Tominaga. Ce pourrait être elle. Cependant ce pourrait être n'importe qui. Mais... »

Je regarde fixement Masaoka Hisae et lui demande : « Mais quoi ?
– Mais il paraît que Tominaga a disparu », dit-elle.
Je me penche. Je répète : « Tominaga a disparu ?
– Depuis juin, dit-elle, mais... »
Je fixe toujours Masaoka. « Mais quoi... ?
– Mais vous espérez que c'est elle et j'espère que ce n'est pas elle.
– Vous vous trompez », dis-je, mais Masaoka Hisae regarde derrière moi, maintenant, regarde, au-delà de mon épaule, la porte...
L'inspecteur chef Adachi se tient dans l'encadrement. L'inspecteur Adachi me demande : « Que sait-elle ?
– Pas grand-chose je réponds, sans quitter Masaoka Hisae des yeux...
Rivières d'ombre et de sueur sur son visage...
« Dans ce cas, raccompagne cette femme chez elle », dit l'inspecteur chef Adachi au détective Nishi, puis il se tourne vers moi et ajoute : « Allons faire un tour... »

Une autre petite rue, une autre ruelle, une autre lanterne et un autre comptoir. Adachi commande à boire. « Quelque chose qui ne nous rendra pas fous ou aveugles, ou ne nous fera pas mourir avant le matin ! »
Nous rendre fous. Nous rendre aveugles. Morts au matin...
L'aubergiste pose deux verres de liquide incolore sur le comptoir...
« Santé », dit Adachi en levant son verre jusqu'au mien...
Puis il ajoute : « Mais tu as l'air épuisé, inspecteur...
– Je suis épuisé, je réponds. Plus qu'épuisé...
– À cause de ce soir ? Des Formosans ?
– Non, mais ça n'a rien arrangé...
– C'est ainsi que sont les choses, dit Adachi. Ainsi que sont les choses.
– Dans ce cas, je suppose que la façon dont sont les choses ne me plaît pas, voilà tout.
– Et tu crois qu'elle me plaît ? demande Adachi. Tu crois qu'elle me plaît ?
– Non, je réponds, mais vous survivez, et pas moi.
– Tu es toujours ici, dit-il. Tu n'as pas fui.
– Où irais-je ? Que ferais-je ?
– Il y a toujours la prochaine vie... »
Une autre vie. Un autre nom...
« Non merci, dis-je. Deux fois, c'est trop pour moi. Beaucoup trop... »
Adachi vide son verre. Adachi m'offre une Lucky. Adachi demande : « As-tu vu l'inspecteur Fujita ? »

J'accepte sa cigarette. J'accepte son feu. Je réponds : « Oui. »
Il commande de nouveau à boire. Il demande : « Et ? »
Je vide mon premier verre. Je réponds : « Il est parti. »
Il lève son deuxième verre. « Parti ? »
Je dis : « Et il ne reviendra pas.
– Comment es-tu au courant ?
– Il me l'a dit.
– Et crois-tu toujours ce qu'on te dit, inspecteur Minami ?
– Pas toujours, monsieur l'inspecteur chef Adachi. Mais cette fois, oui, j'ai cru ce qu'il m'a dit.
– Les gens racontent toutes sortes de choses, surtout en ce moment.
– Pas Fujita. Il ne reviendra pas. »
Adachi écrase sa cigarette. Adachi prend son autre verre. Adachi demande : « Crois-tu que Fujita ait tué Hayashi Jo ? »
J'écrase ma cigarette. Je réponds : « Je ne sais pas. Je ne sais plus.
– Donc tu crois que c'est possible ? Tu crois qu'il avait une raison de le faire ? »
Je hausse les épaules. Je dis : « Lui et tout le monde. »
Adachi vide son deuxième verre. « Donc toi aussi ? »
Je me tourne vers Adachi. Je lui demande : « Pourquoi moi ? »
Adachi sourit. Adachi rit. « Il y a du sang sur les poignets de ta chemise. Il y a du sang sur les revers de ton pantalon... »
Je souris. Je ris. Je dis : « C'est aussi votre cas...
– Mais dans mon cas, caporal, c'est du sang frais. »

Je suis revenu dans cet endroit. *Bile noire encore.* Je suis sorti de la lumière et entré dans l'ombre. *Bile brune encore.* Dans le jardin du temple. *Bile jaune encore.* Mais il n'y a rien. *Bile grise encore.* Rien, sauf les ruines de la porte de la Triple Délivrance. *Bile noire.* Sous l'avant-toit sombre de la porte de la Triple Délivrance, je ferme les yeux. *Bile brune.* Sous la Porte de la triple délivrance, j'entends le souffle précipité d'un chien. *Bile jaune.* Sa maison a disparu, son maître est parti. *Bile grise.* Dans les ruines de la porte de la Triple Délivrance, pendant l'année du Chien, je regarde fixement ses pattes. *Bile noire, bile brune, biles jaune et grise.* Je vomis, vomis et vomis encore...
Couvrez les miroirs ! Couvrez les miroirs !
Le chien n'a pas de pattes.

Dans la pénombre, Yuki se lève. Dans la pénombre elle prend le kimono d'été uni accroché à la patère, près du miroir. Dans la pénombre, Yuki enfile le kimono d'été, un motif imprimé en bas de la jupe. Dans la pénombre, elle noue la ceinture rouge et violette. Dans la pénombre, Yuki revient s'asseoir près de moi. Dans la pénombre, elle sort une cigarette du paquet posé sur la coiffeuse. Dans la pénombre, Yuki l'allume. Dans la pénombre, elle me la donne...

« C'était un peu comme un conte de fées, dit-elle en souriant, la façon dont on s'est rencontrés...

– Oui, je réponds en riant. Par hasard pendant une averse...

– Une histoire d'amour issue des plus vieilles traditions », dit-elle, mais Yuki ne sourit plus, elle ne rit pas, elle pleure...

« La fumée du tabac me pique les yeux », ment-elle.

Bombardement ! Bombardement ! C'est un bombardement !

Elle s'allonge à nouveau près de moi et me regarde dans les yeux. Elle pose les doigts sur mon nez et dit : « Ne dors pas. »

Mais il n'y a plus de sommeil, parce qu'il n'y a plus de Calmotine...

Cependant j'ai envie de dormir, même si je ne le ferai pas. J'ai envie d'oublier, aujourd'hui, même si je ne le ferai pas. J'ai envie d'oublier hier. Avant-hier. Cette semaine. La semaine dernière. Ce mois. Le mois dernier. Cette année. L'année dernière. Toutes les années que j'ai vécues, mais je n'oublierai pas, parce que je ne peux pas oublier. Mais ici au moins, ici, je peux parfois oublier. Une heure de temps en temps...

Dans ces bras. *Je peux oublier.* Entre ces jambes. *Je peux oublier...*

Tout ce que j'ai abandonné derrière moi. Ce que j'ai perdu...

Je t'ai trahi. Je t'ai trahi. Je t'ai trahi...

Tout ce que j'ai vu. Ce que j'ai fait...

Heure après heure. Jour après jour. Semaine après semaine...

Sang sur les murs. Sang sur le plancher...

Mois après mois et année après année...

Sang sur les poignets de ma chemise...

Mais, dans la pénombre, je ne peux pas oublier...

Sur les revers de mon pantalon...

Je regrette. Je regrette...

Ici, dans la pénombre...

Je vous ai tous trahis...

Dans la pénombre.

8

22 août 1946

Tokyo, 32°, très beau

Ton-ton. Ton-ton. Ton-ton. Ton-ton. Ton-ton. Ton-ton...

C'est l'aube et les premiers trains sont arrivés puis partis. Ça me démange et je me gratte. *Gari-gari.* Je m'essuie le visage et je m'essuie la nuque. Il n'y a pas d'ombre, ici. Pas moyen d'échapper à la chaleur. Immobile à l'extrémité de ma rue, je regarde la barrière de ma maison...

Ton-ton. Ton-ton. Ton-ton. Ton-ton. Ton-ton...

Je suis la rue jusque chez moi. Ça me démange et je me gratte. *Gari-gari.* J'ouvre la barrière de chez moi. Je m'essuie à nouveau le visage et je m'essuie la nuque. Je prends l'allée de chez moi. Ça me démange et je me gratte. *Gari-gari.* J'ouvre la porte de chez moi. Je m'essuie le visage et je m'essuie la nuque. Je m'immobilise dans le *genkan...*

Ton-ton. Ton-ton. Ton-ton. Ton-ton...

La maison est silencieuse. *Les nattes pourrissent.* La maison dort toujours. *Portes en lambeaux.* Je pose l'enveloppe d'argent et le colis de nourriture sur le plancher de la pièce de réception. *Les murs penchent.* La maison a l'odeur de mes enfants...

Ton-ton. Ton-ton. Ton-ton...

Je tourne leurs chaussures face à la porte...

Ton-ton. Ton-ton...

Je m'en vais. Ça me démange et je me gratte. *Gari-gari.* Je m'essuie le visage et la nuque, puis je me mets à courir, à fuir.

La dernière adresse connue de Tominaga Noriko était à Ōimachi, près de l'endroit où le cadavre d'Abe Yoshiko a été découvert. Près de l'endroit où Kodaira Yoshio travaille. *Le territoire de Kodaira.* Près de l'endroit où Miyazaki Mitsuko a été tuée. Près de l'endroit où habite Yuki. *Mon territoire...*

La propriétaire de Tominaga Noriko m'invite à entrer puis me précède dans l'escalier jusqu'à la petite chambre de Tominaga Noriko, située à l'extrémité du couloir du premier étage, près d'une salle de bains...

« J'ai fait le ménage, dit-elle, mais à part ça, elle est telle qu'elle l'a laissée.

– Pourquoi ? je demande. Pourquoi ne la louez-vous pas à nouveau ?

– Pour la raison qui m'a amenée à signaler sa disparition, je suppose.

– Pourquoi ? j'insiste. Une locataire ordinaire... ? »

La propriétaire va vers la petite fenêtre et l'ouvre. Elle secoue la tête. « Mais Noriko n'était pas une locataire ordinaire, voyez-vous...

« Elle avait perdu ses parents et sa sœur cadette dans les bombardements de mars, son frère aîné est toujours porté disparu en Chine...

« Moi non plus, je n'ai personne, voyez-vous. Mon mari est mort depuis longtemps et mes fils sont morts eux aussi, le premier tué dans le Sud au début de la guerre, et l'autre tué dans le Nord. Mon aîné était marié mais n'avait pas d'enfants, sa femme s'est remariée. Je ne le lui reproche pas et je ne lui en veux pas, telle est l'époque que nous vivons, mais je n'ai personne, maintenant, hormis cette maison qui a été épargnée, et les gens qui y vivent...

« Noriko était ici depuis un peu plus de six mois, une jeune fille très jolie, très polie et très sympathique. En raison de l'enquête qui a suivi le meurtre de son amie, je connais maintenant le genre de vie que menait Noriko, mais je ne m'en serais jamais doutée...

« Noriko était très prompte à partager la nourriture et les vêtements supplémentaires qu'elle parvenait à se procurer, quoi qu'elle ait fait pour les obtenir, quoi qu'ils lui aient coûté... »

Asobu... ? Asobu... ?

J'acquiesce. Je demande : « Quand mademoiselle Tominaga a-t-elle disparu ?

– Environ un mois après qu'on a tué son amie, je crois.

– C'était donc entre le début et le milieu du mois de juillet ?

– Oui, confirme la propriétaire. Mais c'était avant le quinze juillet, car c'était la date à laquelle elle devait me verser le loyer de sa chambre. Et c'est donc à ce moment-là que je me suis inquiétée...

– Quand avez-vous signalé sa disparition ?
– Pas avant le début de ce mois. »
Je demande : « Pourquoi avez-vous attendu ?
– J'ai pensé qu'elle était peut-être partie pour quelque temps, voyez-vous. À cause de ce qui était arrivé à son amie, parce que vous enquêtiez sur elle et ses amies, à cause de toutes vos questions, de toutes vos insinuations...
– Si mademoiselle Tominaga était simplement partie pour quelque temps, où serait-elle allée, d'après vous ? »
La propriétaire de Tominaga Noriko me tourne le dos. La propriétaire de Tominaga Noriko regarde par la fenêtre et garde le silence...
« Vous avez dit qu'elle était peut-être simplement partie pour quelque temps ; alors où ? »
La propriétaire secoue la tête. « Il est trop tard. Elle est morte.
– Vous n'en savez rien, dis-je. Elle a peut-être eu peur. »
La propriétaire secoue à nouveau la tête. « Il est trop tard.
– Elle a peut-être eu peur et s'est peut-être enfuie ? »
La propriétaire de Tominaga Noriko se dirige vers une vieille commode en bois. La propriétaire de Tominaga Noriko ouvre les tiroirs. La propriétaire de Tominaga Noriko dit : « Mais Noriko n'aurait pas laissé tous ses vêtements et n'aurait jamais laissé tout son maquillage...
– Cependant vous n'en êtes pas sûre, j'insiste. Les gens changent rapidement de projet, par les temps qui courent.
– Mais Noriko ne serait pas partie sans dire au revoir, répond-elle. Elle ne serait pas partie comme ça, voyez-vous. »
Je vais à la commode. Je touche les vêtements qu'elle contient. Je vais à la coiffeuse. Je touche les flacons de maquillage. J'ôte ce qui recouvre le miroir. Je touche le verre...
Ceci me va-t-il... ?
Je dis : « Il y avait un homme, n'est-ce pas ? »
La propriétaire de Tominaga Noriko étouffe un sanglot, pose une main sur sa bouche. La propriétaire de Tominaga Noriko ferme les tiroirs, recouvre le miroir et dit : « Vous devriez être au courant, inspecteur.
– Comment cela ? je demande. Pourquoi devrais-je être au courant ?
– C'était un des vôtres, n'est-ce pas, souffle-t-elle.
– Elle fréquentait un policier ?
– Pour le bien que ça lui faisait ! »
Je sors mon carnet, mais je ne l'ouvre pas. Je lui demande : « Avez-vous vu mademoiselle Tominaga vêtue d'une robe-tablier

jaune à rayures bleu foncé et d'un chemisier blanc à manches courtes ?... »

La femme pleure. La femme hoche la tête...

« De chaussettes roses et de chaussures en toile blanche ?... »

Elle hoche la tête et pleure, pleure...

« À semelle en caoutchouc rouge ?...

– Oui ! Oui ! Oui ! Oui ! » sanglote-t-elle en ouvrant les tiroirs et en lançant les vêtements en l'air, à la recherche d'une robe-tablier jaune à rayures bleu foncé, d'un chemisier blanc à manches courtes et d'une paire de chaussettes roses...

Mais ces vêtements ne sont pas là et moi non plus...

Notre cadavre a un nom. Notre affaire est résolue...

Je descends l'escalier en courant...

Affaire résolue ! Affaire résolue ! Affaire...

Je sors de la maison, tombe nez à nez avec un agent en uniforme qui s'enquiert : « Êtes-vous l'inspecteur Minami ?

– Qu'y a-t-il ? je réponds. Qu'y a-t-il ?

– Excusez-moi, monsieur l'inspecteur, dit-il. Il y a une réunion de toutes les divisions, services et brigades au quartier général de la police métropolitaine...

– Comment saviez-vous que vous me trouveriez ici ?

– L'inspecteur chef Adachi m'a dit que vous y seriez, monsieur. »

Tous les directeurs de division sont présents. Tous les chefs de service. Tous les chefs de brigade. Les chefs de tous les postes de police.

Les Vainqueurs ont envoyé leurs observateurs et leurs espions, leurs interprètes Nisei, leurs collaborateurs vêtus de leur veste retournée, traîtres à leur race, ces profiteurs à la peau jaune et au cœur blanc...

Asobu... ? Asobu... ? Asobu... ? Asobu... ?

À l'extrémité de la salle, Fujimoto Yoshio, directeur du Service de défense de la police métropolitaine, se lève et commence son intervention à propos des événements de la veille au soir...

« Messieurs, comme vous le savez, quoique cela se soit produit à Osaka et à Kobe, c'était la première fois que les Formosans s'attaquaient directement à un poste de police de Tokyo...

« Les détails demeurent imprécis, cependant il est établi qu'approximativement cinq cents Formosans, peut-être épaulés par cinq cents alliés chinois et coréens, tous furieux parce qu'ils se considéraient comme exclus du marché de la Vie nouvelle de Shimbashi, sont montés à bord d'au moins cinq camions, à l'entrée Yaesu de la gare de Tokyo, aux environs de dix-neuf heures. Ils se sont ensuite rendus sur le site de ce marché de la Vie nouvelle de Shimbashi, qu'ils ont arpenté comme ils l'avaient fait à l'occasion d'incidents antérieurs, dans l'espoir d'affronter les membres de l'ancien groupe Matsuda. Cependant, le marché étant provisoirement fermé, il n'y avait pas de membres du groupe Matsuda sur les lieux et il n'y a pas eu d'affrontement. Il a toutefois été indiqué que plusieurs rafales de mitrailleuse avaient été entendues...

« Mais, n'ayant pas trouvé de membres du groupe Matsuda au marché de la Vie nouvelle de Shimbashi, les Formosans se sont rendus au poste de police de Shibuya et, y étant arrivés aux environs de vingt et une heures, se sont trouvés confrontés à environ deux cents policiers chargés d'assurer la protection de l'immeuble...

« Au départ, la police a autorisé les camions à passer, les Formosans affirmant qu'ils se rendaient simplement au quartier général du *Kakyō Sokaiō* à la demande des membres de la Mission chinoise à Tokyo. Cependant, tandis que les camions franchissaient les lignes de la police, les occupants d'au moins un véhicule ont ouvert le feu sur les policiers, visant le chef de la police de Shibuya et blessant grièvement deux agents... »

Bang ! Bang...

« Les policiers se sont trouvés dans l'obligation de se défendre et de répliquer avec leurs revolvers. Il s'est ensuivi une fusillade de quinze minutes au terme de laquelle quatre agents supplémentaires ont été blessés, dont deux grièvement, six Formosans tués et une vingtaine touchés. La bataille a été livrée à l'aide d'au moins deux mitrailleuses que les Formosans avaient installées dans leurs camions, ainsi que de pistolets, poignards, barres de fer, pics de terrassier et autres armes. Un camion formosan est monté sur le trottoir, blessant nombre de ses occupants, mais nous permettant d'arrêter vingt-sept Formosans. On a également trouvé dans le camion des revolvers, des barres de fer, des bâtons et des bouteilles d'essence... »

Les mensonges que chacun se raconte...

« Malheureusement, l'immense majorité des Formosans impliqués dans l'incident s'est échappée pendant la fusillade et la mêlée qui ont suivi. Ces suspects sont toujours en fuite... »

Jusqu'au moment où tout le monde croit cette histoire...

« De plus, hier en début de soirée, le poste de police d'Ōji a également été encerclé et attaqué par un groupe de vingt à trente Coréens, ce qui a entraîné l'hospitalisation de monsieur Hashioka, chef du poste de police d'Ōji, et la mort d'un Coréen...

« On estime que l'incident a débuté aux environs de dix-sept heures, à la suite d'une dispute entre commerçants ambulants japonais et coréens installés devant la gare d'Ōji, une quarantaine ou une cinquantaine de personnes étant impliquées dans la première bagarre...

« La police a été appelée afin de rétablir l'ordre et d'arrêter les délinquants, qui ont ensuite été placés en détention au poste de police d'Ōji. C'est à ce moment qu'une vingtaine ou une trentaine de Coréens ont encerclé le poste de police, sur lequel ils ont lancé des pierres. Monsieur Hashioka, chef du poste de police d'Ōji, est sorti demander à la foule de se calmer mais a été lui aussi encerclé et lapidé. Monsieur Hashioka s'est trouvé dans l'obligation de dégainer son arme et de tirer en état de légitime défense. Un projectile a malheureusement atteint un Coréen à l'abdomen, le blessant mortellement... »

Bang ! Bang...

« Cependant le coup de feu a indubitablement mis un terme au conflit et l'ordre a été rétabli. Monsieur Hashioka a été conduit à l'hôpital universitaire impérial et, selon les informations qui nous ont été fournies, mettra dix jours à se rétablir.

« Enfin, au cours de la nuit dernière, on a signalé au moins cinq fusillades entre bandes coréennes rivales, lesquelles se sont soldées par de nombreuses blessures et des dégâts matériels. Le quartier général de la Ligue de la jeunesse pour la promotion de l'indépendance coréenne, situé à Denenchōfu, dans l'arrondissement d'Ōmori, a été attaqué aux environs de cinq heures par approximativement cinq cents Coréens qui, arrivés dans plusieurs camions et véhicules, ont brisé des vitres, des tables et des chaises...

« En conséquence d'informations qui nous ont été fournies, des rafles ont été organisées à Komatsugawa, Sunamashi et Kameido en vue d'arrêter les suspects... »

Bang ! Bang...

« Mais trop c'est trop ! crie Fujimoto...

« La restauration et le maintien de l'ordre doivent être nos priorités en tant que policiers et en tant que Japonais !

« La police métropolitaine de Tokyo fournira à tous les postes de police du personnel supplémentaire chargé de faire usage de ses armes en cas de répétition de l'agression d'hier soir... »

Bang ! Bang...

« De faire usage de ses armes non pas en vue de blesser ou de tuer, mais afin d'arrêter les agresseurs et de rétablir l'ordre, parce que la restauration et le maintien de l'ordre doivent être nos priorités...

« Du personnel supplémentaire sera en outre affecté au marché de Shimbashi et aux autres marchés considérés comme des cibles potentielles...

« Nous demanderons également, aujourd'hui, aux responsables de tous les marchés de renforcer les mesures de sécurité et de collaborer pleinement avec la police en vue de restaurer et de maintenir l'ordre à Tokyo... »

Bang ! Bang...

« Nous leur demanderons, toutefois, d'accueillir au sein de leurs marchés les commerces licites dirigés par les Chinois, les Formosans et les Coréens...

« Mais trop c'est trop ! crie à nouveau Fujimoto...

« Restaurez l'ordre ! Maintenez l'ordre ! Vous pouvez disposer ! »

Les choses ne changent jamais. Il y a des guerres et il y a des restaurations. *Les choses ne changent jamais.* Il y a des guerres et il y a des victoires. *Les choses ne changent jamais.* Il y a des guerres et leurs défaites. *Les choses ne changent jamais.* Il y a des occupations et il y a des élections. *Les choses ne changent jamais.* Parce qu'il y a toujours une deuxième réunion. *Les choses ne changent jamais.* Il y a toujours une deuxième réunion où on met la première en cause...

Ne changent jamais. Ne changent jamais. Ne changent jamais...

Pour que tout le monde puisse élaborer le meilleur moyen de ne pas tenir compte des conclusions de la première réunion ; pour que tout le monde puisse faire comme si la première réunion n'avait pas vraiment eu lieu ; puisse promettre de laisser les choses exactement telles qu'elles étaient avant la première réunion...

Ne changent jamais. Ne changent jamais...

« Quelle pagaille, quelle pagaille, quelle pagaille, dit et répète notre directeur. Les Vainqueurs vont une nouvelle fois évoquer la corruption de la police et l'échec de la justice, nous mettre en garde contre le développement du racket et la puissance de la pègre, critiquer le mauvais traitement des minorités et la renaissance du nationalisme. Les Vainqueurs vont exiger davantage de remises en question et davantage de réformes, ils nous tiendront à l'œil... »

Ne changent jamais...

« Mais il faut que les Vainqueurs autorisent les marchés à rouvrir, dit Adachi. Cette situation est la conséquence directe de la campagne du SCAP contre les marchés. Je sais qu'il veut stopper le stockage et le pillage des biens destinés au rationnement, empêcher que ces biens aboutissent sur les marchés, afin qu'ils puissent être commercialisés aux prix officiels...

« Mais les marchés et les commerçants ne font que répondre à une demande. En fermant les marchés et en ne répondant pas à la demande, les Vainqueurs ne font qu'accentuer la faim et la frustration...

« Et ensuite, en contraignant les marchés à changer, en limitant le nombre d'échoppes, en exigeant des autorisations, les Vainqueurs ne font que susciter la frustration des minorités exclues...

– L'inspecteur chef Adachi a parfaitement raison, confirme Kanehara. Un collègue de Chiba m'a parlé d'une grosse prise de sardines ramenée sur le rivage. L'organisation chargée du rationnement ne disposait pas du matériel permettant de gérer cette prise. Il n'y avait pas assez de glace pour empêcher le poisson de pourrir. Il n'y avait pas assez de camions pour transporter la marchandise à Tokyo. En outre, le prix officiel était si bas qu'il ne couvrait pas les frais des bateaux, des pêcheurs, du stockage et du transport...

– Qu'est-devenu le poisson? demande l'inspecteur Kai.

– C'est exactement ce qui me semble important, répond l'inspecteur chef Kanehara. Le mois dernier, quand les marchés étaient encore autorisés à ouvrir, la nouvelle de cette prise aurait attiré de très nombreux petits commerçants à Chiba. Ils auraient acheté le poisson directement aux pêcheurs, en liquide. Les commerçants auraient ramené les sardines à Tokyo, sur leur dos, en quelques heures et les auraient vendues dans la journée. Le prix aurait effectivement été supérieur au prix officiel, mais il y aurait eu une telle quantité de poisson et de si nombreux vendeurs concurrents qu'il n'aurait sans doute pas beaucoup monté...

– Que s'est-il passé? demande Kai.

– Une proportion minime de la prise a été vendue très cher à une bande, répond Kanehara.

– Et le reste? demande Kai.

– On l'a laissé pourrir, répond l'inspecteur chef Kanehara. Et ce qu'il a été possible de sauver a été transformé en engrais. »

Les choses ne changent jamais. Ne changent jamais. Ne changent jamais....

Les hommes présents autour de la table gardent le silence...

Ne changent jamais. Ne changent jamais...

Ils gardent le silence jusqu'au moment où Kita dit : « Fujimoto veut que nous restions hors de Shibuya et de Shimbashi. Malheureusement, les affaires Abe et Midorikawa, ainsi que les soupçons qui pèsent sur Kodaira, nous empêchent de rester hors de Shibuya, cependant nous pouvons éviter d'utiliser le poste de police de Shibuya. En outre, compte tenu de la proximité du parc de Shiba, nous ne pouvons éviter d'utiliser le poste de police d'Atago. Cependant, vos brigades devront demander l'autorisation avant de se rendre dans les quartiers de Shibuya et de Shimbashi où se trouvent les marchés... »

Les choses ne changent jamais...

« Je ne veux pas que mes hommes soient pris entre deux feux ! »

Je vais aux toilettes, au fond du couloir. *Je ne vomis pas.* J'entre dans une cabine. *Je ne vomis pas.* Je verrouille la porte. *Je ne vomis pas.* Je regarde fixement l'intérieur de la cuvette. *Je ne vomis pas.* Je regarde fixement les taches. *Je ne vomis pas.* Je respire l'odeur d'ammoniaque. *Je ne vomis pas.* Insectes et chaleur. *Je ne vomis pas.* J'ouvre la porte de la cabine. *Je ne vomis pas.* Je me rince le visage dans le lavabo. *Je ne vomis pas.* Je ne regarde pas le miroir. *Je ne vomis pas...*

Je suis le couloir. Je frappe à la porte du directeur. Je l'ouvre. J'entre. Je m'excuse. Je m'incline...

« Je regrette de vous déranger à nouveau, dis-je au directeur. Mais je vous serais reconnaissant si vous pouviez m'accorder un instant... »

Mais, aujourd'hui, le directeur ne me propose ni chaise ni thé. Aujourd'hui, le directeur ne lève même pas la tête. Il se contente de demander : « Qu'y a-t-il encore... ?

– Je n'ai pas eu l'occasion de vous faire part de nos progrès... »

Le directeur lève la tête. « Vous avez progressé ?

– Je crois que j'ai une bonne piste que je voudrais suivre...

– Continuez, inspecteur, quelle est cette bonne piste... ?

– Comme vous le savez, nous sommes parvenus à localiser Masaoka Hisae, une des amies d'Abe Yoshiko. Masaoka m'a dit que le signalement du deuxième cadavre du parc de Shiba ressemblait à une autre de ses amies, Tominaga Noriko...

– Ainsi qu'à des centaines d'autres jeunes filles...

– Mais Tominaga a disparu...

– Qui a signalé sa disparition ?

– Sa propriétaire, je réponds. Et les dates correspondent, car même si la propriétaire n'a signalé la disparition de Tominaga que le premier de ce mois, la jeune femme a effectivement disparu, d'après elle, entre le neuf et le quinze du mois dernier...

– C'est tout ? demande le directeur.

– Absolument pas, je réponds. La propriétaire a également confirmé que Tominaga Noriko portait des vêtements identiques à ceux du cadavre de Shiba. La fouille de la chambre et des effets de la jeune fille disparue ont montré que ces vêtements n'étaient plus là... »

Le directeur est intéressé. « Poursuivez, inspecteur.
– Masaoka a confirmé que Kodaira connaissait Abe Yoshiko. Masaoka a également confirmé que Kodaira connaissait Tominaga Noriko...
– Mais cela ne fait pas d'elle le cadavre du parc de Shiba.
– Confronté à la preuve, Kodaira avouera...
– Confronté à quelle preuve, au juste, détective ? demande le directeur. Une jeune fille disparue portait la même robe qu'une jeune fille assassinée ? Une jeune fille disparue connaissait une autre jeune fille assassinée ?
– Mais les dates correspondent parfaitement...
– Dans ce cas, montrez le corps à la propriétaire, dit le directeur.
– Mais il n'y a pas de corps, je réponds. Il n'y a que des os.
– Vous avez ses vêtements, n'est-ce pas, inspecteur ? »
J'acquiesce. Je dis : « Ils sont à Keiō.
– Si elle peut les identifier avec certitude, grâce à une réparation, une déchirure, n'importe quoi, nous aurons une preuve, n'est-ce pas ?
– Merci, dis-je. Et il y avait autre chose...
– Vite, dit le directeur. De quoi s'agit-il ?
– Je voudrais connaître le nom de l'agent en uniforme qui a été renvoyé pendant la première enquête sur la mort d'Abe.
– Pourquoi voulez-vous le connaître ?
– Peut-être sait-il où sont allées les autres amies d'Abe, peut-être même pourrait-il contribuer à une identification...
– Non, répond le directeur. Ce n'est pas le moment.
– Je comprends, dis-je. Dans ce cas, serait-il possible que je m'entretienne avec l'ex-inspecteur Mori... ?
– Vous savez où est Mori ? » demande le directeur en riant...
À l'hôpital psychiatrique Matsuzawa...
« Oui, mais j'ai pensé qu'il pourrait tout de même... »
Le rouleau taché de sang, au mur, derrière son bureau...
« L'inspecteur Mori sait peut-être ce qui s'est passé... »
Mais, dans la pénombre, je ne peux pas oublier...
« Ce qui s'est passé est dans le dossier. Ce qu'il savait est dans le dossier. Il n'y a pas de racourcis, inspecteur. Il n'y en a plus », dit le directeur.
Le meilleur ami de mon père...
« Maintenant, rejoignez vos hommes...
« Rejoignez vos hommes, crie-t-il. Et commandez vos hommes ! »

Aujourd'hui, je ne regagne pas Atago par un autre chemin. Je prends le même chemin qu'il y a deux jours. Je prends le chemin qui passe devant le bar situé au sous-sol de la carcasse de l'immeuble de trois étages en béton armé...

Je ne veux pas me souvenir. Je ne veux pas...

Je descends l'escalier, mais la porte est fermée. Je tourne la poignée et la porte s'ouvre. J'entre dans le bar, mais la salle est totalement dans le noir. Je regarde autour de moi, mais il n'y a que gravats et ruines. Je pivote sur moi-même et remonte l'escalier. Je m'arrête en haut de l'escalier, dans la lumière blanche et dure du soleil, m'oriente...

Mais tout se ressemble...

La carcasse en béton, les pièces soufflées, les poutrelles apparentes. Le jeune homme toujours en uniforme, qui demande : « Tu cherches quelque chose ?

– Il y avait un bar, ici, je réponds. Qu'est-il devenu ?

– Tu ne devines pas ? demande-t-il en riant. Une bombe est tombée dessus.

– Non, non, non, dis-je. Il était là il y a deux jours...

– Dans ce cas, tu te trompes d'endroit, dit-il. C'était un bar populaire. Plus de cent personnes y ont été prises au piège et ont été brûlé vives quand l'immeuble a été frappé de plein fouet...

– Mais il était là il y a deux jours, j'insiste.

– Dans ce cas, tu buvais avec des fantômes. »

Je reste immobile dans la lumière blanche et dure du jour...

Dans la lumière blanche et dure...

Votre montre est cassée, monsieur ?

La lumière qui évoque des gouttes de pluie. Les gouttes de pluie agréables sur mon visage. Mon visage tourné vers le ciel. Le ciel bleu, pas gris, haut, pas comme un couvercle sur la ville. La ville dressée, fière, étincelante dans une nuit de néon. Une nuit de néon qui se réfléchit sur mon visage. Mon visage trempé de gouttes de pluie. Les gouttes de pluie simplement mes larmes. Mes larmes dans la lumière. La ville abattue et triste, le ciel gris et bas...

Tu buvais avec des fantômes...

Abattue et triste, gris et bas...

Il me tend la montre...

Dans cette lumière blanche et dure...

Elle indique toujours midi.

Je suis en retard, encore. *Je regarde un miroir*. L'inspecteur Nishi se tient sur le perron du poste de police d'Atago. *Je regarde un miroir*. L'inspecteur Nishi me cherche. *Je regarde un miroir*. L'inspecteur Nishi m'attend. *Je regarde un miroir*. L'inspecteur Nishi veut me parler. *Je regarde un miroir*. L'inspecteur Nishi a l'air mal en point. *Je regarde un miroir*. L'inspecteur Nishi a l'air de ne pas avoir dormi. *Je regarde un miroir*. L'inspecteur Nishi annonce : « Kodaira Yoshio a une maîtresse. Près de Meguro...

– Comment es-tu au courant ?

– Masaoka me l'a dit.

– Quand ?

– Hier soir, répond-il. Quand je l'ai raccompagnée chez elle.

– Pourquoi n'en a-t-elle pas parlé avant, au poste de police ?

– Elle ne croyait pas que c'était important. »

Je le dévisage. Je demande : « Tu l'as sautée ? »

Il détourne le regard. Il secoue la tête...

« Tu mens mal, Nishi-kun. »

Il est sur le point de répondre. Il s'interrompt.

« L'as-tu payée ?

– Je l'ai invitée à dîner, répond Nishi. Je l'ai invitée à boire quelques verres. Je lui ai donné un paquet de cigarettes.

– Et maintenant, tu n'as plus rien jusqu'à la fin du mois, dis-je. Toute ta nourriture et toutes tes cigarettes... »

Nishi détourne à nouveau le regard. Nishi acquiesce.

Je sors cent yens de la poche de mon pantalon. Je les fourre dans la poche de sa chemise. Je dis : « Tu as baisé et fait avancer l'affaire. Bien joué, inspecteur...

– Merci, dit-il. Allez-vous parler de cette maîtresse à l'inspecteur chef Kanehara et à l'inspecteur Kai ?

– Non, je réponds. Nous allons la chercher nous-mêmes.

– Merci, monsieur l'inspecteur, dit Nishi, qui ajoute ensuite : Il y a autre chose, à propos du dossier Miyazaki Mitsuko...

– Oui ? je fais sèchement. Quoi ?

– Je crois que je sais qui l'a sorti...

– Qui ? je demande. Qui... ?

– Je réfléchissais, avant-hier, répond-il, au jour de cette affaire, au jour de la capitulation, l'année dernière. Seuls l'inspecteur Fujita et...

– Tu crois que l'inspecteur Fujita a sorti le dossier ?

– Je ne suis pas allé sur les lieux du crime, dit-il. Donc j'ignorais que la police métropolitaine avait un dossier sur l'affaire. Mais l'inspecteur Fujita y est allé. L'inspecteur Fujita savait sûrement...

– Donc tu crois que l'inspecteur Fujita a sorti le dossier en utilisant ton nom ? »

Nishi acquiesce. « Qui cela pourrait-il être d'autre ?

– L'inspecteur Fujita est connu, je réponds. Le responsable n'aurait pas indiqué ton nom au lieu...
– Sauf s'il avait une bonne raison de le faire, dit Nishi. Ou sauf si Fujita a envoyé quelqu'un d'autre en utilisant mon nom.
– Qui d'autre ? je demande.
– L'inspecteur Ishida, peut-être.
– As-tu mentionné le dossier Miyazaki auprès de Ishida ? »
Nishi secoue la tête. « Je voulais vous en parler d'abord.
– Parfait, dis-je. Maintenant laisse-moi faire. »
Mais Nishi ne veut pas me laisser faire. Nishi dit : « Mais je ne comprends toujours pas pourquoi l'inspecteur Fujita voulait ce dossier...
– Je trouverai, je réponds. Maintenant oublie ce dossier.
– Mais vous croyez que ce n'est pas moi qui l'ai pris ? »
J'acquiesce. Je dis : « Seulement parce que tu mens très mal, inspecteur. »

L'escalier. *Commandez vos hommes. Commandez vos hommes.* Notre pièce d'emprunt de l'étage. *Il faut que je voie Ishida.* Les questions et le doute dans leurs yeux. *Commandez vos hommes. Commandez vos hommes.* L'hostilité et la haine. *Il faut que je trouve ce dossier.* Mais, ici, la température ne baisse pas. *Commandez vos hommes. Commandez vos hommes.* La situation ne change pas. *Ishida absent. Dossier absent.* La pièce est toujours une étuve, le petit déjeuner toujours du *zōsui* ; le *zōsui* est toujours leur unique repas. *Commandez vos hommes. Commandez vos hommes.* Sales et pas rasés, ils n'ont pas vu leur femme et leurs enfants, leur maîtresse et leurs bâtards depuis plus d'une semaine...
Commandez vos hommes ! Commandez vos hommes ! Commandez vos hommes...
Sanada, Hattori, Takeda, Shimoda, Nishi et Kimura ; je compte une nouvelle fois mes hommes et leur demande : « Où est l'inspecteur Ishida ? »
Ils haussent les épaules. Ils secouent la tête...
Je dis à Takeda : « Je croyais qu'il était avec toi ?
– Il l'était hier, répond Takeda.
– Il a passé toute la journée avec toi ?
– Hier, il a...
– Et aujourd'hui ? »
L'inspecteur Takeda secoue la tête. Takeda regarde les autres. Takeda dit : « Pas aujourd'hui. »
Les autres détectives secouent à nouveau la tête. Les autres confirment : « On ne l'a pas vu aujourd'hui. »

Hattori dit : « Il est peut-être à la recherche de l'inspecteur Fujita ?

– Qu'entends-tu par là, inspecteur ? »

Hattori hausse les épaules. Hattori répond : « Rien.

– Laissez tomber Ishida, leur dis-je. Cependant, si vous le voyez, ordonnez-lui de rester ici jusqu'à ce que je l'aie vu. Et dites-lui que s'il s'en va à nouveau, ce sera pour de bon... »

Les inspecteurs acquiescent.

« Quoi qu'il en soit, j'ai de bien meilleures nouvelles à vous annoncer, dis-je. Je connais peut-être le nom de notre cadavre : Tominaga Noriko...

« Tominaga était une amie d'Abe Yoshiko qui, comme vous le savez, a peut-être également été assassinée par Kodaira. Tominaga a disparu depuis la deuxième semaine de juillet et il lui arrivait de porter des vêtements semblables à ceux que portait le corps... »

Mais il n'y a pas d'applaudissements. Il n'y a toujours que le doute...

Commandez vos hommes. Commandez vos hommes. Commandez vos hommes...

Je les répartis une nouvelle fois par groupes de deux. *Commandez vos hommes.* Je charge Takeda et Kimura de rendre une nouvelle visite à la propriétaire de Tominaga Noriko, à Oimachi. *Commandez vos hommes.* Je les charge d'obtenir toutes les précisions possibles sur la vie de son ancienne locataire. *Commandez vos hommes.* Je les charge de la convoquer le lendemain à l'hôpital universitaire Keiō, afin de lui montrer les vêtements découverts sur le corps...

Commandez vos hommes. Commandez vos hommes...

Je charge les inspecteurs Sanada et Shimoda de retourner chez Masaoka Hisae, à Shibuya. *Commandez vos hommes.* Je les charge d'obtenir toutes les informations possibles sur la vie de son amie...

Commandez vos hommes...

Je laisse Hattori dans la pièce d'emprunt de l'étage, où il attendra Ishida. *Commandez vos hommes.* Je dis à l'inspecteur Nishi de m'accompagner.

« Excusez-moi, monsieur l'inspecteur, dit l'inspecteur Hattori. Mais Ishihara Michiko et Ōzeki Hiromi ? Et Tanabe Shimeko et Honma Fumiko ? Et Konuma Yasuyo et Sugai Seiko ? »

Commandez vos hommes ! Commandez vos hommes ! Commandez vos hommes...

« Bien sûr, dis-je. Qu'as-tu trouvé ? »

Commandez vos hommes ! Commandez vos hommes...

« Rien », crache Hattori.

Commandez vos hommes... !

« Merci, inspecteur, dis-je. Merci beaucoup. »

D'après les indications que Masaoka Hisae a données au détective Nishi, la maîtresse de Kodaira s'appelle Okayama Hisayo et habitait près de Meguro, non loin du poste de police où Kodaira est détenu. Nishi a rapidement trouvé l'adresse actuelle d'Okayama Hisayo, qui vivrait désormais dans un immeuble situé à mi-chemin entre Meguro et Gotanda ; nous allons donc à la gare de Hamamatsu-chō, prenons la ligne Yamate et descendons à Gotanda...

Un autre quartier crasseux, un autre immeuble crasseux...

La maîtresse de Kodaira Yoshio habite un immeuble situé sur la falaise dominant la Meguro. Il y a des villas de style occidental à proximité, mais les Vainqueurs les ont toutes réquisitionnées et elles sont étroitement gardées. L'immeuble d'Okayama Hisayo est au bord même de la falaise, à la hauteur du viaduc du chemin de fer national. Et, tandis que nous gravissons l'escalier, je me souviens que cet immeuble est une des adresses de Kodaira Yoshio, que son épouse et lui ont vécu dans cet immeuble...

Un autre appartement crasseux...

Nous frappons à la porte d'Okayama Hisayo, l'ouvrons, nous excusons de la déranger, de lui rendre visite sans l'avoir avertie, nous présentons...

Une autre pièce crasseuse...

Okayama Hisayo est une femme ordinaire, à la peau claire, de plus de quarante ans. Elle s'agenouille dans l'entrée de son appartement. Elle s'incline. Elle nous souhaite la bienvenue. Elle s'excuse de l'état de l'appartement. Elle nous invite à entrer. Elle avait prévu notre visite, nous attendait...

Elle ne demande pas la raison de notre présence.

Nous nous asseyons, Nishi et moi, à la table basse tachée de son séjour torride, sombre. Nous refusons le thé qu'elle nous propose. Nous nous excusons une nouvelle fois de la déranger, de ne pas l'avoir avertie de notre visite...

Mais elle tient à nous offrir du thé, s'excuse de ne pas avoir de gâteaux, disparaît derrière un rideau et nous laisse seuls...

Je tourne la tête et regarde par la fenêtre, mais les nombreux arbres qui poussent au bord de la falaise cachent le paysage, cependant je vois les hauteurs de Togoshi-Ebara, au-delà de la Meguro, vois les bâtiments en construction, les petites industries qui reviennent, mais le reste est brûlé et en ruine ; les jardins des vieilles villas seigneuriales sont envahis par la végétation, leurs étangs sont des mares polluées...

« À l'origine, ici, c'était un endroit destiné aux maîtresses, dit Okayama Hisayo en posant deux verres de thé froid sur la table basse. En réalité, c'est le fondateur de la société Shibaura qui a acheté ces terres en vue de construire un appartement à l'intention de sa maîtresse. C'était autrefois une adresse très à la mode, mais l'immeuble a changé de si nombreuses fois de mains qu'il est maintenant en très mauvais état...

– Il doit tout de même avoir encore un peu de chance, dis-je, puisqu'il a échappé aux bombes et aux incendies.

– Parce qu'il est au sommet de la colline, explique-t-elle. Et à cause du chemin de fer et de la rivière...

– Voyez-vous souvent les autres locataires? je demande. Connaissez-vous vos voisins?

– Pas vraiment, répond-elle. Autrefois, le propriétaire n'acceptait pas n'importe qui. Mais la guerre a tout changé. Elle a fait renaître le passé. À présent, ce sont à nouveau les hôtesses et les maîtresses, les chanteurs et les gangsters qui sous-louent les chambres à l'heure...

– Cet immeuble tient donc également lieu d'hôtel, demande Nishi, aux prostituées et à leurs clients?

– Tous les soirs, répond-elle. Des femmes différentes, des hommes différents.

– Et vous savez donc où elles trouvent leurs clients?

– Elles travaillent dans les cafés bon marché proches de la gare de Gotanda.

– Tous les soirs? demande Nishi. Des hommes différents?

– Les rires, dit-elle. Puis les larmes. »

Je demande : « Que faites-vous, madame Okayama?

– Je travaille dans les cafés bon marché proches de la gare de Gotanda. »

Une femme ordinaire, une pièce crasseuse, un appartement crasseux, un immeuble crasseux, un quartier crasseux.

« Est-ainsi que vous avez fait la connaissance de Kodaira Yoshio? »

Madame Okayama secoue la tête et dit : « Je suis veuve, maintenant, mais mon mari était conducteur d'autobus. J'ai fait sa connaissance quand j'étais contrôleuse de bus. L'épouse de monsieur Kodaira exerçait le même métier. C'est ainsi que je me suis liée d'amitié avec sa femme et c'est elle que j'ai connue en premier. Ensuite, quand l'appartement du dessous s'est libéré, j'ai proposé à madame Kodaira et à son mari de s'y installer. Puis elle est tombée enceinte et elle est retournée chez elle, à Toyama, pour accoucher.

À cause de la guerre, madame Kodaira et le bébé sont restés à Toyama...

– C'est donc après que sa femme a été évacuée à Toyama que vous avez eu des relations intimes avec monsieur Kodaira ? demande Nishi.

– Monsieur Kodaira était obligé de rester à Tokyo, répond la veuve. Madame Kodaira nous a donc demandé, à ma fille et à moi, de nous occuper de lui. Mais en réalité, c'est monsieur Kodaira qui s'est occupé de nous, puisqu'il avait toujours de la nourriture supplémentaire, qu'il avait toujours des bonbons et du tabac...

– Et que demandait-il en échange ? s'enquiert Nishi. En échange de sa nourriture, de ses bonbons et de son tabac... ?

– Sa femme était enceinte, dit-elle. Puis elle a été évacuée. Il était seul et je...

– Kodaira a-t-il mentionné une certaine Tominaga Noriko ? je demande à la veuve Okayama. A-t-il mentionné une certaine Abe Yoshiko ?

– Je sais que je n'étais pas la seule, dit-elle. Je sais qu'il y en avait d'autres, même dans l'immeuble. D'autres qui n'étaient pas veuves, contrairement à moi. D'autres dont les maris étaient soldats...

– Mais avez-vous entendu Kodaira parler d'une jeune fille de dix-sept ou dix-huit ans, ou bien l'avez-vous vu avec elle ? Une jeune fille qui portait peut-être une robe-tablier jaune à rayures bleu foncé sur un chemisier blanc à manches courtes ? »

Je pense sans cesse à elle...

« Ma fille, Kazuko, a une robe comme celle-là, répond-elle.

– Où est votre fille ? je demande. Vit-elle ici ? »

Madame Okayama secoue la tête. « Je l'ai éloignée.

– Où l'avez-vous envoyée ? Et quand ?

– L'année dernière, en mai. À Tochigi. »

La région d'origine de Kodaira...

« Votre fille connaissait-elle Kodaira ? demande l'inspecteur Nishi. Votre fille et Kodaira se rencontraient-ils ? »

Madame Okayama acquiesce. « Pourquoi, d'après vous, l'ai-je éloignée ?

– Vous l'avez éloignée à cause de Kodaira ? demande Nishi. Pourquoi ?

– Parce que je savais que c'était ma fille qui lui plaisait, pas moi. Mais elle refusait de coucher avec lui et j'acceptais. Il me sautait pendant qu'elle dormait près de nous ; il me sautait en la fixant du regard...

– Venait-il souvent ici ? demande l'inspecteur Nishi. Laissiez-vous souvent Kodaira coucher avec vous ?

– Monsieur Kodaira avait un gros appétit, répond la veuve Okayama. Monsieur Kodaira avait toujours faim...

– Et était-il violent ? je demande à la veuve. À cause de cet appétit, de cette faim ? »

Elle me hante...

Madame Okayama secoue la tête. « Pas tant qu'on ne bougeait pas.

– Il ne vous a jamais forcée à avoir des relations sexuelles avec lui ?

– Il ne fallait pas que nous fassions de bruit, pour ne pas réveiller ma fille.

– Kodaira plaçait-il parfois les mains autour de votre cou ?

– Je disais que c'était comme feindre d'être morte...

– A-t-il essayé de vous étrangler ?

– Il disait qu'on l'était. »

Nous sommes morts...

Puis elle ajoute, soudain, dans le silence, elle ajoute : « Je crois que la mort le suit, qu'elle le suit partout où il va... »

La mort nous suit, comme nous suivons la mort...

« Que voulez-vous dire ? je demande.

– Après que j'ai envoyé ma fille dans le département de Tochigi, chez ma mère, sa grand-mère, monsieur Kodaira n'a pas cessé de me demander de ses nouvelles, de dire que nous devrions lui rendre visite, qu'il fallait voir comment elle était installée, que nous pourrions nous y rendre et nous procurer du *kaidashi**, du ravitaillement. Vous ne le connaissez pas, mais monsieur Kodaira est opiniâtre, il est persuasif, et en juin dernier, environ un mois après le départ de ma fille, nous sommes allés à Tochigi, monsieur Kodaira et moi, rendre visite à ma mère et à ma fille... »

La mort est partout. La mort est partout...

Mais Nishi est impatient. Nishi ne peut pas la laisser terminer. Nishi demande : « Vous affirmez que la mort le suit partout ; que voulez-vous dire ?

– Je n'ai accompagné monsieur Kodaira à Tochigi que cette unique fois, dit-elle. Mais ma mère et ma fille m'ont appris qu'il s'y était très souvent rendu... »

Nishi est impatient, ne peut pas la laisser terminer. Nishi insiste : « Mais votre mère et votre fille sont toujours en vie ?

– Bien sûr, répond madame Okayama. Cependant ma fille m'a dit que quelqu'un avait été tué... »

Nishi demande : « Tué où ?
– À Kanuma, répond-elle. Près de la maison que ma mère et ma fille habitent... »

Nous conduisons, l'inspecteur Nishi et moi, madame Okayama au poste de police de Meguro. Nous l'emmenons à l'étage. Nous la faisons asseoir sur une chaise à la table d'une salle d'interrogatoire. Nous lui offrons un verre de thé froid. Nous lui offrons une cigarette. Puis nous lui demandons de reprendre tout ce qu'elle nous a raconté. Nous l'interrogeons sur feu son mari. Nous l'interrogeons sur sa mère. Nous l'interrogeons sur sa fille. Nous l'interrogeons sur la maison de Kanuma. Nous demandons les dates. Nous demandons les endroits...

Des choses personnelles. Des choses intimes...

Nous l'interrogeons sur son amant. Nous l'interrogeons sur leurs relations sexuelles...

Des choses obscènes...

Nous nous inclinons. Nous la remercions. Nous la renvoyons chez elle. Nous ne lui disons pas que son ancien amant se trouve dans la salle d'interrogatoire voisine, fume nos cigarettes et nous raconte des blagues...

Des blagues obscènes.

Assis à la table de la salle d'interrogatoire, Kodaira Yoshio savoure une cigarette et fait partager une blague obscène à l'inspecteur chef Kanehara et à l'inspecteur Kai, une blague obscène issue d'une bouche obscène. Mais Kodaira voit que nous nous asseyons, Adachi et moi, au fond de la pièce, il voit que le sténographe s'installe ; malgré les sourires et la fumée, Kodaira voit tout...

« Allez, monsieur Kodaira, blague Kanehara. Racontez-nous. »

Kodaira hausse les épaules. Kodaira sourit. « Vous raconter quoi ?
– La fille la plus jeune que vous ayez sautée ? »

Kodaira hausse à nouveau les épaules. Le sourire de Kodaira s'élargit...

« Un homme comme vous, qui a baisé de si nombreuses femmes... »

Kodaira rit, maintenant, secoue la tête...

« Ne soyez pas modeste, nous sommes entre amis... »

Kodaira cesse de rire et soupire...

« Vous avez raison, dit-il. Il est vrai que j'ai sauté beaucoup de femmes, et de toutes sortes, en plus : Japonaises, Chinoises,

Coréennes, Philippines, Russes, Françaises, Australiennes, Américaines...

– Vous avez sauté des Américaines ? s'écrie l'inspecteur Kai. Quand ?

– Lorsque j'étais dans la Marine impériale japonaise. Une putain dans chaque port.

– Continuez, racontez, dit Kai. Comment sont les chattes blanches ?

– Grandes et foutrement poilues, répond Kodaira en riant. Très grandes.

– Donc vous préférez les chattes étroites ? demande Kai. Très étroites ?

– Comme tous les vrais Japonais, hein ? fait Kodaira. Avez-vous envie de promener votre bite minuscule dans une chatte semblable à un seau énorme, hein, inspecteur Kai ? Hein... ? »

Et nous rions tous avec lui. Nous rions tous, la bouche mouillée et la queue dure...

« Je préfère la fourrer dans un pot neuf, ajoute-t-il en faisant un clin d'œil. Un pot propre.

– Donc plus la chatte est étroite et mieux c'est ? » demande Kanehara...

Kodaira lève un verre imaginaire et acquiesce.

« Donc plus la chatte est jeune, mieux c'est ?

– J'aime l'odeur de la virginité sur ma bite, répond Kodaira en riant à nouveau. Quel vrai Japonais n'aime pas admirer les premiers boutons des cerisiers puis regarder les fleurs tomber... ?

– C'est très poétiquement exprimé, constate Kanehara. Très poétique. »

Kodaira demande : « Et qui, dans cette pièce, n'est pas d'accord avec moi ? »

Nous hochons tous la tête en même temps que lui. Nous hochons tous la tête en même temps...

« Quelle est la fleur la plus précoce que vous ayez admirée ? »

Kodaira se tourne vers Kanehara et lui fait un clin d'œil...

« Allez, insiste Kanehara. Vous nous faites languir...

– En réalité, je ne les aime pas trop jeunes, admet Kodaira. Voyez-vous, j'aime aussi un peu de poitrine, quelque chose que je puisse sucer et mordiller, si vous comprenez, messieurs, ce que je veux dire ? »

Une nouvelle fois, nous hochons tous la tête en même temps que lui...

« Donc, en général, ma limite se situe aux environs de seize ans...

– Et il n'y a rien de mal à ça », dit Kai...

Mais Kodaira garde le silence. Kodaira regarde fixement Kai, puis le reste de la pièce ; Kodaira ne rit plus. Kodaira ne sourit plus. Kodaira souffle : « Mais en Chine, on pouvait avoir n'importe quel âge. Absolument n'importe lequel...

– Avez-vous eu tous les âges qui vous faisaient envie ? » je lui demande.

Kodaira se tourne vers moi. Kodaira me reconnaît. Et Kodaira rit, puis répond : « Vous y étiez, inspecteur. Je suis sûr que vous avez vu ce que j'ai vu. Je suis sûr que vous avez fait ce que j'ai fait... »

Personne ne rit avec lui, personne ne hoche la tête...

Adachi se lève. Adachi dit : « Assez de conneries... »

Kodaira tourne la tête. Kodaira regarde fixement Adachi...

« Vous connaissiez une jeune fille de quinze ans nommée Abe Yoshiko. Abe Yoshiko traînait autour de la caserne où vous travailliez. Abe Yoshiko et trois de ses amies vendaient leur chatte au *Shinchū Gun* en échange de restes et de babioles. Vous avez sauté Abe Yoshiko et lui avez donné des babioles. Le neuf juin, ou bien dans les jours précédents ou suivants, vous l'avez violée, vous l'avez étranglée, puis vous avez caché son corps sous un camion brûlé du dépôt de matériel au rebut de la Société de transports de Shiba, n'est-ce pas... ? »

Kodaira secoue la tête, Kodaira marmonne...

« Nous avons des témoins, dit Adachi. Nous avons des dépositions... »

Kodaira acquiesce, maintenant, Kodaira marmonne...

« Conduisez-vous en homme, crie Adachi. Avouez ! »

Kodaira reste immobile. Puis Kodaira dit : « Bien, je l'ai fait.

– Qu'est-ce que vous avez fait ? demande Adachi. Racontez-nous tout en détail.

– J'ai tué Abe, répond-il. Mais je ne l'ai pas violée.

– Vraiment ? demande Adachi. Pourquoi ? »

Kodaira rit. « Elle était trop jeune. »

« Excellent travail, inspecteur Minami, dit Adachi. Excellent travail.

– Si vous avez besoin de quelque chose, je réponds, adressez-vous à moi.

– Tu sais ce que je veux, souffle-t-il. Je te l'ai dit hier soir ; je veux voir Fujita ; je veux lui parler du meurtre de Hayashi Jo.

– Je vous ai expliqué, dis-je, que Fujita est parti et que je ne sais pas où.

– Vraiment ? dit-il. Je croyais qu'une bonne nuit de sommeil t'aurait éclairci les idées, t'aurait aidé à comprendre qui sont tes vrais amis ; et t'aurait peut-être aidé à voir les choses plus clairement, à voir les choses à ma façon, d'une façon intelligente, de la bonne façon, de la seule façon...

– Je n'ai pas dormi de la nuit et je ne sais pas où il est.

– C'est vraiment dommage, dit-il. Vraiment très dommage.

– C'est peut-être très dommage, mais c'est aussi la vérité.

– Non, c'est très dommage, parce qu'il faudra que tu ailles au marché de Shimbashi et que tu demandes à ton nouvel ami, Senju Akira, s'il sait où est allé son vieil ami Fujita... »

Je le maudis, je le maudis, je le maudis...

« Si vous voulez le savoir, allez poser la question à Senju.

– Mais Senju Akira n'est pas mon ami, c'est le tien. »

Je le maudis et, maintenant, je me maudis...

– Mais pourquoi Senju saurait-il quelque chose ?

– Tu as raison, répond Adachi en souriant. Senju ne sait peut-être rien, mais il sera beaucoup mieux informé quand il aura lu la lettre... »

Je jure, je jure, je jure, je jure...

« Quelle lettre ? je demande. De quoi parlez-vous ?

– La lettre qui mentionne Fujita, dit-il, souriant. Et toi. »

Je jure, je jure, je jure...

Je le regarde fixement. Je demande une nouvelle fois : « Quelle lettre ?

– Tu ne devines donc pas, inspecteur Minami ? demande Adachi, qui rit maintenant. La lettre que Hayashi Jo a laissée dans le tiroir de son bureau ; la lettre concernant l'inspecteur Fujita, Nodera Tomiji et leur complot en vue de tuer Matsuda Giichi ; la lettre qui affirme que Hayashi t'a informé de ce projet...

– Dans ce cas, je suis mort, dis-je. C'est une condamnation à mort.

– Qui a dit qu'on n'obtient pas toujours ce qu'on veut ?

– Senju va me tuer, dis-je. Je ne peux pas aller le voir.

– Bien sûr que si, dit-il. Tu ne risques rien.

– Il me tuera et vous le savez. »

Adachi sort une enveloppe de la poche de sa veste. Adachi la lève et rit. « Seulement s'il pouvait lire la lettre... »

J'ai envie de le tuer. Sur-le-champ, dans le couloir de l'étage du poste de police de Meguro, de le larder de coups de couteau...

Sang sur la lame...

Adachi me tapote la joue. « N'oublie pas qui sont tes vrais amis, caporal. Et n'oublie pas que je veux Fujita ! »

Je n'aurais pas dû revenir. *J'ai besoin d'un verre.* Je n'aurais pas dû m'asseoir à cette table. *J'ai besoin d'une cigarette.* J'aurais dû aller directement voir Senju. *J'ai besoin de cachets.* J'aurais dû retourner à Atago. *J'ai besoin de voir Ishida.* J'aurais dû aller auprès de ma famille. *J'ai besoin de ce dossier.* J'aurais dû retourner auprès de Yuki. *J'ai besoin de dormir.* N'importe où mais pas ici, à cette table, face à Kodaira Yoshio...

Kodaira Yoshio se penche sur la table, me sourit une nouvelle fois et dit : « Comme je l'ai indiqué, soldat, je n'ai jamais entendu parler de Tominaga Noriko.

– Mais vous connaissiez Abe et vous connaissiez son amie, Masaoka ?

– Oui, je connaissais Masaoka, et oui, je connaissais Abe Yoshiko.

– Tominaga Noriko faisait partie de leur groupe... »

Il rit. « Il n'y avait pas de groupe, soldat.

– Mais elles formaient un *fūten*... »

Kodaira Yoshio soupire, lève les bras très haut au-dessus de la tête puis dit :

« Il n'y avait qu'elles deux, soldat...

– Elles étaient quatre, j'insiste. Elles formaient une bande.

– Je n'ai vu des groupes de *fūten* qu'en Chine, dit-il. Mais tu es sûrement aussi bien informé sur eux que moi, soldat... »

Je n'aurais pas dû venir. Je n'aurais pas dû m'asseoir à cette table...

Je ne veux pas me souvenir. Je ne veux pas me souvenir...

« Au Jinan, dit-il, j'ai vu un homme qui vous ressemblait. Mais il appartenait au *Kempeitai* et ne s'appelait pas Minami. »

Ça me démange et ça me démange. *Le territoire de Kodaira.* Je me gratte et me gratte. *Le territoire de Kodaira.* Je marche et marche. *Le territoire de Kodaira.* Je transpire et transpire. *Le territoire de Kodaira.* De Meguro à Shimbashi. *Le territoire de Kodaira.* L'itinéraire me fait passer près du poste de police de Takanawa. *Le territoire de Kodaira.* Près de Shinagawa. *Le territoire de Kodaira.* C'est là qu'était basée la première enquête sur le meurtre d'Abe Yoshiko. *Le territoire de Kodaira.* Le poste de police suivant, avant Atago, est celui de Mita...

Le territoire de Kodaira. Le territoire de Kodaira. Le territoire de Kodaira...

Je change de direction. Je change de trajectoire...

Le territoire de Kodaira. Le territoire de Kodaira...

Je monte l'escalier et franchis la porte du poste de police de Mita. Je montre ma carte de la police métropolitaine de Tokyo à la réception. Je demande le sergent de permanence; un homme âgé et méfiant, qui ne fait pas confiance au quartier général et qui ne me fait pas confiance...

Mon territoire, maintenant, pas le sien...

Je lui dis qui je suis, ce que je suis venu faire ici et ce que je veux...

« Vous appartenez au quartier général, dit-il, donc je suis obligé de vous donner son nom. Cependant sachez une chose : je ne connais plus son adresse, mais si je la connaissais, je ne vous la donnerais pas parce que vous avez détruit sa vie et que je ne doute pas que vous soyez prêt à recommencer...

– Dans ce cas, donnez-moi simplement son nom et je m'en irai. »

Le sergent tourne la tête et crache : « Murota... »

Je lui tourne le dos. Ça me démange et je me gratte, *gari-gari*, tandis que je franchis à nouveau la porte puis descends l'escalier... Ça me démange et je me gratte, *gari-gari*, ça me démange et je me gratte...

Il fait noir, maintenant. Il est tard. Mais je suis près.

Ça me démange et je me gratte. *Gari-gari*. Les bras et les jambes. *Je tourne leurs chaussures vers la porte*. Ça me démange et je me gratte, *gari-gari*. Derrière et devant. *Je tourne leurs chaussures vers la porte*. Ça me démange et je me gratte, *gari-gari*. Le crâne et l'entrejambe. *Je tourne leurs chaussures vers la porte*. Ça me démange et je me gratte, *gari-gari*. Mes ongles du sang, mes mains du sang...

La mort est partout. La mort est partout...

Je prends les ciseaux sur sa coiffeuse. *Je vois la vermine noire*. J'ôte le tissu qui couvre le miroir. *Je vois la vermine brune*. Je commence à couper. *Je vois la vermine jaune*. Je coupe les cheveux les plus longs. *Je vois la vermine blanche*. Puis je prends le rasoir sur sa coiffeuse. *Je vois la vermine noire*. Je l'ouvre. *Je vois la vermine brune*. Je trempe la lame dans le bol d'eau qui se trouve près de son lit. *Je vois la vermine jaune*. Je n'ai pas de mousse, mais je me rase tout de même. *Je vois la vermine grise*. Je me rase les cheveux. *Je vois la vermine blanche*. Les cheveux de ma tête. *Je vois la vermine noire*. Les poils de mon corps. *Je vois la vermine brune*. Poil par poil. *Je vois la vermine jaune*. Jusqu'au dernier. *Je vois la vermine grise*. Sur mon crâne. *Je vois la vermine blanche*. Entre mes jambes. *Je vois la vermine noire*. La peau, dessous, est rouge. *Je vois la vermine brune*. La peau, dessous, est à vif...

Je vois la vermine jaune. Je vois la vermine grise. Je vois la vermine blanche...

Le rasoir dans ma main, la lame maintenant émoussée...

La mort est partout. La mort est partout...

Vermine noire. Vermine noire. Vermine noire...

La mort nous suit et nous suivons la mort...

Yuki est éveillée. Ses yeux sont ouverts...

Mais nous sommes morts...

9

23 août 1946

Tokyo, 30°, légèrement nuageux

Je tourne leurs chaussures vers la porte. Pas de Calmotine. Pas d'alcool. Pas de sommeil. Pas de rêves. Pas d'air. Pas de brise. Je n'ai plus une chance. Tout est en train de s'effondrer. *Je tourne leurs chaussures vers la porte.* Pas de Calmotine. Pas d'alcool. Pas de sommeil. Pas de rêves. Pas d'air. Pas de brise. Je n'ai plus une chance. Tout est en train de s'effondrer. *Je tourne leurs chaussures vers la porte, trois fois je tourne leurs chaussures vers la porte.* Pas de Calmotine. Pas d'alcool. Pas de sommeil. Pas de rêves. Pas d'air. Pas de brise. Pas de chance. Tout est en train de s'effondrer à nouveau, interminablement, encore et encore...

Elle est près de moi en ce moment, près de moi en ce moment, près de moi en ce moment...

Je ne peux pas garder les yeux ouverts, mais quand je ferme les yeux, je ne peux pas dormir. Je ne peux pas dormir. Je ne peux pas dormir. Je ne peux pas dormir parce que je ne peux pas m'empêcher de penser à elle. Je pense sans cesse à elle...

Elle est près de moi en ce moment. Elle est près de moi en ce moment.

Je pense sans cesse à elle...

Elle est allongée près de moi en ce moment...

La tête légèrement sur la droite. *Vêtue d'une robe-tablier jaune à rayures bleu foncé.* Le bras droit tendu. *Vêtue d'un chemisier blanc à manches courtes.* Le bras gauche contre le flanc. *De chaussettes roses.* Les jambes écartées et les genoux fléchis. *De chaussures en toile blanche à semelle en caoutchouc rouge.* Mon sperme sèche sur son ventre et sur ses côtes. *De chaussures en toile blanche à semelle de caoutchouc rouge.* Elle pose la main gauche sur son ventre. *De chaussettes roses.* Elle trempe les doigts dans mon sperme. *D'un chemisier blanc à manches courtes.* Elle porte ses doigts à ses lèvres. *D'une robe-tablier jaune à rayures bleu foncé.* Elle lèche mon sperme. *De cette robe-tablier jaune à rayures bleu foncé...*

Elle est près de moi en ce moment, près de moi en ce moment, près de moi en ce moment...

Je ne veux pas me souvenir. Je ne veux pas me souvenir...

Je donne un coup de poing dans le miroir à trois faces...

Mais ici, dans la pénombre. Je ne peux pas oublier...

Je crie dans son miroir, encore et encore...

Personne n'est qui il prétend être...

« Qui es-tu ? Qui es-tu ? »

Les portes du poste de police d'emprunt. *Ishida.* J'ai le crâne rasé. *Ishida.* L'escalier du poste de police d'emprunt. *Ishida.* J'ai le crâne bandé. *Ishida.* La pièce d'emprunt de l'étage où Hattori, Takeda, Sanada, Shimoda, Nishi et Kimura le tiennent ; Ishida avec un œil au beurre noir, la bouche en sang et les menottes aux poignets. *Ishida.* Ishida qui regarde le sol, regarde fixement ses chaussures...

« Que se passe-t-il ? Que lui avez-vous fait ?

– Vous nous avez dit de le garder ici, répond Hattori.

– Je ne vous ai pas dit de le frapper et de le menotter.

– Nous n'avons pas eu le choix, dit Hattori.

– Comment ça, vous n'avez pas eu le choix ?

– Il voulait s'enfuir, dit Takeda.

– Exactement comme Fujita », ajoute Hattori...

Fujita. Fujita. Fujita...

Je m'essuie le visage. Je m'essuie la nuque. Je m'immobilise devant Ishida. Je lui fais lever la tête. Je lui demande :

« Où étais-tu, inspecteur ? »

Ishida aspire l'air entre ses dents mais ne répond pas...

« Nous croyons qu'il est allé voir l'inspecteur Fujita, dit Takeda...

– Nous sommes persuadés qu'il sait où est l'inspecteur Fujita, ajoute Sanada...

– Et qu'il sait pourquoi Fujita est parti, crache Hattori...

– Mais il refuse de parler, dit Shimoda...

– Donc on devrait le remettre à l'inspecteur chef Adachi, dit Hattori. Il le fera parler rapidement...

– Pourquoi le remettre à l'inspecteur Adachi ? je demande. Qu'est-ce que l'inspecteur chef Adachi veut à Ishida ?

– L'inspecteur chef le cherchait, dit Hattori. Il cherchait Ishida et posait des questions sur l'inspecteur Fujita... »

Je le maudis, je le maudis, je le maudis...

« Quand l'inspecteur chef Adachi est-il venu ?

– Hier soir, répond Hattori. Quand vous n'étiez pas... »

Je le maudis et je me maudis...

Ils murmurent, maintenant. Ils marmonnent...

Je suis le chef de la brigade ! Je suis le patron...

« Suffit ! je crie. Je veux vos rapports immédiatement ! »

Ils cessent de murmurer. Ils cessent de marmonner...

Yeux pleins d'hostilité et yeux pleins de haine...

Ils font leur rapport sur la propriétaire de Tominaga Noriko. Ils font leur rapport sur Masaoka Hisae...

« Mais il y a autre chose, dit l'inspecteur Sanada. D'après Masaoka, Kodaira Yoshio avait toujours des cadeaux sur lui...

– De la nourriture ? je demande. Du *kaidashi* * ?

– De la nourriture aussi, dit l'inspecteur Sanada. Des cadeaux pour les dames : des bijoux, des montres, des parapluies, vous voyez... ?

– Merci, inspecteur dis-je. Je veux que vous retourniez tous dans les rues aujourd'hui, que vous fassiez le tour de Shiba et celui du parc, avec les signalements de Tominaga Noriko et de Kodaira Yoshio... »

L'enquête est un travail de routine. L'enquête est un travail de routine...

« Et Ishida ? demande l'inspecteur Hattori.

– Je m'occupe de lui, je réponds. Mettez-vous au travail. »

Mais Hattori ne bouge pas. « Et Fujita ?

– Mets-toi au travail, inspecteur ! » je crie.

Mais pendant un très bref instant, Hattori ne bouge pas davantage. Ils restent tous immobiles : Hattori, Takeda, Sanada, Shimoda, Nishi et Kimura, les yeux pleins de questions et de doute, pleins d'hostilité et de haine...

Commandez vos hommes ! Commandez vos hommes ! Commandez vos hommes !

Hattori bouge et ils bougent tous...

Je suis le patron ! Je suis le patron ! Je suis le patron !

« Inspecteur Nishi, attends ici », dis-je...

L'inspecteur Nishi acquiesce. Nishi attend...

« Inspecteur Takeda ! Inspecteur Kimura ! je crie tandis qu'ils s'éloignent, à quelle heure la propriétaire de Tominaga sera-t-elle à l'hôpital Keiō ?

– J'ai dit que je l'y conduirai, répond Takeda. Dans une heure. »

Je suis le patron! Je suis le patron! Je suis le patron!

« Qu'est-ce que tu fais encore ici? je crie. Allez la chercher et retrouvez-moi à Keiō avec elle... »

Ils marmonnent en s'en allant, marmonnent encore.

Commandez vos hommes! Commandez vos hommes! Commandez vos hommes!

Je me tourne vers l'inspecteur Nishi. Je prends l'inspecteur Nishi à part. Je lui demande : « As-tu des nouvelles de la police de Kanuma? »

L'inspecteur Nishi acquiesce. L'inspecteur Nishi sort un morceau de papier de sa veste. L'inspecteur Nishi me le tend...

« Bon travail, inspecteur », dis-je.

Nishi s'incline. Nishi me remercie...

Je suis le patron! Le patron!

Nishi dit qu'il n'y a pas de quoi...

Je suis le patron! Le patron!

Je secoue la tête et le remercie. J'écris un nom sur une feuille de papier, à son intention, et lui dis : « Trouve l'adresse de cet homme et apporte-la-moi à Keiō le plus rapidement possible... »

Nishi hoche encore une fois la tête. Nishi s'en va...

Il me laisse seul avec l'inspecteur Ishida.

Ma peau est rouge. *Ishida à genoux.* Ma peau est à vif. *Où est le dossier?* Ma main me fait mal. *Quel dossier?* Mon corps transpire. *Le dossier Miyazaki Mitsuko.* La ville empeste la merde. *Je ne sais pas de quoi vous parlez.* La merde, la crasse et la poussière. *Le dossier Miyazaki Mitsuko.* La crasse et la poussière qui couvrent mes vêtements et couvrent ma peau. *Je n'en ai jamais entendu parler.* Qui griffent mes narines et brûlent ma gorge. *Menteur! Menteur! Menteur!* Chaque fois que passe une jeep et chaque fois que passe un camion. *Non, non, non.* Je sors mon mouchoir. *Le dossier que Fujita t'a demandé de sortir.* J'ôte mon chapeau. *Non, non, non.* Je m'essuie le visage. *Le dossier que tu as sorti au nom de Nishi.* Je m'essuie la nuque. *Je n'ai pas fait ça.* Je regarde fixement le ciel blanc. *Le dossier que tu devais donner à Fujita.* Les nuages de typhus. *Non, non, non.* Les nuages de poussière. *Le dossier Miyazaki Mitsuko.* Les nuages de crasse. *Je ne sais pas de quel dossier vous parlez.* Les nuages de merde. *Le dossier Miyazaki Mitsuko!* Ma peau est rouge. *Je ne sais pas de quoi vous parlez.* Ma peau est à vif. *Dis-moi où il est!* Ma main me fait mal. *Je ne sais pas, je ne sais pas, je ne sais pas.* Mon corps transpire. *Je suis désolé.* La ville empeste la merde. *Mais je ne sais vraiment pas.* La ville empeste la défaite. *Parce que tu es seul, maintenant.* Notre ville à genoux...

Je le maudis. Je maudis Fujita. Je maudis Adachi. Je maudis Hattori. Je maudis Takeda. Je maudis Sanada. Je maudis Shimoda. Je maudis Nishi. Je maudis Kimura. Je maudis Kai. Je maudis Kanehara. Je maudis Kita. Je les maudis tous, mais surtout je me maudis, je me maudis, je me maudis...

« Debout ! je crie. Lève-toi ! »

L'air est toujours chargé de hurlements et de sanglots. *Je hais les hôpitaux.* J'essaie de ne pas inspirer. *Je ne veux pas me souvenir.* Chariots toujours alignés contre les murs. *Je hais les hôpitaux.* Je m'efforce de ne pas regarder. *Je ne veux pas me souvenir.* Salles d'attente et longs couloirs jusqu'à l'ascenseur. *Je hais les hôpitaux.* Je regarde les portes de l'ascenseur se fermer. *Je ne veux pas me souvenir.* Je descends dans le noir. *Je hais les hôpitaux.* Je regarde les portes de l'ascenseur s'ouvrir. *Je ne veux pas me souvenir.* Je les regarde s'ouvrir sur la lumière. *Dans la pénombre.* Je les regarde s'ouvrir sur le docteur Nakadate : sang sur sa blouse, sang sur son masque et sang sur ses gants. *Je ne peux pas oublier.* Nakadate m'attend. « Vous n'avez pas vu Kita, n'est-ce pas ? À propos de Miyazaki Mitsuko ?

– Je regrette, je réponds, mais le dossier a disparu...

– Et alors ? Vous pourriez tout de même voir Kita.

– Je vous en prie, accordez-moi encore quelques jours...

– Quelques jours ? Pourquoi ? »

Seulement quelques jours...

« Je vous en prie, docteur, il faut que je trouve ce dossier. Il faut que je le lise...

– Pourquoi ? demande Nakadate. Nous savons tous ce qu'il contient sûrement...

– Mais ce n'était même pas moi qui commandais, dis-je. Il faut que je trouve le dossier. Il faut que je le lise. Et il faut que je lui parle...

– Croyez-vous qu'il ferait la même chose pour vous ?

– Je ne sais plus vraiment.

– Quelques jours, concède Nakadate. Mais ensuite, j'irai voir Kita personnellement, inspecteur...

– Merci.

– Et il faut vraiment que vous fassiez panser cette main...

– Merci, je répète. Je sais.

– Dans ce cas, qu'est-ce que vous attendez ? »

Pas vous. Pas vous. Pas vous...

Je m'incline devant le médecin. Je remercie le médecin. Je lui tourne le dos et m'éloigne. Dans le couloir du sous-sol. Entre les murs d'éviers et d'évacuations. Entre les avertissements et les pancartes. Devant les inspecteurs Takeda et Kimura qui attendent, assis dans le couloir, en compagnie de la propriétaire de Tominaga Noriko. Jusqu'à la porte vitrée à double battant. Jusqu'à la salle d'autopsie...

Les vêtements sont disposés sur une table, les deux chaussures en toile blanche à semelle en caoutchouc rouge à une extrémité, les sous-vêtements féminins découverts non loin du corps à nouveau posés sur une table de dissection...

Je m'essuie le visage. Je m'essuie la nuque. Je retourne dans le couloir. Je demande à la propriétaire de Tominaga Noriko de bien vouloir entrer dans la salle d'autopsie. La propriétaire de Tominaga Noriko me suit à l'intérieur. La propriétaire regarde la table...

Elle est là. Elle est là. Elle est là...

La propriétaire fond en larmes...

Elle est là. Elle est là...

La propriétaire hoche la tête...

Elle est là...

« Oui », souffle la propriétaire de Tominaga Noriko et je pivote sur moi-même, m'éloigne puis me mets à courir dans le couloir, entre les murs d'éviers et d'évacuations, entre les avertissements et les pancartes, dans l'ascenseur et dans le noir, dans le noir puis à nouveau dans la lumière, dans la lumière du dehors...

Nishi m'attend. Nishi avec une adresse.

Ma peau n'est pas rouge. *Nishi est très impatient de poser la question.* Ma peau n'est pas à vif. *Que s'est-il passé ?* Ma main ne me fait pas mal. *Elle a identifié les vêtements.* Mon corps ne transpire pas. *La robe-tablier jaune à rayures bleu foncé ?* La ville sent les fleurs. *Oui.* Les fleurs et le parfum. *Le chemisier blanc à manches courtes ?* Les fleurs et le parfum qui couvrent mes vêtements et ma peau. *Oui.* Qui chatouillent mes narines et caressent ma gorge. *Les chaussettes roses ?* Chaque fois qu'une jeep disparaît et chaque fois qu'un camion disparaît. *Oui.* Je sors mon mouchoir. *Les chaussures en toile blanche à semelle en caoutchouc rouge ?* J'ôte mon chapeau. *Oui, oui, oui.* Je m'essuie le visage. *Elle affirme que tous les vêtements appartiennent à Tominaga Noriko ?* Je m'essuie la nuque. *Oui.* Je fixe une esquisse de bleu dans le ciel. *Vraiment.* Une brise. *Oui.* Le parfum porté par la brise. *Donc notre corps a un nom ?* Les fleurs portées par la brise. *Oui*. Le parfum des fleurs porté par la brise. *Notre corps est celui de Tominaga Noriko ?* Ma peau n'est pas rouge. *Oui*. Ma peau n'est pas à vif. *Et son assassin est Kodaira Yoshio ?* Ma main ne me fait pas mal. *Oui*. Mon corps ne transpire pas. *Croyez-vous qu'il va avouer ?* La ville sent les fleurs. *Oui*. La ville sent les guirlandes. *Et l'affaire sera résolue ?* La ville sent la victoire. *Oui*. Ma victoire ! Ma victoire ! Ma victoire !

Pas sa victoire. Pas la victoire de Fujita. Pas la victoire d'Adachi. Pas la victoire de Kai. Pas la victoire de Kanehara. Pas la victoire de Kita...

« C'est ma victoire ! je crie. La mienne ! La mienne ! La mienne ! »

Murota Hideki est originaire du département de Yamanachi. Mais après avoir été renvoyé de la police pour faute grave, après s'être retrouvé sans emploi, Murota Hideki n'est pas retourné dans sa famille, à Yamanashi. Murota Hideki est resté à Tokyo. Murota Hideki habite donc toujours une vieille maison en bois de Kitazawa, non loin de la gare de Shimo-Kitazawa, la vieille maison en bois dont l'inspecteur Nishi a trouvé l'adresse dans son dossier, la vieille maison en bois qui se dresse devant nous...

Coup frappé à la porte, salutations, présentations...

Murota Hideki a ouvert sa porte en sous-vêtements. Murota Hideki a le visage rouge. Murota Hideki regarde ma carte. Murota Hideki transpire abondamment. Murota Hideki essuie sa nuque épaisse avec un mouchoir gris. Murota Hideki me regarde dans les yeux...

Des yeux qu'il a déjà affrontés...

Murota Hideki empeste l'alcool. Murota Hideki sait qu'il n'a pas le choix. Murota Hideki écoute ce que j'ai à dire. Puis Murota Hideki regarde Nishi, se tourne à nouveau vers moi et dit : « Je sais que je n'ai pas le choix, mais un seul d'entre vous pourra entrer. »

Le crachat puis le juron...

Murota Hideki tourne le dos. Murota Hideki marche sur son vieux tatami usé. Murota Hideki s'assied à sa table basse en bois et m'attend...

Dans une nouvelle pièce crasseuse...

Je dois fermer la porte au nez de Nishi. Suivre Murota à l'intérieur. Marcher sur son tatami. M'asseoir à sa table. Le regarder se servir une nouvelle rasade avec la haute cruche en verre posée sur la table...

Murota Hideki touille la mixture blanchâtre avec une baguette. Murota Hideki lève son verre. Murota Hideki boit une longue gorgée. Murota Hideki demande : « Qu'est-ce que vous voulez, cette fois ?

– Je veux vous parler d'Abe Yoshiko, je réponds...

– Pas encore ! gémit-il. Que peut-on dire de plus ?

– Vous seul le savez, je dis. Y a-t-il quelque chose ?

– Je l'ai sautée une seule fois, mais je ne l'ai pas tuée, dit-il. C'est tout ce que je sais. Je l'ai sautée, mais je ne l'ai pas tuée...

– Je sais, dis-je. Nous avons arrêté son assassin. »

Murota Hideki lève la tête. « Vraiment ?

– Vous avez entendu parler des deux cadavres découverts dans le parc de Shiba la semaine dernière ? L'un d'entre eux était celui d'une jeune fille de dix-sept ans, Midorikawa Ryuko. Sa famille nous a indiqué qu'elle avait rendez-vous avec un nommé Kodaira Yoshio le jour de sa disparition...

« Nous avons coffré ce Kodaira et il s'est mis à table.

« Midorikawa avait été violée et étranglée, et nous réexaminons maintenant les affaires similaires non résolues...

– Abe Yoshiko », dit Murota Hideki...

Je l'ai sautée, mais je ne l'ai pas tuée...

« C'est la première affaire rouverte, j'explique. Nous avons repris les déclarations, revu les témoins et une amie d'Abe, une jeune fille nommée Masaoka Hisae, a reconnu Kodaira et nous a dit qu'Abe le connaissait...

– Comment a-t-elle fait sa connaissance ? »

Dans une pièce crasseuse...

« Kodaira travaille à la blanchisserie de la caserne du Shinchū Gun, à Shinagawa. Comme vous le savez, Abe appartenait à un *fūten* travaillant avec les Américains de cette même caserne. Mais pas seulement avec les Yankees ; Kodaira les emmenait dans une chambre qu'il avait à cet endroit et elles baisaient avec lui pour obtenir de la nourriture. »

Comme vous le savez...

« Et ce Kodaira a avoué avoir tué Abe ? demande Murota.

– Oui. Face à la déposition de Masaoka, Kodaira a avoué avoir tué Abe Yoshiko...

– Qu'a-t-il dit exactement ? demande Murota. Je veux savoir tout ce qu'il a dit. Je veux entendre les aveux de Kodaira. »

Tout ce qu'il a dit... tout ce qu'il a dit...

« Pourquoi ? je demande. Qu'est-ce que ça changerait pour vous ?

– Qu'est-ce que ça changerait pour moi ? ironise-t-il. J'ai perdu mon travail à cause d'elle, à cause de lui, parce qu'il l'a tuée. »

À cause de lui... À cause d'elle...

Je lève la main pour le faire taire. Je hoche la tête. Je sors mon carnet. Je feuillette les pages de papier rugueux. Les notes au crayon. Et je dis : « Ce n'est pas le mot à mot, mais Kodaira a avoué que, le neuf juin, il a rencontré Abe Yoshiko, qui venait régulièrement chercher du *zanpan* à la caserne. Ce jour-là, Kodaira a éprouvé une forte pulsion sexuelle et a donc dit à Abe qu'il pourrait lui procurer du pain si elle venait avec lui. Kodaira raconte qu'il l'a ensuite conduite dans le dépôt de matériel au rebut de la Société des transports de Shiba, situé à environ deux cents mètres de la caserne. Kodaira lui a donné du pain, puis lui a demandé d'avoir des relations sexuelles avec lui. Abe a refusé et tenté de s'échapper. Kodaira l'a rattrapée et étranglée avec le foulard qu'elle portait, puis il a pris la fuite. Il nie avoir violé Abe et nie avoir caché le corps sous le camion brûlé où on l'a trouvé... »

Je l'ai sautée, mais je ne l'ai pas tuée... Je l'ai sautée...

Murota Hideki acquiesce. Murota Hideki me remercie. Murota Hideki vide son verre. Murota Hideki se sert à nouveau. Murota Hideki se met à en faire tourner le contenu, le tourner, le tourner...

Je l'ai sautée... Je l'ai sautée... Je l'ai sautée...

« Il y avait d'autres jeunes filles dans le *fūten* », dis-je.

Murota Hideki continue de tourner le contenu blanchâtre de son verre...

« L'une d'entre elles s'appelait Tominaga Noriko... »

Murota Hideki cesse de faire tourner le contenu de son verre...

« Nous avons de bonnes raisons de croire qu'elle est peut-être le deuxième corps non identifié trouvé dans le parc de Shiba le jour où le cadavre de Midorikawa a été découvert... »

Murota Hideki se remet à faire tourner le contenu de son verre. « Et quelles sont ces raisons, inspecteur ?

– Le second corps de Shiba avait approximativement le même âge et faisait approximativement la même taille que Tominaga. L'autopsie du second corps situe le moment du décès entre le vingt et le vingt-sept juillet. Le second corps portait une robe-tablier jaune à rayures bleu foncé, un chemisier blanc à manches courtes, des chaussettes roses et des chaussures en toile blanche à semelle de caoutchouc rouge. En début de matinée, l'ancienne propriétaire de Tominaga Noriko a identifié ces vêtements. Elle a déclaré qu'ils appartenaient à Tominaga... »

Je pense sans cesse à elle, je pense sans cesse à elle...

« Tominaga Noriko connaissait Abe Yoshiko ; Abe Yoshiko a été tuée par Kodaira Yoshio ; Kodaira Yoshio a également assassiné

Midorikawa Ryuko ; selon les rapports d'autopsie concernant les deux corps, Midorikawa Ryuko et le deuxième cadavre du parc de Shiba ont été tués par le même homme ; cet homme est Kodaira Yoshio... »

Je n'ai jamais entendu parler de Tominaga Noriko, soldat...

« Je crois que le deuxième corps est celui de Tominaga Noriko et que Kodaira Yoshio l'a tuée... »

Murota Hideki vide son verre. Murota Hideki applaudit. « Dans ce cas, pourquoi avez-vous besoin de moi ?

– Vous connaissiez Abe Yoshiko, je réponds. Donc vous connaissiez peut-être aussi Tominaga Noriko et pourrez peut-être nous aider... »

Murota Hideki secoue la tête. Murota Hideki dit : « Non.

– Non vous ne la connaissiez pas, ou non vous ne voulez pas nous aider... ? »

Murota Hideki se sert un nouveau verre. « Les deux.

– Vous connaissiez Masaoka ? Une autre amie d'Abe ? »

Murota Hideki secoue à nouveau la tête. « Non.

– Vous avez reconnu que vous sautiez Abe, dis-je. Je vous demande simplement si vous connaissiez les autres filles du même groupe...

– Il ne sautait pas Abe Yoshiko », intervient une voix de femme, dans l'ombre, dans l'ombre du rideau crasseux, du rideau crasseux qui divise cette pièce crasseuse...

Encore un rideau crasseux dans une pièce crasseuse...

Murota Hideki est debout. « Tais-toi ! Idiote ! Tais-toi ! Idiote !

– Il me sautait », dit la femme qui sort de l'ombre, franchit le rideau crasseux, sort de l'ombre vêtue d'une robe-tablier jaune à rayures bleu foncé...

Encore une robe-tablier crasseuse, jaune à rayures...

Murota Hideki saisit ses bras maigres et blancs. Murota Hideki la pousse derrière le rideau. Murota Hideki crie : « Non ! Non ! Tais-toi ! Tu ne sais pas ce que tu fais ! »

Derrière le rideau. Dans l'ombre...

Il supplie, maintenant. Il la supplie...

« Je t'en prie, tais-toi ! Je t'en prie, tais-toi... »

Derrière le rideau, dans l'ombre...

« Mais je ne feindrai pas d'être morte, dit-elle. Je ne suis pas un fantôme. »

Murota souffle : « Mais ils viendront à nouveau te chercher... »

Je me lève. J'atteins le rideau. « Écoutez-moi... »

Murota gémit, jure, sanglote...

« Je ne parlerai à personne », leur dis-je...

Murota Hideki pousse la femme hors de l'ombre, à travers le rideau, et dit : « Voilà, inspecteur. Voilà... »

Il lève son menton et son visage vers la lumière...

Son menton et son visage serrés entre ses doigts...

« Voilà Tominaga Noriko, crache Murota Hideki. Êtes-vous satisfait, maintenant, inspecteur ? Êtes-vous content, maintenant ? Êtes-vous... ? »

Je secoue la tête. Je garde le silence. J'attends qu'il...

Qu'il lâche son visage et son menton...

Qu'il s'asseye. Qu'il la fasse asseoir...

Qu'il se serve à nouveau un verre...

Qu'elle me regarde...

Tominaga Noriko...

« Ce n'était pas Abe Yoshiko, souffle Murota Hideki. C'était elle depuis le début, Noriko, mais c'était un secret et ça le serait resté si la chance ne m'avait pas abandonné. Cependant, la chance a commencé à m'abandonner alors que je ne connaissais pas encore Noriko... »

C'était un secret... C'était un secret...

« Je suppose que c'est drôle, en fait, parce que j'ai survécu à toute la guerre, et puis, le matin de la capitulation, le dernier jour de toute la guerre, la chance m'a finalement abandonné... »

La chance m'a finalement abandonné... finalement abandonné...

« Vers la fin de la guerre, ce mois-là, en fait, j'avais été muté au poste de police de Shinagawa et c'était là que je travaillais quand, en début de matinée, le quinze août de l'année dernière, un technicien est venu nous signaler la présence d'un cadavre nu de femme dans un abri antiaérien... »

Miyazaki Mitsuko. Miyazaki Mitsuko...

« La première manifestation de la malchance a donc été ma présence à Shinagawa le jour où cet homme s'est présenté, parce qu'on nous a envoyés sur les lieux, l'agent Uchida et moi, en nous chargeant d'obtenir des précisions et d'attendre les inspecteurs du quartier général... »

J'ai déjà vu cet homme...

« Mais il est apparu que l'abri antiaérien se trouvait sur un terrain appartenant à la Marine et que l'affaire revenait au *Kempeitai*. Elle ne vous concernait pas. Ne nous concernait pas. Le *Kempeitai* s'en chargeait... »

Un regard que le mien a déjà rencontré...

« On est retournés, l'agent Uchida et moi, au poste de police de Shinagawa pour demander une ambulance, et voilà tout. Terminé. Je n'en ai plus jamais entendu parler et je ne m'attendais pas à ce que ça arrive. Affaire classée, de mon point de vue... »

Murota Hideki pointe Tominaga Noriko du doigt et dit : « Ensuite, je l'ai rencontrée l'hiver dernier, sur l'itinéraire de ma patrouille. Elle n'a personne et elle n'a rien. J'ai pitié d'elle, et oui, elle me plaît. Je lui trouve un logement à Ōimachi. Je lui donne de l'argent et je lui donne de la nourriture...

« Je m'occupe d'elle, et oui, je couche avec elle... »

Murota Hideki se tourne vers Tominaga Noriko et dit : « Nous n'avions rien, et maintenant, nous avons quelque chose. »

Elle me hante ici. Elle me hante maintenant...

Murota Hideki secoue la tête. Murota Hideki soupire. « Mais il y a deux mois, quand son amie, cette Abe Yoshiko, a été assassinée, d'une façon similaire au cadavre de Shinagawa l'année dernière, et dans un endroit similaire, j'ai commis ma première erreur et la chance m'a finalement abandonné pour de bon... »

La chance m'a finalement abandonné pour de bon... finalement...

« Je me suis efforcé d'être un bon policier. J'ai voulu apporter ma contribution. J'étais au poste de police de Mita, à l'époque, mais je suis allé à Takanawa, où était basée la brigade chargée d'Abe, et j'ai demandé à voir le responsable... »

Qui n'est malheureusement plus des nôtres...

« J'ai vu cet homme, l'inspecteur chef Mori, et je lui ai parlé du cadavre de l'abri antiaérien de Shinagawa. L'inspecteur chef Mori m'a remercié et j'ai pensé à nouveau, que c'était terminé. J'avais fait ce que je pouvais. J'avais essayé d'apporter ma contribution. Terminé. Et je croyais que je n'en entendrais plus jamais parler. Affaire classée, une nouvelle fois, de mon point de vue... »

Affaire classée... affaire classée... affaire classée...

« Mais dès le lendemain, l'inspecteur chef Mori vient m'interroger au poste de police de Mita... »

Je ne veux pas me souvenir...

« Est-ce que je me souviens d'autres détails ? Est-ce que je me souviens de qui était avec moi à Shinagawa, ce jour-là ? Est-ce que je me souviens des deux inspecteurs envoyés par le quartier général ? Est-ce que je me souviens du nom des officiers du *Kempeitai* ? Des témoins ? Et ainsi de suite, et ainsi de suite... »

Mais, dans la pénombre...

« Je ne peux que lui répéter ce que je lui ai dit la veille, ce que je viens de vous dire, mais j'aurais dû me douter, j'aurais dû me méfier... »

Je ne peux pas oublier...

« Parce que, aussitôt après le départ de Mori, un autre inspecteur du quartier général vient me voir à Mita, m'embarque au quartier général, me dit que je suis un mauvais flic, qu'il sait tout sur moi, que je saute des *pan-pan* pendant mes patrouilles, comme si tous les autres flics de la ville ne se faisaient pas de temps en temps une putain pendant leur patrouille, comme s'il n'avait rien de mieux à faire que de s'en prendre à moi, mais il est obstiné, cet inspecteur, il n'abandonne jamais, me demande d'avouer ceci, d'avouer cela, me demande le nom de mon amie, le nom de Noriko, et je finis par comprendre...

« Il est venu me punir. Il est venu m'avertir...

« Et je ne sais pas pourquoi j'ai cru que ça marcherait, ni pourquoi j'ai pensé que c'était une bonne idée, mais je refuse absolument de lui donner le nom de Noriko, donc je lui dis que je fréquentais Abe, que je l'ai sautée mais que je ne l'ai pas tuée, et vous imaginez la suite... ?

« Il a cru que c'était Abe...

« Et on m'a renvoyé...

« Pour faute grave, mais je m'en fichais, parce qu'ils ne connaissaient pas l'existence de Noriko et qu'elle était en sécurité. En sécurité. Dix jours plus tard, j'ai appris que le SCAP avait limogé l'inspecteur chef Mori, qui était devenu fou. Dément. J'ai compris que j'avais pris la bonne décision, que j'avais fait le bon choix... »

L'hôpital psychiatrique Matsuzawa...

« Jusqu'à aujourd'hui. Jusqu'à votre venue... »

La chance m'a finalement abandonné...

« J'ai compris qu'on aurait dû fuir, qu'on aurait dû aller aussi loin que possible... »

Et maintenant, les mots de Murota Hideki se perdent, se perdent dans les ombres, dans les ombres derrière le rideau crasseux, derrière le rideau crasseux qui divise cette pièce crasseuse, sépare l'ombre de la lumière et la lumière de l'ombre...

Les voix des échos et la vérité des mensonges...

Ce rideau crasseux, ce pays crasseux...

« Êtes-vous satisfait, maintenant, inspecteur ? demande Murota Hideki. Êtes-vous content ? En avez-vous entendu et vu assez ? En savez-vous assez sur moi et assez sur elle ?

– Non, je réponds. Je veux le nom de l'inspecteur.

– Pourquoi donc ? ironise-t-il. Pourquoi ?

– Donnez-moi son nom, dis-je, et je m'en irai... »

Murota crache. « Il a dit qu'il s'appelait Adachi... »

Êtes-vous satisfait, maintenant, inspecteur ?

« Ça vaut ce que ça vaut, ajoute Murota en riant. Parce que personne n'est qui il prétend être... »

Ici, dans la pénombre...

« Pas par les temps qui courent... »

Je n'ai plus rien à leur demander. *Ma peau est rouge.* Plus rien à leur dire. *Ma peau est à vif.* Je prends mon chapeau. *Ma main me fait mal.* Je me lève dans leur pièce crasseuse. *Mon corps transpire.* Dans cette maison crasseuse, dans cette ville crasseuse, dans ce pays crasseux...

Ce lieu de défaite. Ce lieu de capitulation...

« Soyez prudent, inspecteur, me dit Murota Hideki. Souvenez-vous de mon visage et souvenez-vous de ce qui m'est arrivé. Souvenez-vous de l'inspecteur chef Mori et souvenez-vous de ce qui lui est arrivé. Souvenez-vous de nous deux, inspecteur... »

Ce lieu de malheur. Ce lieu d'occupation...

« Je me souviendrai de vous », dis-je. Je me tourne vers Tominaga...

Dans ce lieu de fantômes, ce lieu de fantômes...

Je me tourne vers Tominaga Noriko et je dis : « Merci, mademoiselle. »

Et elle me remercie à son tour puis incline la tête...

Vêtue de sa robe-tablier jaune à rayures bleu foncé...

« Et n'oubliez pas également ceci, dit Murota Hideki. Si vous parlez d'elle, si vous dites où elle est, qu'elle est avec moi, je vous retrouverai et je vous tuerai... »

Dans ce lieu de mort. Dans ce lieu de silence...

Je me tourne vers Murota. Je m'incline...

Dans ce lieu qui ne résiste plus.

Ma peau est rouge. *Nishi est très impatient.* Ma peau est à vif. *Nishi veut savoir ce qui s'est passé.* Ma main me fait mal. *Je garde le silence.* Mon corps transpire. *Qu'a dit Murota ?* La ville empeste la merde. *Je garde le silence.* La merde, la crasse et la poussière. *Connaissait-il Tominaga Noriko ?* La crasse et la poussière qui couvrent mes vêtements et couvrent ma peau. *Je garde le silence.* Qui griffent mes narines et brûlent ma gorge. *Se souvient-il d'elle ?* Chaque fois que passe une jeep et chaque fois que passe un camion. *Rien, rien, rien.* Je sors mon mouchoir. *Ce n'est pas elle, n'est-ce pas ?* J'ôte mon chapeau. *Non.* Je m'essuie le visage. *Le corps du parc ?* Je m'essuie la nuque. *Je regrette.* Je regarde fixement le ciel blanc. *Ce n'est pas Tominaga Noriko, n'est-ce pas ?* Les nuages de typhus. *Je regrette.* Les nuages de poussière. *Je regrette.* Les nuages de merde. *Ce n'est pas la victoire, n'est-ce pas ?* Ma peau est rouge. *Je regrette, je regrette, je regrette.* Ma peau est à vif. *C'est à nouveau la défaite.* Ma main me fait mal. *Oui.* Mon corps transpire. *Nous n'avons pas gagné.* La ville empeste la merde. *Non.* La ville empeste la défaite. *Nous avons à nouveau perdu.* La ville à genoux. *Oui.* Nishi à genoux. *Nous perdons toujours. Toujours, toujours, nous perdons...*

« Non ! Non ! Non ! je crie. Lève-toi ! »

Je monte l'escalier du quartier général de la police. *Les odeurs et les taches.* L'inspecteur chef Adachi se tient dans le couloir. *Il n'y a pas d'échappatoire.* L'inspecteur chef Adachi me regarde. *Il faudrait le remettre à l'inspecteur chef Adachi.* L'inspecteur chef Adachi m'attend. *L'inspecteur chef Adachi le cherche.* L'inspecteur chef Adachi m'entraîne jusqu'au bout du couloir. *Cherche Ishida, demande à voir l'inspecteur Fujita.* L'inspecteur chef Adachi m'entraîne dans les toilettes. *Il a dit qu'il s'appelait Adachi.* L'inspecteur chef Adachi me pousse dans une cabine. *Impossible d'échapper aux odeurs et aux taches...*

L'inspecteur chef Adachi me pousse contre la cloison...

Odeurs d'ammoniaque et taches de merde...

L'inspecteur chef Adachi me dévisage, puis dit : « Tu n'es pas allé voir Senju, n'est-ce pas, inspecteur ? »

Odeurs d'amnésie et taches de sang...

« Vous me faites suivre, monsieur ? »

Taches sur ses mains...

« Je ne suis pas le seul. »

Taches sur les miennes...

« Dans ce cas, vous savez que j'ai été très occupé, je réponds. Très occupé à chercher le dossier Miyazaki Mitsuko, monsieur l'inspecteur chef. »

Il me lâche. Il recule. Il demande : « De quel dossier Miyazaki Mitsuko s'agit-il ?

– Du dossier de la police métropolitaine de Tokyo sur le meurtre de Miyazaki Mitsuko. Le dossier a été sorti il y a quatre jours...

– Sorti par qui ? demande Adachi...

– Par l'inspecteur Nishi, je réponds. Mais il le nie et je le crois.

– Donc qui l'a sorti, d'après toi, inspecteur ?

– Je crois que Fujita a convaincu Ishida de le sortir au nom de Nishi.

– Pourquoi ? » demande Adachi. Mais Adachi sait...

« Assurance, je réponds. Extorsion. Chantage...

– Chantage ? répète-t-il, mais il sait...
– Vous.
– Et *toi*, caporal ? Il n'y a sûrement pas que mon nom dans ce dossier, n'est-ce pas ?
– Je ne sais pas, je réponds. Je ne l'ai pas vu. »
Mais ce n'était pas moi qui commandais, dis-je. Il faut que je trouve le dossier. Il faut que je le lise. Et il faut que je parle avec lui...
« Dans ce cas, va voir Senju, et vas-y rapidement, crache Adachi. Demande-lui où est Fujita. Si Senju répond qu'il l'ignore, parle-lui de Fujita et de Nodera Tomiji. Mets-le au courant du complot. »
Et vous croyez qu'il ferait la même chose pour vous ?
« Mais Senju va mettre Tokyo sens dessus dessous pour trouver Fujita, dis-je. Il le localisera et le tuera avant que nous... »
Je ne sais plus.
« Exactement », dit Adachi avec un sourire.

Adachi et Kanehara sont à sa droite, Kai et moi à sa gauche et le directeur nous dit : « Comme vous le savez, nous avons obtenu un succès rapide, hier, en amenant Kodaira Yoshio à avouer le meurtre d'Abe Yoshiko. Et je crois que nous devrions tous féliciter l'inspecteur chef Kanehara qui a effectué l'enquête, ainsi que l'inspecteur chef Adachi qui a réalisé l'interrogatoire... »
Nous acquiesçons, l'inspecteur Kai et moi...
« Comme nous l'avons dit, il y a des similitudes avec d'autres affaires et, après ce succès dans l'affaire Abe, je crois que nous devrions absolument reprendre les autres, en fonction du personnel dont nous disposons. Il me semble, inspecteur Kai, que vous êtes chargé de la suivante... »
L'inspecteur Kai se lève. Kai hoche la tête. « Shinokawa Tatsue, dix-sept ans, violée et étranglée...
« Son corps a été découvert le seize janvier dans le sous-sol de l'annexe de l'ancien grand magasin de Tokyo, 20 Namiki-chō, dans l'arrondissement de Shibuya, près de la gare de Shibuya. Ce sous-sol abritait à l'origine la cantine du grand magasin de Tokyo mais a été gravement endommagé pendant les bombardements et ne sert plus désormais que d'entrepôt...
« Le seize janvier, un vigile qui effectuait sa tournée a déplacé des étagères et découvert le corps de Shinokawa...
« Le cadavre était partiellement décomposé et l'autopsie, effectuée par le docteur Nakadate de l'hôpital universitaire Keiō, a établi que Shinokawa était vraisemblablement morte entre la dernière

semaine d'octobre et la première semaine de novembre de l'année dernière. Cependant, l'autopsie a également dévoilé que Shinokawa Tatsue avait très vraisemblablement été violée avant d'être étranglée...

– Vraisemblablement ? demande l'inspecteur chef Adachi. Pourquoi vraisemblablement ? »

Kai répond : « Probablement, en raison de l'état du corps.

– Où l'enquête a-t-elle été effectuée ? »

Kai répond : « Au poste de police de Shibuya.

– Qui en était responsable ? »

Kai répond : « Mori.

– L'inspecteur chef Mori, intervient Kita. L'ex-inspecteur chef Mori en était responsable. »

Kai rougit. Kai s'incline. « L'ex-inspecteur chef Mori.

– Mais c'est étrange, n'est-ce pas ? demande Adachi. J'ai lu la totalité du dossier Abe Yoshiko, jusqu'aux documents les plus insignifiants, et les notes de l'ex-inspecteur chef Mori ne mentionnent jamais Shinokawa dans les documents concernant l'affaire Abe Yoshiko, pas une seule fois... »

L'inspecteur Kai secoue la tête. Kai dit : « Non.

– Pourtant les deux victimes avaient pratiquement le même âge, poursuit Adachi. Elles avaient été toutes les deux violées et étranglées. Il était chargé des deux affaires...

– Mais n'oublions pas les circonstances particulières et exceptionnelles de l'époque que nous traversons, inspecteur Adachi, l'interrompt Kita. L'ex-inspecteur chef Mori était très compétent et très zélé, mais comme vous le savez, la criminalité et la délinquance ont beaucoup augmenté à Tokyo au cours de l'année écoulée et, parallèlement, le personnel ainsi que les ressources et le matériel dont nous disposons ont beaucoup diminué...

« Nous avons longuement évoqué cette affaire, l'inspecteur chef Mori et moi, puis avons décidé d'un commun accord, compte tenu de l'état du corps, du manque de personnel et de ressources, qu'il était préférable de concentrer nos efforts sur d'autres affaires...

« Donc, au bout du compte, c'est moi qui ai pris la décision de rouler la banderole et de clore cette enquête. »

L'inspecteur chef Adachi a baissé la tête. L'inspecteur chef Adachi ne la relève pas. Adachi dit : « Je regrette. Veuillez excuser ma grossièreté et ma présomption. Je regrette. Je n'avais pas l'intention de calomnier l'inspecteur chef Mori, ni d'insinuer qu'il n'était pas compétent. Nous avons tous travaillé avec lui et nous avons tous appris grâce à lui. Nous l'admirions tous et il nous manque...

– Merci, inspecteur chef, dit Kita. Inspecteur Kai, voulez-vous ajouter quelque chose à propos de cette affaire ? »

L'inspecteur Kai ferme la bouche. Kai acquiesce. Il dit : « On a également signalé la disparition de son parapluie et de vingt yens. »

Kodaira Yoshio avait toujours des cadeaux sur lui... Des cadeaux destinés aux femmes : bijoux, montres, parapluies, vous voyez... ?

« Merci, inspecteur, dit le directeur. Comme vous le savez, à l'époque du meurtre de Shinokawa, Kodaira habitait à Wakagi-chō, dans l'arrondissement de Shibuya. Et comme l'a indiqué l'inspecteur chef Adachi, l'âge de la victime et la cause de la mort sont les mêmes que dans les cas de Midorikawa Ryuko et d'Abe Yoshiko. Il faut donc que l'inspecteur Kai et sa brigade rouvrent cette affaire, interrogent à nouveau les témoins entendus lors de la première enquête, ainsi que l'épouse de Kodaira et sa proche famille habitant Tokyo...

« Malheureusement, nous serons à nouveau obligés d'utiliser le poste de police de Shibuya, parce que l'inspecteur Kai aura besoin d'agents basés à Shibuya pour interroger les habitants de ce quartier sur Kodaira et Shinokawa. Espérons qu'une piste ou un témoignage apparaîtront rapidement et pousseront à nouveau Kodaira Yoshio à avouer... »

Routine. Questions. Rapports...

« Enfin, dit le directeur, inspecteur Minami... »

Il y a des choses à dire. Des choses à ne pas dire...

Je m'essuie la nuque. Je me lève. Je leur parle d'Okayama Hisayo, la maîtresse de Kodaira Yoshio. Je leur rapporte les rumeurs de meurtre dans le département de Tochigi...

Il y a des choses à dire...

« Baba Hiroko, dix-neuf ans, violée et étranglée avec son écharpe, découverte le trois janvier à Nishi Katamura, département de Tochigi. L'enquête relevait de la police de Kanuma, Tochigi. Comme vous le savez, Kodaira est originaire de Nikkō, dans le département de Tochigi. D'après la veuve Okayama Hisayo, sa maîtresse, Kodaira l'a accompagnée lorsqu'elle est allée chez sa mère, qui habite près de la gare de Kanuma. Okayama nous a également indiqué que Kodaira s'est rendu à de nombreuses reprises dans la région en quête de *kaidashi*, de ravitaillement et ainsi de suite...

« Il me semble nécessaire, compte tenu de l'âge de la victime, de la cause et des circonstances de sa mort, de la proximité des lieux fréquentés par Kodaira Yoshio et de la période, d'interroger Kodaira Yoshio sur ce meurtre... »

Il n'y a pas d'applaudissements...

Je ne leur parle pas de la propriétaire de Tominaga Noriko, ni des vêtements. Je ne leur parle pas de ma visite chez Murota Hideki. Je ne leur dis pas que j'ai vu Tominaga Noriko...

Des choses à ne pas dire...

Cependant Adachi me guette. Adachi me guette sans cesse...

« Mais as-tu progressé sur l'identification du deuxième cadavre de Shiba ? Qu'en est-il de l'amie disparue d'Abe Yoshiko ? Et de la déposition de sa propriétaire ? Il était possible, d'après toi, que le corps soit celui de cette jeune fille disparue ? Celui de cette amie d'Abe ? »

Mais je ne vous ai rien dit. Je ne vous ai rien dit...

« Je regrette infiniment, je réponds. Mais nous ne croyons plus que tel soit le cas, inspecteur chef Adachi.

– Vraiment ? demande Adachi. Pourtant, hier encore, tu semblais en être tout à fait certain...

– Et je regrette infiniment, je répète. Et nous sommes également déçus, monsieur.

– Affirmes-tu maintenant que cette amie d'Abe est en vie ? demande-t-il. L'as-tu localisée ? Éliminée ? »

Ne lui dis rien...

« Non, monsieur, je mens. J'affirme simplement que la propriétaire n'est pas certaine que les vêtements soient effectivement les siens... »

Rien...

« Donc elle est toujours portée disparue ? Cette amie d'Abe Yoshiko ? »

J'acquiesce. Je dis : « Elle a effectivement disparu, mais ce n'est pas notre cadavre. »

Mais Adachi ne renonce pas. Adachi ne renonce jamais...

« Qu'en est-il des autres jeunes filles ? » demande-t-il...

Je secoue la tête. Je demande : « Quelles autres jeunes filles ?

– Toutes les autres jeunes filles âgées de quinze à vingt ans dont la disparition a été signalée au cours de ces deux derniers mois ? Celles que tes hommes, conformément à tes instructions, recherchent dans tout Tokyo... ? »

Je le maudis. Je le maudis. Je le maudis...

« Ces enquêtes sont en cours, monsieur. »

Je le maudis et je me maudis...

« Es-tu plus près d'identifier le corps ? »

Je le regarde dans les yeux. Je soutiens son regard. Je réponds : « Non. »

Non, non, non, non, non, non, non, non, non, non, non...

« Suffit », intervient le directeur Kita.

Non, non, non, non, non, non, non, non, non...

Le directeur se lève...

C'est fini. C'est terminé...

Nous nous levons, nous nous inclinons, nous nous dirigeons vers la sortie...

« Inspecteur chef Adachi, dit le directeur, veuillez rester. »

L'inspecteur chef Adachi s'incline et se rassoit.

« Inspecteur Minami, veuillez attendre dehors. »

Je baisse la tête. Puis je sors.

Une demi-heure plus tard, l'inspecteur chef Adachi sort du bureau de Kita. Dans le couloir, l'inspecteur chef Adachi s'immobilise devant moi et dit : « Le directeur veut te voir, inspecteur Minami. »

J'acquiesce et le remercie. Mais je reste assis et attends qu'il soit parti...

J'ouvre la porte. J'entre dans le bureau du directeur...

Rouleau taché de sang au mur, derrière sa table de travail...

Le moment est venu de dévoiler l'essence véritable de la nation...

« Asseyez-vous, dit-il. Vous semblez fatigué... »

Je m'incline. Je m'excuse. Je le remercie. Je m'assieds...

Puis il demande : « Que s'est-il passé à Keiō ?

– La propriétaire croit que les vêtements du cadavre du parc de Shiba ne sont pas ceux que portait Tominaga Noriko.

– C'est ce que vous avez déclaré, dit le directeur. Et ensuite ? »

Je secoue la tête. « C'est tout.

– Mais vous étiez convaincu que cette jeune fille disparue pouvait être le cadavre du parc de Shiba, dit le directeur. Vous savez que la propriétaire peut se tromper sur les vêtements. Vous avez sûrement trouvé des éléments supplémentaires ? »

Je secoue à nouveau la tête. Je dis : « Non, je regrette.

– Donc vous n'avez rien à ajouter ? »

Je répète : « Non, je regrette. »

Des choses à ne pas dire...

« Dans ce cas, pourquoi êtes-vous allé au poste de police de Mita, hier soir ? »

Je ne sais que répondre. Je garde le silence. Il n'y a rien à dire.

« Vous y êtes allé en vue d'obtenir le nom de l'agent renvoyé à cause d'Abe, n'est-ce pas, inspecteur ? N'est-ce pas ? »

Je baisse la tête. Je dis : « Je regrette, monsieur.

– Vous y êtes allé alors que je vous avais dit que ce n'était pas le moment, n'est-ce pas, inspecteur ? Vous y êtes allé tout de même, vous m'avez désobéi. »

La tête toujours baissée, je répète : « Je regrette, monsieur.
– Vous a-t-on donné son nom ? demande le directeur.
– Oui, je réponds. On m'a donné son nom.
– Vous a-t-on fourni son adresse ?
– Non.
– Mais vous l'avez trouvée, n'est-ce pas ? demande le directeur. Vous êtes allé voir Murota, n'est-ce pas ?
– Non.
– Pourquoi ?
– Je...
– Vous êtes-vous demandé pourquoi j'ai dit que ce n'était pas le moment de poser des questions sur Murota ? L'avez-vous fait, inspecteur ? » s'enquiert le directeur.

La tête toujours baissée, je m'excuse. Je m'excuse et je m'excuse encore...

« Avez-vous envisagé un instant que je pouvais avoir une bonne raison ? »

Je m'excuse, je m'excuse encore, et je m'excuse à nouveau...

« Avez-vous pensé à quelqu'un d'autre qu'à vous, dans cette affaire ? »

Je m'excuse et je m'excuse encore, interminablement...

« Vous arrive-t-il de penser à quelqu'un d'autre qu'à vous... ? »

Je dis : « Je regrette. Je regrette. Je regrette... »

Le directeur se penche. Le directeur souffle : « On vous surveille. On vous suit. Partout où vous allez...

« Le saviez-vous ? Le soupçonniez-vous ? »

La tête toujours baissée, je réponds : « J'ignorais...
– Le Service de la sécurité publique fouine à nouveau, tente de dresser des listes supplémentaires de coupables. On parle d'une nouvelle directive de purge, visant cette fois les agents du bas de l'échelle...

« Ils tentent d'établir des liens entre des récits et des noms...

« Et votre nom est mentionné... »

Je le maudis et je me maudis...

Il faut que je sache ce qu'il sait. *Je le maudis !* Il faut que je sache ce qu'il a entendu dire. *Je me maudis !* Il faut que je sache comment il a appris ce qu'il sait. *Je le maudis.* Il faut que je sache qui lui a dit ce qu'il sait. *Je me maudis !* Mais je ne demande rien, je ne dis rien...

Je me contente de le maudire et de me maudire...

Parce qu'il n'y a rien à dire...

Inutile. Inutile. Inutile...

Chiku-taku. Chiku-taku...

Inutile. Inutile...

Chiku-taku...

Je n'ai plus de temps...

« Je ne sais pas si ce sont simplement des allégations avancées à l'aveuglette, dit le directeur, ou bien s'ils disposent de témoins ou de dépositions, mais dans un cas comme dans l'autre, il est préférable que vous débarrassiez le plancher...

– Que je débarrasse le plancher? je répète. Que voulez-vous dire ?

– Je veux que vous alliez à Tochigi, dit-il.

– Dans le département de Tochigi ? Quand ?

– Demain. »

Le directeur prend un dossier et me le tend par-dessus sa table de travail. « Hier, nous avons reçu un appel de l'Utsunomiya Chichō Kensatsu-chō, le service du procureur du district d'Utsunomiya, à propos de meurtres non résolus dans sa juridiction, qu'il souhaitait transmettre à la brigade qui enquête sur Kodaira. Le premier meurtre est celui de votre Baba Hiroko et l'autre celui d'une certaine Numao Shizue, seize ans, découverte le trente décembre de l'année dernière, poignardée, sur le territoire de la police de Nikkō. Comme vous le savez, Baba Hiroko a été trouvée étranglée avec son écharpe, le trois janvier à Nishi Katamura, sur le territoire de la police de Kanuma...

« Mais Baba Hiroko habitait en réalité ici, dans l'arrondissement de Kyōbashi, et il serait bon, avant de partir demain matin pour Tochigi, que vous voyiez les membres de sa famille vivant à Tokyo... »

Je dis : « Je veux emmener Nishi...

– Non, coupe le directeur.

– Dois-je y aller seul ?

– L'inspecteur chef Adachi a recommandé le jeune Ishida...

– Excusez-moi, dis-je, mais je ne crois pas que ce soit l'homme qui convienne...

– Il n'y a pas à discuter, dit le directeur. C'est un ordre. »

Je baisse à nouveau la tête. Je m'excuse encore et encore...

Puis je demande : « Combien de temps dois-je rester absent ?

– Quelques jours », répond le directeur...

Je demande : « Et que se passera-t-il ensuite ? »

Le directeur s'éclaircit la gorge. Le directeur se lève derrière sa table de travail. Le directeur dit : « Inspecteur Minami, à partir de minuit, je me vois contraint de vous retirer le commandement de la brigade numéro deux... »

Je suis à genoux. Je suis à genoux...

« On s'est plaint de vous... »

Je suis à genoux dans son bureau...

« Vos hommes se sont plaints de vous... »

À genoux sur le plancher...

« Ils se sont plaints de votre absence de leadership, dit le directeur. De votre absence d'organisation. Ils se sont plaints de votre incapacité à commander. De votre incapacité à déléguer. Ils se sont plaints de l'absence prolongée de l'inspecteur Fujita et de vos propres absences... »

Sur le plancher. Dans son bureau. À genoux...

« Mais vous me dites de commander mes hommes, puis vous me mettez à l'écart et vous me rétrogradez. Qui va diriger mes hommes, maintenant... ? Qui va se charger de l'affaire... ? Je vous en prie, donnez-moi encore une chance... »

Je mendie, je supplie...

« Compte tenu de l'absence prolongée de l'inspecteur Fujita, je nomme l'inspecteur Hattori, sous la responsabilité de l'inspecteur chef Adachi.

– Et que se passera-t-il à mon retour... ? »

Je mendie encore une chance...

« Tant que cette situation ne sera pas éclaircie, vous serez affecté à un poste de police après votre retour de Tochigi...

– Et ma mutation... ? »

Je mendie encore une chance...

« Il n'y aura pas de mutation... »

Pas de chance supplémentaire.

Il n'y a pas de retour à Atago, ce soir-là. *Dans la pénombre.* Je descends l'escalier qui conduit au bar. *Ils me suivent.* Il n'y a que deux clients au comptoir : la femme d'âge mûr, vêtue de marron, qui sent le parfum local et fume des Chauve-Souris dorée ; le vieillard en costume sombre, qui sort sa montre, la remonte et la range, puis la sort, la remonte et la range, puis...

Chiku-taku. Chiku-taku. Chiku-taku...

La femme ouvre son sac à main. La femme pose des chocolats sur le bar. La femme dit : « Servez-vous, je vous en prie... »

Mais ils sont amers. Ils sentent la cendre...

Le *bakudan* explose dans mon ventre...

L'homme tend sa montre vers moi...

Elle indique toujours midi...

Mais dans la pénombre...

Sa montre n'a pas d'aiguilles et nous sommes aussi mutilés qu'elle.

La porte du poste de police d'emprunt. Je me suis rasé le crâne. L'escalier du poste de police d'emprunt. J'ai bandé mon crâne. La pièce d'emprunt de l'étage. Mes genoux sont en sang. Hattori, Takeda, Sanada, Shimoda, Nishi, Kimura et Ishida. J'ai le cœur brisé. Ils sont tous là et ils savent...

Je ne suis plus le chef de la brigade. Je ne suis plus leur patron...

Ils tournent la tête. Ils cachent leurs yeux...

Leurs yeux pleins de questions. Pleins de doutes...

Pleins de murmures, de rumeurs et de reproches...

Je n'ai rien à leur dire.

Je les hais. Je les hais...

Je me dirige vers le bureau d'emprunt de Takeda, m'incline, le remercie de son travail et de sa collaboration. Je me dirige vers le bureau d'emprunt de Sanada, m'incline, le remercie de son travail et de sa collaboration. Je me dirige vers le bureau d'emprunt de Shimoda, m'incline, le remercie de son travail et de sa collaboration...

Je les hais. Je les hais...

Je m'immobilise devant le bureau de Nishi, m'incline, le remercie de son travail ainsi que de sa collaboration et lui souhaite bonne chance. Je me tourne vers Kimura, m'incline, le remercie de son travail ainsi que de sa collaboration et lui souhaite bonne chance. Puis je m'incline, remercie Ishida de son travail et lui souhaite bonne chance...

Je le reverrai...

Je me dirige vers le bureau de l'inspecteur Hattori, m'incline profondément, le félicite de sa promotion, lui souhaite bonne chance dans le cadre de sa promotion et de l'enquête, le remercie de son travail et de sa collaboration...

Je le hais...

Enfin, je m'immobilise devant eux, m'incline profondément, m'excuse de mon absence de leadership, de mon absence d'organisation, de mon incapacité à commander, de mon incapacité à déléguer et de mes absences...

« Je regrette, dis-je, et j'espère que vous pourrez me pardonner. »

Il fait nuit. *Ils me suivent.* Il fait encore très chaud. *Ils me suivent.* Il faut que j'aille à plusieurs endroits et que je voie plusieurs personnes avant de partir pour Tochigi, demain après-midi. *Ils me suivent.* Les accords de la guitare d'un baladin m'accompagnent dans la côte tandis que je m'éloigne du poste de police de Shibuya. *Ils me suivent.* Je ne reconnais pas les paroles de la chanson, je ne reconnais pas l'air. *Ils me suivent.* Je m'arrête à l'entrée d'une ruelle obscure. *Ils me suivent.* Je jette un coup d'œil en bas de la côte. *Ils me suivent.* Je m'assieds sur un morceau de mur. *Ils me suivent.* J'ôte mon chapeau et je m'évente...

Ils me suivent toujours. Ils me suivent toujours...

Je remets mon chapeau et me lève. Je suis la ruelle et frappe à la porte. Je l'ouvre et présente mes excuses...

« Mais j'ai de bonnes nouvelles », dis-je à la femme...

Derrière une table basse crasseuse de plus, dans une petite pièce crasseuse de plus, dans une petite maison crasseuse de plus, dans un quartier crasseux de plus, la propriétaire de Tominaga Noriko lève la tête...

« Noriko n'est pas morte. »

Il y a des questions et des doutes dans ses yeux rouges, des questions et des doutes parmi les larmes, les larmes qu'elle verse depuis qu'elle a regardé les vêtements posés sur la table d'autopsie...

« Les vêtements ne lui appartenaient pas », je lui annonce...

De l'espoir parmi les questions, maintenant, de l'espoir parmi les doutes, un espoir qui s'écrie : « Vraiment ? Donc Noriko est toujours en vie ?

– Oui, je réponds. Je l'ai vue aujourd'hui. »

Un espoir qui demande : « Va-t-elle revenir ? Ici ?

– Je ne sais pas, je réponds. Mais je ne le crois pas... »

Plus de questions, plus de doutes, plus d'espoir, seulement la fureur, seulement le chagrin, qui crient et hurlent...

« Dans ce cas, inspecteur, pour moi, elle reste morte ! »

Le marché de la Vie nouvelle de Shimbashi a rouvert. Mais parmi les bouilloires et les casseroles, les pots et les ustensiles, parmi les vêtements et les chaussures, l'huile de cuisson et la sauce de soja, parmi les fruits et les légumes, les sardines et les costumes d'occasion, le café et la soie, les hommes de Senju, en chemise imprimée et lunettes de soleil américaines, soignent encore leurs plaies et comptent encore leurs morts...

Affûtent de vieilles lames et poussent des jurons nouveaux...

Échangent des tasses de saké avec tous les autres vieux soldats...

Chantons tous la Chanson de la pomme...

C'est une époque de désespoir...

Mais une époque de défi...

« Qu'ils viennent donc par centaines, dit Senju Akira. Qu'ils viennent donc par milliers. Car je réunis une organisation de patriotes japonais plus vaste que toutes celles qui ont vu le jour depuis la fin de la guerre. Les Chinois, les Coréens, les Formosans pourront alors essayer de prendre ce qu'on nous a laissé, le peu qui nous a été légué par tous ceux qui se sont sacrifiés avant nous...

« Car je te dis ceci : dans les siècles à venir, des générations de Japonais, des générations qui ne vivront que parce que nous avons tenu bon, entendront le récit de ce que nous avons fait pour protéger nos compatriotes, sauver la nation japonaise, et elles nous pleureront sous les cerisiers en fleur, lèveront leur verre à la pleine lune, prieront pour nos fantômes à Yasukuni, nous considéreront comme les vrais gardiens de l'esprit japonais... »

Je me fiche de cela...

Chiku-taku...

Je m'incline plus bas sur le tatami. Je dis : « Je regrette profondément de vous déranger en un tel moment...

– Je suis toujours heureux de voir un vieil ami, dit Senju. Et je me faisais du souci pour toi, détective. Je commençais à croire que tu m'évitais. Je commençais même à croire que nous n'étions pas véritablement amis, que tu ne venais peut-être me voir que lorsque tu voulais quelque chose, quand tu avais besoin d'argent ou de drogue...

– J'ai effectivement besoin d'argent, dis-je. Et j'ai effectivement besoin de Calmotine.

– C'est très honnête de ta part, détective, dit Senju. Et également très rassurant en cette période de duplicité et de tromperie...

« J'admire ton honnêteté, inspecteur Minami... »

Je m'incline. Je le remercie. Je suis sur le point de prendre la parole, mais...

« Cependant, es-tu venu seulement avec une liste de courses, détective ? »

Je m'incline à nouveau. Je m'excuse à nouveau. Je réponds : « Ce n'est pas facile. Le meurtre de Hayashi donne lieu à une enquête...

– Cela semble t'étonner, ironise Senju. C'est ton travail, n'est-ce pas ?

– Mais ce n'est pas mon affaire, je réponds. Et il y a un problème...

– Un problème pour qui ? demande Senju. Pour toi ou pour moi ?

– Pour nous deux, je réponds. Fujita a disparu...

– Pourquoi cela nous pose-t-il un problème ?

– Savez-vous où il est ? je demande.

– Non, répond Senju. Mais je te pose à nouveau la question : pourquoi la disparition de l'inspecteur Fujita me poserait-elle un problème ?

– On le recherche pour l'interroger sur la mort de Hayashi Jo », dis-je, puis je demeure quelques instants silencieux, déglutis et reprends : « On le recherche pour l'interroger, parce que Hayashi Jo a laissé une lettre, un testament où il affirme détenir des informations plaçant Fujita à la Nouvelle Oasis en compagnie de Nodera Tomiji la nuit où Matsuda a été tué... »

Senju n'écoute plus. Senju est debout...

Senju fait pleuvoir sur moi un déluge d'argent et de cachets...

« Ce n'est pas un problème, s'écrie Senju...

« Ce sera un plaisir ! »

De nombreuses heures s'écouleront avant que je m'allonge à nouveau sur les vieux tatamis de sa chambre faiblement éclairée. De nombreuses heures s'écouleront avant que je voie à nouveau ses paravents écaillés à motif de feuille de lys. De nombreuses heures avant que je la regarde tracer ses silhouettes à visage de renard sur ces paravents...

Je ne peux pas rester, ce soir. Je ne peux pas prendre de Calmotine...

Il ne faut pas que je ferme les yeux, ce soir...

Car je dois encore aller quelque part.

« Je voudrais qu'il pleuve, dit-elle.

– Je ne peux pas rester ce soir, dis-je. Je serai absent demain. Mais dès mon retour à Tokyo, je viendrai directement ici... »

Yuki pose ses crayons et prend un morceau de papier fin. Elle pose le papier sur ses sourcils et me regarde dans son miroir...

« Cela me va-t-il ? »

Je lui laisse de l'argent.

Je lui laisse des cachets.

10

24 août 1946

Tokyo, 32°, beau

L'hôpital psychiatrique Matsuzawa se trouve à la limite des arrondissements de Setagaya et de Suginami, à mi-chemin entre Mitaka, où j'habite, et Kitazawa, où vit Murota Hideki. *Je croyais que vous n'auriez pas la moindre envie de revoir cet endroit.* Je connais bien l'hôpital psychiatrique Matsuzawa, mais je me demande un peu ce que j'y fais aujourd'hui...

Je croyais que vous n'auriez pas la moindre envie de revoir cet endroit...

L'hôpital Matsuzawa, édifié sous le règne de l'Empereur Meiji, a survécu aux incendies et aux famines de ces deux dernières années, et il est toujours debout sous le règne de l'Empereur MacArthur...

Je hais les hôpitaux. Je hais tous les hôpitaux...

Mais les bâtiments sont mal entretenus et le parc à l'abandon, les grilles depuis longtemps consacrées à l'effort de guerre, les arbres coupés et brûlés en hiver. À la réception, la peinture des murs est passée, le linoléum du sol est usé, le personnel anesthésié...

Mais je hais surtout cet hôpital...

« L'ex-inspecteur de police Mori », je répète...

Mais la réceptionniste secoue toujours la tête...

« Vérifiez, je vous prie, dis-je. C'est très important et il n'a été admis que le mois dernier. Mori Ichiro... »

La réceptionniste maigre, en uniforme taché, ne répond pas, me tourne le dos et disparaît dans le bureau miteux qui se trouve au-delà du comptoir crasseux. J'attends et j'attends encore...

Chiku-taku. Chiku-taku. Chiku...

Les mêmes hurlements et les mêmes sanglots qu'à l'hôpital Keiō, les mêmes odeurs de DDT et de désinfectant...

Je hais cet endroit. Je hais...

« Voilà, dit la réceptionniste, un dossier à la main. Mori Ichiro a été admis le trente juin.

– Monsieur Mori est-il toujours ici ? » je demande.

La réceptionniste acquiesce : « Oui.

– Je voudrais le voir, s'il vous plaît. »

La réceptionniste secoue la tête. La réceptionniste dit : « Mais vous savez que je ne peux pas vous laisser...

– Dans ce cas, veuillez m'indiquer le nom du médecin de monsieur Mori, dis-je, et où je peux le trouver. »

La réceptionniste regarde le dossier et dit : « Le docteur Nomura. Son bureau est au deuxième...

– Je sais », je coupe, et je m'éloigne, m'éloigne puis me mets à courir dans le couloir et dans l'escalier, dans l'escalier puis dans un autre couloir, dans un troisième couloir et je tambourine à la porte, tambourine à la porte du cabinet du docteur Nomura, tambourine à la porte puis l'ouvre, l'ouvre, m'incline et dis : « Excusez-moi... »

Le docteur Nomura, qui étudiait les documents posés sur sa table de travail, lève la tête.

« Inspecteur ? dit-il. Il y a longtemps...

– Et je regrette de venir sans avoir été annoncé, je répète. Mais, cette fois, je viens à propos d'une affaire...

– Asseyez-vous donc, inspecteur, dit le médecin. Puis-je vous offrir du thé froid, inspecteur... ? »

Je m'essuie le visage et je m'essuie la nuque. Je jette un coup d'œil sur ma montre et je secoue la tête. Je dis : « Merci, docteur, mais je n'ai pas beaucoup de temps. »

Le médecin acquiesce. « Que puis-je faire pour vous, inspecteur ?

– Vous avez un patient que je voudrais voir, je réponds. Un ancien inspecteur chef de la police nommé Mori... Mori Ichiro... »

Le docteur acquiesce à nouveau. Le docteur dit : « Je sais.

– Je serais très désireux de le voir, dis-je à nouveau au médecin. Il faut que je lui parle à propos d'une enquête. »

Le médecin secoue la tête. Le médecin dit : « Je doute que cela soit possible, inspecteur...

– Pourquoi ? je demande. C'est important.

– Je comprends, répond le médecin. Mais, malheureusement, monsieur Mori ne réagit à aucun traitement, à aucun médicament...

« Et pour le moment, monsieur Mori ne parle pas... »

– Il faudrait tout de même que je le voie », dis-je au médecin.

Le médecin secoue la tête. Le médecin dit : « Comme vous le savez très bien, inspecteur, surmonter l'effondrement psychologique brutal dont l'inspecteur Mori a été victime quand il a appris qu'il était limogé, se rétablir d'un tel effondrement psychologique exige beaucoup de temps, à supposer que cela soit possible, et tous les chocs supplémentaires risquent de provoquer des dégâts irréparables... »

Je m'incline. J'acquiesce. Je dis : « Je sais. »

Le rouleau taché de sang...

« Dans le cas de votre père, par exemple, poursuit le médecin, un instant de lucidité, un instant de clarté, se sont révélés fatals. »

Je ne veux pas me souvenir. Je ne veux pas me souvenir...

J'acquiesce à nouveau. « Puis-je le voir sans lui parler ? »

Le rouleau taché de sang du mur...

« Oui, répond le médecin. Mais je me demande pourquoi... ? »

Dans la pénombre, je ne peux pas oublier...

« Il était policier, dis-je. Comme mon père... »

Le rouleau taché de sang, au mur, derrière sa table de travail...

« Comme mon père, je répète, et comme moi... »

Je ne peux pas oublier. Je ne peux pas oublier...

Le docteur Nomura acquiesce. Le docteur Nomura dit : « Suivez-moi... »

Je suis donc le docteur Nomura hors de son cabinet et dans un autre long couloir, un autre long couloir jusqu'une porte métallique fermée à clé, au-delà de cette porte métallique et dans les services fermés, dans les services fermés puis dans d'autres couloirs, dans d'autres couloirs jusqu'aux chambres d'isolement, aux chambres d'isolement et à d'autres portes métalliques fermées à clé...

Le docteur Nomura s'arrête devant une des portes métalliques fermées à clé...

Une porte métallique fermée à clé qui comporte un judas équipé de verrous...

« Nous y sommes, dit Nomura, mais contentez-vous de regarder... »

Nomura fait coulisser les verrous du judas. Nomura abaisse le judas. Nomura recule puis dit : « Voilà... »

J'avance jusqu'à la porte. Je regarde par l'ouverture...

Je regarde par l'ouverture, l'homme qui se trouve à l'intérieur...

L'homme qui se trouve à l'intérieur, assis en tailleur sur sa couchette...

J'ai déjà vu cet homme...

Cet homme en peignoir informe, jaune à rayures bleu foncé en soie chinoise, au crâne rasé et au regard fixe...

Un regard que j'ai déjà soutenu...
« En avez-vous assez vu ? » demande Nomura...
Je m'éloigne du judas et j'acquiesce...
« J'en ai assez vu, je réponds. Merci docteur. »
Nomura ferme le judas. Nomura le verrouille...
Personne n'est qui il prétend être...
Mais j'ai déjà vu cet homme...
Cet homme n'est pas l'ex-inspecteur chef Mori Ichiro.

J'ai discuté et j'ai marchandé. *Simplement pour manger.* J'ai menacé et j'ai maltraité. *Simplement pour travailler.* Mais ça me démange et je me gratte à nouveau. *Gari-gari.* Mes mains me font mal et mon corps empeste. *La défaite.* Je m'essuie le visage et je m'essuie la nuque. *Et je jure.* Je me tiens à l'extrémité de ma rue. *Ton-ton.* Je suis la rue jusque chez moi. *Ton-ton.* J'ouvre la barrière. *Ton-ton.* Je prends l'allée...

Ton-ton. Ton-ton. Ton-ton. Ton-ton...

La literie brûle dans mon jardin...

Il y a du feu et il y a de la fumée.

J'ouvre la porte de chez moi...

Je viens dire au revoir...

Leurs chaussures face à la porte...

Cette fois, je ne peux pas faire demi-tour. Cette fois, je ne peux pas fuir...

Nattes pourrissantes, portes en lambeaux, murs penchés...

L'odeur des enfants. L'odeur de la souffrance.

Dans le *genkan*, je crie : « Je suis rentré... »

Ma femme sort de la cuisine, le visage taché de suie, ses mains époussetant son *monpe* usé...

« Bienvenue chez toi », dit-elle.

Chez moi. Chez moi. Chez moi...

J'ôte mes chaussures. Je lui demande : « Où sont les enfants ?

– Masaki ! Sonoko ! appelle ma femme. Papa est rentré ! »

Papa. Papa...

Mes enfants ne courent pas à ma rencontre. Mes enfants ne sourient pas quand ils me voient. Ils s'immobilisent devant moi mais gardent le silence...

Leurs crânes rasé. Leurs sourcils rasés...

« Allez-vous bien ? » leur dis-je.

La tête baissée, ils acquiescent...

Je lève leurs visages vers le mien, lève leurs petits visages vers la lumière, et Masaki me regarde et sourit, mais Sonoko ne peut pas me regarder, ne peut pas sourire, car ses paupières sont enflées et ses traits crispés...

J'ouvre ses paupières du bout des doigts...

Yeux enflammés et purulents...

Yeux de poisson mort...

Conjonctivite.

Je me tourne vers ma femme. « Quand l'as-tu conduite pour la dernière fois chez le médecin ?

– Je crois que ses yeux vont un peu mieux, dit ma femme. Il y a deux jours, ils étaient si enflés et si enflammés qu'elle ne voyait rien du tout. Je l'ai conduite chez le médecin et...

– C'est peut-être une infection bactérienne, pas la conjonctivite ?

– C'est ce que j'ai dit au médecin.

– Qu'a-t-il répondu ?

– Que c'était seulement la conjonctivite.

– Seulement la conjonctivite ! je crie. Regarde-la. Elle ne voit toujours rien. Elle pourrait devenir aveugle ! Elle pourrait être définitivement aveugle !

– Je sais, répond ma femme. Mais le médecin a dit d'être patient.

– Les médecins commettent des erreurs, dis-je. Souvent.

– Mais que devrais-je faire ? gémit ma femme. Dis... »

Je demande : « Chez quel médecin l'as-tu conduite ?

– Chez notre médecin habituel », répond ma femme.

Je regarde ma montre. « Je l'emmènerai...

– L'emmener où ? demande ma femme...

– Chez un médecin que je connais.

– Et l'argent ?

– Ne t'occupe pas de l'argent ! »

La porte du poste de police d'Atago. L'escalier du poste de police d'Atago. Ma chemise est collée sur mes épaules. Mon pantalon est humide derrière les genoux. Je suis le couloir. Je passe devant la banderole, deux mètres de haut et cinquante centimètres de large, brodée en rouge vif :

Quartier général spécial d'enquête.

J'aurais dû réunir mes affaires et prendre ces dispositions hier. Je me serais épargné cela...

Ce silence soudain. Cette cécité soudaine...

On s'est plaint de toi...

Mais, au moins, Hattori n'est pas là ; il est probablement au quartier général, en réunion avec Kai, Kanehara, Adachi et le directeur. Mais je ne poserai pas la question à Takeda, Sanada, Shimoda, Nishi, Kimura ou Ishida, je ne leur poserai pas la question...

Je les hais. Je les hais. Je les hais...

Ishida lève la tête. Ishida demande : « Venez-vous me chercher ? »

Ishida a reçu ses ordres...

« Il est encore un peu tôt, je réponds. Et j'ai plusieurs choses à faire avant que nous partions pour Tochigi, donc nous nous retrouverons au guichet de la gare d'Asakusa Tōbu à quinze heures... »

Chiku-taku. Chiku-taku. Chiku-taku...

Ishida acquiesce. Ishida dit : « On m'a chargé de prendre les billets...

– Très bien, j'espère qu'on t'a donné de l'argent ? »

Ishida acquiesce à nouveau. « J'en ai pour trois jours.

– Je n'aurai pas besoin de billet de retour », je blague...

Mais personne ne rit. Personne, même, ne sourit...

Ishida se contente de demander : « Quelle quantité de riz dois-je prendre ?

– De riz ? je demande. Il est plus probable que nous rapporterons du riz.

– Il paraît que nous ne trouverons pas d'auberge si nous n'avons pas de riz.

– As-tu du riz, détective ? » je demande.

Ishida souffle : « J'en ai un peu chez moi...

– Dans ce cas, prends-en pour nous deux, dis-je en tournant le dos dans l'intention de m'en aller...

– Pourquoi prendrait-il du riz pour vous ? » demande Kimura...

Je pivote sur moi-même. Je lui demande : « Qu'est-ce que tu as dit ?

– J'ai dit : pourquoi prendrait-il du riz pour vous ? répète l'inspecteur Kimura. Vous n'êtes plus son patron, n'est-ce pas ?

– Peut-être pas en ce moment, je réponds. Et peut-être pas dans cette pièce. Mais dans le train pour Tochigi, je serai son supérieur...

– Supérieur ? Vraiment ? ironise l'inspecteur Kimura. À ta place, inspecteur Ishida, je garderais mon riz... »

Je me dirige vers l'inspecteur Kimura et saisis un des téléphones de son bureau, un des téléphones qui ne peuvent pas sonner, l'abats sur la tempe de Kimura puis, alors qu'il crie et porte la main à sa tête, je lui donne un coup de poing dans le ventre et tords sa main gauche jusqu'au moment où il hurle, me supplie de cesser, et je le gifle, le gifle et le gifle encore, puis je le repousse sur son bureau, le regarde rouler sur le sol, me penche sur lui et dis : « À ta place, inspecteur Kimura, j'apprendrais à me tenir et à manifester du respect. »

Je me dirige vers l'inspecteur Sanada et je dis : « Tu as mentionné quelque chose de très intéressant, hier, inspecteur Sanada. Tu as dit que, d'après Masaoka Hisae, Kodaira avait toujours des cadeaux sur lui... »

L'inspecteur Sanada transpire. L'inspecteur Sanada acquiesce...

« Des cadeaux destinés aux femmes : bijoux, montres et... »

Le inspecteur Sanada hoche la tête et dit : « Parapluies.

– C'était du bon travail, dis-je. Parce que, après que tu as dit cela, quand je suis allé au quartier général, j'ai appris que nous allons reprendre une autre affaire non résolue, qui pourrait également être un meurtre commis par Kodaira Yoshio... »

Je ne suis pas leur chef. Je ne suis pas leur patron...

« Shinokawa Tatsue, dix-sept ans, violée et étranglée dans le sous-sol du grand magasin de Tokyo, à Shibuya, le seize janvier. Cependant l'autopsie a déterminé qu'elle était probablement morte fin octobre ou début novembre de l'année dernière...

« Et devine, j'ajoute, on lui avait volé son parapluie. »

Une nouvelle fois, pas d'applaudissements. Mais je n'en souhaite pas...

« Donc, si vous voulez impressionner votre nouveau patron, leur dis-je, je vous suggère de retourner à Masoaka, de voir la veuve Okayama, toutes les personnes qui connaissaient Kodaira, sa famille ainsi que ses collègues, et de tenter de localiser tous les cadeaux qu'il a donnés...

« Parce que, à Shibuya ou à Shinagawa, à Tomaya ou à Tochigi, se trouvent les objets personnels de notre cadavre de Shiba...

« Excusez-moi, j'ajoute. De *votre* cadavre de Shiba... »

Pas d'applaudissements. Seulement le silence. Seulement la cécité...

Je rejoins mon bureau, mon ancien bureau d'emprunt, j'ouvre le tiroir et en verse tout le contenu dans mon vieux sac à dos de l'armée. Mais le tiroir de mon bureau est vide...

Mon bureau a déjà été vidé...

Je jure, je jure, je jure...

« L'inspecteur Hattori a emporté toutes vos affaires au quartier général, dit Ishida. Il croyait que vous ne reviendriez pas. »

Je le hais. Je le hais. Je les hais...

Je garde le silence. Il n'y a rien à dire. Je m'en vais...

Je les hais. Je les hais...

Le couloir. L'escalier...

Je les hais tous...

L'inspecteur Nishi est sur les marches du poste de police d'Atago. *Je regarde un miroir.* Sans doute l'inspecteur Nishi a-t-il quitté discrètement la pièce pendant que je tabassais l'inspecteur Kimura, pendant que je faisais la leçon aux autres. *Je regarde un miroir.* L'inspecteur Nishi m'attend. *Je regarde un miroir.* L'inspecteur Nishi a envie d'un dernier mot, d'un mot ultime et définitif. *Je regarde un miroir.* Nishi n'a probablement pas dormi. *Je regarde un miroir.* Nishi dit : « Je n'ai rien à voir avec tout cela... »

Je ris. « Tu n'as rien à voir avec quoi, inspecteur ?

– Votre rétrogradation, répond-il. Tous leurs reproches. »

Je demande : « De quels reproches s'agit-il, dans ce cas, Nishi ?

– Des reproches que Hattori a communiqués à Adachi », répond-il.

Je secoue la tête. « Je vous méprise tous.

– Mais je suis de votre côté », gémit Nishi...

De mon côté. De mon côté. De mon côté...

Je secoue à nouveau la tête. « Non, tu ne l'es pas et tu ne l'as jamais été. »

Dans d'autres ruines, parmi d'autres piles de gravats, avec une dernière cigarette. Deux chiens errants tournent en rond et me regardent fumer, attendent que je meure. Deux chiens errants au pelage sale et aux pattes maigres, leur langue pâle pendant hors de leur gueule noire. *Le moineau chante, le rossignol danse.* Ces ruines, ces gravats étaient autrefois une demeure imposante et un jardin raffiné, propriété d'une famille de *samurai*, une famille qui avait donné au pays des ministres et des généraux, des industriels et des financiers, une demeure où s'étaient déroulés des banquets et des bals, un jardin où avaient retenti les chants de victoire...

Et les prés verts sont beaux au printemps...

Trois autres chiens errants apparaissent parmi les gravats, adressent des aboiements aux deux premiers. Trois nouveaux chiens errants au pelage sale et aux pattes maigres, à langue pâle et gueule noire. Les cinq chiens forment une meute qui tourne autour de moi. *Écarlate de la fleur de grenade, vert des feuilles de saule.* Je regarde les chiens approcher. Je les regarde flairer le sol. Je les regarde approcher encore. Les deux premiers chiens sont les plus braves, vont et viennent devant moi, de plus en plus près. Les trois nouveaux venus sont moins assurés. J'éteins ma cigarette. Je ramasse un caillou...

Et la situation change.

La porte du quartier général de la police métropolitaine de Tokyo. L'escalier du quartier général de la police métropolitaine de Tokyo. *Silence soudain.* Ma chemise toujours collée sur mes épaules. Mon pantalon toujours mouillé derrière les genoux. *Soudaine cécité.* Je suis le couloir. Je passe devant le bureau du directeur. *Je n'aurais pas dû venir.* Je passe devant la salle de conférences. Je passe devant la brigade numéro un. *J'aurais dû rester à l'écart.* J'arrive à la brigade numéro deux. Mon ancienne brigade...

Personne ne me verra. Personne ne m'adressera la parole...

Mais la brigade numéro deux est vide. Le couloir...

Personne. Personne. Personne...

Je me dirige vers mon bureau, mon ancien bureau, à l'extrémité de la pièce, j'ouvre le tiroir et j'en verse le contenu dans mon sac. Mais, à nouveau, le tiroir de mon bureau est vide...

Ce bureau a également été vidé...

Je jure. Je jure encore...

Je retourne dans le couloir, cherche quelqu'un; n'importe qui...

Il y a un visage familier dans l'escalier; un visage familier de la brigade numéro un et de l'équipe de l'inspecteur Kai. Mais ce visage familier me voit le premier, me voit le premier et baisse les yeux, baisse les yeux et me tourne le dos, me tourne le dos et s'éloigne, s'éloigne dans la direction opposée...

Mais il sait. Il sait. Il sait...

Je rattrape ce visage familier, je m'incline et je m'excuse, il s'incline et je m'incline à nouveau, m'excuse à nouveau puis demande : « Où sont-ils? Que s'est-il passé?

– Vous n'êtes pas au courant? demande-t-il. On a retrouvé l'inspecteur Fujita. »

Je m'incline. Je le remercie. Je prends congé. Je pivote sur moi-même.

Je m'en vais. Je descends l'escalier...

Je franchis la porte. Je cours...

Je cours, je cours, je fuis.

Je prends les sandales *geta* rouges de ma fille à la main. Ma femme pose ma fille sur mon dos. Je porte ma fille dans l'allée. Je porte ma fille dans la rue. Je porte ma fille dans l'étendue de mûriers, raccourci conduisant à un autre hôpital, un autre médecin...

L'hôpital vient d'ouvrir. Il y a déjà une file d'attente...

Je montre ma carte. Je m'impose. Je n'attends pas...

L'ophtalmologiste est une femme...

« Ma fille peut à peine ouvrir les yeux, dis-je à la doctoresse. Ils sont ainsi depuis presque deux semaines. Je redoute que ce soit plus grave que la conjonctivite, qu'il s'agisse d'une forte infection bactérienne susceptible d'endommager définitivement sa vision. Je dois m'absenter pendant quelque temps et je crains que la situation ne s'aggrave pendant mon absence. Nous ne savons, ma femme et moi, absolument plus quoi faire...

– Ne vous inquiétez pas, répond la doctoresse, cela se résorbera dans...

– Mais quand ? je demande. Il y a maintenant presque deux semaines...

– Elle sent la fumée, dit la doctoresse. Elle a été traitée au DDT. La fumée et le DDT ont aggravé l'état de ses yeux...

– Nous n'avions pas le choix, dis-je. Nous avions des poux...

– Ne vous inquiétez pas, dit la doctoresse. Les yeux ne sont pas infectés. Quand vous rentrerez de voyage, les yeux de votre fille seront complètement guéris...

– Pouvez-vous lui donner quelque chose qui hâtera leur guérison ?

– On peut lui faire une piqûre, répond la doctoresse. Mais elle coûte cher.

– J'ai de l'argent, dis-je en m'inclinant. S'il vous plaît, docteur... »

Est-ce Senju ou Adachi ? On a retrouvé l'inspecteur Fujita. *Adachi ou Senju ?* Le pleure-t-on ? Ou se moque-t-on de lui ? *Senju ou Adachi ?* Le jour est-il la nuit ? Ou la nuit le jour ? *Adachi ou Senju ?* Le noir est-il blanc ? Ou le blanc noir ? *Senju ou Adachi ?* Les hommes sont-ils des femmes ? Ou les femmes des hommes ? *Adachi ou Senju ?* Les braves ont-ils peur ? Ou les peureux sont-ils braves ? *Senju ou Adachi ?* Les forts sont-ils faibles ? Ou les faibles forts ? *Adachi ou Senju ?* Les bons sont-ils mauvais ? Ou les mauvais bons ? *Senju ou Adachi ?* La grève est-elle légale ? Ou la grève est-elle illégale ? *Adachi ou Senju ?* La démocratie est-elle bonne ? Ou la démocratie est-elle mauvaise ? *Senju ou Adachi ?* L'agresseur est-il la victime ? Ou la victime l'agresseur ? *Adachi ou Senju ?* Les gagnants sont-ils les perdants ? Ou les perdants les gagnants ? *Senju ou Adachi ?* Le Japon a-t-il perdu la guerre ? Ou le Japon a-t-il gagné la guerre ? *Adachi ou Senju ?* Les vivants sont-ils morts ? Ou les morts vivants ? *Senju ou Adachi ?* Suis-je vivant ? Ou suis-je mort... ?

Était-ce Adachi ou Senju ? Senju ou Adachi ?

On a retrouvé l'inspecteur Fujita...

Adachi ou Senju ? Senju ou Adachi ?

Ils vont me retrouver...

Adachi ou Senju ?

Mais il faut que je prenne un risque ; il faut que je présume qu'ils ne contacteront pas Ishida avant qu'il ne quitte Atago, qu'Ishida a quitté Atago pour aller chercher le riz chez lui ; il faut que je présume qu'Ishida ira directement à Asakusa, que le quartier général ne sait pas à quelle heure nous avons décidé de quitter Tokyo pour Tochigi, ou qu'il ne pensera pas à charger quelqu'un de nous arrêter...

Senju ou Adachi ? Adachi ou Senju ? Senju ou Adachi...

Tels sont les risques que je prends. Les risques que je prends...

Ou était-ce moi ? Était-ce moi ? Était-ce moi ? Était-ce moi ?

Que je prends en courant dans Tokyo...

Était-ce moi ? Était-ce moi ? Était-ce moi ?

La ville des morts.

Les morts de l'ère Shōwa.

Le cadavre de Baba Hiroko a été découvert le trois janvier, dans le département de Tochigi, sur le territoire du poste de police de Kanuma. Mais Baba Hiroko n'était pas originaire du département de Tochigi. Baba Hiroko était de Tokyo. Baba Hiroko habitait 1-9 Shin-Tsukuda Nishimachi, dans l'arrondissement de Kyōbashi, avec sa mère et son oncle, Kobayashi Sōkichi.

Je cours dans le district de Kyōbashi, à la recherche de la rue, reste dans l'ombre d'un immeuble de bureaux encore debout. Je trouve la rue et la prends, cherche l'adresse, évite le soleil et les espaces vides laissés par les bombes...

Les ombres et le soleil, le noir puis le blanc...

J'arrive devant une clôture en planches déglinguée ; amas énorme de fer rouillé et cabane à porte vitrée, au toit de tôle ondulée tachée visible entre les planches ; cet endroit est sûrement le 1-9 Shin-Tsukuda Nishimachi...

Derrière la clôture, un vieillard en bleu de travail se tient devant la cabane, un mouchoir noué sur la tête. J'appelle. Je lui dis qui je suis : inspecteur Minami, de la police de Tokyo. Il me dit qui il est : Kobayashi Sōkichi. Il reconnaît qu'il est l'oncle de Hiroko...

Je lui explique pourquoi je suis là et où je vais...

Je lui demande si je peux lui parler. Il acquiesce...

Je pense sans cesse à elle...

Je franchis la barrière de la clôture en planches, entre dans la cour. Il ôte le mouchoir et s'essuie la nuque. Il me fait signe d'entrer dans la cabane. Il me désigne un petit tabouret, qui est l'unique meuble de la cabane. Il s'assied sur une caisse vide. Une vieille carte postale en couleurs du sanctuaire d'Itsuku-shima est punaisée au mur...

« Il ne reste plus que moi et cette cabane », dit monsieur Kobayashi...

Je regarde les planches du plafond, toujours noircies par la suie de l'hiver, le tableau noir qui se trouve près de la fenêtre, le *butsudan** sur lequel un arbre *sakaki* en pot est posé entre trois photos encadrées : deux femmes d'un certain âge, une troisième beaucoup plus jeune...

« Hiroko est partie le treize décembre de l'année dernière, en début de matinée. Sa mère avait été évacuée à Nikkō, dans les logements des employés de la fonderie de cuivre Furukawa Denki... »

L'entreprise où Kodaira a travaillé à deux reprises...

« Mais en raison de la situation ici, à Tokyo, et parce que le niveau de vie était meilleur à la campagne, sa mère vivait toujours là-bas. Hiroko voulait passer le nouvel an avec elle et désirait aussi lui apporter des cadeaux...

– Vous souvenez-vous de ces cadeaux ?

– Il y avait une écharpe rouge qu'elle avait tricotée, je me souviens de ça. Je crois qu'il y avait aussi un peu de nourriture et quelques babioles. Sa mère mangeait probablement mieux que nous, mais Hiroko avait économisé sur sa ration de riz pendant un mois...

« Mais Hiroko n'est jamais arrivée et, quatre jours plus tard, on a trouvé son corps dans un champ, près de cette montagne, à Nishi Katamura, Kami Tsuga-gun. Dans ce champ désolé... »

Elle me hante...

« On avait traîné Hiroko dans le champ, on l'avait frappée au visage, on lui avait serré le cou, on l'avait violée puis étranglée avec son écharpe. Le meurtrier avait ensuite volé toutes ses affaires, les deux cents yens qu'elle avait sur elle, ainsi que son manteau, son écharpe et tous les cadeaux qu'elle destinait à sa mère...

« La mère de Hiroko s'est fait des reproches. Sa mère pensait qu'elle n'aurait pas dû rester à Tochigi, que Hiroko ne serait pas allée à Tochigi ce jour-là, si elle était rentrée à Tokyo, qu'elle n'aurait donc pas rencontré le monstre qui lui avait fait cela...

– Où est sa mère ? je demande. Toujours à Tochigi... ?

– La mère de Hiroko est morte de honte et de chagrin...

– Je regrette, je réponds. Je regrette beaucoup...

– Celui qui a tué Hiroko a également tué sa mère. »

J'acquiesce et lui dis qu'il a raison. Je lui demande si je peux rendre hommage et, pour la deuxième fois de la journée, m'agenouille devant un *butsudan*...

Mais cette fois, je ne demande pas le pardon...

Cette fois, je demande un conseil...

Un conseil en vue d'obtenir la justice...

La justice et la vengeance...

Je me redresse et il me remercie de lui avoir consacré du temps, me remercie de m'être soucié de lui, puis m'accompagne hors de la cabane...

Au soleil, dans la cour...

« Mon propre fils est toujours à Mulchi, dit-il. C'est du moins ce qu'on m'affirme. Je n'ai pas de nouvelles. Mais tant qu'on ne m'aura pas annoncé le contraire, tant qu'il coupera du bois au bord de l'Amour, je dirigerai cette affaire afin qu'il ait quelque chose à son retour... »

Mais l'oncle de Hiroko regarde les immeubles qui poussent, de l'autre côté de la rue, et ajoute : « Mais il n'est peut-être qu'un fantôme parmi les autres... »

Le terminus de la ligne de métro de Ginza est la gare d'Asakusa, située au sous-sol du grand magasin Matsuya. La ligne Tōbu commence et se termine au premier étage du Matsuya ; Ishida y sera à quinze heures. Je regarde ma montre. *Chiku-taku*. Je suis en avance. Désormais, il faut que je garde mes distances. Je sors de la gare pour prendre un peu l'air...

Ton-ton. Ton-ton. Ton-ton. Ton-ton. Ton-ton. Ton-ton...

Mais il n'y a pas d'air à Asakusa, seulement le marché à gauche, donnant au nord, et des ruines à droite, sur la rive de la Sumida. Il n'y a pas d'air ; la même étendue calcinée, plate, hormis le béton noirci et le bois neuf jaune. Pas d'air ; cet endroit est la mort, toujours la mort, la mort avant et la mort maintenant encore...

Ton-ton. Ton-ton. Ton-ton. Ton-ton. Ton-ton...

Je suis venu ici le lendemain du tremblement de terre du Grand Kantō ; ce jour-là, la ville tout entière empestait, empestait l'abricot pourri, et plus j'approchais d'Asakusa et des vents qui soufflaient de l'est depuis la rivière, plus la puanteur d'abricot était forte...

Ton-ton. Ton-ton. Ton-ton. Ton-ton...

La puanteur d'abricot pourri qui était la puanteur de la mort, montagnes de morts sous le ciel brûlant, parmi les ruines calcinées, sur les deux rives de la Sumida...

Ton-ton. Ton-ton. Ton-ton...

Je me tenais parmi les cadavres entassés sur les berges et le corps d'un jeune garçon a attiré mon regard, noir de crasse et de haillons, le visage et les mains couverts d'ampoules et de furoncles ; je me suis demandé où était son père, je me suis demandé où étaient sa mère, ses frères et ses sœurs, et j'ai prié pour qu'ils soient morts, parce qu'il valait mieux que tout le monde soit mort...

Ton-ton. Ton-ton...

Tout le monde mort...

Ton-ton...

Coups de marteau alors et coups de marteau maintenant. *Il vaudrait mieux que tout le monde soit mort.* Coups de marteau alors et coups de marteau maintenant. *Il vaudrait mieux que tout le monde soit mort.* Coups de marteau alors, coups de marteau maintenant...

Il vaudrait mieux que tout le monde soit mort...

Puis, vingt ans après que ce premier incendie eut jailli de la terre, j'en ai vu un second tomber du ciel sur Asakusa et Tokyo, porté par un vent puissant qui poussa les flammes sur la moitié basse de la ville, qui poussa les gens dans leur sillage...

Un siècle de transformations en une nuit d'incendies...

Incendies se déployant comme des éventails, brûlant les immeubles, faisant bouillir les rivières, corps asphyxiés par la fumée, calcinés par les flammes...

Je les sentais alors. Je les sens maintenant...

Cette puanteur d'abricot pourri...

Je m'éloigne du grand magasin Matsuya en direction de la porte Niten Shinto, entre dans le parc vide et noir où se dressait autrefois le grandiose temple Kannon, passe devant des centaines d'étals minuscules, trompettes et saxophones gémissant dans les haut-parleurs...

Ton-ton. Ton-ton. Ton-ton. Ton-ton. Ton-ton...

J'entre dans l'ancien marché aux vêtements, me fraye un chemin dans la foule, arrive aux échoppes de nourriture rassemblées au bord de l'étang d'Asakusa, l'air chargé, ici, de l'odeur de l'huile chaude. Je m'arrête et bois parmi les anciens soldats...

Ton-ton. Ton-ton. Ton-ton. Ton-ton...

Je regarde les affiches publicitaires...

Ton-ton. Ton-ton. Ton-ton...

Des restaurants et des spectacles...

Ton-ton. Ton-ton...

Des films et des comédies musicales...

Ton-ton...

Le soleil baisse en lignes noires et blanches derrière le toit en bambou, je fixe le visage d'un jeune garçon couvert de haillons noirs et de crasse, des ampoules et des furoncles sur le visage et les mains, qui pleure du pus et des larmes, qui lève la main et pointe le doigt...

Ton-ton. Ton-ton. Ton-ton. Ton-ton...

Coups de marteau alors, coups de marteau maintenant...

Masaki, Banzai ! Papa, Banzai !
Les coups de marteau ne cessent jamais.
Ton-ton. Ton-ton. Ton-ton...

Je mets à nouveau ma fille sur mon dos et la porte à la maison à travers l'étendue de mûriers, à la maison, mais quand on arrive au vieux puits, je la pose. Je sors mon mouchoir. Je le lave et le mouille dans le puits. Je l'essore. Puis je le pose sur les yeux de ma fille...

« Seulement jusqu'à ce que la fumée soit partie », dis-je.

Je mets à nouveau ma fille sur mon dos et la porte jusqu'à la maison, franchis la barrière, suis le chemin, passe la porte et entre dans le *genkan...*

« Nous sommes rentrés », crions-nous en chœur, ma fille et moi.

Je vais chercher de l'eau puis je retourne dans le jardin. Je verse de l'eau sur les flammes et j'éteins le feu de literie...

« La fumée irrite ses yeux », dis-je à ma femme.

Ma femme s'incline. Ma femme s'excuse...

« Ce n'est pas utile, dis-je. Tu n'avais pas le choix. »

Ma femme s'incline à nouveau. Ma femme me remercie à nouveau. Ma femme dit : « Je regrette beaucoup que tu aies dû la conduire à l'hôpital. Tu dois être fatigué. J'ai préparé le petit déjeuner...

– Pas maintenant, dis-je. Il y a des choses dont je dois te parler...

– Papa s'en va encore », psalmodie ma fille.

Ma femme adresse des reproches à ma fille...

« Sonoko a raison, dis-je à ma femme. Mais je m'en vais parce que j'ai été rétrogradé. J'ai perdu mon commandement et j'ai perdu mon grade. J'ai reçu l'ordre de me rendre dans le département de Tochigi, dans le cadre de l'enquête en cours. Cependant, ce n'est que pour quelques jours et j'espère être de retour mardi ou mercredi. Mais quand je serai rentré, je serai muté dans un poste de police local et je ne sais pas pour combien de temps...

« On m'a dit que le Service de la sécurité publique du quartier général a posé des questions sur mes affectations et ma carrière, sur mon droit à exercer la fonction de policier. Il est possible que mon nom apparaisse dans la prochaine directive de purge. Il est certain que cela entraînera mon renvoi. Il est également possible que cela entraîne un procès et la prison. Même l'exécution... »

Je m'incline très profondément. « Je regrette sincèrement de devoir vous annoncer cela... »

Ma femme s'incline profondément, elle aussi. Ses épaules tremblent, ses larmes tombent sur le tatami et elle sanglote : « Je regrette. Tout est ma faute.

– La faute m'incombe, je réponds. Ne te fais pas de reproches...

– Je regrette, sanglote-t-elle encore. J'ai été une mauvaise épouse...

– Je t'en prie, ne pleure pas, dis-je. Et je t'en prie, ne te fais plus de reproches. Tu t'es occupée de nos enfants et tu as tenu la maison dans des circonstances difficiles. Nous sommes encore confrontés à un avenir difficile, incertain, et nous devons tous les deux être forts, pour nos enfants. Nous devons tous les deux faire de notre mieux... »

Ma femme acquiesce. Ma femme baisse la tête.

« As-tu obtenu de l'argent au bureau de poste ?

– Nous avons fait la queue tous les jours, mais il n'y a toujours rien... »

Je sors une enveloppe de la poche de ma veste. Je dis : « Il y a à manger dans mon sac à dos, du riz ainsi que des légumes, et cet argent devrait suffire jusqu'à mon retour. »

Ma femme s'incline. Ma femme me remercie...

Nous sommes à genoux...

Lève-toi !

Je me redresse. Je vais dans l'autre pièce où se trouve l'alcôve de notre *butsudan*. Je m'agenouille devant notre *butsudan*, devant les portraits de ses parents et des miens, de sa sœur et de mon frère. Je me penche et allume trois bâtons d'encens. Je donne trois coups sur le bol métallique. Je reste à genoux devant l'autel...

J'adresse des prières à mon père, à ma mère et à mon frère...

Je m'excuse de mon comportement et de mes échecs...

Je les supplie de me pardonner et de me conseiller...

Je leur demande de m'aider et de me protéger...

Je me penche à nouveau. Je pose l'enveloppe d'argent sur le *butsudan*. Je place le sac de nourriture devant l'autel...

L'air est lourd de l'odeur de l'encens...

De l'odeur de la literie brûlée...

Mes yeux me piquent. Mes yeux me font mal...

De l'odeur du DDT...

Mes larmes.

Je suis en retard maintenant et la gare d'Asakusa est bondée, sombre et torride. *Toutes les gares*. Des centaines de passagers, peut-être des milliers, patientent afin de pouvoir obtenir des billets qu'il faut attendre pendant des heures, parfois des jours, en vue de prendre des trains qui mettent des heures, parfois des jours, à arriver à destination. *Toutes les gares. Tous les trains*. Le Japon tout entier, les survivants, *ceux qui ont eu de la chance*, sans cesse en déplacement...

Je regarde à gauche et à droite. Devant et derrière moi...

Pas d'hommes venus du quartier général. Pas d'hommes en uniforme...

Je me fraye un chemin dans la foule. Je me fraye un chemin jusqu'à l'escalier, jusqu'aux quais et aux trains...

Je regarde à gauche et à droite. Derrière moi, puis...

Ishida est devant moi. Ishida au contrôle des billets...

Sait-il qu'on a retrouvé l'inspecteur Fujita ?

Ishida s'incline. Ishida me donne mon billet...

Sait-il ? S'en soucie-t-il... ?

Je l'entraîne. *Vite !* Au contrôle, nous montrons nos billets et nos cartes. *Vite !* Nous suivons le quai d'un pas vif. *Vite !* Nous longeons une longue file de wagons de troisième classe réservés aux Vaincus ordinaires. *Vite !* Nous arrivons à la voiture de deuxième classe, aux sièges en bois, destinée aux Vaincus privilégiés tels que nous, notre voiture...

Vite ! Vite ! Vite ! Vite ! Vite !

Je jette un coup d'œil sur le quai...

Personne ne nous poursuit...

Nous montons, Ishida et moi, dans le train...

Personne ne nous y attend...

Le contrôleur nous a gardé deux places face à face ; Ishida est tourné vers les wagons de troisième classe où les passagers sont entassés, assis, debout et en grappes sur les marchepieds, tandis que je suis tourné vers la voiture des Vainqueurs, les deux voitures sur lesquelles est indiqué « *Vainqueurs seulement* » qui, pour une fois, sont pleines de GI regagnant leur affectation à Tochigi après une permission à Tokyo...

Le coup de sifflet retentit...

Le contrôleur en uniforme marron crasseux du Tōbu monte la garde devant la porte de communication permettant d'accéder à la première voiture des Vainqueurs, un flot incessant de Japonais et de Japonaises tentant de s'y introduire dans l'espoir d'une place assise...

Chaque fois, le contrôleur en uniforme marron crasseux les arrête...

La locomotive démarre. Les roues tournent...

« Réservé aux Américains », leur dit le contrôleur...

Nous sortons de la gare d'Asakusa Tōbu...

J'attends que l'un d'entre eux proteste...

Nous traversons la Sumida...
Mais les Japonais battent en retraite sans un mot...
Je m'en vais, m'en vais...
Les lois de la victoire et de la défaite...
Je me suis échappé. Pour le moment...
Les roues tournent et tournent encore.

Ça me démange et je me gratte. *Gari-gari.* Sugito, première étape du trajet, n'est pas loin, mais le train est lent et une chaleur torride règne dans le wagon. Ça me démange et je me gratte. *Gari-gari.* Ishida ne dit rien. Je garde le silence. Nous fermons les yeux...

Je vous en prie, faites que les yeux de ma fille s'ouvrent maintenant...

Mais je ne dors pas. Ça me démange et je me gratte. *Gari-gari.* J'écoute les annonces et les pas précipités quand nous nous arrêtons dans une gare, puis le bref coup de sifflet strident de la locomotive. Ça me démange et je me gratte. *Gari-gari.* De gare en gare, de coup de sifflet en coup de sifflet...

Kita-Senju. Soka. Kasukabe...

Jusqu'au moment où le train s'arrête à la gare de Tōbu Sugito, où nous nous frayons un chemin hors du wagon, descendons sur le quai. Ça me démange et je me gratte. *Gari-gari.* Puis nous traversons la passerelle, atteignons l'autre quai et attendons le train de la ligne Tōbu Nikkō.

Le pays de Kodaira...

Il y a deux heures d'attente sur un quai bondé, d'une extrémité à l'autre, d'hommes et de femmes avec leurs enfants et leurs affaires. Ça me démange et je me gratte. *Gari-gari.* Beaucoup portent, sur leur dos, des bébés qui pleurent, ou au cou, dans une boîte, les os silencieux des morts : des anciens de Mandchourie, réfugiés dans leur propre pays. Ça me démange et je me gratte...

Gari-gari...

Nous trouvons, Ishida et moi, à une extrémité du quai, un espace étroit où il nous est possible de nous accroupir avec nos sacs afin d'attendre, d'attendre et d'attendre encore, de nous gratter parce que ça nous démange, *gari-gari.* Ishida ne dit toujours rien et je garde toujours le silence, si bien que nous fermons à nouveau les yeux, que nous fermons les yeux jusqu'au moment où je sens que les gens bougent sur le quai, se lèvent, prennent leurs enfants et leurs affaires, leurs bébés et leurs os à l'approche du train, du coup de sifflet et de la vapeur...

Toutes les gares. Tous les trains. Toutes les gares. Tous les trains...

Les gens tentent de monter alors que le convoi n'est pas encore arrêté, avant que les passagers ne soient descendus, poussent et se bousculent, crient et se disputent, sur les marchepieds, par les fenêtres...

Toutes les gares. Tous les trains. Toutes les gares...

Il n'y a pas de places réservées dans ce convoi. Chacun, homme, femme et enfant, pour soi. Nous montons, Ishida et moi, sur le marchepied de l'extrémité d'une voiture et nous nous frayons un chemin à l'intérieur...

Tous les trains du pays...

Nous sommes coincés, Ishida et moi, dans le passage qui se trouve devant les toilettes, les toilettes elles-mêmes occupées par une famille avec toutes ses affaires, et le train démarre dans une secousse, ce train qui ne transportait autrefois que des touristes et des gens allant en excursion pour la journée au pont Shinkyō, au sanctuaire de Tōshōgū, au lac Chūzenji et aux chutes de Kegon, ce train qui ne transporte plus aujourd'hui que les affamés et les égarés...

Ceux qui ont eu de la chance.

Je suis coincé entre Ishida et une jeune fille. Ça me démange et je me gratte. *Gari-gari.* Je tente de tourner la tête pour regarder par la vitre, pour trouver un peu d'air et regarder les noms des gares, mais je ne vois que les poux qui rampent sur le cuir chevelu de la jeune fille qui se tient devant moi, qui sortent d'entre ses cheveux et y disparaissent à nouveau, s'y enfoncent puis refont surface, font surface puis s'y enfoncent à nouveau, sortent d'entre ses cheveux et y disparaissent. Ça me démange et je me gratte. *Gari-gari.*

Environ une demi-heure plus tard, le train cahote sur des aiguillages et ralentit à nouveau. Mais il n'y a pas d'annonce...

Je me tourne vers Ishida. Je lui demande : « Où sommes-nous ? »

Ishida tend le cou. Il répond : « À Fujioka. »

Sur les reins d'Ishida...

Le train s'arrête à la gare. Encore une fois, les gens poussent et se bousculent, crient et se disputent tandis que des passagers tentent de descendre et de monter...

Sur ses reins, un objet froid et métallique...

Je m'éloigne d'Ishida. Ça me démange et ça me démange encore. Je m'éloigne de la jeune fille aux poux. Je m'immobilise près de la vitre, je peux enfin respirer et me gratter, *gari-gari, gari-gari, gari-gari...*

La locomotive sort de la gare. Ishida se dirige vers moi. Ishida s'immobilise à nouveau près de moi...

Le soleil se couche. La nuit tombe...

L'inspecteur Ishida me dit que nous devrions descendre à la gare de Shin-Kanuma, que nous devrions y arriver dans une heure environ, qu'il connaît le chemin du poste de police de Kanuma, qu'il a étudié la carte, qu'on nous attendra, qu'on aura réservé une auberge à notre intention...

On nous attendra...

Mais j'ai également regardé les cartes. J'ai regardé les cartes qui m'intéressaient. Je réponds que nous ne descendrons pas à la gare de Shin-Kanuma, que nous n'irons pas au poste de police de Kanuma...

Pas dans l'auberge réservée. Pas ce soir...

Où on attendra...

« À Ienaka, dis-je. Voilà où nous descendrons. »

Ienaka se trouve à une quinzaine de kilomètres avant Kanuma. Ienaka est la gare la plus proche de la maison où vivent la mère et la fille de la veuve Okayama. Ienaka est également près du champ où le cadavre de Baba Hiroko a été découvert le trois janvier...

Mais il fait nuit maintenant. Il fait noir ici...

Nous franchissons le contrôle, Ishida et moi, sortons de la gare et pénétrons dans la ville déserte. Pas de marchés, ici...

Personne ne nous attend, ici...

Il n'y a que les silhouettes sombres de montagnes et les esquisses d'arbres cachés qui dominent la ville et nous dévisagent tandis que je m'accroupis, ouvre mon sac et sors mon carnet, Ishida marmonnant qu'il est tard, qu'il est trop tard pour aller voir la mère et la fille de la veuve Okayama, trop tard pour se rendre dans le champ où Baba Hiroko a été découverte, trop tard pour trouver une auberge...

Trop tard pour tout...

« Voilà », dis-je en lui montrant l'adresse d'une auberge, notée dans mon carnet, et sur mon plan, l'endroit où elle se trouve. Je précède Ishida dans la côte, en direction de l'adresse. Nous trouvons facilement...

L'Auberge de la belle montagne...

L'hôtel fait face à la route et la lampe du perron est allumée, les papillons de nuit s'écrasent sur le verre qui couvre l'ampoule, les moustiques nous piquent le front et le cou quand nous ouvrons la porte, présentons nos excuses à la servante parce que nous arrivons tard, brusquement et sans nous être annoncés, lui offrons une partie du riz l'inspecteur Ishida a apporté...

Noir dehors, noir dedans...

La servante s'en va avec le riz et nos papiers, revient avec une femme d'âge mûr qui nous remercie d'avoir apporté du riz, puis note nos identités. La femme nous explique qu'il est trop tard pour que nous puissions dîner, qu'il faut avertir une journée à l'avance pour qu'ils puissent acheter et préparer les repas, qu'il est également trop tard pour que nous puissions prendre un bain, qu'ils ne font chauffer l'eau que lorsqu'ils ont été prévenus une journée à l'avance, et seulement une fois par jour...

Pas de bain. Pas de collation. Pas de saké. Pas de bière...

« Mais il y aura un petit déjeuner », annonce-t-elle.

La femme d'âge mûr demande à la servante de nous montrer notre chambre qui, affirme la femme, est la meilleure, et nous suivons la jeune servante dans un couloir obscur et humide d'alcôves dans le noir et de fenêtres aux volets fermés...

La servante déverrouille une porte et l'ouvre...

La servante allume la lumière...

Et je regrette qu'elle l'ait fait...

Les paravents sont en lambeaux et les tatamis grouillent de punaises, les moustiques nous dévorent, Ishida et moi, quand nous nous asseyons à la table basse, sous une petite ampoule électrique, et comptons les cafards; la servante pose des futons sur nos lits, s'excuse à cause de l'odeur et de la température mais affirme qu'il est préférable, nettement préférable, de laisser les fenêtres fermées à cette période de l'année...

« Merci », disons-nous, puis nous nous inclinons et lui souhaitons bonne nuit.

Dans le silence des insectes, ils se réunissent dans le *genkan* de notre maison pour assister à mon départ. *C'est la défaite.* Ils me regardent mettre mes chaussures. *C'est la défaite.* Ils franchissent derrière moi la porte de notre maison. *C'est la défaite.* Ils me suivent dans l'allée de notre maison. *C'est la défaite.* Ils s'arrêtent à la barrière de notre maison. *C'est la défaite.* Ils me regardent m'éloigner de notre maison et font signe de la main. *C'est la défaite.* Ils me regardent m'en aller dans la rue et font signe de la main. *C'est la défaite.* Chaque fois que je me retourne. *C'est la défaite.* Chaque fois que je me retourne. *C'est la défaite...*

Je t'en prie, souviens-toi de nous. Je t'en prie, ne nous oublie pas, papa...

De ma femme, de ma fille et de mon fils...

La défaite. La défaite. La défaite. La défaite...

De mon père et de ma mère...

La défaite. La défaite. La défaite...

De mon frère aîné...

La défaite. La défaite...

Cette défaite de toutes les minutes, de toutes les heures, de tous les jours, de toutes les semaines, de tous les mois, de toutes les années...

Je compte au nombre des survivants...

C'est la capitulation. C'est l'occupation...

Au nombre de ceux qui ont de la chance...

C'est la défaite.

Nous nous sommes lavé le visage et nous avons pissé. Nous avons ôté notre pantalon et ôté notre chemise. Nous nous sommes souhaité bonne nuit et avons éteint l'ampoule électrique. Je suis allongé et j'attends qu'Ishida s'endorme. Que son souffle devienne régulier...

D'entendre qu'il dort profondément.

C'est une étuve et le noir est total...

Lentement et silencieusement, je me mets à plat ventre. Je glisse de mon futon sur les tatamis. Je rampe sur le plancher, en compagnie des punaises et des cafards, jusqu'à son sac. J'ouvre son sac et je le fouille...

Un objet froid et métallique...

Je sors l'arme. C'est un pistolet de l'armée modèle 1939. Il est chargé. Je lève l'arme dans le noir. Je la braque sur Ishida et vise...

Je pourrais le tuer maintenant...

Mais je baisse le pistolet. Je le remets dans le sac d'Ishida. Je ferme le sac. Je rampe sur le plancher, le tatami, jusqu'à mon sac. J'ouvre mon sac...

Il faut que je dorme. Il faut que je dorme...

Je sors les cachets que Senju m'a donnés. Pas de Calmotine, ce soir. Senju n'a pas de Calmotine. Mais Senju a des réserves...

Véronal. Muronal. Numal...

Senju a toujours un stock...

Je ne compte pas.

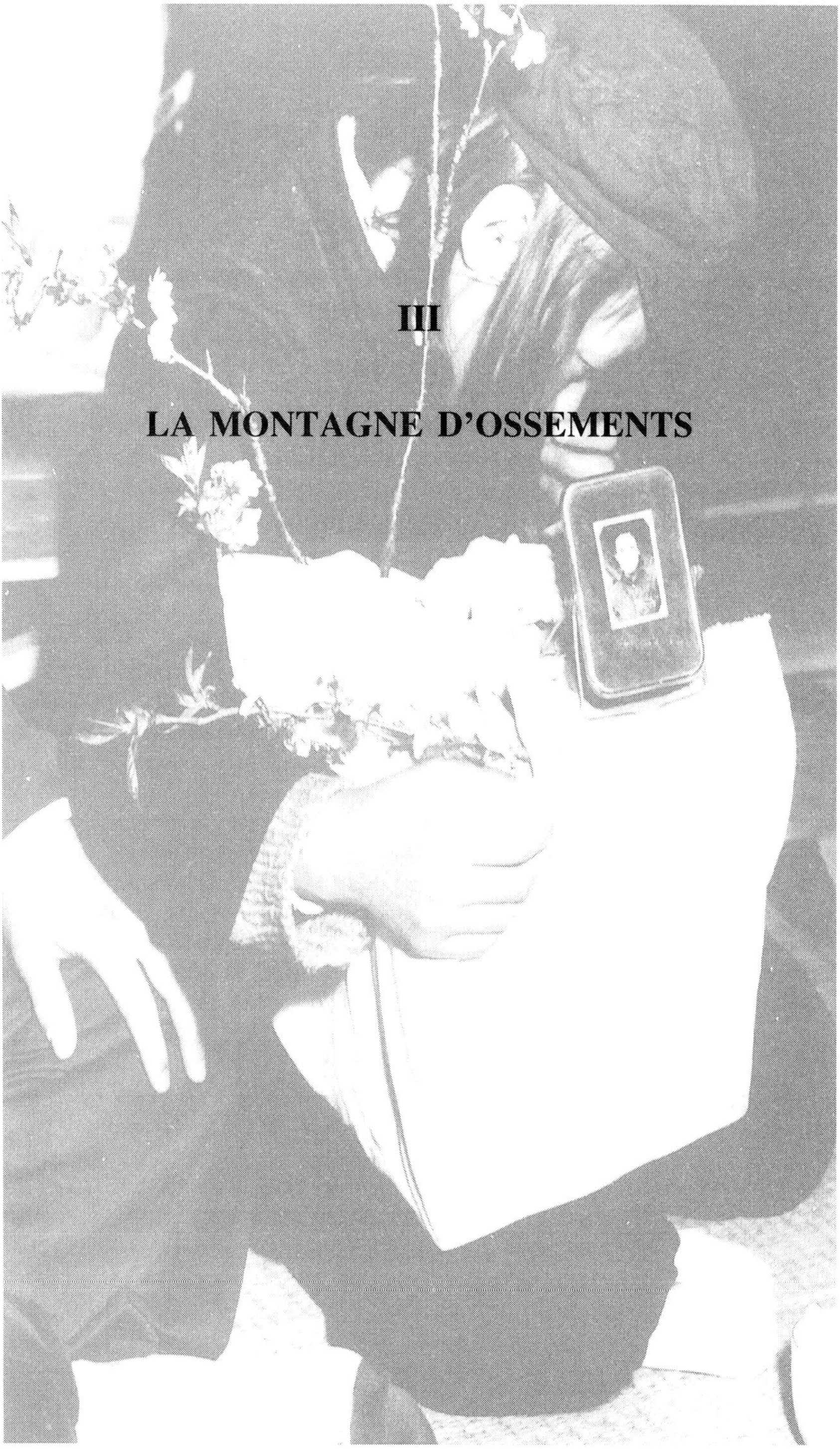

III

LA MONTAGNE D'OSSEMENTS

Banzai ! **Quatre-vingt-dix Calmotine, quatre-vingt-onze**. Quatre heures du matin, le ciel s'éclaircit à l'est. La chaussée est humide de rosée et nous marchons vers l'hôpital. Les rues sont désertes, le drapeau du Soleil sur fond de ciel bleu est déjà tombé. Le lieutenant Shigefuji conduit l'attaque de l'hôpital. *Les Chinetoques ont volé les Japonais*. Les infirmières en blanc se tassent sur elles-mêmes devant nous, les malades sont toujours allongés dans leur lit. *Les Chinetoques ont violé les Japonaises*. Les chaussures boueuses piétinent les lits, les uniformes blancs. *Les Chinetoques ont assassiné les Japonais*. Un enfant poignardé contre un mur, le sang jaillissant de sa poitrine, est accroupi sur le sol. *Masaki, Banzai !* Une femme pâle dort dans son lit, la bouche ouverte, et ne se réveillera jamais. *Papa, Banzai !* Nous frappons du pied les corps des Chinois morts comme ils frapperaient du pied les cadavres de nos morts. *Banzai !* Demain, les unités principales s'en iront et nous resterons seuls. *Des feuilles d'acacia volent dans les rues*. Pour garantir la paix. *Dans la poussière et dans la crasse*. Pour faire respecter la loi et l'ordre. *Emportées par le vent jaune*. Parmi les cadavres. **Cent Calmotine, cent une**. Nous convoyons, Kasahara et moi, en rickshaw, trois bandits dans la rue T'ai-ma-lu. *La vieille mère cède à la lassitude*. Le premier bandit gémit. Une cigarette ! Donnez-moi une cigarette ! Ils ont les bras ligotés dans le dos, de lourdes entraves aux chevilles. Mendiants et coolies, Allemands et Japonais se massent autour du rickshaw. *En attendant le retour de son enfant bien-aimé*. Le deuxième bandit crie. Donnez-moi un P'ao-t'ai-pai ! Pas de la saloperie bon marché ! La foule verse du vin dans la bouche des bandits. Les rickshaws arrivent sur la place qui s'étend devant la gare. *La jeune épouse en rouge*. Le troisième bandit hurle. Les tireurs de rickshaw baissent leurs brancards. Les soldats repoussent la foule. Nous ordonnons, Kasahara et moi, de traîner les trois hommes hors des carrioles. *Veille, seule, près du lit vide*. Le bandit le plus âgé se met à chanter un chant de guerre. Fils de pute ! Ai-je assassiné quelqu'un, fils de pute ? *Ces Chinetoques ont volé les colons japonais*. À genoux ! je crie. Vas-y ! Je n'ai pas peur ! *Ces Chinetoques ont violé les colons japonais*. La foule avance à nouveau. *Ce gros salaud pleure comme un bébé*. Odeur d'ail, chuintement métallique. *Vas-y ! Vas-y !* Je donne l'ordre. Deux soldats sont couverts de sang fumant et le corps sans tête bascule en avant. *Hourrah ! Hourrah !* Ma bouche est pleine de bile. La foule applaudit. J'avale la bile. *Hourrah ! Hourrah !* Trois femmes, les pieds bandés de noir, sortent de la foule en trottinant. *Hourrah ! Hourrah !* Les femmes ont des beignets au bout de longues baguettes. *Il ne faut pas qu'elle voie ! Ma bouche est à nouveau pleine de bile. Les trois femmes pressent les trois beignets sur les plaies des trois bandits morts. Il ne faut pas qu'elle voie !* J'avale la bile. Les beignets blancs absorbent le sang et rougissent. *Il ne faut pas qu'elle voie !* Je vomis derrière un rickshaw. *Yuan-na !* Une femme s'est frayé un chemin dans la foule. *Yuan-na !* Il était innocent, crie-t-elle. C'était les Japonais ! C'était les Japonais ! **Cent dix Calmotine, cent onze.** Étendues d'herbe de la pampa, montagnes de pins. *À bas l'impérialisme japonais !* Sur tous les murs de toutes les maisons de toutes les villes

11

25 août 1946

Département de Tochigi, 32°, très beau

Ton-ton. Ton-ton. Ton-ton. Ton-ton. Ton-ton. Ton-ton...

Coups de marteau, coups de marteau sur une porte...

Ton-ton. Ton-ton. Ton-ton. Ton-ton. Ton-ton...

J'ouvre les yeux. Je ne reconnais pas le plafond...

Ton-ton. Ton-ton. Ton-ton. Ton-ton...

Je reconnais maintenant la chambre, et la porte...

Ton-ton. Ton-ton. Ton-ton...

Je me lève. *Ishida absent.* Je vais juqu'à la porte...

Ton-ton. Ton-ton...

Je n'ouvre pas. « Qui est-ce ?

– La police de Kanuma... »

Je jure. Je jure...

J'ouvre la porte...

« Je m'appelle Tachibana, chef de la police de Kanuma, annonce l'homme de petite taille, gras et encore jeune, qui s'incline. Enchanté de faire votre connaissance... »

Son uniforme est trop étroit. Ses boutons trop brillants...

« Inspecteur Minami, dis-je. Heureux de faire votre connaissance. »

A-t-il eu Tokyo au téléphone ? Est-il au courant pour Fujita ?

Tachibana dit : « Je regrette de vous avoir réveillé.

– Ne vous excusez pas, je réponds. Il était difficile de dormir, à cause de la chaleur et des insectes. Je devrais être réveillé depuis des heures... »

Tachibana dit : « Nous vous attendions à Kanuma, mais...

– C'est encore de ma faute. Je regrette. J'aurais dû vous appeler...

– Ne vous inquiétez pas, répond Tachibana en riant. Le téléphone est souvent en panne, vous n'auriez probablement pas pu nous joindre. »

Il n'a pas eu Tokyo au bout du fil, n'a pas entendu parler de Fujita...

« Avez-vous vu l'inspecteur Ishida ? » je lui demande...

Tachibana secoue la tête. « Votre collègue ? »

Il n'a pas vu Ishida, n'a pas parlé à Ishida...

« Oui, lui dis-je. Il est ici, quelque part...

– Il est peut-être allé prendre son petit déjeuner... »

Je demande à Tachibana : « Comment avez-vous appris notre présence ici ?

– Les auberges ont l'obligation de signaler tous leurs clients, répond Tachibana en riant à nouveau. Même les clients appartenant à la police métropolitaine de Tokyo. »

Bienvenue à la campagne ! Bienvenue à Tochigi !

Je souris, j'acquiesce et dis : « Bien entendu.

– Je vais vous attendre dans l'entrée, inspecteur. »

Je m'incline une nouvelle fois et m'excuse. Je rentre dans la chambre...

Chambre dans le noir. Volets et rideaux toujours fermés...

Je pousse la porte. *Ishida absent.* Je regarde son futon plié...

Son sac a disparu. Je saisis mon sac. Je l'ouvre...

Je le fouille jusqu'au moment où je trouve les boîtes et les flacons...

Je compte les cachets. *Assez.* Ils sont toujours là...

Je m'allonge à nouveau. Je ferme à nouveau les yeux...

Ça me démange toujours et je me gratte toujours. *Gari-gari* *...

Je veux oublier ces rêves...

Je m'assieds et j'ouvre les yeux. *Dans la pénombre.* Je fouille à nouveau, à la recherche de mon carnet, de mon crayon. *Je ne peux pas oublier ces rêves.* Il faut que je les écrive. *Dans la pénombre.* Ces rêves, ces esquisses de choses. *Je ne peux pas oublier.* Ces choses dont je rêve, ces rêves dont je me souviens, toutes ces esquisses de choses dont je me souviens...

Ces choses incompréhensibles, ces choses qu'on peut...

Je pose mon carnet et je pose mon crayon...

Je me rends aux petites toilettes. Je pisse. Je me lave le visage...

Je m'habille. Ça me démange encore et je me gratte encore...

Gari-gari. Ça me démange et je me gratte. *Gari-gari...*

Je prends mon sac. Je sors de la chambre...

Je suis le couloir...

Le couloir toujours sombre...

Ishida est présent, maintenant.

Son sac...

Ishida est assis à la table basse de l'entrée de l'auberge, bavarde avec Tachibana, acquiesce et sourit au fil de la conversation. Ils se lèvent et s'inclinent à mon arrivée, et l'inspecteur Ishida dit : « Je suis désolé. Je suis allé prendre mon petit déjeuner sans vous... »

Je ne sais plus qui est cet inspecteur Ishida. Cet homme...

« C'est sans importance, dis-je. J'avais sûrement besoin de sommeil. »

A-t-il eu Tokyo au téléphone ? À propos de Fujita ? À propos de ses ordres ?

« J'ai tenté de vous réveiller, dit Ishida. Mais vous étiez mort. »

Cet homme que je ne connais pas. Cet homme que je ne reconnais pas...

Tachibana me demande : « Voulez-vous un petit déjeuner ?

– Il y a de la soupe *miso*, dit Ishida. Vous devriez en prendre. »

Je secoue la tête. « Je n'ai pas très faim, merci. »

Qui est Ishida ? Qui est Ishida ? Qui est Ishida ?

Tachibana acquiesce. Mais Tachibana dit : « Vous avez payé le petit déjeuner. Vous devriez manger quelque chose pendant que nous parlons...

– Ça va, merci », mais Tachibana est déjà debout, se dirige vers la réception, frappe sur le comptoir et exige mon petit déjeuner...

Je ne regarde pas Ishida. Ishida ne me regarde pas...

Personne n'est qui il prétend être...

Tachibana revient. Tachibana se rassoit. Tachibana prend sa serviette. Tachibana l'ouvre. Tachibana en sort deux minces dossiers. Tachibana pose les deux dossiers sur la table...

Le premier s'intitule *Baba Hiroko*, l'autre *Numao Shizue...*

« Excusez-moi de vous interrompre », dit la jeune servante, la même que la veille au soir, en posant un bol de porridge de riz surmonté d'une mince tranche de piment sur la table basse, devant moi, ainsi qu'un deuxième bol de feuilles vertes flottant dans de l'eau parfumée au *miso*, puis place des baguettes ébréchées près des deux bols de nourriture...

J'ai soudain très faim. Je présente mes excuses à Tachibana et Ishida. Je m'excuse puis mange le porridge froid et le piment, les fais passer avec la soupe brune tiède et les feuilles...

Je suis un chien errant, dont la maison a disparu, dont le maître est parti...

Je déglutis. Je dis : « Parlez-nous de Numao...

– C'était une jeune fille de Nikkō, commence-t-il en ouvrant le dossier sur la table. Au soir du deux décembre de l'année dernière, elle a dit à sa famille qu'elle allait chez une amie. Elle n'y est pas arrivée et n'est pas rentrée chez elle. Un peu plus d'un mois plus tard, le trois janvier, son corps a été retrouvé...

« Numao Shizue avait été poignardée. »

Je pose les baguettes ébréchées. Je m'essuie la bouche et je dis : « Je croyais qu'on avait retrouvé Numao le trente décembre ?

– Désolé, désolé, dit Tachibana. Oui, vous avez raison, bien entendu. »

Je demande : « Y avait-il des éléments indiquant qu'elle avait été violée ?

– Aucun, répond Tachibana. Elle était habillée. »

Je me penche, je repousse le dossier. « Ce n'est pas Kodaira. »

Tachibana baisse la tête. Tachibana acquiesce...

Je lui explique : « Kodaira Yoshio ne tue que pour le sexe.

– Il y a d'autres affaires », dit-il...

Je demande : « Avez-vous les dossiers avec vous ?

– Non, ils sont à Kanuma. »

Au poste de police...

« Très bien, dis-je. Merci. Nous les verrons plus tard, mais pour le moment, j'ai deux requêtes à vous présenter...

– Je vous en prie, répond-il. Nous sommes ici pour vous aider...

– Nous voudrions rendre visite à une jeune fille nommée Okayama, dont la mère connaît Kodaira Yoshio. Nous voudrions parler avec elle et avec tous ceux qui ont rencontré Kodaira Yoshio ici. Ensuite, nous voudrions voir l'endroit où on a trouvé le corps de Baba Hiroko...

– Bien sûr, dit Tachibana en se levant. Ce n'est pas loin et j'ai un petit camion que nous pouvons utiliser. Je vais le faire venir pendant que vous réglerez l'auberge. »

J'acquiesce. Je dis : « Merci de votre collaboration. »

Tachibana prend les dossiers et les remet dans sa serviette. Puis Tachibana s'incline et nous laisse.

Je m'essuie une nouvelle fois la bouche. Je m'essuie la nuque.

« Il semble très coopératif, constate Ishida.

– Parce qu'il a peur, dis-je...

– Peur de quoi ?

– A-t-il besoin d'une raison ? je demande. Nous sommes au Japon. C'est la vingt et unième année de l'ère Shōwa. L'année du Chien...

« Tout le monde a peur, inspecteur... »

Ishida demande soudain : « Que sont devenus vos cheveux ? »

Je me frotte le crâne. Je réponds : « Je les ai rasés il y a quelques jours...

– Mais ceux qui repoussent sont gris », dit Ishida.

Je touche à nouveau mon crâne. Je hausse les épaules...

« J'ai failli ne pas vous reconnaître. »

Le camion est antique, petit, et le vieil agent qui le conduit porte une casquette élimée et sale. D'un geste, Tachibana me désigne le petit siège situé à la gauche du chauffeur tandis qu'Ishida et lui s'installent dans la benne, qui contient de la tôle ondulée et des outils de charpentier. Le chauffeur démarre.

Je me cramponne quand nous commençons à rouler. Ni pare-brise ni capot, lumière aveuglante et je plisse les paupières parce que le soleil illumine la campagne de Tochigi, ce pays des vivants. Ce pays d'abondance...

Il y a des montagnes. Il y a des arbres. Il y a des champs...

Il y a des feuilles et il y a des fleurs...

Il y a des rivières et il y a des ruisseaux...

Il y a du vert et du bleu, ici...

Dans le pays des vivants...

Il y a des couleurs.

Le camion gravit péniblement le flanc d'une petite montagne, descend de l'autre côté, puis monte une nouvelle côte et s'arrête devant une maison dont la façade donne sur la chaussée, et nous descendons. Un chien dort à l'ombre du mur, mais il est attaché à un pieu...

Il n'est pas errant ; sa maison n'a pas disparu, son maître est ici...

Noir et gros, mieux nourri que l'essentiel de la population de Tokyo ; je regarde son ventre qui monte et descend, ses yeux fermés, sa langue qui pend...

« Ce chien paresseux est un chien de garde, » plaisante Tachibana.

– Y a-t-il beaucoup de cambriolages, par ici ? demande Ishida.

– Il y a quelques pillards, admet Tachibana. Et avant, il y avait les Chinois, qui s'échappaient toujours des usines...

– Dans ce cas, il aurait été chien de chasse, à cette époque », dit le chauffeur.

Tachibana regarde le chien et rit à nouveau. Puis il s'excuse et nous précède à l'intérieur de la maison...

Le chauffeur allume une cigarette et explique : « Beaucoup d'anciens chiens de chasse courent la campagne, maintenant, en meutes... »

Tachibana revient en compagnie de la mère de la veuve Okayama, qui s'incline et nous souhaite la bienvenue tandis que Tachibana nous présente et explique à la vieille femme la raison de notre présence. Nous nous excusons, Ishida et moi, de l'heure matinale et d'être venus sans avoir averti à l'avance.

La mère de la veuve Okayama s'incline à nouveau et nous invite à entrer. La mère est très âgée et sa petite-fille n'est pas là. Mais la mère n'est pas seule. Un vieillard est assis près de la cheminée vide. La mère de la veuve Okayama loue la maison à ce vieillard. Il s'appelle Koito. Koito, en général, n'apprécie pas beaucoup la police et n'apprécie pas beaucoup les gens de la ville. La mère de la veuve Okayama ne se souvient pas vraiment d'un nommé Kodaira Yoshio, mais Koito se souvient de lui...

« J'aimais bien monsieur Kodaira, parce qu'il est né dans le coin, il est né à Nikkō. Il est venu de nombreuses fois chercher du ravitaillement...

« Il était sympathique, Kodaira, très sympathique. Il avait toujours de l'argent ou des choses à échanger. Je l'ai présenté à beaucoup de gens, dans le coin, des gens susceptibles d'accepter de faire du commerce avec un enfant du pays... »

Je lui demande leurs noms et leurs adresses...

« Je sais que ce n'est pas absolument légal, dit-il en se tournant vers Tachibana. Mais tout le monde le fait. Si les gens ne le faisaient pas, ils mourraient de faim... »

Je lui demande à nouveau les noms et les adresses...

« Ils n'ont pas tous autant de chance que des gens comme vous... »

Je hais la campagne. Je la hais...

Je fais craquer les articulations de mes doigts, lui demande une troisième fois les noms et les adresses. Je les lui demande une dernière fois et Koito soupire, énumère les noms, des noms d'agriculteurs locaux et de leurs familles, de tous les agriculteurs locaux, de toutes les familles dont il se souvient...

Kashiwagi, Kiyohara, Fujisaki, Yoshimura...

« Combien de fois Kodaira est-il venu ? » je demande, mais Koito hausse les épaules et répond qu'il ne sait pas au juste, qu'il ne tient pas de comptabilité. Puis il se tourne vers la grand-mère...

La grand-mère demande à nouveau : « Qui est ce Kodaira ? »

Le docteur Nakadate a estimé que la seconde victime du parc de Shiba avait été tuée entre le vingt et le vingt-sept juillet, et la petite annonce trouvée dans la poche de sa robe datait du dix-neuf juillet, donc il faut que je sache si Kodaira Yoshio est venu ici après le dix-neuf du mois dernier, s'il est venu et ce qu'il a apporté, ce qu'il a apporté et échangé...

Je me tourne à nouveau vers Koito. Je demande : « De quand date sa dernière visite ? »

Mais Koito se contente de hausser à nouveau les épaules et répond qu'il ne sait pas au juste, qu'il ne tient pas de comptabilité. Mais je fais une nouvelle fois craquer les articulations de mes doigts, me penche et crache : « Réfléchissez !

– Sa petite-fille le saurait mieux que moi, dit-il en montrant la vieille femme de la tête. Il y a peut-être eu des fois où il est venu alors que je n'étais pas là, et de toute façon, c'était elle qu'il venait voir... »

Et la grand-mère demande à nouveau : « Qui est cet homme ? »

Il faut que je voie la petite-fille, mais ils ne savent pas où elle est ni ce qu'elle fait, cependant ils jurent qu'elle sera de retour ce soir, qu'elle sera là si nous revenons demain...

« Dans ce cas nous reviendrons », je promets.

Les Kashiwagi habitent un peu plus haut, sur la même montagne. *Il marche derrière moi.* Il arrive un moment où il faut abandonner le camion et nous continuons à pied ; Tachibana montre le chemin, Ishida marche derrière moi...

Il marche derrière moi. Il marche derrière moi...

La montagne et la chaleur...

Personne n'est qui il prétend être...

Les insectes et leurs dents...

Personne n'est qui il paraît être...

Les Kashiwagi fabriquent du combustible pour les chauffe-mains utilisés en hiver. L'hiver dernier a été le plus rigoureux jamais enregistré. Les Kashiwagi ont fabriqué beaucoup de combustible destiné aux chauffe-mains l'hiver dernier. Les Kashiwagi ont gagné beaucoup d'argent l'hiver dernier. Les Kashiwagi ont également reçu beaucoup de visiteurs l'hiver dernier...

Kodaira Yoshio est venu les voir l'hiver dernier.

Baba Hiroko a été assassinée l'hiver dernier.

Le corps de Baba Hiroko a été découvert le trois janvier. Baba Hiroko a été vue en vie pour la dernière fois le trente décembre...

Kodaira est venu l'hiver dernier. Kodaira est venu...

Les Kashiwagi sont nerveux et mornes. Les Kashiwagi restent assis, le regard fixe, ne nous offrent ni thé ni eau...

« Vous souvenez-vous exactement quand Kodaira est venu... ?
Mais les Kashiwagi ne s'en souviennent pas exactement...
« Vous souvenez-vous si c'était avant le nouvel an... ? »
Les Kashiwagi n'ont pas envie de s'en souvenir...
« Mais vous vous souvenez de ce qu'il a échangé... ? »
Les Kashiwagi affirment qu'ils ne se souviennent pas de ce que Kodaira Yoshio a donné en échange de leur combustible pour chauffe-mains. Mais les Kashiwagi mentent, parce que les campagnards n'oublient rien...
Je hais la campagne. Ces campagnards...
Parce que les campagnards se souviennent de tout, du moindre morceau de combustible et du moindre grain de riz ; de toutes les pièces et de tous les billets qu'ils ont reçus ; de tout ce qu'ils ont accepté à l'occasion d'un troc...
Je les hais. Je les hais tous...
C'est pourquoi leur fille célibataire tripote sa montre. C'est pourquoi elle la tripote depuis l'instant où on s'est assis. C'est pourquoi je tends la main par-dessus le foyer et saisis son poignet...
C'est pourquoi j'approche la montre qu'elle porte au poignet de son visage...
« C'est ce que le sympathique monsieur Kodaira vous a donné ? »
Chiku-taku. Chiku-taku. Chiku-taku...
Cette montre que j'arrache de son poignet. Cette montre que je tourne, dans ma main, vers la lumière. Cette montre dont le dessous porte une inscription...
Une inscription qui indique : *Miyazaki Mitsuko...*
Cette montre que Kodaira n'avait pas le droit d'échanger...
Qui hurle : *Miyazaki Mitsuko...*
Cette montre. Cette montre...
Qu'ils n'avaient pas le droit de garder...
Cette montre...
Que je fourre dans mon sac avant de me lever...
Tachibana demande : « Mais qui est Miyazaki Mitsuko ? »

Lumière du jour aveuglante, et je plisse les paupières dans ce pays des vivants, dans ce pays d'abondance, face à leurs montagnes, face à leurs arbres, face à leurs champs, leurs feuilles et leurs fleurs, leurs rivières et leurs ruisseaux, leurs verts et leurs bleus, dans ce pays des vivants...
Face à ses montagnes, *ses* arbres, *ses* champs...
Je dis : « Miyazaki Mitsuko était une jeune fille de dix-neuf ans, originaire de Nagasaki, dont le corps nu a été découvert le quinze

août de l'année dernière dans un abri antiaérien du dortoir des femmes du Dépôt de vêtements de la marine, près de Shinagawa, à Tokyo.

« L'autopsie a montré qu'on l'avait violée et tuée aux environs de la fin mai de l'année dernière. À cette époque, Kodaira Yoshio travaillait au dortoir des femmes.

« L'autopsie a été effectuée par le docteur Nakadate, de l'hôpital universitaire Keiō. Le docteur Nakadate a également autopsié le corps de Midorikawa Ryuko et un cadavre non identifié découvert dans le parc de Shiba, non loin de celui de Midorikawa. Le docteur Nakadate estime que les trois femmes ont été tuées par le même homme : Kodaira Yoshio. Comme vous le savez, Kodaira Yoshio a avoué le meurtre de Midorikawa Ryuko... »

Tachibana acquiesce. « Mais pas celui du corps non identifié du parc de Shiba ?

– Non.

– Et pas celui de cette Miyazaki Mitsuko... ?

– On ne le lui a pas demandé.

– Pourquoi ?

– Parce que je n'ai parlé de Miyazaki ni à Kita, notre directeur, ni à l'inspecteur chef Kanehara qui dirigeait l'équipe chargée d'interroger Kodaira.

– Pourquoi ? » demande à nouveau Tachibana.

Je regarde Ishida et réponds : « Pour deux raisons : l'affaire Miyazaki est officiellement classée et le dossier a disparu. »

Tachibana secoue la tête, nous regarde alternativement, Ishida et moi. « Quelqu'un a été inculpé ?

– Oui », je réponds.

Tachibana demande : « Qui ?

– Un ouvrier coréen... »

Un Yobo...

« Qu'est devenu cet ouvrier coréen ?

– Il a été abattu alors qu'il tentait de s'enfuir...

– Abattu par qui ? demande Tachibana.

– Un officier du *Kempeitai*.

– Donc : affaire classée ?

– Oui », je réponds sans quitter Ishida du regard; Ishida qui garde le silence, Ishida qui ne pose pas de questions. « Jusqu'à aujourd'hui... »

Chiku-taku. Chiku-taku.

Sa montre dans ma main.

Chiku-taku.

Par-delà un autre bois de pins, par-delà d'autres bambous nains, la maison suivante, la famille suivante, comme la maison précédente, comme la famille précédente. Le bois suivant, la maison suivante, semblables au dernier bois, à la dernière maison, à la dernière famille...

Je regarde le flanc de la montagne, les toits principalement en chaume, parfois en tuile sur les maisons comportant un étage, les récoltes dans les champs, les feuilles des arbres, et je me demande où je suis, où se trouve cet endroit, cet endroit d'abondance, cet endroit des vivants...

Pas de morts sans nom, de morts sans nombre...

Cet endroit de montagnes. Cet endroit de rivières...

En tas sur les rives...

Dans cet endroit de verts et de bleus...

Pas de puanteur d'abricot pourri...

Dans cet endroit de couleurs où Kodaira est venu avec tout ce qu'il avait pris aux morts, avec ses trophées et le fruit de ses rapines, les trophées et le fruit de ses rapines, grâce auxquels il a marchandé...

Aux morts...

Toutes les maisons où Kodaira s'est rendu, toutes les familles qu'il a vues, tout ce qu'il a échangé, chaque maison, chaque famille, chacun des objets qu'il leur a montrés...

Ses trophées...

Mais dans la maison suivante, la famille suivante, la maison d'après, la famille d'après, ils restent immobiles dans la honte, immobiles dans le silence et ils ne veulent pas se souvenir, ne veulent pas essayer...

Le fruit de ses rapines...

« Parce que beaucoup de gens viennent, disent-ils. Beaucoup de gens, beaucoup de choses, une personne différente vient chaque jour, chaque jour avec des objets différents... »

Beaucoup de gens...

Et dans la maison suivante, la famille suivante, la maison d'après, la famille d'après, ils secouent la tête quand nous prononçons son nom, ils secouent la tête quand nous décrivons son visage, ils secouent la tête quand nous demandons des dates, ils secouent la tête et répondent :

« Beaucoup de gens viennent, beaucoup d'objets... »

Près du camion, nous nous essuyons le visage et nous nous essuyons la nuque, cigales assourdissantes et moustiques affamés, soleil haut dans le ciel, mais il y a quelque chose d'obscur, dans les ombres de la montagne, sous les arbres des champs, l'obscurité et l'ombre...

Les pentes sont violettes, les feuilles noires maintenant, l'herbe grise...

Dans les rivières qui ne coulent pas, les ruisseaux immobiles...

Il n'y a pas de courants et il n'y a pas de poissons, seulement des insectes...

Tachibana demande : « Que voulez-vous faire, maintenant ? »

Insectes qui festoient dans les mares immobiles et stagnantes...

Je regarde le soleil puis les ombres et dis : « Conduisez-moi à l'endroit où vous avez trouvé Baba Hiroko. »

Montée du flanc d'une autre petite montagne, descente de l'autre côté, nouvelle côte et nouvelle descente, puis le camion s'arrête sur une route étroite où les bois, au pied de cette petite montagne, dominent un fossé, un patchwork de champs et de fossés, rien que des champs et des fossés, et Tachibana dit : « Ce sont ces bois. C'est ici. »

Nishi Katamura. Kami Tsuga-gun, Tochigi...

Nous descendons du camion, Tachibana, Ishida et moi, nous nous essuyons le visage et nous nous essuyons la nuque, nous tournons le dos aux champs et aux fossés, nous fixons les bois de la pente du flanc de la montagne, les ombres des troncs noirs des arbres...

Leurs branches et leurs feuilles...

Tachibana montre la pente et dit : « C'est par ici...

– Mais je croyais qu'on avait trouvé Baba dans un champ ? dis-je.

– Il semble qu'elle ait été agressée ici, explique-t-il, mais on a ensuite traîné son corps là-bas... »

Je suis Tachibana, qui monte en direction des bois, chasse moustiques et insectes avec le dossier qu'il tient à la main, et l'inspecteur Ishida me suit...

Il marche derrière moi. Il marche derrière moi...

Entre les arbres, Tachibana nous conduit jusqu'à une petite cuvette à flanc de montagne, une petite cuvette entourée de troncs morts, pleine de branches cassées et de feuilles...

Il marche derrière moi, entre les arbres...

« C'est ici », dit Tachibana en me tendant le dossier...

Les cigales sont assourdissantes, les moustiques affamés...

À cet endroit, dans cette cuvette, je prends son dossier.

Entre les arbres, les troncs noirs des arbres...

J'ouvre le dossier. Je sors les photos...

Leurs branches et leurs feuilles...

Je la vois à cet endroit...

Son corps nu et blanc...

Son visage à cet endroit...

Son visage tuméfié...

Son visage...

Noir...

Dans cet endroit, dans cette cuvette, sous ces arbres, je ferme les yeux et je vois son visage, je la vois dire au revoir à son oncle, avec les cadeaux qu'elle destine à sa mère ; je la vois prendre la ligne Ginza jusqu'à Asakusa, je la vois gravir dans la foule l'escalier conduisant au premier étage du grand magasin Matsuya, je la vois faire la queue pour acheter son billet...

Combien de temps as-tu passé dans cette file d'attente ? Combien de temps as-tu attendu ?

Cette file d'attente gelée et hagarde d'inconnus gelés et hagards, d'inconnus vaincus avec leurs yeux hagards, affamés, qui se poussent et se bousculent...

Est-ce là que tu l'as rencontré ? Est-ce lui, derrière toi... ?

Avec ce costume d'hiver antique, beaucoup trop large, sous sa capote élimée avec son brassard du Shinchū Gun, ses cheveux plaqués sur son cuir chevelu, sa peau plaquée sur son crâne...

T'a-t-il offert un morceau de pain ? Une boulette de riz ? Un bonbon ?

Dans cette file d'attente gelée et hagarde d'inconnus gelés et désespérés, qui se poussent et se bousculent, un homme souriant et sympathique, une petite gentillesse...

L'as-tu mangé sur-le-champ ? Ce petit cadeau ?

Il te demande où tu vas, cet homme souriant, sympathique, et entre les bouchées précipitées, reconnaissantes, tu lui réponds que tu vas voir ta mère à Nikkō. Il te demande où habite ta mère, à Nikkō, et tu parles à cet homme souriant, sympathique, des appartements de la Furukawa Denki. Il te dit qu'il a travaillé chez Furukawa, il te dit qu'il est de Nikkō et il te dit qu'il connaît un agriculteur qui vend du riz très bon marché, du riz qui te permettra de faire une surprise à ta mère, du riz que tu pourras rapporter à ton oncle, à Kyōbashi. Et il sourit, sourit, sourit, cet homme sympathique avec ses petites gentillesses, et il te fait même rire, cet homme souriant, sympathique, dans cette file d'attente gelée et hagarde, parmi ces inconnus gelés et hagards, cet homme souriant, sympathique, te prend par les épaules pour te guider dans la foule, la précipitation et les bousculades, pour te conduire jusqu'au train, parmi ces inconnus gelés et hagards, cet homme souriant, sympathique t'aide à trouver une place debout dans le train parmi ces yeux hagards et affamés, parmi la teigne et les poux, dans ce train aux vitres de contreplaqué fendu et de morceaux de fer-blanc, qui laissent entrer le vent et la neige quand il traverse la Sumida, traverse Kita-Senju, continue son chemin sur la ligne Tōbu...

Se serre-t-il contre toi, maintenant, dans ce train glacial?

D'un bout à l'autre de la ligne Tōbu, il sourit, sourit, sourit encore et tu ris, ris, ris encore tandis qu'il parle, parle, parle encore, et c'est comme si tu le connaissais depuis toujours, cet homme souriant, sympathique, comme si c'était ton oncle, cet homme souriant, sympathique, ou même le père que tu as perdu très jeune, car tu te sens en sécurité face à ce sourire, face à ce visage souriant, sympathique, dans ce train glacial, parmi ces inconnus, ces inconnus hagards, vaincus, qui te fixent de leurs yeux affamés, les lèvres sèches, les joues creuses, le col élimé, dans ce train glacial, glacial, qui met un temps infini...

Son sourire est-il trop proche? Ses mains sont-elles trop libres...?

Mais le train s'arrête à Kanazaki et il te dit que vous devriez descendre, que c'est la gare la plus proche de l'agriculteur qu'il connaît, l'agriculteur au riz bon marché qu'il te vendra, le riz destiné à ta mère, le riz destiné à ton oncle, et tu hésites parce que tu ne connais pas cet endroit, cette campagne, et il fait de plus en plus sombre, mais tu as mangé son pain, accepté ses boulettes de riz et sucé son bonbon, et il te prend par le bras, t'entraîne parmi ces inconnus gelés, hagards, dans la précipitation et les bousculades, hors de ce wagon glacial et sur ce quai glacial, et le train a disparu, et le quai a disparu, vous franchissez le contrôle et la gare a disparu puis, bientôt, la ville a disparu parce que vous marchez, marchez, marchez encore, minute après minute, heure après heure, et la nuit est tombée, la route est étroite, vous marchez, marchez, marchez encore et les montagnes sont noires, les champs désolés, et il sourit, sourit et sourit encore, cet homme souriant, sympathique, mais ses dents sont pointues, maintenant, ses yeux affamés...

Est-ce à ce moment que son étreinte s'accentue? Que ses propos se durcissent...?

Lèvres mouillées et langue longue, cet homme ne sourit plus, cet homme n'est plus sympathique, cet homme aux dents pointues et aux yeux affamés, ses lèvres mouillées et sa langue longue soufflent ce qu'il exige de toi, dans ces bois ou dans ce fossé, t'explique précisément ce qu'il exige de toi, et tu tournes le dos à cet homme, tu lui tournes le dos sur cette route étroite, près de ces champs désolés, au pied de cette montagne noire, dans ces bois obscurs, et il t'agrippe et te gifle, te frappe au visage et te donne des coups de pied dans les jambes, et tu lui demandes de cesser, tu le pries de cesser, tu le supplies de cesser, mais il t'entraîne hors de cette route étroite, dans ces champs désolés, sur le flanc de cette montagne sombre, dans ces bois noirs, met une main autour de ton cou et une autre entre tes jambes, et tu comprends ce qu'il veut, tu sais ce qu'il veut, et tu le pries de le prendre, tu le supplies de le prendre, de le prendre puis de te laisser tranquille, de bien vouloir te laisser tranquille, mais il te serre le cou, te serre le cou, te serre le cou, morve dans ton nez, pisse le long de tes jambes, merde entre tes fesses, et il serre ton cou de plus en plus fort, la montagne de plus en plus sombre, les bois de plus en plus noirs...

Aussi noirs que tes cheveux qui ne grisonneront jamais...

Maintenant tu ouvres les yeux et tu comprends que tu es toujours en vie, étendue sur le dos sur les branches cassées et les feuilles mortes, dans une cuvette, que tu as survécu, que tu comptes au nombre de ceux qui ont de la chance, gelée et ensanglantée sur ces branches et ces feuilles, mais tu as survécu, tu as de la chance et tu te redresses sur les branches et les feuilles, mais tu comprends à cet instant que tu n'as pas survécu, que tu ne comptes pas au nombre de ceux qui ont de la chance parce qu'il est assis sur le tronc d'un arbre mort et fume une cigarette, cet homme naguère souriant, sympathique, qui termine sa cigarette, se lève, se dirige vers toi sur les branches cassées et les feuilles mortes, déboutonne une nouvelle fois son pantalon...

Tu tentes de parler mais tu ne peux pas parler, tu ne peux pas hurler...

Parce que cet homme naguère souriant, sympathique, tient ton écharpe entre ses mains, serre de plus en plus fort et, à nouveau, la montagne devient de plus en plus sombre, les bois de plus en plus noirs...

Tu gèles, tu saignes, tu suffoques...

Ici, sur ces branches cassées et ces feuilles mortes, ici, dans cette cuvette, dans ces bois, au flanc de cette montagne...

Et il te saute encore et encore...

Près de ces champs désolés...

Encore et encore...

Kodaira saute la mort.

Je hais la campagne. Il marche derrière moi. *Je hais la campagne*. Sur la pente. *Je hais la campagne*. Jusqu'au camion. *Je hais la campagne*. Ishida marche derrière moi. *Je hais la campagne*. Ishida garde le silence. *Je hais la campagne*. Je garde le silence. *Je hais la campagne*. Tachibana garde le silence. *Je hais la campagne...*

Je hais la campagne. Je hais les campagnards...

Près de ces fossés. Dans cet endroit horrible...

Il n'y a rien à dire.

Le flanc d'une autre montagne puis une vallée et nous suivons les panneaux qui indiquent Kanuma, une rivière à droite, une voie de chemin de fer à gauche...

Files de gens qui retournent à la gare...

« Les habitants du coin l'appellent la ligne des pillards, maintenant, crie Tachibana dans la benne du camion, parce que les seuls passagers de cette ligne sont les citadins de Tokyo qui viennent piller notre riz et nos patates douces... »

Files de gens, leurs provisions sur le dos...

« Ce sont des trains de marchandises, maintenant, ajoute le chauffeur. Il n'y a pas de vitres aux fenêtres, des vieilles planches tiennent lieu de portes... »

Files de gens au dos courbé...

« Difficile de distinguer ce qui est humain de ce qui est fardeau... »

Files de gens sous le soleil couchant...

« Les trains du matin sont les pires, bondés... »

Files de gens réduits à ça...

« Infestés, en plus, de puces et de poux... »

Files de gens acculés à ça...

Et ils enchaînent les idées reçues sur les citadins, disent que les citadins sont la cause de tous les problèmes du Japon, que tout est la faute des citadins et que, maintenant, les citadins espèrent et exigent que les campagnards les aident et s'occupent d'eux, alors que ce sont les citadins qui ont plongé le Japon dans cette situation, et ils enchaînent les idées reçues, interminablement, sur les habitants des villes...

Je hais la campagne et je hais les campagnards...

Mais je ne les écoute pas. Je cherche des yeux le poste de police de Kanuma. Les agents de Kanuma nous cherchent aussi des yeux...

Ils nous attendent. Ils m'attendent...

Ils nous guettent. Ils épient le bruit du vieux camion déglingué de Tachibana, qui traverse la ville en direction de leur petit poste de police rural, désuet...

Nous y sommes. Nous y sommes...

Le chauffeur s'arrête devant le poste de police impeccable, juste devant les huit agents impeccables alignés sous le soleil couchant pour nous accueillir, qui s'inclinent, saluent, nous souhaitent la bienvenue au poste de police de Kanuma. Nous nous inclinons et saluons également, l'inspecteur Ishida et moi, puis nous suivons Tachibana sur les marches d'un perron propre et dans le poste de police où deux agents, derrière le comptoir de la salle d'accueil, s'inclinent, saluent et nous souhaitent la bienvenue...

« J'ai un télégramme de Tokyo à l'intention d'un certain inspecteur Ishida », annonce un des deux hommes. Ishida se précipite...

Je jure ! Je jure ! Je jure ! Je jure ! Je jure ! Je jure !

Ishida prend le télégramme que lui tend l'agent. Il s'éloigne, l'ouvre et le lit...

Mon cœur cogne. Mon cœur cogne...

Mais Tachibana m'entraîne au-delà du comptoir, laissant Ishida à son télégramme, me précède dans le couloir qui conduit à son bureau, me raconte l'histoire de Kanuma...

Je le maudis ! Je le maudis ! Je le maudis !

Tachibana me fait asseoir et me promet du thé, cherche les dossiers, les autres femmes mortes qui, d'après lui, pourraient avoir été tuées par Kodaira Yoshio...

D'autres femmes, d'autres morts...

On frappe légèrement à la porte puis l'inspecteur Ishida entre, s'excuse...

Regard vide, regard mort...

« Voilà, annonce Tachibana en me tendant deux minces dossiers par-dessus la table de travail. En l'absence d'indices susceptibles de conduire à une autre conclusion, ces décès ont été considérés comme des *ikidaore* *, des morts accidentelles dues à des blessures ou une maladie, principalement en raison de la détérioration des cadavres. Mais franchement, j'ai toujours eu l'impression qu'un accident ou une maladie ne suffisaient pas à expliquer ces décès, et maintenant, avec Kodaira, ce suspect que vous détenez à Tokyo... »

J'ouvre le premier dossier pendant qu'il parle, *Ishikawa Yori...*

« Trente ans, épouse d'un tailleur, Ishikawa était une évacuée habitant Imaichimachi, Kami Tsuga-gun. On l'a vue pour la dernière fois le vingt-deux juin de l'année dernière, alors qu'elle attendait un train à la gare de Shin-Tochigi, puis dans un autocar reliant la gare de Tochigi à celle de Manako, près de laquelle le corps a été découvert. Nous croyons qu'Ishikawa est morte vers la fin juin de l'année dernière, mais son corps n'a été découvert...

– Que le dix septembre de l'année dernière, je lis.
– Oui, le dix septembre, poursuit Tachibana. Merci. Un vieil agriculteur, qui était allé dans les bois de Manako-mura ramasser des feuilles à fumer en guise de tabac, a trouvé le corps, ou plutôt le squelette...
– Mais on n'a pas estimé qu'il pouvait s'agir d'un meurtre ? demande Ishida.
– Difficile, répond Tachibana. En raison de l'état du corps et, bien entendu, il y a aussi beaucoup d'animaux dans ces bois. »
Je prends le second dossier. Il n'y a pas de nom sur ce second dossier. Je lève le second dossier. Je demande à Tachibana : « Et celle-ci ?
– Plus difficile encore, répond Tachibana. Le propriétaire d'une petite montagne de Kiyosu-mura, c'est également à Kami Tsuga-gun, était allé élaguer ses cyprès et a découvert un squelette parfait. C'était le mois dernier et nous pensons que le corps était sans doute là depuis plus d'un an. »
Je demande : « Avez-vous obtenu d'autres informations sur le corps ?
– Oui, répond Tachibana. L'autopsie a été effectuée à Utsunomiya, et même si nous n'avons pas pu déterminer la cause exacte de la mort, nous estimons qu'il s'agit du corps d'une jeune femme de vingt à vingt-cinq ans...
– Mais vous l'avez également considérée comme un *ikidaore* ?
– Oui, admet-il. Un *ikidaore*.
– Pourquoi ? je demande. Vous trouvez de nombreux cadavres de ce type ? »
Tachibana acquiesce. Tachibana dit : « Depuis trois ou quatre ans. Surtout des personnes âgées qui viennent de Tokyo pour piller et se perdent dans les bois. Elles ne sont jamais venues par ici auparavant. En été, elles succombent simplement à l'épuisement. D'autres, en hiver, se perdent et meurent de froid pendant la nuit...
– Mais ces deux-là n'étaient pas âgées, dit Ishida. Il arrive souvent que des jeunes femmes se perdent dans vos bois et meurent, n'est-ce pas ?
– Elles étaient plus jeunes, effectivement, répond Tachibana. Cependant il y en a de plus jeunes, mais pour des raisons différentes. Il y a deux jours, notamment, dans d'autres bois, nous avons trouvé le cadavre d'une femme de vingt-trois à vingt-cinq ans. Elle était morte depuis environ un mois et les animaux s'étaient attaqués au corps, mais nous sommes sûrs que ce n'était pas un meurtre. C'était un suicide.

– Comment pouvez-vous en être sûrs, demande Ishida, puisque les animaux... ?

– Celle-ci, au moins, avait laissé une lettre.

– Que disait-elle, je demande, cette lettre ?

– Qu'elle avait perdu toute sa famille pendant la guerre. Qu'elle était totalement seule. Qu'elle n'avait aucune raison de vivre plus longtemps...

« Elle était de Tokyo, elle aussi, ajoute-t-il. De Mitaka. »

Je vous en prie, faites que les yeux de ma fille soient ouverts.

Au pied d'une autre montagne sombre, avec son large avant-toit et l'ombre de son foyer, l'auberge est beaucoup plus imposante que celle où nous avons passé la nuit dernière. *Cet endroit dans les ombres.* Au pied de la montagne, avec son bassin et son pont dans le jardin qui s'étend derrière, cette auberge semble beaucoup plus ancienne, mais elle est mieux entretenue. *Cet endroit appartient au passé.* Cette auberge accepte le riz d'Ishida, mais est en mesure de nous proposer un bain chaud dans l'annexe construite à cet effet, et la chambre qu'on nous montre est plus grande et plus propre également, avec ses nattes neuves et sa table en bois de rose, son alcôve raffinée et le camélia rouge dans un vase en céladon. *Cet endroit appartient à un autre siècle, cet endroit appartient à un autre pays...*

Grâce au chef de la police de Kanuma, grâce à Tachibana. Il nous dit qu'il dînera avec nous. Il promet qu'il y aura des produits frais et même du saké...

Dans cet autre pays, dans cet autre siècle...

Tachibana nous dit de profiter de notre bain, que l'eau est chaude. Puis il nous laisse seuls, Ishida et moi...

Dans cet endroit très, très éloigné de chez nous...

Ishida et moi dans cette belle chambre, seuls et silencieux...

Pas un mot sur les messages de Tokyo. Pas un seul mot...

Jusqu'au moment où l'inspecteur Ishida dit : « Je vous en prie, prenez votre bain le premier. »

L'auberge est édifiée autour du jardin et notre chambre est perpendiculaire au long chemin de planches qui sépare la salle de bains extérieure du bâtiment principal. *Sara-sara* *. Il est également possible de gagner la salle de bains en traversant le petit jardin et en franchissant le pont, mais je préfère emprunter le chemin de planches, chênes et zelkovas à ma droite, camélias du jardin à ma gauche, en écoutant le bruit de l'eau courante. *Sara-sara.* Il y a des toilettes et des bassins devant la porte de la salle de bains. *Sara-*

sara. Les robinets des bassins coulent tous et je sens le parfum de l'eau chaude. *Sara-sara*. J'ouvre la porte de la salle de bains et entre dans le vestiaire. *Sara-sara*. Il est obscur et dépourvu de fenêtre, seulement éclairé par une petite lampe installée dans un coin. *Sara-sara*. La baignoire se trouve sûrement derrière la deuxième porte. *Sara-sara*. Je déboutonne ma chemise. *Sara-sara*. Je l'ôte. *Sara-sara*. Je déboutonne mon pantalon. *Sara-sara*. Je l'ôte. *Sara-sara*. J'ai honte de cette chemise et de ce pantalon. *Sara-sara*. Cette chemise et ce pantalon que ma femme a rapiécés et reprisés, cousus et recousus. *Sara-sara*. J'ôte mon maillot de corps. *Sara-sara*. J'ôte mon caleçon. *Sara-sara*. Je plie ces vêtements et je les empile. *Sara-sara*. Je les pose dans un des paniers du vestiaire. *Sara-sara*. J'ai envie de ne jamais plus porter ces vêtements. *Sara-sara*. Je prends un des draps de bain blancs et propres. *Sara-sara*. Je franchis la deuxième porte et la ferme derrière moi. *Sara-sara*. La pièce est pleine de vapeur d'eau. *Sara-sara*. Les fenêtres sont étroites, situées en haut d'un mur, et ne donnent que peu de lumière. *Sara-sara*. Mais la baignoire est grande et surélevée. *Sara-sara*. Je prends un petit seau en bois. *Sara-sara*. Je gravis les trois petites marches métalliques de la baignoire. *Sara-sara*. Avec le seau, je puise de l'eau dans la baignoire. *Sara-sara*. Je m'accroupis et verse le seau d'eau chaude sur mon corps. *Sara-sara*. Je prends le savon et la brosse, entreprends de me nettoyer. *Sara-sara*. Puis je puise un deuxième seau d'eau et me rince. *Sara-sara*. Je gravis les petites marches pour la troisième fois. *Sara-sara*. Je descends dans le bain. *Sara-sara*. Je pose ma serviette sur le bord de la baignoire en bois et m'allonge. *Sara-sara*. L'eau est brûlante. *Sara-sara*. L'eau est pure. *Sara-sara*. Ça ne me démange pas. *Sara-sara*. Je ne me gratte pas. *Sara-sara*. Je plie la serviette pour en faire un petit coussin. *Sara-sara*. Je pose la nuque sur le bord de la baignoire. *Sara-sara*. Je ferme les yeux. *Sara-sara*. J'écoute le bruit de l'eau courante. *Sara-sara*...

Je dors, je ne me réveille pas, je me réveille, je ne dors pas...

Sara-sara. Sara-sara. Sara-sara. Sara-sara. Sara...

Le bruit de l'eau courante a cessé...

La porte s'ouvre. La qualité de l'air change...

J'ouvre les yeux, mais il n'y a que de la vapeur...

Je crois apercevoir une silhouette de femme...

Je ne peux pas me lever. Je ne peux pas respirer...

Une silhouette de femme qui me tourne le dos, regarde un miroir qui n'est pas là, vêtue d'un kimono jaune à bordure bleu foncé, sa jupe gouttant sur les dalles du sol, ses cheveux attachés avec des fils de soie, dévoilant sa nuque pâle...

L'eau est froide. L'eau est noire...

La femme a une brosse à cheveux dans une main, se penche et se regarde dans le miroir, se tourne soudain vers moi et laisse tomber la brosse à cheveux sur le sol, ton, *porte les mains à son visage et cache ses sourcils...*

« Cela me va-t-il ? »

Ishida lève la tête, surpris et gêné, quand je reviens du bain. Il est assis en tailleur par terre, près de la table. Il a enfilé le *yukata* fourni par l'auberge, identique à celui que je porte moi-même. Il fourre rapidement quelque chose dans son sac, qu'il glisse ensuite sous la table. Il prend une serviette posée sur la natte...

« Excusez-moi », marmonne-t-il, puis il ajoute qu'il va prendre son bain.

J'écoute le bruit de ses pieds dans le couloir. J'attends un instant puis entrouvre la porte pour m'assurer qu'il est parti. Je sors son sac de sous la table afin de voir ce qu'il s'est empressé de cacher...

Et c'est là, sur le dessus du contenu de son sac : ses sous-vêtements et une aiguille. L'inspecteur Ishida chassait les puces dans ses sous-vêtements avec une aiguille, transperçait et embrochait les puces avec la pointe de l'aiguille. Mais le vieux pistolet de l'armée est toujours là, lui aussi...

Le vieux pistolet de l'armée au fond de son sac....

Je refoule les visions. Je refoule les larmes...

Il attend quelque chose. Il attend quelqu'un.

Tout est noir et silencieux, dehors, quand Tachibana nous rejoint pour le dîner. Tachibana ne porte plus son uniforme, mais un kimono du soir. Tachibana appelle deux servantes qui apportent le repas dans notre chambre, sur de petites tables laquées à pieds courbes, le dîner aussi bon que promis : bonite, œufs fumés, *soba* et un bol de beignets de poisson dans une soupe froide de marante râpée. Nous mangeons, Ishida et moi, comme des chiens affamés. Le saké est tout aussi bon et nous buvons avidement, jusqu'au moment où Ishida s'inquiète du prix de toute cette nourriture et de toute cette boisson, mais Tachibana se contente de frapper dans ses grosses mains...

« L'auberge m'appartient, dit-il en riant. Et vous êtes mes invités... »

Après le dîner, quand les deux servantes ont emporté les tables mais laissé trois bouteilles de saké, Tachibana se lève soudain et se met à danser, cet homme de petite taille, replet, encore jeune, dont les yeux sont désormais vieux et durs parce qu'il exécute la danse violente, saccadée du guerrier, se jette sur Ishida avec un sabre imaginaire...

Cette danse issue des ombres, cette danse issue du passé...

Puis, tout aussi soudainement, sa danse saccadée, violente est terminée et Tachibana se rassoit, le visage encore rouge et furieux...

Dans la pénombre, personne n'est qui il paraît être...

Il emplit nos tasses et porte un toast...

Issu du passé et des ombres...

« Au Japon et à l'Empereur... »

Nous avons pissé et nous nous sommes lavé le visage. J'éteins l'ampoule électrique et, dans le noir de la chambre, avant de dire bonne nuit, je lui demande : « Que disait le message qu'on t'a donné au poste de police ? »

Ishida demeure quelques instants silencieux, puis dit : « Quel message... ?

– Celui qu'on t'a remis à notre arrivée au poste de police de Kanuma. »

Ishida répond : « Il émanait de l'inspecteur Hattori, c'est tout.

– Et que voulait te dire l'*inspecteur* Hattori ? je demande.

– Rien, il répond. Il veut que nous lui transmettions toutes les pistes que nous trouverons...

– Comment ça, il veut que nous lui transmettions toutes les pistes que nous trouverons ?

– Il veut que je lui téléphone ou lui envoie un télégramme...

– Lui téléphoner à quel propos ? j'insiste...

– Seulement si nous trouvons des pistes, c'est tout.

– Il n'y avait pas d'autres demandes ou informations ?

– C'était tout ce que contenait le message.

– Eh bien, bonne nuit », dis-je.

Mais dans le noir, dans le silence de cette chambre, l'inspecteur Ishida me demande : « Croyez-vous que nous soyons les seuls clients de l'auberge ?

– Je ne sais pas, je réponds. Pourquoi cette question ?

– Pour rien, dit-il. Je suis simplement fatigué...

– Non, dis-moi, j'insiste. Qu'y a-t-il ?

– Je n'aime pas cet endroit, il répond. Je préférerais n'être jamais venu. »

12

26 août 1946

Tochigi, 30°, beau

Dans la nuit, il glapit. Dans la nuit, il hurle. Dans la nuit, il gémit. Dans la nuit, le grincement des dents. Dans la nuit, les larmes qui coulent...

Ni endormi ni éveillé. *Je l'entends pleurer.* Dans son sommeil. Ni éveillé ni endormi. *Je l'entends pleurer.* Dans mes rêves. Ni endormi ni éveillé. *Je l'entends pleurer.* Dans son sommeil. Ni éveillé ni endormi. *Je l'entends pleurer.* Dans mes rêves. Ni endormi ni éveillé. *Je l'entends pleurer.* Dans son sommeil. Ni éveillé ni endormi. *Je l'entends pleurer.* Dans mes rêves. Ni endormi ni éveillé. *Je l'entends pleurer.* Dans son sommeil. Ni réveillé ni endormi. *Je l'entends pleurer.* Dans mes rêves. Ni endormi ni éveillé...

Ton.

Avant l'aube, avant la lumière, le choc sourd sur la natte...

Ton.

L'unique bruit au moment où il heurte le sol, juste derrière mon oreiller...

Rien avant, rien après, le choc sourd sur la natte...

Ton.

Allongé sur le futon, je ne bouge pas, redoute de le faire...

Quel était ce bruit ? Quel était ce son ?

Ton.

Ishida est réveillé. Je le sens...

Il demande : « Quel était ce bruit ? »

Ton.

Je me retourne sur le futon. Je lève la tête. Je regarde derrière mon oreiller. Je le vois, maintenant. Devant l'alcôve...

Il git sur la natte. Il git la tige vers le haut...

Comme une tête coupée à l'envers...

Le camélia rouge...

Ton.

C'est l'aube et il y a de la lumière. Je me lève, mais je ne réveille pas Ishida. J'ôte mon *yukata*. J'enfile mon caleçon. Je mets mon maillot de corps. J'enfile mon pantalon. Je mets ma chemise. Je prends ma veste, mon sac à dos et mon chapeau. Je sors de la chambre. Je suis le couloir jusqu'à la réception. Il n'y a personne. *Dans cet endroit d'ombres.* Le foyer est désert. *Cet endroit de passé.* Je prends mes chaussures dans le *genkan*. Je m'accroupis sous l'avant-toit de l'auberge. *Dans cet autre siècle.* J'enfile mes vieilles chaussures de l'armée et je quitte l'auberge...

Cet autre pays, si loin de chez moi...

Je prends le chemin de la ville, le chemin de la gare ; le premier train est arrivé et des pillards sortent de la ville, murmurent, marmonnent et gémissent...

Leurs vêtements sont pratiquement des haillons, la moitié d'entre eux n'ont pas de chaussures...

« Ce n'est pas l'endroit où il faut acheter, un endroit horrible... »

Ils sont très chargés et ils transpirent...

« Ces agriculteurs nous tiennent... »

Poids des ballots sur leur dos...

« Ils ne veulent pas d'argent, seulement des marchandises... »

Des serviettes sales devant le visage...

« Ils sont de plus en plus exigeants... »

De vieilles casquettes jaunes sur la tête...

« Avant, ce n'était que le tissu ou les vêtements... »

Les plus faibles ralentissent...

« Maintenant, ils n'acceptent plus que les bijoux... »

Se font distancer par les autres...

« Les kimonos ou les chaussures... »

Se reposent déjà...

« Ce sera beaucoup mieux à l'automne », espèrent-ils.

Mais ce n'est pas l'automne, les extrémités des branches sont encore vertes...

Il faut encore que les kakis grossissent et éclaircissent...

Qu'ils mûrissent, tombent et s'écrasent...

Un vieillard encore en uniforme de la défense civile est assis dans un virage. Le pantalon retenu par une corde et la veste déjà trempée de sueur, il a posé son sac sous un micocoulier et roule une cigarette avec de vieux mégots, regardant sans le voir un parterre de pâquerettes...

Il lève la tête quand mon ombre couvre son visage.

Je lui demande si nous pouvons partager une allumette...

Il acquiesce et nous partageons du feu, puis il dit : « Plus ces allumettes sont pourries, plus leur prix augmente... »

Je manifeste mon assentiment d'un hochement de tête. Puis je m'éloigne.

Mais le vieillard demande : « Quelle heure est-il ? »

Je m'arrête et me tourne vers lui...

« Votre montre est cassée, monsieur ? »

Chiku-taku. Chiku-taku...

L'homme a sorti sa montre de sa poche et la remonte. L'homme secoue la tête. L'homme tend sa montre vers moi...

Le vieillard dit : « Elle s'arrête sans cesse... »

Cette montre. Cette montre. Cette montre...

Les aiguilles indiquent midi...

Je tourne ma montre vers lui...

Je dis : « Il est huit heures.

– Dans ce cas, je suis déjà en retard, soupire-t-il. J'ai manqué toutes les bonnes affaires. »

Je manifeste mon assentiment d'un hochement de tête. Je m'éloigne à nouveau, mais il m'appelle encore une fois et, à nouveau, je m'arrête puis me tourne vers lui et il demande : « Connaissez-vous les routes de la région ? »

Je secoue la tête et je m'excuse. « Je n'étais jamais venu ici.

– Je crois que j'y suis venu une fois, dit-il. Mais c'était avec quelqu'un du quartier, donc il doit y avoir un bon moment. Je crois que c'était ici. La guerre avait commencé, j'en suis sûr. Mais pas les bombardements. Je suis certain que c'était avant les bombardements... »

J'acquiesce à nouveau, mais je ne sais pas quoi dire...

« Je perds la notion du temps, soupire-t-il. Parce que c'est sans fin, n'est-ce pas ? On nous dit que c'est fini, que nous sommes en paix, mais je n'ai pas l'impression que ce soit la paix et je n'ai pas l'impression que ce soit fini. Et vous ? »

Je secoue la tête. Je dis quelque chose du genre : « Vous avez raison.

– J'ai soixante-neuf ans, dit-il. Puis-je encore être utile à quelqu'un ? Je pourrais aussi bien être mort et en avoir terminé. Cependant je me souviens d'une époque où je pouvais porter trente ou trente-cinq kilos sans difficulté...

– Mais vous semblez très bien vous débrouiller », dis-je.

Il me remercie et me demande d'où je suis...

« De Mitaka, je réponds. Et vous ?

– De Kinshi-chō, à l'origine, dit-il. Mais je n'y suis plus, naturellement. J'ai eu de la chance de m'en sortir avec les vêtements que je portais, c'est moi qui vous le dis. Maintenant, je suis chez ma belle-fille, à Hakozaki. Mais on ne peut compter sur personne, par les temps qui courent, n'est-ce pas ? Et comme on dit maintenant que mon fils est mort, elle va chercher à se remarier et qu'est-ce que je ferai... ? »

J'acquiesce, le regarde dénouer la serviette qui couvre son visage, s'essuyer le front puis la nuque...

Le vieillard se lève et me regarde...

« Pardonnez-moi, dit-il, mais êtes-vous malade ? »

Je secoue la tête. Je dis : « Pourquoi posez-vous cette question ?

– Je suis désolé, répond-il, mais vous êtes très pâle.

– Ne vous inquiétez pas, dis-je. Ça va... »

Je prends son ballot...

Je le hisse sur son dos...

C'est un lourd fardeau...

« Merci, dit-il en s'éloignant. Et bonne chance... »

Je lui fais signe de la main qui tient ma cigarette et le regarde s'éloigner...

« Ne renoncez pas, crie-t-il. Jamais ! »

Je gravis les petites marches propres du poste de police de Kanuma et les deux agents de la réception s'inclinent, saluent puis me souhaitent la bienvenue.

« J'ai un message de Tokyo pour l'inspecteur Ishida, annonce un des deux hommes...

– Merci », dis-je quand il me donne la feuille de papier, que je glisse dans ma poche avant de le remercier à nouveau...

« Monsieur Tachibana est-il arrivé ?

– Non, répond-il. Il est peut-être allé à l'auberge...

– Sans importance, dis-je. Je vais faire un tour...

– Où irez-vous ? demande-t-il.

– Au bord de la rivière, je réponds. La...

– La Rivière noire ? demande-t-il.

– Oui, la rivière noire. »

Je sors du poste de police. Je ne cours pas. *Ma poche en feu.* Je descends les petites marches propres. Je ne cours pas. *Ma poche en feu.* Je traverse la rue. Je ne cours pas. *Ma poche en feu.* Je vois la Rivière noire...

Et maintenant, je cours. *Ma poche en feu.* Maintenant je cours. *Ma poche en feu.* Maintenant je cours. *Ma poche en feu.* Jusqu'au bord de l'eau...

Ma poche en feu. Puis je m'arrête...

Je sors la feuille de papier :

Laisse Minami à Tochigi. Reviens au quartier général. Inspecteur Adachi.

Puis, soudain, un cri : « Vous voilà, inspecteur Minami ! »

Je lève la tête. Tachibana et Ishida descendent la pente de la rive...

Ishida ; je ne sais plus qui est cet inspecteur Ishida...

« J'ai cru que vous étiez reparti pour Tokyo, crie Tachibana...

– Je regrette, dis-je. J'avais simplement besoin de marcher un peu...

– Ne vous excusez pas, dit Tachibana. Je parie que vous n'avez pas l'habitude de boire autant de saké et de bien manger, par les temps qui courent, n'est-ce pas, inspecteur ?

– Vous vous êtes montré très généreux, je réponds. Merci.

– De rien, dit-il. Nous sommes tous policiers... »

Je me tourne vers Ishida et j'acquiesce. « Tous policiers.

– Alors, dit Tachibana en frappant dans ses mains, par où commençons-nous ? »

Le même petit camion antique. Le même policier âgé au volant. Tachibana me fait signe de prendre place à l'avant, tandis qu'Ishida et lui s'installent à nouveau dans la benne. La tôle ondulée et les outils de charpentier ne sont plus là. Le chauffeur éteint sa cigarette, redresse sa casquette, fait démarrer le camion, et je me cramponne à nouveau...

Je hais la campagne et je hais les campagnards...

Ce pays des doigts crochus. Ce pays de l'avarice...

Je plisse mes paupières douloureuses car le soleil m'aveugle...

Tout est noir aujourd'hui. Tout est noir ici...

Montagnes noires. Arbres noirs...

Pas de gris, pas de vert et pas de violet...

Pas de feuilles et pas de fleurs...

Il n'y a pas de couleurs ici...

Ici, ici, ici, ici...

Dans le pays de Kodaira...

Ici, à Ōaza-Hosō, à Nikkō-chō, où notre petit camion s'arrête devant la maison de la famille de Kodaira Yoshio, la maison bricolée, déglinguée, où l'oncle, la tante et le cousin de Kodaira Yoshio vivent toujours, travaillent toujours chez Furukawa...

L'oncle, la tante et le cousin de Kodaira Yoshio qui connaissent la raison de notre présence, savent que nous ne renoncerons pas à frapper...

Jusqu'au moment où le cousin ouvre, nous invite à entrer, et nous franchissons la porte pourrie, traversons le *genkan* crasseux et la cuisine puante, fétide, entrons dans la pièce sombre, humide, qui est leur foyer.

Le foyer. Le foyer. Le foyer. Le foyer. Le foyer. Le foyer. Le foyer...

La tante s'éloigne à quatre pattes dans un couloir obscur. L'oncle, assis en tailleur, fume la pipe. L'oncle est âgé. L'oncle garde le silence...

« Il hait la police, explique son fils, le cousin. Il croit que la police lui en veut, en veut à notre famille...

– Tais-toi, idiot ! crie l'oncle, qui prend sa pipe et se lève. Il va dans l'autre moitié de la pièce et tire le paravent derrière lui, crie une nouvelle fois : Idiot !

– Que voulez-vous ? demande le cousin.

– Je voudrais savoir avec quelle fréquence votre cousin Yoshio venait ici, je réponds. Je veux surtout savoir avec quelle fréquence il est venu ces deux dernières années, les dates auxquelles il est venu et ce qu'il a éventuellement apporté. Il est important que vous vous souveniez...

– C'est facile, répond le cousin en riant. Facile, parce que je ne l'ai pas vu. Il n'est pas venu ici...

– Je ne vous crois pas, dis-je. Je ne vous crois pas, parce que j'ai vu six ou sept familles des environs qui se souviennent qu'il venait, qui se souviennent des dates et de ce qu'il apportait. Donc je vous pose à nouveau la question, vous demande de vous souvenir...

– Et je vous répète, dit le cousin, qu'il n'est pas venu ici. Nous avons entendu dire qu'il était revenu à Tochigi, mais nous ne l'avons jamais vu.

– Vous ne l'avez jamais vu ? je demande. Il n'est jamais venu chez vous ?

– Pourquoi serait-il venu ? demande le cousin. Nous n'avons rien à lui vendre et rien à lui acheter. Pourquoi venir ?

– Parce que vous êtes sa famille, dis-je.

– Il n'est pas venu ici », répète le cousin.

Dans cette pièce sombre et humide, ce foyer...

« C'est tout ce que je sais, ajoute le cousin, et c'est tout ce que je dirai. Si vous voulez des informations supplémentaires, frappez à n'importe quelle porte du village. »

Son père était l'aîné, nous racontent les voisins. Il buvait, jouait et courait les femmes. Il avait eu une ferme, il avait eu une auberge, la Hashimoto-Ya, la meilleure du village. Mais il avait tout perdu parce qu'il buvait, jouait et courait. Même son cheval. Il a fini ses jours chez Furukawa Denki, comme les autres...

Le frère cadet du père y a travaillé toute sa vie, nous racontent les voisins. Il était lent, mais jamais absent. Il ne travaillait que de nuit et donnait toute sa paie à sa mère. Il bégayait et il était stupide, mais c'était le meilleur...

Le troisième frère est l'oncle que vous avez vu, nous racontent les voisins. C'était autrefois l'homme le plus dangereux du village. Il buvait beaucoup et avait un couteau. Il a fait de la prison. Il est encore colérique et agressif, mais, désormais, parle rarement.

Le frère aîné de Kodaira Yoshio n'est pas mort depuis longtemps, nous racontent les voisins. Il travaillait chez Furukawa, comme les autres, mais a été mis à la porte parce qu'il volait ses collègues et dormait pendant les heures de travail. Il est allé à Tokyo mais est revenu rapidement, a occupé divers emplois, vécu de petits boulots et de ce qu'on lui donnait. Lui aussi parlait peu. Il obligeait même sa femme et ses enfants à prendre leurs repas dehors pour pouvoir manger en paix. En avril dernier, il a été arrêté parce qu'il avait volé des pommes de terre, mais il est mort avant que l'affaire ne soit jugée...

Sa sœur aînée, c'était à peu près la même chose, nous racontent les voisins. Elle travaillait chez Furukawa Denki, elle aussi, comme les autres. Elle a épousé un homme qui y était employé, mais ça n'a pas duré plus d'un an. Elle s'est ensuite mariée avec un Coréen, mais, à nouveau, n'est pas restée plus d'un an avec lui. Elle s'emportait souvent, mentait toujours et elle est morte en janvier...

C'était lui-même un mauvais garçon, s'empressent de nous raconter les voisins. Mais ce n'était pas le pire de la famille. Il travaillait mal à l'école, était paresseux et négligent, mais il ne buvait pas et ne jouait pas. Il avait le caractère des Kodaira, mais ne se battait jamais avec des inconnus...

Tout le monde a donc été très étonné quand il a tué son beau-père...

Il a un bâtard, soufflent les voisins. Il doit avoir environ seize ans. Pas un garçon sympathique, ceux de son âge se méfient de lui et il est méchant avec les plus jeunes. Une femme avec qui il a eu une aventure lui a donné ce fils. C'est cette aventure qui a conduit la famille de sa première femme à lui demander de divorcer. C'est cette requête qui l'a amené à attaquer la famille de sa femme et à tuer le père...

Cela lui a valu la prison...
Cela a brisé le cœur de sa mère, nous expliquent les voisins. Car sa mère était douce et honnête, une femme aimante qui avait beaucoup souffert...
« Mais elle a vécu dans les larmes, nous disent-ils. Dans les larmes... »

Ces montagnes et vallées, ces forêts et champs, ils me semblent tous semblables. Montée du flanc d'une petite montagne, descente de l'autre, un court tunnel par-ci, un long tunnel par-là, puis une autre montée, une autre descente et une route étroite, jusqu'au moment où le camion s'arrête devant une nouvelle petite ferme éloignée de la route, près d'un nouveau petit fossé et d'une nouvelle petite montagne. Une fois de plus, Tachibana descend de la benne du camion et entre dans la maison, tandis que nous restons dans le camion, Ishida, le chauffeur et moi, transpirons, jusqu'au moment où Tachibana revient avec un autre agriculteur âgé et nous présente monsieur Samura...
« L'homme qui a découvert le corps, explique-t-il. Celui d'Ishikawa. »
Puis le chauffeur fait à nouveau démarrer le camion antique et lentement, très lentement, nous gravissons la route étroite qui monte au flanc de la montagne située derrière la ferme, jusqu'au moment où monsieur Samura hoche la tête et grogne, où Tachibana crie un ordre au chauffeur, qui s'arrête...
« C'est ici qu'il l'a trouvée, dit Tachibana. À cet endroit. »
Ōaza Mizuki-chi, Manako-mura, Kami Tsuga-gun...
Tout le monde descend du camion. Tout le monde s'essuie le visage, s'essuie la nuque et regarde, au pied de la montagne, le patchwork de champs et de fossés, de fermes et de maisons, puis tout le monde se tourne vers un autre bois au flanc d'une autre montagne, d'autres ombres et d'autres arbres...
D'autres troncs noirs, leurs branches et leurs feuilles...
Samura montre les bois. « C'est par là... »
Il marche derrière moi. Il marche derrière moi...
Nous suivons, Tachibana et moi, le vieil agriculteur qui quitte la route et monte en direction des bois, pointe le doigt à droite et à gauche tout en grimpant, marmonne des propos que nous ne saisissons pas, alors que les arbres et leurs troncs sont plus proches, plus denses, Ishida suivant derrière...
Il marche derrière moi, entre les arbres...
Samura s'arrête, se tourne vers nous, et crie : « C'est ici. C'est ici. C'est ici... »

Les cigales sont assourdissantes, les moustiques à nouveau affamés...

« En septembre dernier, dit-il. Je cherchais des feuilles... »

Entre les arbres, les troncs noirs des arbres...

« Des feuilles que je ferais sécher et mélangerais au tabac... »

Leurs branches et leurs feuilles...

« J'ai carrément marché sur les os », dit-il.

Son corps blanc, nu...

« Je l'avais sentie, aussi, ajoute-t-il, pendant que je ramassais mes feuilles. Mais j'avais cru que c'était un animal, de même que lorsque j'ai marché sur ses os, puis j'ai glissé, et quand je suis tombé, je me suis aperçu que ce n'était pas un squelette d'animal... »

Je ressemble à des os... Je ressemble à des os...

« J'ai compris que c'étaient des ossements humains... »

Je tourne et je tourne encore, parmi ces arbres et ces branches, puis je demande à Samura : « Êtes-vous sûr que c'est exactement ici ? »

Samura acquiesce. « Ne sentez-vous pas encore sa présence... ? »

Je tourne et je tourne encore, parmi ces arbres noirs et leurs troncs, demande à Tachibana : « Cet endroit a-t-il été fouillé comme le sont les lieux d'un crime ? »

Tachibana baisse les yeux. Tachibana baisse la tête...

« Merde », je jure encore et encore, puis je tourne et je tourne encore, les troncs noirs et leurs branches pivotant autour de moi...

Les cigales sont assourdissantes, les moustiques affamés...

Je tombe à genoux, j'entreprends de chercher...

De fouiller, fouiller et fouiller encore...

De chercher encore.

« Par ici, crie Ishida. J'ai trouvé quelque chose. Regardez... »

*Namu-amida-butsu *. Namu-amida-butsu. Namu-amida-butsu...*

Nous franchissons des troncs d'arbres morts, Tachibana et moi, nous glissons sous des branches brisées et rejoignons l'inspecteur Ishida qui est à genoux, penché sur le tronc pourrissant d'un autre arbre mort...

Namu-amida-butsu. Namu-amida-butsu...

« Regardez », dit-il en se redressant, levant des os blancs et visiblement humains parsemés de lambeaux de tissu...

Namu-amida-butsu...

« C'est sûrement là qu'il a caché le corps, dit Ishida qui s'agenouille à nouveau et regarde sous le tronc. Les os que le vieillard a trouvés avaient probablement été déplacés par les animaux... »

Je regarde, entre les troncs et les branches, la route où Samura est allé attendre, attendre et fumer en compagnie du chauffeur. Je me tourne vers Tachibana et demande : « Quels os sont mentionnés dans le dossier d'Ishikawa Yori ? »

Tachibana ouvre la chemise. Il feuillette les documents à la recherche du rapport d'autopsie. Il énumère les os découverts l'année dernière, tandis que nous soulevons le tronc pourrissant, Ishida et moi, le soulevons et scrutons l'humus noir et humide ainsi que d'autres os froids et blancs, des os froids et blancs qui étaient perdus et sont maintenant retrouvés...

Ishida et moi à genoux, nos mains qui creusent...

Qui creusent et nettoient. Nettoient et rassemblent...

Ses os perdus et maintenant retrouvés...

Je les mets dans mon sac de l'armée...

Dans mon sac de l'armée et sur mon dos...

« Nous allons les emporter à Tokyo, j'indique à Tachibana. Nous les confierons au docteur Nakadate de l'hôpital universitaire Keiō. Mais tentez tout de même de retrouver la trace des os trouvés ici et considérés comme appartenant à Ishikawa Yori...

– Ils doivent être à Utsunomiya, répond Tachibana...

– Peut-être, je réponds. Mais il y a presque un an qu'on les a trouvés, et comme on a estimé qu'il s'agissait d'un *ikidaore*, Utsunomiya a probablement restitué les restes à sa famille en vue de leur crémation... »

Tachibana s'incline très profondément. « Je regrette infiniment...

– Mais non, dis-je. Nous avons fait ce que nous pouvions pour elle. »

Le camion descend le flanc de la montagne et dépose Samura devant sa ferme. Puis le camion gravit péniblement le flanc d'une autre montagne, descend de l'autre côté, franchit un tunnel puis un autre, monte une nouvelle côte puis s'arrête à nouveau devant la maison de la mère de la veuve Okayama, le chien noir toujours endormi à l'ombre du mur, toujours attaché à son pieu...

Pas un chien errant, sa maison pas disparue, son maître pas parti...

Tachibana regarde à nouveau le chien, mais, aujourd'hui, ne rit pas. Il s'excuse et nous précède une nouvelle fois dans la maison tandis que le chauffeur ôte sa casquette et allume une nouvelle cigarette...

« Il n'y a pas de pénurie de tabac dans le coin », constate Ishida...

Mais le chauffeur garde le silence. Le chauffeur se contente de fumer.

Tachibana revient avec la mère de la veuve Okayama, qui s'incline à nouveau, nous souhaite à nouveau la bienvenue, nous invite à nouveau à entrer chez elle, et Tachibana nous explique que la petite-fille de la femme, la fille de la veuve Okayama, nous attend à l'intérieur...

Okayama Kazuko s'incline quand nous entrons...

Vêtue d'une robe-tablier jaune à rayures bleu foncé...

Kazuko nous invite à nous asseoir autour du foyer sans feu, nous offre du thé froid, s'excuse parce qu'elles n'ont pas de biscuits, et nous la remercions de son hospitalité, nous nous asseyons, buvons, ne pouvons nous empêcher de fixer du regard son visage et ses yeux...

Son visage soucieux et ses yeux rouges, très rouges...

« Je suis désolée, dit-elle. Nous n'imaginions pas, ma grand-mère, ma mère et moi, quel homme était vraiment monsieur Kodaira... »

Ce n'est pas une campagnarde. Elle est née en ville...

Elle a entendu les bombes. Elle a vu les incendies...

Elle tend une boîte à Ishida et dit : « Voici tout ce que monsieur Kodaira a apporté. Ce sont tous les objets qu'il m'a donnés... »

Il y a des larmes dans ses yeux...

Des larmes sur ses joues...

« Je n'imaginais absolument pas... »

Ishida ouvre la boîte. Ishida en sort un *furoshiki* * à motif d'arabesque, un *bentō*, une montre et une broche en ammonite en forme d'ellipse...

Nakamura Mitsuko...

Je me lève. Je tends la main. Je prends la broche des mains d'Ishida...

« Cet autre corps, je demande à Tachibana. Le corps non identifié que vous avez mentionné hier? C'est sûrement Nakamura Mitsuko...

« À quelle distance sommes-nous de l'endroit où on l'a découvert... ? »

Mais alors que Tachibana n'a pas eu le temps de répondre, Ishida a repris la montre, l'a retournée dans sa main, a lu l'inscription gravée au dos et me l'a tendue...

Une autre montre. Une autre montre volée...

Je la prends et la lève...

Cette montre. Cette montre...

Vers la lumière et je lis...

Tominaga Noriko...

« Je n'imaginais absolument pas... »

La montre qui tourne toujours dans ma main. *Je n'imaginais absolument pas*. Le foyer et la pièce qui tournent. *Je n'imaginais absolument pas*. La maison et la barrière qui tournent. *Je n'imaginais absolument pas*. Qui tournent, tournent et tournent encore. *Je n'imaginais absolument pas...*

Mes mains dans la poussière devant la maison. *Le jour est la nuit*. Dans la poussière, à quatre pattes. *La nuit est le jour*. Tout tourne, tourne et tourne encore. *Le noir est blanc*. Tourne et tourne encore dans la poussière et sous le soleil. *Le blanc est noir*. Tourne, tourne et tourne encore, et je jure, jure encore. *Pas de vérité, seulement des mensonges*. Ça me démange et je me gratte. *Gari-gari*. Je me gratte et ça me démange...

Gari-gari. Gari-gari. Gari-gari. Gari-gari. Gari-gari...

Mensonges sur mensonges, sur mensonges, sur mensonges...

Gari-gari. Gari-gari. Gari-gari. Gari-gari...

Montagnes et montagnes de mensonges...

Gari-gari. Gari-gari. Gari-gari...

Ces mensonges incompréhensibles...

Personne n'est qui il prétend être...

Absolument incompréhensibles...

Personne n'est qui il paraît être.

L'inspecteur Ishida est resté en compagnie de la fille et de la mère de la veuve Okayama, en vue d'établir les dates des visites de Kodaira, de préciser les jours où il est venu et ce qu'il a apporté, de noter ces dates, de dresser la liste de ces objets...

Mes mains sont encore sales. Mes genoux encore ensanglantés...

Ça me démange. Je me gratte. *Gari-gari*. Je me gratte. Ça me démange...

Je suis à nouveau dans le camion, gravis une autre montagne, descends son autre flanc, franchis un autre tunnel et monte une autre côte, puis nous nous arrêtons devant une autre ferme, où Tachibana va chercher un autre vieillard et annonce : « C'est l'homme qui a trouvé le squelette. »

Puis cet homme nous conduit à pied sur le flanc d'une autre petite montagne et dans un bois de cyprès qui s'étend derrière la ferme, cette petite montagne et ce bois de cyprès que sa famille entretient depuis des générations, où sa famille a coupé et élagué, évacué le bois et les branches mortes afin que les cyprès puissent grandir, les cyprès entre lesquels nous le suivons maintenant, Tachibana et moi, parmi les troncs, jusqu'au moment où le vieil agriculteur s'arrête et se retourne...

« C'est ici que je l'ai trouvée, annonce le vieillard. Exactement ici... »

Ōaza Fukahodo, Kiyoshu-mura, Kami Tsuga-gun...

« Il y a un mois, ajoute-t-il. Un squelette parfait...

– Donc il n'y avait pas de vêtements ici ? je demande.

– Je n'en ai pas vu », répond-il...

Une nouvelle fois, je tourne et tourne encore, tourne et tourne encore entre les arbres et les branches, tourne, tourne et tourne encore entre les arbres et leurs troncs, tourne et tourne encore...

Les cigales assourdissantes, les moustiques toujours affamés...

Puis je tombe à genoux et entreprends de chercher...

Encore et encore, encore et encore...

De fouiller à quatre pattes...

Encore et encore...

À genoux...

Encore...

À quatre pattes entre ces arbres et ces branches, je cherche la fille unique de Nakamura Yoshizo...

« Mais qu'espérez-vous trouver ? demande Tachibana. C'était un squelette parfait. Il ne manquait pas un os... »

Se tient-il derrière toi, dans la file d'attente du guichet de Shibuya ?

« Il ne manquait pas un os, j'admets. Mais où étaient ses vêtements ? »

Te séduit-il en parlant de vieux agriculteurs et de riz bon marché ?

Son pantalon *monpe* marron et son chemisier jaune pâle...

Allez-vous à Asakusa ? Prenez-vous ensuite le train de Kanasaki... ?

Ses sandales, ses chaussettes et ses sous-vêtements, tous à proximité...

C'est par ici, dit-il. C'est par ici, dit-il...

Ici, entre ces arbres, entre ces branches...

Il marche derrière toi. Il marche derrière toi...

Jusqu'à la pile de bûches soigneusement coupées qui se trouve là-bas...

Ses cheveux plaqués sur son crâne...

Entre ces arbres et ces branches...

Mais ce n'est pas par ici. Jamais par ici...

À quatre pattes et à genoux...

Sa peau plaquée sur son crâne...

Je déplace les bûches...

Il domine et reluque...

À la recherche de ses vêtements...

Kodaira, Kodaira...

Sous les bûches...

Domine et regarde...

Cette dernière bûche...

Ici, ici...

Ici, sous la pile de bûches soigneusement coupées, un pantalon *monpe* marron mouillé et pourrissant, un chemisier jaune pâle nettement mieux conservé pendant l'automne et l'hiver derniers, ce printemps et cet été, conservé et protégé des saisons et de leurs intempéries par ces bûches proprement coupées, empilées les unes sur les autres parmi ces cyprès bien entretenus, dans ce petit bois au flanc d'une petite montagne, dans cet autre monde, cet autre pays, très, très loin de chez elle, sa fille unique ici...

C'est à cet endroit que Nakamura Mitsuko est morte le douze juillet 1945...

Je suis toujours à quatre pattes parmi les bûches...

C'est à cet endroit que Mitsuko a été tabassée et a perdu connaissance...

À quatre pattes, j'entreprends de creuser...

C'est à cet endroit qu'elle a été déshabillée et violée...

De creuser et de nettoyer. De nettoyer et de rassembler...

C'est à cet endroit qu'elle a été étranglée...

De rassembler ses vêtements...

C'est à cet endroit qu'elle a été tuée...

De les mettre dans mon sac...

C'est à cet endroit que Nakamura Mitsuko est morte puis a été violée, encore, encore et encore, violée puis dépouillée de son argent, de sa montre, de ses lunettes rondes à monture en argent et de sa broche...

Sa broche en ammonite en forme d'ellipse...

Pour les rapporter à Tokyo...

Cadeau d'un père à...

Les rapporter...

Sa seule fille...

Chez eux.

L'inspecteur Ishida monte à l'arrière du camion et nous nous inclinons, remercions la fille et la mère de la veuve Okayama de leur aide ainsi que de leur hospitalité. Nous descendons le flanc de la montagne, gravissons celui d'une autre et atteignons enfin la vallée, la Rivière noire à nouveau à notre droite, la file des pillards toujours à notre gauche...

D'autres files de gens se dirigent vers la gare...

Mais aujourd'hui, on ne parle pas des citadins. On ne parle pas des pillards...

Files et files de gens, leur ravitaillement sur le dos...

On ne parle pas de pommes de terre et de riz. On ne parle pas de puces et de poux...

Les os d'une jeune fille morte, les vêtements d'une autre...

Aujourd'hui, il n'y a que le silence à l'avant et à l'arrière...

Dans un vieux sac à dos de l'armée posé sur mes genoux...

Ils nous attendent à nouveau, guettent le bruit du vieux camion déglingué de Tachibana, qui s'arrête devant le poste de police désuet, et les agents en uniforme sortent précipitamment, s'inclinent, saluent, nous souhaitent la bienvenue, et nous nous inclinons, Ishida et moi, saluons et remercions. Ensuite, nous suivons Tachibana sur les petites marches propres, entrons dans le poste de police où les deux agents debout derrière le comptoir s'inclinent, saluent et nous souhaitent la bienvenue...

« J'ai un autre message pour l'inspecteur Ishida », annonce un des hommes. Ishida avance et prend le message...

Un autre message. Le message ultime...

Ishida demande à téléphoner...

Laisse Minami à Tochigi...

Tachibana me précède, au-delà du comptoir, dans le couloir qui conduit à son bureau où il parle d'horaires de trains et de retour à Tokyo, chez nous...

Chez nous. Chez nous. Chez nous. Chez nous. Chez nous. Chez nous...

On frappe légèrement à la porte et l'inspecteur Ishida entre dans le bureau de Tachibana...

L'inspecteur Ishida ; cet homme que je ne connais pas...

Tachibana demande : « Tout va bien ?

– Tout est en ordre, maintenant, répond l'inspecteur Ishida. Merci. »

Toute la police de Kanuma nous a accompagnés à la gare pour nous souhaiter bon voyage et nous dire au revoir. Tachibana a même fait retarder le départ du train...

Ses agents et lui s'inclinent...

Tachibana s'excuse de ses carences ainsi que de celles de ses hommes. Puis il s'incline à nouveau, nous remercie de notre travail et de notre assistance...

« Et nous espérons travailler à nouveau avec vous », dit-il.

Nous saluons Tachibana, l'inspecteur Ishida et moi, nous inclinons et le remercions de son travail, du travail de ses hommes, de son assistance, de sa générosité et de son hospitalité...

Tachibana salue et s'incline une dernière fois...

Enfin nous montons, Ishida et moi, dans le train de la ligne Tobu...

La police de Kanuma nous ouvre le chemin...

Les portes se ferment et le coup de sifflet retentit...

Pas de places assises, nous restons debout...

La locomotive démarre dans une secousse...

Sur les reins d'Ishida...

Ishida et moi debout, pressés l'un contre l'autre, tournés vers la fenêtre sans vitre, regardons Kanuma s'éloigner...

Sur ses reins, un objet froid et métallique...

Je tente de tourner le dos à la fenêtre, de tourner le dos à Kanuma...

Cet autre monde, cet autre pays...

Wagon bondé de gens avec leurs bagages, de gens qui évitent nos regards, s'inquiètent pour leurs bagages...

Nous sommes la police. Nous sommes la loi.

Les fenêtres n'ont pas de vitres, néanmoins il n'y a pas d'air, seulement la puanteur des couches sales des bébés...

La puanteur de la merde humaine...

« Ce train de la ligne Tōbu s'arrêtera à Momiyama, annonce le contrôleur, à Niregi, Kanasaki, Ienaka, Kassemba, Shin-Tochigi, Tochigi... »

Soudain, Ishida dit : « Il faut que je descende à Ienaka. »

Laisse Minami à Tochigi. Rentre au quartier général...

Je demande : « Pourquoi ? »

Un objet froid et métallique...

« Il faut que je revoie l'endroit où Baba a été tuée, dit-il. Nous avons trouvé tellement de choses qui leur avaient échappé, sur les lieux des meurtres d'Ishikawa et de Nakamura, qu'il faut, à mon avis, jeter un nouveau coup d'œil... »

Il marche derrière moi...

J'ai un sac plein d'ossements, de vêtements...

Je le maudis...

J'acquiesce. « Si tu es sûr que c'est ce que tu veux... »

Le soleil se couche et la nuit tombera bientôt sur Ienaka...

Les ombres des montagnes s'allongent...

Nous franchissons, Ishida et moi, ce contrôle pour la deuxième fois en trois jours, sortons de la gare et entrons dans la ville...

Personne, absolument personne...

La ville est déserte et je précède Ishida dans la côte, hors de l'agglomération, passe devant l'Auberge de la belle montagne où nous avons dormi...

Il marche derrière moi. Il marche derrière moi...

« Êtes-vous sûr que c'est le bon chemin ? »

Je garde le silence parce qu'il sait que ça n'a pas d'importance, parce qu'il sait que ce pourrait être n'importe quel bois de n'importe quelle montagne, donc nous montons et descendons, montons et descendons encore jusqu'à une nouvelle route étroite, peut-être la route étroite sur laquelle Kodaira Yoshio a entraîné Baba Hiroko le treize décembre de l'année dernière...

« Êtes-vous sûr que c'est ici ? » demande-t-il.

Nishi Katamura, Kami Tsuga-gun...

Je garde le silence parce que ça n'a pas d'importance. Je pose mon vieux sac de l'armée. Je m'essuie le visage et je m'essuie la nuque...

Je tourne le dos aux champs et aux fossés...

Je regarde fixement les bois du flanc de la montagne, les ombres des troncs noirs des arbres...

Leurs branches et leurs feuilles...

Je montre la pente. « C'est par ici... »

L'inspecteur Ishida me suit dans la côte de la route étroite puis dans les bois ; j'écarte les moustiques et les insectes de la main tandis qu'Ishida marche derrière moi...

Il marche derrière moi...

Entre les troncs, sous les branches et sur les feuilles, je le précède en direction de la petite cuvette...

Entre les troncs, sous les branches et sur les feuilles, il me suit en direction de cette petite cuvette entourée de troncs d'arbres morts...

Entre les troncs, sous les branches et sur les feuilles, il marche derrière moi en direction de cette petite cuvette, cette cuvette pleine de branches brisées et de feuilles mortes...

Il marche derrière moi jusqu'ici...

Il marche derrière moi, entre les arbres...

« C'est ici », dis-je, mais je ne me retourne pas...

Cigales silencieuses, maintenant, moustiques rassasiés...

Dans cet endroit, dans cette cuvette, je l'entends...

Entre les arbres, les troncs noirs des arbres...

Je l'entends derrière moi. Je le sens...

Sous les branches et leurs feuilles...
Je l'entends lever son pistolet de l'armée...
Je sens qu'il le braque sur mon dos...
Je l'entends armer le pistolet...
Froid et métallique...
Maintenant je l'entends crier : « À genoux, inspecteur ! »
Je garde le silence. Je ne me retourne pas. Je m'agenouille...
À genoux dans ces bois, dans cette cuvette, dans cet endroit...
Je sens la gueule du pistolet sur ma nuque...
Dans cet endroit, dans cette cuvette, dans ces bois...
Je ferme les yeux et je vois le visage de la jeune fille...
Je vois son visage et tous leurs visages...
Masaki, Banzai ! Papa, Banzai !

Puis il appuie sur la détente. *Clic*. Il appuie une nouvelle fois. *Clic*. Et une fois encore...

Clic. Clic.
Et encore...
Clic...

Je me redresse. *Clic*. Je me retourne. *Clic*. Je saisis le canon du pistolet. *Clic. Clic...*

Maintenant je tiens le pistolet.
Bang ! Bang ! Sur son visage...
Bang ! Bang ! Et encore...
Puanteur de la merde.

Dans cet endroit, dans cette cuvette, entre ces arbres, sous ces branches, Ishida tente d'ouvrir les yeux et je me penche sur lui, essuie une partie du sang, et il essaie de parler, de me remercier, et je souris, homme sympathique avec mes petites gentillesses, homme sympathique qui le prend par les épaules, sourit à nouveau et rit pendant qu'il parle et parle, raconte ceci sur untel et cela sur untel, et c'est comme si on se connaissait depuis toujours, cet homme en sang qui pleure et cet homme sympathique qui sourit, comme si j'étais son oncle, cet homme sympathique et souriant, ou même le père qu'il a perdu très jeune, mais je sais qu'il ne fait pas entièrement confiance au sourire de mon visage, à ce visage sympathique et souriant, entre ces arbres et sous ces branches, cet homme acculé et vaincu qui, maintenant, ses yeux noirs et trempés de sang implorant la pitié et implorant le pardon dans cet endroit, dans cette cuvette qu'il ne connaît pas, cette campagne, ce pays qui deviennent de plus en plus obscurs au fil des heures, et le jour a disparu, la montagne a disparu et il n'y a plus que cet endroit, cette cuvette, entre ces arbres, sous ces branches, et je souris, homme sympathique, souriant entre les arbres, sous les branches, dans cette cuvette, dans cet endroit, mais à présent mes dents sont pointues et mes yeux avides, mes lèvres mouillées et ma langue longue...

Est-ce maintenant que l'étreinte se resserre ? Que mes mots se font durs... ?

Lèvres mouillées et langue longue, je ne souris plus et je ne suis plus sympathique, cet homme qui a mes dents pointues et mes yeux avides, mes lèvres mouillées et ma langue longue, souffle ce que j'exige de lui, dans cet endroit, dans cette cuvette, entre ces arbres, sous ces branches, lui explique exactement ce que j'exige de lui, et il me tourne le dos, dans cet endroit, dans cette cuvette, entre ces arbres, sous ces branches, mais je l'oblige à me faire face et je le gifle, lui donne des coups de poing au visage et des coups de pied dans les jambes, et il est à quatre pattes parmi les branches et les feuilles, me demande de cesser, me prie de cesser, me supplie de cesser, d'épargner sa vie, de le laisser en vie, de le laisser s'en aller, mais je ne l'entends pas demander, je ne l'entends pas prier, je ne l'entends pas supplier, parce que je l'entraîne au plus profond de cet endroit, de cette cuvette, de cette campagne et de ce pays, mets une main autour de son cou et l'autre sur sa poitrine, et il comprend ce que je veux, comprend ce que je veux, comprend ce que je veux, et il me dit de le prendre, me prie de le prendre, me supplie de le prendre, de le prendre et de le laisser tranquille, de bien vouloir le laisser tranquille, mais je serre son cou, je serre son cou, je serre son cou, morve sous son nez, pisse sur ses jambes, merde entre ses fesses, et je serre son cou de plus en plus fort, cet endroit de plus en plus noir...

Aussi noir que ses cheveux qui ne grisonneront jamais...

Tu ouvres les yeux et tu comprends que tu es encore en vie, sur le dos, sur les branches brisées et les feuilles mortes de cette cuvette, dans cet endroit, que tu as survécu, que tu comptes au nombre de ceux qui ont de la chance, en sang et meurtri sur ces branches et ces feuilles, mais tu as survécu, tu as de la chance et tu te redresses sur ces branches et sur ces feuilles, mais c'est à cet instant que tu comprends que tu n'as pas survécu, que tu ne comptes pas au nombre de ceux qui ont de la chance, car je suis assis sur le tronc d'un arbre mort et je fume une cigarette, homme naguère souriant, sympathique, je finis ma cigarette et me lève, me dirige vers toi sous ces branches et sous ces feuilles, remets les cartouches dans ton pistolet...

Tu tentes de parler, mais tu ne peux pas parler...

Parce qu'un homme naguère souriant, sympathique, a ton arme dans sa main et la fourre dans ta bouche...

En sang et meurtri, ici...

Ici, sur ces branches et ces feuilles, dans cette cuvette, ici, dans cet endroit, j'appuie sur la détente de ton arme...

Bang !

Dans la nuit, il glapit. Je descends le flanc de la montagne. *Laisse Minami à Tochigi.* Cette montagne de mensonges. *Dis-moi pour qui tu travailles !* J'entends des bribes des aveux d'Ishida. *Ni endormi ni éveillé.* Je ne cours pas. *Rentre au quartier général.* On pourrait vivre sur cette montagne. *Dis-le-moi !* Noms, lieux et dates. *Dans la nuit, il hurle.* Je traverse les champs et les fossés. *L'inspecteur Adachi.* On pourrait se cacher sur cette montagne. *Dis-moi qui voulait ma mort !* Les aveux d'Ishida et les mensonges d'Ishida. *Je l'entends pleurer.* Je ne cours pas. *Laisse Minami à Tochigi.* On pourrait renoncer au monde. *Dis-le-moi !* Ishida parle de Fujita. *Dans la nuit, il gémit.* Coup de sifflet d'un train sur la voie. *Rentre au quartier général.* On pourrait oublier le monde. *Dis-moi qui t'a donné l'ordre de me tuer !* Ishida parle de Senju Akira. *Dans son sommeil.* Maintenant je cours. *L'inspecteur Adachi.* Mais je ne peux pas oublier ce monde. *Dis-le-moi !* Ishida ment et ment sur Adachi...

Bouche ensanglantée dont on a arraché le bâillon...

Mensonges sur mensonges, sur mensonges et sur mensonges...

Dans la nuit, dents qui grincent et larmes qui coulent...

Il est temps de descendre cette montagne de mensonges...

J'entends Ishida pleurer. Je l'entends gémir...

Descendre de cette montagne d'ossements...

Dans la pénombre, je les entends tous...

Le moment de rentrer chez moi est venu.

J'ai beaucoup de mal, mais je parviens à monter sur un attelage, puis à me hisser dans un wagon de marchandises. Il est plein, les gens serrés comme du bétail...

Du bétail humain. Du bétail humain. Du bétail humain...

Une femme attaque une boulette de riz, une autre mord dans un piment, des enfants pleurent et des vieillards ronflent ; tout le monde a des démangeaisons et se gratte, *gari-gari*, puanteur de la pisse humaine, pestilence de la merde humaine...

Merde humaine. Merde humaine. Merde humaine.

« Rien, dit quelqu'un. Absolument rien...

– Ils sont si riches, maintenant, qu'ils n'ont pas besoin de vendre...

– Ils cachent ce qui est intéressant...

– Ou ils demandent simplement ce qu'ils veulent...

– L'argent ne leur suffit pas...

– Il y a des vieux qui veulent baiser et si on y met de l'entrain et qu'on promet de revenir, ils font le litre à cent cinquante yens, pas mal pour s'être laissée sauter pendant dix minutes...

– À Tokyo, tu peux le vendre deux cents yens...

– Ton riz et ta chatte », s'esclaffent-elles, *ha, ha...*

Je regarde fixement l'extérieur, entre les planches du wagon...

Il n'y a pas de rétrospective. Pas de perspective...

Seulement la cécité, seulement l'obscurité...

Ha, ha, ha, ha! Hé, hé, hé, hé! Ho, ho, ho, ho!

13

27 août 1946

Tokyo, 30°, beau

Ça me démange et je me gratte. *Gari-gari.* Les corps oscillent d'un côté et de l'autre avec le mouvement du train alors que l'aube commence à les éclairer à travers les interstices des planches et les jointures des portes. Ça me démange et je me gratte. *Gari-gari.* Une vieille dame aux cheveux blancs est assise en face de moi, coincée entre un homme et une femme plus jeunes. Ça me démange et je me gratte. *Gari-gari.* L'homme et la femme tentent de la réveiller, soufflent : « Réveillez-vous. On va arriver à Asakusa. Réveillez-vous... »

Mais la vieille dame ne répond pas et ne réagit pas...

« Réveillez-vous, crache la jeune femme. Je ne peux pas bouger le bras. »

Le train tressaute sur un aiguillage. La vieille dame bascule en avant.

L'homme qui se trouve à sa gauche pressent que quelque chose ne va pas, lui relève la tête vers la lumière. Les yeux de la vieille dame sont fermés...

Il y a de l'écume autour de sa bouche et sur son menton...

« Qu'est-ce qui vous arrive? demande l'homme. Réveillez-vous ! »

Le train tressaute sur un autre aiguillage. La vieille dame roule sur le côté...

« Elle est morte, dit la femme à l'homme. Elle est morte... »

Ils tentent de pousser le corps de la vieille dame, de l'éloigner d'eux, mais le corps de la vieille dame refuse de bouger parce que le ballot qu'elle porte sur le dos l'immobilise...

Le poids du ballot, le ravitaillement sur son dos...

« Ôtez-le », souffle l'homme à la jeune femme tandis qu'ils tentent de déplacer le corps. Mais la jeune femme a une meilleure idée, pendant qu'ils séparent le corps de la vieille femme du ballot attaché sur son dos : la jeune femme ouvre le paquet et l'homme comprend immédiatement, l'aide à libérer les cordes, à dénouer les nœuds, et ils regardent tous les deux d'un côté et de l'autre afin de s'assurer que personne d'autre n'est réveillé, cordes et nœuds maintenant défaits, d'un côté et de l'autre pour s'assurer que personne ne regarde, puis ils sortent le riz blanc et les patates douces du ballot de la morte, les cachent dans les ballots qu'ils portent sur le dos...

D'un côté et de l'autre, de l'autre et de l'un...

Je baisse la tête et je ferme les yeux...

Je tourne leurs chaussures vers la porte...

Mais pas pour longtemps...

Les autres passagers du wagon de marchandises commencent à bouger, maintenant. Ça me démange et je me gratte. *Gari-gari*. Ils parlent à voix basse. Ça me démange et je me gratte. *Gari-gari*. Il paraît que la police sera à Asakusa, fouillera les passagers et leurs ballots à la recherche de produits destinés au marché noir...

Des gens envisagent de descendre à la gare de Kita-Senju...

Des gens disent que ce sera pareil à Kita-Senju...

Des gens parlent de sauter en marche...

J'en ai assez entendu...

Je place mon sac d'ossements et de vêtements sur mon dos, saute du wagon de marchandises à la gare de Kita-Senju...

Mais je ne franchis pas le contrôle des billets de la gare de Kita-Senju. Je monte un étage, en descends un autre, rejoins un autre quai. Puis j'attends le train d'Ueno...

C'est le vingt-sept août. *Je crois*. Il est un peu plus de sept heures. Il fait chaud, humide, et le ciel est une tache grise...

Ça me démange et je me gratte. *Gari-gari...*

Gari-gari. Gari-gari...

Gari-gari...

Le quai des trains pour Ueno et Tokyo n'est pas très animé, mais de l'autre côté de la voie, ceux des trains pour Saitama et Chiba sont bondés...

Ça me démange et je me gratte. *Gari-gari*. Ça me démange et je me gratte...

Gari-gari. Gari-gari. Gari-gari. Gari-gari...

Mon train arrive. J'atteins le bord du quai. Ça me démange et je me gratte. *Gari-gari*. Le train s'arrête et des centaines de passagers descendent, se poussent et se bousculent. Je monte et il y a dans le wagon des centaines de personnes qui se poussent et se bousculent. Ça me démange et je me gratte. *Gari-gari*. Je reste près de la porte quand le convoi démarre. Ça me démange et je me gratte. *Gari-gari*. Silence dans le wagon. Les gens sont nerveux. Les gens sont inquiets. Les gens ont peur...

Je suis nerveux. Je suis inquiet. J'ai peur. Je suis terrifié...

Il y a encore, à la gare d'Ueno, des policiers qui fouillent les vêtements et les bagages. Mais je ne franchirai pas le contrôle des billets. Je changerai de quai. Je changerai de train...

Ils ne me verront pas. Ils ne m'arrêteront pas...

Je prendrai la ligne Yamate pour Kanda...

Ils ne me trouveront pas. Ils ne me prendront pas...

La ligne Chūō pour Shinanomachi...

De cette façon, je ne risquerai rien...

Mais il y a des policiers à la gare de Shinanomachi. *Je jure*. Je suis sur le quai, maintenant. *Je jure*. Je me dirige vers le contrôle des billets. *Je jure*. Ils arrêtent les gens. *Je jure*. Ils fouillent les gens. *Je jure*. Je ne peux pas montrer ma carte. *Je jure*. Je ne peux pas donner mon nom. *Je jure*. Je fais la queue devant le contrôle des billets. *Je jure*. Je suis dans la queue. *Je jure*. Je donne mon billet à l'employé. Je continue mon chemin...

« Vous ! ordonne la voix d'un agent. Stop ! »

Je jure et je jure. Je m'arrête. *Je jure à nouveau*. Je me retourne...

Il y a deux agents en uniforme. « Venez ici ! »

Je jure. Je jure. Je jure. Je jure. Je jure...

Je m'incline devant eux et demande : « Qu'y a-t-il ?

– Que contient votre sac ? »

Je jure. Je jure. Je jure. Je jure...

« Mes vêtements et mes affaires...

– Montrez », disent-ils...

Je jure. Je jure. Je jure...

« Mais ce ne sont que des vêtements.

– Eh bien, ouvrez votre sac. »

Je jure. Je jure...

« Vraiment, ce...

– Ouvrez-le ! »

Je jure et jure, mais j'acquiesce. Je pose le sac et commence à l'ouvrir, mais un agent me l'arrache des mains. Il l'ouvre et entreprend de le fouiller...

Je sens le pistolet sur mes reins...

« Qu'est-ce que c'est que ça ? » demande-t-il en posant les vêtements et les os sur le sol, se redressant et reculant...

Le pistolet d'Ishida sous ma ceinture...

L'autre agent se penche, regarde les vêtements et les os, se redresse et m'adresse un regard horrifié...

Je n'ai plus le choix...

Je sors ma *Keisatsu techō*, ma carte de police, et la leur tends. Je dis : « J'emporte ces pièces à conviction à l'hôpital Keiō... »

Pas le choix...

Mais les deux agents sourient maintenant, leur casquette à la main, s'essuient le visage et s'essuient la nuque...

« Pourquoi n'avez-vous pas simplement dit que vous étiez des nôtres ?

– Je ne voulais pas attirer l'attention sur moi.

– La prochaine fois, montrez votre carte...

– Je regrette, dis-je. J'ai commis une erreur.

– Nous ne recherchons pas les policiers », disent-ils en riant tandis que je sors de la gare, mon sac d'ossements et de vêtements sur le dos.

Il est tôt, mais l'hôpital Keiō est animé ; files d'attente aux portes, files d'attente dans les couloirs. J'entre, franchis des portes et suis des couloirs, passe près des files d'attente, des malades sur des chariots, atteins l'ascenseur. J'appuie sur le bouton....

Je hais les hôpitaux. Je hais les hôpitaux. Tous les hôpitaux...

J'entre dans la cabine. J'appuie sur un autre bouton. Les portes se ferment...

J'ai passé trop de temps dans les hôpitaux...

Il fait noir dans la cabine qui descend...

J'ai passé trop de temps ici...

Les portes s'ouvrent. La lumière revient...

Dans la pénombre...

Je passe devant les murs carrelés d'éviers et d'évacuations, d'affiches mettant en garde contre les coupures et les piqûres, suis le couloir jusqu'à la morgue et la salle d'autopsie. Je frappe à la porte du bureau...

« Oui », crie le docteur Nakadate à l'intérieur...

J'ouvre la porte. J'entre dans son bureau...

Odeur de mort, puis de désinfectant...

Le docteur Nakadate est assis à sa table de travail, pas rasé, les yeux rouges...

« Qu'est-il arrivé à vos cheveux ? demande-t-il. Ils sont devenus gris. »

J'ai failli ne pas vous reconnaître...

Je dis : « Je vous ai rapporté des souvenirs de Tochigi... »
Le docteur Nakadate pose son stylo. Il secoue la tête...
Je pose le sac sur sa table de travail. J'en sors les os...
Nakadate les regarde. Puis il lève la tête. « Kodaira ?
– Oui, je réponds. Mais je crois que ce sera difficile à prouver, sauf s'il avoue, une fois confronté aux éléments dont nous disposons... »
Le docteur Nakadate demande : « Pourquoi ? Où est le reste ?
– À Utsunomiya, je réponds. Il y a trois affaires, mais une seule d'entre elles a été considérée comme un crime. J'ai demandé à Utsunomiya de vous envoyer les restes et les rapports dont ils disposent.
– Comment s'appellent les victimes ? demande-t-il.
– Ces os proviennent de l'endroit où on a découvert, en septembre dernier, le corps d'une femme nommée Ishikawa Yori. La police de Kanuma estime qu'Ishikawa est morte en juin. Puis, sur un deuxième site, nous avons trouvé ces vêtements qui, selon moi, appartiennent à une jeune fille nommée Nakamura Mitsuko, dont la disparition a été signalée en juillet dernier. Le mois dernier, la police de Kanuma a découvert un squelette qui, selon moi, est le sien, mais je n'ai pas vu le rapport d'autopsie. Cependant, je vais apporter ces vêtements à sa famille et tenter de confirmer son identité. La troisième affaire concerne une jeune femme nommée Baba Hiroko, tuée en janvier... »
Nakadate cesse d'écrire. Nakadate hoche la tête.
« Vous êtes au courant de ce meurtre ? je demande. Dans ce cas, je peux aussi vous dire que nous n'avons trouvé aucun indice permettant de lier Kodaira à une quatrième affaire, le meurtre d'une certaine Numao Shizue, que Nikkō nous a transmise.
– Vous n'avez pas chômé, inspecteur, constate le docteur Nakadate. Ne me dites pas que vous cherchez à obtenir une promotion... ?
– Vous êtes au courant de ce qui m'est arrivé ?
– Oui, admet Nakadate.
– Qui vous l'a dit ?
– Kita en personne, répond-il.
– Quand l'avez-vous vu ?
– Quand je lui ai apporté le rapport d'autopsie de Miyazaki Mitsuko.
– Vous m'aviez dit que vous attendriez quelques jours...
– Je regrette profondément, répond-il. Mais je n'avais pas le choix. »
Je n'ai pas le choix. Je n'ai pas le choix...

« On a toujours le choix, je crache...

– Pas dans ce cas, répond Nakadate. Le Service de la sécurité publique est venu prendre tous les rapports concernant le *Kempeitai*...

– Donc vous lui avez donné le rapport de l'autopsie de Miyazaki ?

– Non, répond-il. Je l'ai donné à Kita.

– Qu'a dit Kita ?

– Il était au courant de son existence.

– Mais il n'avait pas fait le lien avec Kodaira ?

– Je ne sais pas, répond Nakadate.

– Kita a-t-il dit ce qu'il ferait ?

– Il a indiqué qu'il interrogerait Kodaira à ce sujet.

– Et l'inspecteur chef Adachi ?

– Oui ?

– Kita a-t-il associé l'inspecteur chef Adachi et l'affaire Miyazaki ?

– Non.

– Le Service de la sécurité publique a-t-il posé des questions sur Adachi ?

– Non.

– Dans ce cas, que vous a-t-il demandé ?

– Les affaires relevant du *Kempeitai*, répète-t-il.

– Vous a-t-il interrogé sur moi ? » je demande.

Nakadate acquiesce...

« Que... ?

– Je regrette profondément, répète-t-il. Mais il a des dépositions. Il a des témoins, inspecteur. Je ne pouvais rien faire... »

Je n'avais pas le choix. Je n'avais pas le choix. Je n'avais pas le choix...

Dans le couloir aux murs carrelés et aux affiches, j'appuie sur le bouton et j'attends l'arrivée de l'ascenseur. Le docteur Nakadate s'incline. Le docteur Nakadate s'excuse à nouveau. Il me souhaite bonne chance, puis demande...

Finalement il demande : « Qu'allez-vous faire ?

– Il faut que je rembourse des dettes, je réponds.

– Vous ne leur devez rien...

– Pas aux vivants, dis-je. Aux morts. »

Le dernier trolleybus a renversé un adolescent et une femme s'est jetée sous un train, le trolleybus est en retard, les trains ne fonctionnent pas et je suis dans une file d'attente, près d'une femme d'une cinquantaine d'années vêtue d'un pantalon *monpe** marron semblable à celui qui se trouve dans mon sac. Ça me démange et je me gratte. *Gari-gari*. À ma gauche se tient un adolescent d'environ seize ans. Le bleu de travail en tissu grossier qu'il porte est déchiré sur l'épaule, et sous la visière de sa casquette, ses yeux sont fermés, sa bouche ouverte ; son corps oscille lentement en avant et en arrière dans la chaleur torride du matin. Ça me démange et je me gratte. *Gari-gari*. En avant et en arrière, en avant et en arrière jusqu'au moment où, à l'instant où il semble qu'il va tomber à plat ventre, il se redresse...

« Est-il saoul ou malade ? demande la femme...

– Sans doute seulement fatigué et affamé », je réponds.

La femme se penche, devant moi. Elle pose une main sur l'épaule de l'adolescent. « Tu te sens bien ? Où vas-tu ? »

L'adolescent garde le silence. La femme lui pose à nouveau la question...

Cette fois, l'adolescent répond : « Je vais à Ueno.

– Dans ce cas, tu es du mauvais côté, dit la femme. Pour Ueno, il faut que tu ailles attendre de l'autre côté de la chaussée. Là-bas... »

L'adolescent regarde l'arrêt de trolleybus situé de l'autre côté de la rue. Mais il ne bouge pas. Sous sa casquette, il ferme les yeux...

« Là-bas, répète la femme. Tu ne vois donc pas ? »

La bouche de l'adolescent est à nouveau ouverte.

« Tu es du mauvais côté », insiste la femme...

Mais l'adolescent n'ouvre pas les yeux.

« Ce bus ne te conduira pas à Ueno... »

L'adolescent se remet à se balancer en avant et en arrière.

La femme se tourne vers moi. « Il va dans la mauvaise direction. »

J'acquiesce. Je dis : « Mais ça ne fait aucune différence. »

Je suis la rue jusque chez Nakamura, mais dépasse la maison et ne m'arrête qu'au carrefour suivant. Je m'y arrête et regarde la maison, les mauvaises nouvelles que j'apporte dans le sac que j'ai sur le dos. Je fais demi-tour et reviens vers la maison. Je m'immobilise devant la porte à treillis de l'entrée. Je tente de l'ouvrir, mais elle est fermée à clé et refuse de bouger. Je frappe sur le chambranle, mais personne ne vient. Je frappe une nouvelle fois, plus fort, m'excuse d'une voix forte...

« Qui est là ? demande le père de Nakamura Mitsuko.

– L'inspecteur Minami, de la police de Tokyo », je réponds.

J'entends ses pantoufles dans le *genkan*. Puis la porte s'ouvre...

« Je regrette de vous déranger, dis-je, mais j'ai des nouvelles... »

Le père de Nakamura Mitsuko ne me demande pas quelles nouvelles. Le père de Nakamura Mitsuko ne demande rien. Il hoche simplement la tête et m'invite à entrer...

Les objets que j'ai apportés. Les objets que je vais laisser...

J'ai envie de vomir quand j'ôte mes chaussures, j'ai la nausée quand je suis le père de Mitsuko dans la pièce de réception en façade de la maison, quand je pose mon sac à dos de l'armée, quand je m'assieds sur le tatami, devant la table basse, face au père de Mitsuko, quand j'ouvre le sac à dos...

La souffrance que j'apporte. La souffrance que je laisserai...

Je sors le pantalon *monpe* marron et pourrissant. Je sors le chemisier jaune pâle. Enfin, je sors la broche en ammonite en forme d'ellipse. Je pose ces objets sur la table, devant lui...

Le père de Nakamura Mitsuko tend la main...

Je lui parle du squelette dans les bois...

Le père de Nakamura Mitsuko prend la broche...

Je lui parle des cyprès...

Il serre la broche contre sa poitrine...

Je lui dis où elle est...

Il laisse la broche là où elle est...

Qu'elle rentrera bientôt chez elle...

Il baisse la tête...

« C'était ma seule fille, dit-il. Merci. »

Je m'assieds sur un tas de morceaux de béton. Je sors une cigarette. Je l'allume. Il y a des logements provisoires de l'autre côté de la chaussée. Je regarde une jeune femme suspendre un futon à une fenêtre du premier étage. Je la regarde battre le futon avec un bâton pour en chasser la poussière. De temps en temps, elle tourne la tête et s'adresse à quelqu'un qui se trouve à l'intérieur. Elle parle avec un sourire ou une chanson dans la voix. Mais la femme s'aperçoit que je la regarde, rentre rapidement le futon et ferme la fenêtre. Je la vois me dévisager à nouveau depuis l'intérieur, un jeune enfant dans les bras, les yeux pleins de haine et de peur. J'ai envie de lui demander ce qui lui permet de me regarder avec ce mépris, cette peur, de lui demander ce qui l'autorise à me regarder de haut. Mais je quitte la fenêtre des yeux. Je regarde fixement mes chaussures, mes chaussures de soldat. Le cadavre d'une colley enceinte gît sur le dos à environ un mètre de ma chaussure droite. Un animal lui a ouvert le ventre. Des chiots à demipourris mais parfaitement constitués ont été arrachés à ses entrailles et mutilés, ont laissé sur le sol et les pierres des taches d'un rouge profond, sombre et sanglant. Je me lève. Pendant l'année du Chien, je pousse de la poussière et de la crasse sur les fœtus desséchés avec le flanc de ma chaussure de soldat...

Masaki, Banzai ! Papa, Banzai !

Ton-ton. Ton-ton. Ton-ton. Ton-ton. Ton-ton. Ton-ton. Ton-ton...

Je suis dans l'arrondissement de Kyōbashi. J'arrive à la clôture de vieilles planches, la pile énorme de fer rouillé, la cabane avec sa porte vitrée et son toit de tôle ondulée. Derrière la clôture, deux hommes en bleu de travail, un petit et un grand, sortent le tabouret et les caisses vides de la cabane. Je franchis la barrière de la clôture, entre dans la cour. Je leur dis qui je suis et leur demande si Kobayashi Sōkichi est là...

Dans le soleil et les ombres, le blanc et le noir...

« Vous n'êtes pas au courant ? demande le grand. Il est mort hier.

– Monsieur Kobayashi est mort ? je répète. Comment est-il mort ?

– Il a été tué hier soir vers vingt heures, répond l'homme. Il était allé avec son camion chercher du métal à Ōmiya et, au retour, son camion s'est engagé sur un pont étroit. Kobayashi et l'homme qui l'accompagnait ont été tués...

– Il paraît qu'un des camions des Vainqueurs les a poussés hors de la chaussée, ajoute l'homme de petite taille. Qu'ils n'ont pas pu les éviter...

– On n'en est pas sûrs, dit le grand. Ce ne sont que des racontars.

– Non, insiste le petit. Il y a un vieillard qui habite près du pont, qui a tout vu et a fait une déposition à la police, et d'après lui, un convoi de quatre ou cinq camions de l'armée américaine se dirigeaient vers le pont ; c'est un vieux pont en bois, si étroit que deux véhicules ne peuvent pas se croiser, et les camions de l'armée américaine klaxonnaient, faisaient des appels de phares, mais le camion de Kobayashi était presque engagé sur le pont, ne pouvait pas faire demi-tour, les camions de l'armée américaine roulaient trop vite, et ce vieillard a eu l'impression que Kobayashi a essayé de s'arrêter sur le côté de la chaussée, mais le premier camion de l'armée a traversé le pont, heurté le véhicule de Kobayashi, qui a été projeté sur la rive...

– Et il a raconté tout cela à la police d'Ōmiya ? je demande.

– Oui, répond l'homme de petite taille. Mais la police a répondu qu'elle ne pouvait rien faire, parce que c'était le Shinchū Gun... »

Je hoche la tête. Je les remercie de m'avoir raconté ce qui est arrivé. Je leur demande si je peux entrer quelques instants dans la cabane...

Ils acquiescent. « Nous sommes simplement venus mettre un peu d'ordre. »

J'entre dans la cabane. La vieille carte postale en couleurs du sanctuaire d'Itsuku-shima est toujours punaisée au mur. Le *sakaki* est posé sur le *butsudan**, devant les photos encadrées ; les trois portraits et, une bougie brûle sur l'étagère...

Peut-être n'est-il déjà plus qu'un fantôme parmi les autres...

Je m'agenouille devant le *butsudan*. Je fais mon rapport...

Aux trois portraits et à la bougie allumée...

Je leur dis que j'ai rendu justice à Hiroko...

Je promets qu'il y aura vengeance.

Je me redresse. Je prends la vieille carte postale en couleurs du sanctuaire d'Itsuku-shima. Je la retourne. Elle est de Hiroko...

Un voyage scolaire à une époque heureuse...

Je glisse la carte postale dans la poche de ma veste. Je sors de la cabane, dans le soleil et la casse, et les deux hommes parlent toujours, le grand disant : « Tu vis tout ce qu'il a vécu, tu survis à tout ce à quoi il a survécu, la guerre, les bombes, les incendies, tu survis à tout ça et tu meurs dans un stupide accident de voiture...

– C'est incompréhensible, hein ? dit le petit.

– Mais quand ton heure est venue, elle est venue... »

Je les remercie à nouveau, puis je franchis la barrière et atteins la rue. Je regarde les immeubles qui grandissent, les bureaux et les commerces, et je pense au fils de Kobayashi, qui coupe toujours du bois au bord de l'Amour, qui ne sait pas que son père est mort dans un accident de voiture, hier soir à vingt heures, qui ne sait pas que sa tante est morte de chagrin, qui ne sait pas que sa cousine a été violée et assassinée, qui ne sait pas qu'il vaudrait mieux qu'il soit mort, qu'il vaudrait mieux qu'il soit mort, qu'il vaudrait mieux qu'il soit mort...

Ton-ton. Ton-ton. Ton-ton. Ton-ton. Ton-ton. Ton-ton...

Ça me démange et je me gratte. *Gari-gari*. J'ai faim, je suis affamé. J'ai besoin d'un verre et d'une cigarette. Ça me démange et je me gratte. *Gari-gari*. Je traverse un autre marché de fortune, marche entre ses échoppes et ses étals. Ça me démange et je me gratte. *Gari-gari*. Je m'arrête devant un étal de patates douces tenu par une jeune femme. Je regarde les patates douces, puis la femme...

Sa peau bronzée et sa jupe courte...

L'ourlet effiloché de sa jupe découvre plus haut ses cuisses, la femme est assise sur une caisse, les jambes croisées...

« Allez-vous vous contenter de regarder sous ma jupe, vieillard ? demande-t-elle. Ou bien allez-vous acheter une patate douce... ? »

Je rougis et tourne la tête.

La femme décroise les jambes et se lève. Elle s'essuie le visage et elle s'essuie la nuque. Elle me regarde et rit...

« Allez, dit-elle. Elles ne valent que dix yens. »

Je sors l'argent et le lui donne.

« Servez-vous », dit-elle en riant.

Je prends une patate douce et m'éloigne. Ça me démange et je me gratte. *Gari-gari.* Je me retourne, mais la femme a déjà repris sa place sur la caisse, les jambes croisées...

Sa peau bronzée et sa jupe courte...

Et je le vois ; je le vois dans la foule, parmi les étals ; vêtu de haillons noirs et de crasse, le visage et les mains couverts d'ampoules et de furoncles, le jeune garçon pleure du pus et des larmes. Je poursuis mon chemin dans la foule, parmi les étals. Je jette un nouveau coup d'œil derrière moi. Je le vois à nouveau, dans la foule et parmi les étals, vêtu de haillons noirs et de crasse, couvert d'ampoules et de furoncles...

Il marche derrière moi...

Je continue mon chemin. J'ai faim, je suis affamé. J'ai besoin d'un verre et d'une cigarette. Ça me démange et je me gratte. *Gari-gari.* Je tourne à un carrefour, puis à un autre. Je jette un coup d'œil par-dessus mon épaule, mais je ne le vois pas. Je m'arrête. Je m'assieds sur des ruines, parmi des tas de gravats. Je mords dans la patate douce...

Elle est froide, elle est vieille...

Mais elle me semble chaude, elle me semble fraîche. Une ombre tombe sur mon visage et mes mains, et je lève la tête. Le jeune garçon est debout devant moi, noir de haillons et de crasse, couvert d'ampoules et de furoncles, à quelques centimètres de moi...

Il montre du doigt...

Ventre gonflé, os saillants, il sent l'abricot pourri. Il lève une main et braque l'index sur moi...

Ses yeux jaunes, tachés et profonds, sombres et rouges de sang...

Je suis sur le point de casser la patate douce en deux pour lui en donner la moitié, mais il l'arrache d'entre mes doigts et, de sa main libre, me jette de la poussière au visage...

Poussière dans mes yeux tandis qu'il pivote sur lui-même et s'enfuit...

S'enfuit en pleurant et en riant...
Larmes et pus. *Ha, ha, ha, ha...*
Papa, Banzai !

Je frappe à la porte de la vieille maison en bois de Kitazawa, non loin de la gare de Shimo-Kitazawa. Pas de réponse. Je frappe à nouveau. Toujours pas de réponse. Je tourne la poignée. Ce n'est pas fermé à clé. J'ouvre. Silence. J'entre dans le *genkan*. La cuisine est vide...

Je crie : « Excusez-moi, monsieur Murota ? Excusez-moi... ? »

Mais il n'y a toujours pas de réponse, toujours seulement le silence...

J'ôte mes chaussures. J'entre dans la maison. Je traverse les tatamis. Je franchis le rideau lépreux qui divise le rez-de-chaussée. Seulement l'air qui sent le renfermé et les ombres...

Rien que des ombres, ici...

Je gravis l'escalier en bois raide et étroit. Il y a deux chambres, une sur l'arrière et une sur la façade. Celle de la façade est plus grande. Il y a une commode dans un coin, sur les nattes sales. J'ouvre les tiroirs. Ils sont vides. La fenêtre de la chambre de derrière est restée ouverte. Il y a des moustiques. Il y a aussi un placard, mais il est également vide...

Rien que des ombres, maintenant...

Je descends l'escalier en bois. Je franchis le rideau lépreux. Je m'arrête dans la cuisine. Il y a aussi des moustiques. L'odeur de vieux repas. Murota Hideki et la femme qui se faisait appeler Tominaga Noriko sont partis depuis longtemps...

Personne n'est qui il paraît être...

Je m'assieds à la table basse, sur le vieux tatami usé. Je sors une des deux montres de ma poche. Je la retourne dans ma main. Je la lève vers la lumière. Je lis l'inscription...

Tominaga Noriko...

Je pose la montre sur la table basse...

Je sors mon carnet de papier rugueux...

Je lèche la mine de mon morceau de crayon...

Dans la pénombre...

J'écris, inlassablement...

J'écris mon nom...

Inlassablement...

Mon nom.

Le ciel est maintenant d'un gris plus sombre. *Pas toi.* L'air est lourd de terreur et de chaleur. *Pas toi.* Les branches et leurs feuilles pendent. *Pas toi*. Les étals des rues sont couverts de nattes de paille. *Pas toi*. Les hommes et les femmes sont accroupis parmi les gravats, regardent le ciel, s'éventent. *Pas toi*. Les jeeps et les camions passent, étoiles blanches énormes sur les portières et bâches roulées. *Pas toi*. Hommes au visage blanc et hommes au visage noir à l'arrière des jeeps et des camions. *Pas toi*. Fusil à la main et fusil sur les genoux. *Ce n'était pas toi*. Ils sourient et ils rient. *Ce n'était pas toi...*

Ce n'était pas toi que nous attendions...

Ils me cherchent dans les trains et dans les gares, mais je les ai trouvés le premier, là où ils m'attendaient le moins, au poste de police d'Atago. Posté de l'autre côté de la chaussée, je regarde et j'attends, je regarde et j'attends. Je les regarde entrer, je les regarde sortir, et j'attends. J'attends de voir l'inspecteur Nishi et je bouge...

Nishi seul dans la rue...

Dix pas rapides et je suis derrière lui...

Le pistolet pressé contre ses côtes...

Des yeux derrière ma tête...

« Par ici », dis-je, et je le force à pivoter, à faire demi-tour et à traverser à nouveau la chaussée, le pousse contre les arbres, parmi les mauvaises herbes et les ordures, les fûts de métal noir pleins de cendres et de détritus, un pistolet de l'armée sur son ventre...

Il a l'air épuisé, comme s'il n'avait toujours pas dormi...

Je regarde un miroir, un miroir...

« Où sont les autres ? » je lui demande...

Nishi regarde fixement le pistolet pressé sur son ventre. Nishi répond : « Ils font la fête.

– Qu'est-ce qu'ils fêtent ?

– La fin d'une affaire.

– Laquelle ?

– Kodaira.

– Donc ils n'ont même pas attendu que je rentre de Tochigi. Ils n'ont même pas attendu de voir les preuves que j'ai rapportées, de lire mon rapport. Ils se fichent complètement des autres victimes, n'est-ce pas ? »

Il y en a eu d'autres. Il y en a eu d'autres...

« Mais nous vous recherchions, vous le savez, n'est-ce pas ? dit-il les yeux toujours fixés sur le pistolet pressé sur son ventre. Vous devriez aller à Daimon. Vous devriez vous joindre à la fête. Parler à Kita, mais vous devriez y aller maintenant, avant qu'il soit trop tard...

– Ta gueule ! dis-je. Il est trop tard. »

Nishi secoue la tête. « Non. »

Menteur ! Menteur ! Menteur ! Menteur ! Menteur ! Menteur !...

« Ta gueule ! je crache à nouveau. Contente-toi de répondre à mes questions... »

L'inspecteur Nishi baisse la tête. Il acquiesce...

« Qu'est devenu l'inspecteur Fujita ? » je demande.

Nishi lève la tête. « Vous n'êtes pas au courant ? »

Je presse le pistolet plus fort sur son ventre. « Contente-toi de répondre !

– On a trouvé son corps dans le canal de Shiba, dit Nishi. Les mains et les pieds cloués sur une porte, noyé, exactement...

– Exactement comme Hayashi Jo », je termine...

Nishi acquiesce à nouveau et dit : « Oui.

– Qui est chargé de l'affaire ? je demande.

– L'inspecteur chef Adachi. »

Je le maudis. Je le maudis...

« Et qui, d'après ton formidable inspecteur, a tué Fujita ?

– L'inspecteur chef croit que Fujita était impliqué avec Nodera Tomiji dans le meurtre de Matsuda Giichi, que Hayashi Jo a tenté de faire chanter Fujita et que Fujita l'a tué pour le faire taire, que Senju l'a appris et a fait tuer Fujita. »

Ce n'est pas un problème... ce sera un plaisir...

« Et moi ? je demande. Que dit-il sur moi... ? »

Nishi secoue la tête. Nishi répond : « Rien... »

Je lève le pistolet à la hauteur des yeux de Nishi, de l'espace qui se trouve entre ses yeux, et je dis : « Je ne te crois pas. Tu mens...

– Mais c'est la vérité, gémit Nishi. Je vous en prie... »

Je demande : « Dans ce cas, parle-moi d'Ishida.

– Que voulez-vous que je vous raconte ?

– Qu'est-ce qu'Adachi a dit sur Ishida ? je demande. Quel rôle joue Ishida dans tout ça ? »

Nishi secoue à nouveau la tête. Nishi répond : « Je n'en sais rien du tout...

– Ishida travaillait pour Adachi depuis le début », je lui apprends...

Mais Nishi secoue toujours la tête. « Je ne sais pas...

– Adachi l'avait chargé de m'espionner, de t'espionner, de tous nous espionner.

– Je ne comprends rien à tout ça...

– C'est peut-être toi, maintenant qu'il n'est plus là...

– Maintenant que qui n'est plus là ? Moi qui quoi ?

– Ishida ne reviendra pas.
– Où est-il ?
– En enfer », je réponds...
Nishi regarde fixement le canon du pistolet. Nishi transpire. Nishi me dit : « C'est entre vous et l'inspecteur Ishida...
« Ça n'a rien à voir avec moi, gémit-il. Je vous en prie...
– Est-ce que c'est ce qu'Adachi t'a demandé de me dire... ?
– Il ne m'a rien demandé », s'écrie Nishi...
Je pose le canon sur son front...
« Rien ! » crie Nishi...
Je presse le canon sur son front...
« Adachi essaie de vous aider, crie Nishi. De vous sauver !
– Menteur ! Menteur ! » je souffle en appuyant sur la détente. *Clic...*
« Non ! Non ! hurle-t-il. C'est la vérité...
– Adachi a chargé Ishida de me tuer ! » dis-je en appuyant encore et encore sur la détente. *Clic. Clic...*
Nishi tombe à genoux...
Clic. Clic...
Nishi à genoux...
« Je vous en prie, non... »
Je baisse l'arme. Je sors mon carnet de papier rugueux de la poche de ma veste. Je me penche sur lui. Je lève son visage vers la lumière. Je plaque le carnet sur son visage. Je lui ouvre la bouche...
Je fourre le carnet dans la bouche de Nishi...
« Il contient la vérité, dis-je. Ma vérité... »
Dans la pénombre, les esquisses de choses...
« Lis-la et souviens-t'en ! »

Les créatures de la nuit, sous les voies, sont sorties tôt. *Asobu ? Asobu ?* Vêtues de leurs robes-tabliers jaunes à rayures bleu foncé. *Asobu ? Asobu ?* Elles ont écouté la radio, lu le journal, et savent qu'un typhon approche. *Asobu ? Asobu ?* Vêtues de leurs chemisiers blancs à manches courtes. *Asobu ? Asobu ?* Elles savent qu'il n'y aura pas de clients plus tard, seulement la pluie, seulement le vent. *Asobu ? Asobu ?* Vêtues de leurs chaussettes roses. *Asobu ? Asobu ?* Elles savent qu'elles doivent gagner ce qu'elles peuvent maintenant. *Asobu ? Asobu ?* Vêtues de leurs chaussures en toile blanche à semelle de caoutchouc rouge. *Asobu ? Asobu ?* Mais elles ne tentent pas de me prendre la main...
Vêtues de leurs robes-tabliers jaunes à rayures bleu foncé...
Elles ne tentent pas de m'attirer dans les ombres, ce soir...

« Va-t'en ! hurlent-elles. Va-t'en ! »

Elles me regardent dans les yeux puis cachent les leurs...

« On ne baise pas les morts ! On ne baise pas les fantômes ! »

Potsu-potsu *, la pluie commence à tomber, grosses gouttes chaudes sur les bouilloires et les casseroles ; *potsu-potsu*, elle tombe selon un rythme horrible sur les pots et les ustensiles ; *potsu-potsu* tandis que les commerçants encore installés autour du marché de la Vie nouvelle de Shimbashi s'empressent de couvrir les vêtements et les chaussures ; *potsu-potsu* sur l'huile de cuisson et la sauce de soja ; *potsu-potsu* pendant qu'on étend les bâches et les nattes de paille...

Potsu-potsu qui couvre jusqu'à *La Chanson de la pomme...*

Si deux personnes chantent, c'est une chanson joyeuse...

Potsu-potsu sur les chemises imprimées et les lunettes de soleil américaines des gros bras postés au pied de l'escalier conduisant au bureau de Senju Akira...

Potsu-potsu sur leurs chemises imprimées et leurs lunettes de soleil américaines, tandis qu'ils fouillent mes vêtements et mon corps à la recherche de pistolets et de poignards...

Potsu-potsu sur leurs chemises imprimées et leurs lunettes de soleil américaines quand ils se contentent de jeter un coup d'œil dans mon vieux sac à dos de l'armée...

Potsu-potsu sur le toit en tôle ondulée de l'escalier conduisant au bureau de Senju Akira...

Potsu-potsu sur le Vainqueur aux yeux bleus qui descend l'escalier ; *potsu-potsu* quand il m'adresse un clin d'œil...

« Bonsoir... »

Potsu-potsu quand je le croise en le bousculant dans l'escalier ; *potsu-potsu...*

Senju Akira est assis en tailleur derrière sa longue table basse cirée ; de nouveau torse nu, la ceinture de son pantalon déboutonnée ; des revolvers et des sabres courts sont disposés devant lui, sur la table...

Senju Akira prépare la guerre, prépare une autre guerre...

Je pose mon sac à dos. Je m'incline profondément sur les tatamis...

« Il y a toujours une guerre quelque part », dit-il...

Le visage vers le plancher, je garde le silence...

« Chez nous ou à l'étranger, ajoute-t-il. Il y a toujours une guerre, et les braves, les audacieux, peuvent toujours en profiter ! »

Je lève la tête. « Toujours une guerre...

« Le grand Matsuda Giichi m'a enseigné cela, poursuit Senju. Il a été le premier à comprendre qu'il y avait des opportunités sur le continent; il est allé à Shanghai, puis à Dairen. Il a gagné de l'argent. Il a investi de l'argent. Dans les transports. Dans l'industrie. Ses entreprises ont aidé l'armée Kantō dans le nord du Manchukō. Et l'armée Kantō l'a remercié et bien récompensé. Mais à son retour, pendant la seizième année du Shōwa, a-t-il été récompensé pour tout ce qu'il avait fait pour l'armée japonaise, pour l'Empire japonais ? »

Je secoue la tête, je dis : « Non, il ne l'a pas été...

– Non, il ne l'a pas été ! tonne Senju. Cet homme, qui avait construit des voies de chemin de fer pour l'armée japonaise, cet homme qui avait procuré du ravitaillement à l'armée japonaise, afin que l'armée japonaise puisse étendre et protéger l'Empire japonais pour le compte de l'Empereur, comment cet homme a-t-il été accueilli à son retour... ? »

Je secoue de nouveau la tête. « Mal...

– Pire que mal ! crie Senju. Pas de défilés. Pas de médailles. Pas d'honneurs. On l'a envoyé en prison pour coups et blessures ! »

J'incline à nouveau la tête et garde le silence...

« Mais ce grand homme a-t-il été vaincu ? demande Senju. Ce grand homme a-t-il été réduit à rien ?

– Non...

– Bien sûr que non ! dit Senju en riant. Matsuda Giichi a organisé les détenus, il les a protégés et aidés, quels que soient leurs ennuis, quel que soit leur passé...

« Matsuda Giichi est devenu leur chef...

« Et à sa libération, tous les hommes qu'il avait protégés, tous les hommes qu'il avait aidés en taule, tous ces hommes sont venus le remercier et lui offrir leur fidélité éternelle...

« J'étais un de ces hommes ! »

J'acquiesce. « Je sais...

– Dans la défaite...

– Je sais...

– C'est ainsi qu'est né le gang Matsuda, dit Senju. Sur les cendres de sa défaite personnelle, Matsuda s'est relevé. Parce qu'on ne pouvait pas vaincre un homme tel que Matsuda Giichi. On ne pouvait pas le jeter à terre. On ne pouvait pas le maintenir à terre. Parce que Matsuda Giichi était audacieux. Matsuda Giichi était brave. Et surtout, Matsuda Giichi était un visionnaire...

« Un visionnaire ! crie Senju Akira. Un visionnaire ! »

Je garde le silence, la tête toujours sur les nattes...

Baissée, jusqu'au moment où Senju dit : « Mais tu es aveugle...

« Donc tu es vaincu ! Vaincu ! »

Je demeure silencieux. J'attends qu'il...

Chiku-taku. Chiku-taku. Chiku-taku...

Senju Akira pose une liasse de billets sur la table. Senju Akira pose un sac de cachets sur la table. Je me penche...

Je me maudis, je me maudis...

Je m'incline. Je le remercie...

Et je le maudis...

Mais Senju tire l'argent et les cachets hors de ma portée, puis dit : « Tue Adachi. Tu auras tout ça et aussi ceci... »

Ishida parle de Fujita. Ishida parle de Senju...

Senju lève un dossier dans une main et un document dans l'autre ; le dossier Miyazaki Mitsuko et un formulaire de démobilisation...

« La fin d'une vie et le début d'une autre... »

Je le maudis, je le maudis et je me maudis...

Je demande : « Comment vous êtes-vous procuré ce dossier ?

– Je te l'ai déjà expliqué, répond-il en m'adressant un clin d'œil. Ceux qui savent savent et ceux qui ne savent pas ne savent pas, hein, caporal... ? »

J'ai les yeux rivés au tatami...

Et je le maudis...

« Tu accomplis ce dernier travail, puis tu fuis, dit Senju en souriant. Tu brûles ce dossier, tu remplis ce formulaire et tu revis...

« Un nouveau nom, dans une nouvelle ville, avec une nouvelle vie...

« Une nouvelle vie parmi les vivants, détective...

« Une troisième et dernière chance ! »

Je m'incline profondément. Je le remercie...

Et je me maudis...

Senju jette l'argent sur le tatami, près de mon visage. Senju dit : « Accomplis ce travail et tu auras le reste. Mais fais vite, avant que le Service de la sécurité publique ne t'arrête... »

Ishida ment et ment sur Adachi...

J'acquiesce. Je prends mon sac à dos. Je recule en direction de la porte, à quatre pattes...

Ha, ha, ha, ha ! Hé, hé, hé, hé...

Senju se moque de moi puis demande : « Tu ne m'as pas rapporté de souvenirs de Tochigi ? Ce n'est pas gentil...

– Je regrette profondément », je réponds en m'inclinant à nouveau...

Mais Senju en a trop dit...

Sur mes mains et à quatre pattes...

Il en a trop dit...

Je me redresse.

Toutes les gares, tous les quais, tous les trains, tous les wagons. *Zā-za, zā-zā.* Le train arrive dans de véritables rideaux d'eau blanche qui rebondit sur les voies et les parapluies, sur le quai de Shimbashi. *Zā-zā, zā-zā.* Le phare du train de Shinjuku apparaît, les poussées et les bousculades commencent, les parapluies ajoutant à la confusion et au chaos des ballots et des bagages des passagers. *Zā-zā, zā-zā.* Je me fraye un chemin à bord. *Zā-zā, zā-zā.* Maintenant, il y a de la nourriture dans mon sac à dos. *Zā-zā, zā-zā.* Maintenant, il y a de l'argent dans ma poche...

Mais Senju en a trop dit...

Le train ne bouge pas, les portes ne se ferment pas, précipitation et bousculades continuent, et un homme demande à un autre : « Excusez-moi, puis-je mettre ceci près de votre sac ? »

Il en a trop dit...

« Il n'y a pas la place, hein ? » répond sèchement l'autre en regardant son sac à dos posé sur le porte-bagages...

Les portes se ferment et le train démarre. *Zā-zā, zā-zā.* Ça me démange et je me gratte. *Gari-gari.* Poussées et bousculades tandis que le convoi avance lentement sous la pluie. *Zā-zā, zā-zā.* Ça me démange et je me gratte. *Gari-gari.* Des passagers descendent à Hamamatsu-cho et à Shinagawa, cependant ceux qui se frayent un chemin à l'intérieur sont aussi nombreux. Mais je ne vois plus les passagers. *Zā-zā, zā-zā.* Ça me démange et je me gratte. *Gari-gari.* Je ne vois plus leurs ballots et leurs bagages. *Zā-zā, zā-zā.* Ça me démange et je me gratte. *Gari-gari.* Je ne vois plus le train. *Zā-zā, zā-zā.* Ça ne me démange plus et je ne me gratte plus. *Zā-zā, zā-zā.* Je ferme les yeux.

Zā-zā, zā-zā. Zā-zā, zā-zā.

Je ne suis plus là...

Je suis assis en tailleur sur une couchette, un rouleau taché de sang, sur le mur, au-dessus de mon lit. Mon crâne est rasé et mon ventre pansé.

Je n'ai pas de parapluie et je n'ai pas d'imperméable ; mon chapeau enfoncé sur mon crâne et ma veste par-dessus, je cours dans la rue, près de poteaux télégraphiques inclinés et impuissants, jusqu'à mon restaurant habituel, à mi-chemin entre la gare de Mitaka et chez moi...

L'unique lanterne se balance dans la pluie et le vent...

Ha, ha, ha, ha! Hé, hé, hé, hé! Ho, ho, ho, ho!

J'écarte le drap qui tient lieu de porte pendant les nuits comme celle-ci, et les blagues, les sourires, les rires s'arrêtent net. *Net.* Plus de blagues. Plus de sourires. Plus de rires. Tout le monde me dévisage, puis se tourne vers l'aubergiste debout derrière le comptoir...

Je n'en tiens pas compte. Je secoue ma veste et mon chapeau mouillés. Je m'assieds au comptoir...

Je commande du *yakitori* et du saké...

« Les hommes sont revenus, dit l'aubergiste, poser des questions sur vous.

– Lesquels ? je demande. Les gentils ou les méchants ?

– Comment ça, les gentils ou les méchants ? s'enquiert l'aubergiste. Comment le saurais-je ? C'est à vous de me le dire. Tout ce que je sais, c'est qu'ils n'étaient pas sympathiques et qu'ils voulaient vous voir...

– Je suis désolé, je réponds. Je regrette que vous ayez peur...

– Je n'ai pas peur, dit l'aubergiste. Mais je ne veux pas d'ennuis avec les Yankees, je ne veux pas d'ennuis avec les gangs et je ne veux pas davantage d'ennuis avec les flics pourris... »

Je sors mon argent. Je le pose sur le comptoir et je dis : « Je sais que j'ai des dettes... »

Les dettes envers les morts...

L'aubergiste prend l'argent. L'aubergiste remet l'argent dans ma main. Il referme mes doigts dessus...

« Je ne veux pas de votre argent et je ne veux pas davantage que vous veniez chez moi. L'ardoise est effacée, mais n'oubliez pas : vous n'êtes plus le bienvenu ici.

– Idiot ! » je crie avant de sortir au pas de charge de son petit bar merdique...

Je m'éloigne dans ma rue en le maudissant, inlassablement.

Idiot ! Idiot ! Idiot ! Idiot ! Idiot ! Idiot ! Idiot ! Idiot !

Dans la pluie et le vent, interminablement...

Idiot ! Idiot ! Idiot ! Idiot ! Idiot ! Idiot ! Idiot !

Chapeau enfoncé et veste sur la tête...

Idiot ! Idiot ! Idiot ! Idiot ! Idiot ! Idiot !

Je me gratte, me gratte et me gratte encore...

Gari-gari. Gari-gari. Gari-gari...

Idiot ! Idiot ! Idiot ! Idiot ! Idiot !

Dans la pluie et dans le vent. *Idiot...*

À quatre pattes...

Idiot. Devant la barrière...

L'idiot...

La barrière de chez moi est fermée. Je l'ouvre. La porte est verrouillée. Je l'ouvre. La maison est dans le noir. La maison est silencieuse. Je m'immobilise dans le *genkan*...

Nattes pourrissantes, portes en lambeaux et murs penchés...

La maison dort encore, la maison dort toujours...

Je m'essuie le visage et je m'essuie la nuque...

La maison sent les enfants...

Leurs chaussures face à la porte...

Elle sent la souffrance...

« Je suis rentré... »

Ma femme sort de la cuisine, son visage est taché de suie, ses mains époussettent son pantalon *monpe* usé...

Elle sourit et elle dit : « Bienvenue chez toi... »

Chez moi. Chez moi. Chez moi. Chez moi. Chez moi...

J'ai apporté des cerises, des cerises pour mes enfants, leurs tiges nouées en collier autour de mon cou...

Chez moi. Chez moi. Chez moi. Chez moi...

J'ai envie de ne jamais plus partir de...

Chez moi. Chez moi. Chez moi...

Je ferme les yeux...

Chez moi. Chez moi...

Maintenant je suis...

Chez moi.

14

28 août 1946

Tokyo, 26°, pluie

La nuit est le jour, encore. J'ouvre les yeux. *Pas de sommeil.* La nuit est le jour. J'entends la pluie. *Pas de cachets.* La nuit est le jour. Je ne vois pas le soleil briller...

Je ne veux pas me souvenir. Je ne veux pas me souvenir...

Je sors du soleil et pénètre dans l'ombre. *L'enquête est un travail de routine.* Je monte la côte en direction des lieux du crime. *Le bon enquêteur se rend cent fois sur les lieux du crime...*

Les lieux du crime. *Cache-toi.* Lumière blanche du matin derrière les arbres noirs du parc de Shiba. *Les cadavres des morts.* Les arbres noirs qui ont vu tant de choses. *Dans les hautes herbes.* Les branches noires qui ont porté tant de choses. *Les feuilles mortes et les mauvaises herbes.* Les feuilles noires qui sont revenues. *Les jeunes d'un autre pays.* Qui grandissent, tombent et grandissent à nouveau. *Les morts d'un autre pays...*

Je m'éloigne des lieux du crime. *Un autre pays.* Je m'arrête sous la porte de la Triple Délivrance. *Un autre siècle...*

Dans la pénombre, je ne peux pas oublier...

Le jour est enfin arrivé. *Ô partons, si bravement, vers la victoire.* Je pars demain pour le front. *Puisque nous avons promis et laissé notre pays derrière nous.* Ma femme et ma famille se lèvent tôt, puis prennent le chemin du parc de Shiba. *Qui peut mourir sans avoir véritablement fait ses preuves ?* Une vaste foule, venue dire au revoir, est rassemblée dans l'enclos intérieur du temple Zōjōji. *Chaque fois que j'entends les clairons de notre armée qui avance.* Elle sort de l'enclos, se fraye un chemin parmi les écoliers en excursion, s'arrête devant la porte de la Triple Délivrance. *Je ferme les yeux et vois les vagues innombrables de drapeaux qui nous emportent vers la bataille.* Mon fils a un petit drapeau à la main, ma fille aussi. *La terre et sa flore s'enflamment.* Mes parents sont là. *Tandis que nous parcourons inlassablement la plaine.* Des camarades d'école, des coéquipiers de mon club scolaire de base-ball, des collègues avec qui j'ai passé mon diplôme ; tous lèvent une grande banderole, toutes les banderoles portent mon nom, toutes sont devant la porte de la Triple Délivrance. *Le Soleil levant sur les casques.* L'horloge sonne midi, les cris s'élèvent quand mon camion arrive et s'arrête devant la porte de la Triple Délivrance. *Et, caressant la crinière de nos chevaux.* Je saute de l'arrière du Nissan. *Qui sait ce que demain apportera... la vie ?* Je regarde la foule, les banderoles et les drapeaux, et je salue. *Ou la mort dans la bataille ?* Le signal du départ retentit...

Je ne veux pas me souvenir. Je ne veux pas me souvenir...

Sous la porte de la Triple Délivrance. *Un autre pays.* Le jour est la nuit, encore. *Un autre siècle.* Arbres énormes, calcinés, leurs racines dressées vers le ciel. *Un monde différent.* Seulement les ruines de la porte de la Triple Délivrance. *Une époque différente.* Branches brûlées et feuilles disparues. *Un autre pays.* En ces lieux, je suis immobile sous l'avant-toit noir de la porte. *Un monde différent.* Nous avons vu l'enfer. *Un autre siècle.* Nous avons connu le paradis. *Une époque différente.* Nous avons entendu le jugement dernier. *Dans la pénombre.* Nous avons assisté à la chute des dieux. *Je ne peux pas oublier.* La nuit est le jour, le jour est la nuit. *Dans la pénombre.* Le noir est blanc, le blanc est noir...

Mais le bon enquêteur sait que rien n'est dû au hasard...

Sous la porte de la Triple Délivrance, le chien errant attend...

Le bon enquêteur sait qu'il y a de l'ordre sous le chaos...

Sa maison disparue et son maître parti...

Il sait que le chaos recèle des réponses...

Le chien errant n'a pas de pattes...

Des réponses, des réponses...

Le chien est mort.

Je mets ma fille sur mon dos. Je prends mon fils par la main. Dans la pénombre, je suis l'allée du jardin et la rue, puis fais la queue devant le bureau de poste dans l'espoir que l'allocation du gouvernement est arrivée, dans l'espoir de pouvoir me faire payer nos derniers bons.

La file d'attente avance lentement. Le banc qui se trouve dehors se libère. Je fais asseoir ma fille et mon fils sur le banc, près d'un vieillard qui empeste l'alcool. Il adresse un clin d'œil à ma fille et sourit à mon fils. Il se tourne vers moi, me tend un formulaire de retrait et demande : « Pourriez-vous me le remplir... ? »

J'acquiesce. « Combien voulez-vous ? »

Le vieillard ouvre son livret d'épargne de la poste et répond : « Quarante yens devraient suffire aujourd'hui. »

J'écris quarante yens sur le formulaire de retrait. Puis je copie le numéro de son compte d'épargne, son adresse...

Je note le nom...

Un nom de femme.

Je rends le formulaire de retrait et le livret d'épargne au vieillard, qui me remercie.

La file d'attente avance à nouveau. Je fais lever ma fille et mon fils. Nous suivons le vieillard dans le bureau de poste. Le vieillard présente son formulaire de retrait à un employé tandis que je fais de même au guichet voisin...

Nous nous asseyons et attendons.

À nouveau, le vieillard adresse un clin d'œil à ma fille et sourit à mon fils.

L'employé du guichet des paiements appelle le nom...

« Êtes-vous Yamada Hanako ? » demande l'employé.

Personne n'est qui il prétend être...

« Non, répond le vieillard, mais c'est ma fille cadette. »

L'employé hausse les épaules. Il compte quarante yens. Il donne les billets et dit : « Il vaudrait mieux qu'elle vienne en personne... »

Le vieillard acquiesce, remercie l'employé puis passe devant nous...

Le vieillard adresse un clin d'œil à ma fille, sourit à mon fils...

« Elle ne peut pas venir en personne, souffle-t-il. Elle est morte. »

L'employé du guichet des paiements appelle mon nom...

L'employé nous donne notre argent et je le remercie.

Personne n'est qui il paraît être...

Je mets ma fille sur mon dos. Je prends mon fils par la main. Dans la pénombre, je suis la rue, l'allée du jardin, et les laisse dans le *genkan* de notre maison afin qu'ils soient là quand je dirai au revoir...

Je dis au revoir en tournant leurs chaussures vers la porte...

« Je t'en prie, papa, ne pars pas, dit ma fille.

– Il faut que j'aille travailler, je réponds...

– Mais pas ce soir », dit mon fils...

Ma femme sort de la cuisine, le visage rouge parce qu'elle prépare le repas, chasse les gouttes d'eau tombées sur son pantalon...

« Laissez votre père aller au travail », dit-elle...
Je caresse leur chevelure. Je dis : « Au revoir...
– Je t'en prie, souviens-toi de nous, crient ma fille et mon fils. Je t'en prie, papa, souviens-toi de nous... »
Papa, Banzai !
Je suis l'allée, franchis la barrière, prends la rue...
Je ne veux pas me souvenir. Je ne veux pas me souvenir...
Je ne me retourne pas. Je ne peux pas me retourner...
Mais dans la pénombre, je ne peux pas oublier...
Je ne retourne pas travailler...
Personne n'est qui il paraît être...
Ce soir, je vais la voir.

La nuit est le jour, encore. *Il y en a d'autres.* Dans les ruines, dans la pluie. *Il y en a d'autres.* Les enfants me surveillent, les chiens me surveillent. *Il y en a d'autres.* Je fume une cigarette, je lis le journal...

UN MANIAQUE SEXUEL AVOUE LES MEURTRES
DE QUATRE JEUNES FILLES

Kodaira Yoshio, quarante et un ans, sur qui la police métropolitaine de Tokyo enquêtait après le meurtre et le viol, le six août, de Ryuko, seize ans, fille de Midorikawa Isaburo domicilié à Meguro, Tokyo, a avoué le meurtre et le viol de trois autres jeunes filles au cours de l'année écoulée.

Le quinze juillet dernier, l'employé de blanchisserie obsédé sexuel a reconnu avoir tué Kondo Kazuko, vingt-deux ans, dans le département de Saitama, alors que la jeune femme allait chercher du ravitaillement dans cette région. Après avoir attiré la jeune fille confiante dans une forêt en lui promettant de lui procurer de la nourriture à bon marché, Kodaira l'a violée et tuée.

Le vingt-huit septembre dernier, Kodaira a tué Matsushita Yoshie, vingt ans, dans les mêmes circonstances. Le corps de la jeune fille, nu, a été découvert dans une forêt de Kiyose-mura, Kita Tamagun, l'endroit même où il avait commis son crime précédent.

Le maniaque a également avoué avoir tué Abe Yoshiko, seize ans, à Shinagawa, Tokyo, le neuf juin de cette année. La jeune fille a également été violée.

Dans tous les cas, le viol accompagne le meurtre et le cadavre était caché ou dissimulé sous des feuilles mortes, à une trentaine ou une cinquantaine de mètres des lieux du crime. Toutes les victimes ont été étranglées avec leur haramaki.

Le seul cas où le meurtrier connaissait bien la victime et sa famille est celui de Midorikawa Ryuko, la dernière jeune fille assassinée, qui a constitué le premier indice permettant d'établir l'identité du meurtrier et de conduire finalement à l'arrestation de Kodaira. Ses autres victimes lui étaient totalement inconnues.

La police métropolitaine de Tokyo a l'intention d'interroger le tueur fou sur quatre autres meurtres : Shinokawa Tatsue, dix-sept ans, violée et tuée dans le sous-sol du grand magasin Toyoko, à Shibuya, dont le parapluie a été retrouvé au domicile de la famille de l'épouse de Kodaira, et les meurtres de Baba Hiroko, Ishikawa Yori ainsi que Nakamura Mitsuko, dont les corps ont été découverts dans le département de Tochigi, où habite la famille de Kodaira.

Je finis le journal. *Il y en a d'autres.* Je finis la cigarette. *Aucune allusion à Miyazaki Mitsuko.* Les chiens me guettent. *Il y en a d'autres.* Les enfants me guettent. *Aucune allusion au deuxième cadavre de Shiba.* Sous la pluie. *Il y en a d'autres.* Dans les ruines.

Dans la pénombre, j'entends le vent contre la porte, sur le toit et sous l'avant-toit de sa maison. Mais il n'y a pas de pluie, ce soir, pas de tonnerre, seulement les claquements de sandales et les appels des enfants dans les rues. *Je n'aurais pas dû venir ici, pas ce soir.* Ce soir, j'aurais dû rester chez moi avec ma femme et mes enfants. Ma femme servant un dîner de *zōsui*, les bols de mes enfants dans leurs mains tendues, en demandant davantage à leur mère...

Okawari... Okawari... Okawari...

Yuki est debout, les mains sur les hanches, pieds nus sur le sol en terre battue du couloir, et regarde entre les rubans...

Je ne devrais pas être ici ce soir...

« Mais tu vas rester encore un peu ? »

J'acquiesce et la remercie.

Yuki ouvre un placard. Elle en sort une soucoupe de radis piquants et une petite casserole en aluminium. Elle sent le contenu de la casserole et hausse les épaules. Elle la pose sur les braises de charbon de bois...

« Et tu vas manger avec moi, n'est-ce pas ? »

J'acquiesce et la remercie à nouveau.

Elle soulève le couvercle de la casserole...

« Es-tu marié ? » demande-t-elle.

La nuit est toujours le jour. Files d'attente à l'entrée, files d'attente aux portes, files d'attente dans les couloirs. *J'ai passé trop de temps ici.* Je franchis l'entrée en courant, puis les portes, cours dans les couloirs. Passe devant les files d'attente, les malades, les chariots, vais jusqu'à l'ascenseur. *Des heures, des jours et des semaines.* J'appuie sur le bouton. J'entre dans la cabine et j'appuie sur un autre bouton. Les portes se ferment et je descends dans le noir. *Des semaines, des mois et des années.* Les portes s'ouvrent...

Ici, dans la pénombre, des esquisses de choses...

Je longe en courant les murs carrelés d'éviers, d'évacuations, d'affiches mettant en garde contre les coupures et les piqûres, j'arrive à la morgue...

Elle est là. Elle est là. Elle est là...

Je lis les noms des morts...

Elle est là. Elle est là...

J'ouvre le cercueil...

Elle est là...

Pas de nom...

Là...

Je prends ses vêtements et je prends ses os...

Esquisses de choses dans la pénombre, esquisses de choses...

Je mets ses vêtements dans mon sac à dos de l'armée...

Ici, ici dans la pénombre...

J'y mets ses os...

Dettes envers les morts...

Dans le couloir de murs carrelés et d'affichettes, j'appuie sur le bouton et j'attends l'ascenseur. Je regarde un miroir qui se trouve au-dessus d'un évier. Je tourne la tête. Je jette un nouveau coup d'œil dans la glace...

J'ai failli ne pas vous reconnaître...

Ses os sur mon dos, je regarde fixement le miroir...

Personne n'est qui il paraît être...

Je vomis dans l'évier. *Bile noire.* Je vomis à nouveau. *Bile brune.* Quatre fois, je vomis. *Bile noire, bile brune, biles jaune et grise...*

Je regarde fixement le miroir qui se trouve au-dessus de l'évier...

Je hurle : « Je sais qui je suis ! »

Je brise le miroir en mille morceaux qui s'éparpillent sur le sol...

Cassé, en éclats...

« Je sais qui je suis ! »

Je ne devrais pas être ici. Pas ce soir. J'aurais dû rentrer chez moi, auprès de ma femme et de mes enfants. Mais dans la pénombre, je regarde Yuki dîner. Il n'y a toujours pas de pluie, ce soir, pas de tonnerre, seulement le vent, maintenant plus fort que la radio. Elle finit son deuxième bol de riz. Elle rince ses baguettes, puis son bol. Elle remet les ustensiles dans le placard. Elle porte une main à sa bouche, étouffe un rot et rit...

« Je suppose que ta femme est plus polie que moi ? »

Mon cœur me fait mal et mon corps empeste...

Ça me démange et je me gratte. *Gari-gari...*

Derrière le paravent à six panneaux, deux oreillers côte à côte, elle porte un kimono jaune à bande bleu foncé ; l'encolure dénude une épaule et elle a posé une main sur mon genou...

Je pense sans cesse à elle...

Je passe la main sur son dos...

Elle me hante...

La brosse à cheveux à la main, elle se penche et se regarde dans les trois panneaux de son miroir...

Elle se tourne vers moi et sourit...

Elle a teint ses dents en noir...

Elle lâche la brosse, *ton*, et demande : « Cela me va-t-il ? »

Le directeur a réservé le même salon du même restaurant récemment rouvert près de Daimon, celui qui se trouve près des cuisines des Vainqueurs. Le directeur a invité toute la Première division à un dîner de fête. Tous les membres de la Première division, manche contre manche, genou contre genou, sur les nattes neuves...

Ishida n'est pas là. Ni Fujita. Ni Adachi ni moi...

Il y a de la bière et il y a de la nourriture : *zanpan* des poubelles des Vainqueurs, les hommes heureux de ne pas manger encore du *zōsui...*

Ils lèvent leur verre, ôtent leur cravate, les nouent autour de leur tête et chantent leurs chants ; leurs chants d'audace, leurs chants de courage, leurs chants de bataille...

Leurs chants de victoire...

Affaire résolue !

Mais il n'y a que les noms de trois inspecteurs sur le rapport d'interrogatoire : Adachi, Kanehara et Kai...

Trois noms et une signature...

Kodaira Yoshio.

Les autres inspecteurs des brigades numéro un et numéro deux, les agents en uniforme d'Atago, de Meguro et de Mita, les inspecteurs et les agents en uniforme des départements de Saitama et Tochigi...

Chiens mourant de faim au pied de leurs maîtres...

Leurs noms ont tous disparu...

Sous leurs tables...

Mais personne ne s'en soucie ; tout le monde parle encore de Kodaira Yoshio, de l'aveu du meurtre de Kondo Kazuko, vingt-deux ans de Jūjō, district de Kita, Tokyo, que Kodaira a rencontrée dans la file d'attente du guichet de la gare d'Ikebukuro, le quinze juillet dernier, a entraînée dans les bois de Kiyose-mura, Kita Tama-gun, dans le département de Saitama, a étranglée et violée, puis a dépouillée de soixante yens et de ses sandales *geta* en paulownia...

La mort est ici...

Tout le monde parle de Kodaira Yoshio, de l'aveu du meurtre de Matsushita Yoshie, vingt-deux ans, également du district de Kita, Tokyo, qu'il a rencontrée dans une file d'attente à la gare de Tokyo, le vingt-huit septembre dernier, a entraînée dans les mêmes bois de Kiyose-mura, a étranglée et violée puis a dépouillée de cent quatre-vingts yens, de son sac à main, de sa plus belle veste et du parapluie de sa mère...

La mort...

Tout le monde évoque à voix basse les rumeurs de purges, les *kempei* cachés, les *kempei* en fuite. Tout le monde évoque à voix basse les procès et les pendaisons, les *kempei* qui changent de nom et de vie, prennent les noms des fous et les noms des morts. Tout le monde évoque à voix basse la mort et les morts, les morts et leurs fantômes...

Tout le monde m'évoque à voix basse...

Moi et Ishida. Moi et Fujita...

Moi et Adachi...

Dans ce salon de ce restaurant récemment rouvert près de Daimon, tous les membres de la Première division, manche contre manche, genou contre genou sur ces tatamis neufs...

Sur des montagnes et des montagnes de mensonges...

Kita, le directeur, et Kanehara, l'inspecteur chef...

Sur ces mensonges sur mensonges sur mensonges...

Kai, l'inspecteur, et Hattori, l'inspecteur...

Mensonges sur mensonges sur mensonges...

Leur verre levé, leur cravate autour de la tête, leurs chants chantés, ils lèvent la tête vers moi...

Tous leurs mensonges sur mon dos...

Ils lèvent la tête comme s'ils ne savaient pas qui je suis, comme s'ils ne me voyaient pas, debout devant eux...

Ses os sur mon dos...

Je ne devrais pas être là...

Dettes envers les morts...

Je suis parti.

Le vent souffle toujours quand les sirènes retentissent, quand la voix de sa radio annonce que les avions ennemis survolent la pointe sud de la péninsule d'Izu, les sirènes plus fortes maintenant, la voix plus pressante tandis que Yuki court jusqu'au placard, ouvre la porte, plonge dans la literie, cœur cognant et yeux dilatés, écoute le crépitement des bombes incendiaires et le chuintement des bombes à fragmentation...

D'abord la pluie, puis le tonnerre...

« Je reviens dans un moment », lui dis-je.

Je ne devrais pas être ici, pas ce soir...

Je descends au rez-de-chaussée, sors dans la rue...

Les gens courent, creusent...

Je devrais être chez moi...

Cachent des objets dans la terre...

Dans leurs abris...

Boum ! Boum !

Les batteries antiaériennes tirent, les projecteurs rayent le ciel, éclairent les avions alors que les incendies commencent...

Des gens avec des valises maintenant, des gens à bicyclette...

Bombardement ! Bombardement ! C'est un bombardement !

Je sens la fumée. Je mets ma capuche...

Rouge ! Rouge ! Bombe incendiaire !

Milliers de bruits de pas sur la chaussée...

Cours ! Cours ! Prends un matelas et du sable !

Bruit assourdissant dans le ciel...

Bombardement ! Bombardement ! C'est un bombardement !

Je tombe sur le sol, sur la terre...

Noir ! Noir ! Les bombes tombent !

Mais il n'y a plus que le silence...

Couvre tes oreilles...

Je me redresse. Je rentre en courant...

Ferme les yeux !

L'escalier et le placard, je prends Yuki, je la porte dehors, dans la rue, maisons en feu, la boutique du carrefour, parce que le vent se lève et que les étincelles volent, je franchis le pont, canal plein de gens, ruelle en feu, la suivante et la suivante, carrefours bloqués dans les quatre directions par les animaux familiers et les bébés, les chiens et les enfants, les hommes et les femmes, vieux et jeunes, militaires et civils, qui jouent des coudes et se frayent un chemin, se poussent et se bousculent, vacillent et trébuchent, tombent sur le sol à chaque crépitement, à chaque chuintement, écrasent et piétinent les très jeunes et les très vieux, lâchent une main et perdent un enfant, appellent et se retournent, hurlent et font demi-tour, jouent des coudes et se frayent un chemin, poussent et se bousculent, vacillent et trébuchent, écrasent et piétinent...

Je ne devrais pas être ici...

Il faut que nous décidions quelle direction prendre, où fuir ; les maisons brûlent sur trois côtés, les gens poussent tous dans une direction, mais il n'y a, par-là, pas de champs, seulement des immeubles...

Bombardement ! Bombardement ! C'est un bombardement !

Je saute dans le fossé qui court au bord de la chaussée, Yuki toujours dans mes bras, j'enduis nos capuches et notre literie de boue noire et d'eau noire. Je reprends Yuki, sors du fossé, retourne vers l'incendie, vers les flammes, mais elle se débat, tente d'échapper à mon étreinte, veut absolument fuir...

Noir ! Noir ! Les bombes tombent !

« Ne pense pas au feu, je souffle. Ne pense pas aux bombes et fais-moi confiance. Derrière les flammes, il y a le fleuve, derrière les flammes il y a la vie... »

Couvre tes oreilles ! Ferme les yeux !

Yuki me serre plus fort, hoche la tête, et nous plongeons dans le feu, dans les flammes...

Dans la guerre, ma guerre...

Les chefs, les inspecteurs et tous leurs enquêteurs sont toujours au restaurant de Daimon ; leurs verres sont vides, ils ont chanté leurs chants, ils sont sur le dos et cuveront jusqu'au matin ; il n'y a que des agents en uniforme, ce soir, au poste de police de Meguro...

Les agents en uniforme et le suspect...

Kodaira Yoshio...

Dans la salle d'interrogatoire, à la table, il est assis sur une chaise...

Kodaira sourit. Kodaira ricane. Kodaira rit...

« Il paraît que tu n'es plus des nôtres, soldat...

– Ta gueule, dis-je. Maintenant, il n'y a plus que toi et moi... »

Mais Kodaira Yoshio se penche sur la table, sourit à nouveau et dit : « Un peu comme les retrouvailles d'anciens camarades de régiment.

– J'ai d'autres retrouvailles à te proposer », dis-je, puis je prends mon sac à dos de l'armée et vide son contenu sur la table...

Tous ses vêtements et tous ses os...

« Tu reconnais ça ? » je crie...

Kodaira sourit toujours...

« Ou ça, ou ça ? » je crie à nouveau en prenant la robe-tablier jaune à rayures bleu foncé et le chemisier blanc à manches courtes, puis les chaussettes roses et les chaussures en toile blanche à semelle de caoutchouc rouge, et enfin ses os...

Kodaira ricane...

« Ces os pourraient être ceux de n'importe qui, soldat... »

Mais je sors l'autre montre de ma poche. Je la pose devant lui...

« Et ça... »

Kodaira prend la montre. Kodaira la retourne dans sa main. Kodaira lit l'inscription sur son dos...

L'inscription qui indique : *Miyazaki Mitsuko...*

Qui hurle : *Miyazaki Mitsuko...*

« Cette montre pourrait-elle être celle de n'importe qui ? » je demande.

Kodaira rit...

« Tu m'as eu, soldat, dit-il, parce que j'ai effectivement connu une Miyazaki Mitsuko quand je travaillais au Dépôt de vêtements de la marine, près de Shinagawa. Et elle était jolie, la peau pure et claire, le corps ferme et frais... »

Il se passe la langue sur les lèvres...

« Et après mon départ, je suis resté en contact avec le vieux gardien de l'usine, qui m'a appris qu'on avait trouvé Mitsuko, nue et morte, dans un des abris antiaériens...

– C'était toi, sale animal !

– Ne t'emballe pas, soldat, dit-il. Parce que, d'après mon ami, c'est un *Yobo* qui l'a tuée, un *Yobo* qui travaillait là-bas, c'était ce *Yobo* qui avait profané sa peau, violé son corps ; l'idée qu'une telle saloperie écœurante du tiers-monde sautait une Japonaise pure me donne envie de vomir...

– C'était toi, sale monstre !

– Tu ne m'écoutes pas, soldat, dit Kodaira. Le *Kempeitai* a capturé ce *Yobo*, il l'a capturé, jugé et exécuté sur-le-champ, voilà ce que le vieux gardien m'a raconté. Je me suis senti fier d'être japonais...

– C'était toi, n'est-ce pas ?

– Es-tu sourd, soldat ? demande Kodaira en riant. Tu es en état de choc, c'est ça ? C'était un *Yobo...*

– C'était toi... »

Kodaira secoue la tête. Il repose la montre sur la table, lève les bras très haut au-dessus de la tête et dit : « Tu sais, je ne comprends pas grand-chose à tout ça... »

Je ne lui pose pas de question. Je garde le silence...

« Prends le *Kempeitai*, ou même moi ; ce qu'on faisait là-bas nous valait de grosses médailles, mais à notre retour, tout ce qu'on a eu, c'est une corde... »

Je continue de garder le silence...

« Allez, reprend-il en riant. Tu étais là-bas ; tu as vu ce que j'ai vu, tu as fait ce que j'ai fait...

– Ta gueule !

– Tu sais, soldat, tu ressembles vraiment à quelqu'un que j'ai vu, autrefois, à Jinan...

– Ta gueule !

– Pourquoi ? ironise Kodaira. Ça ne pouvait pas être toi, hein, soldat ? Il appartenait au *Kempeitai* et il était caporal.

– Ta gueule ! Ta gueule ! Ta gueule !

– Et il ne s'appelait pas Minami...

– Ta gueule ! Ta gueule !

– Je crois que c'était Katayama...

– Je sais qui je suis, je crie. Je sais ! Je sais qui je suis ! »

Kodaira se penche sur la table. Il pose ses mains sur les miennes. Il dit : « Laisse tomber, caporal... »

Personne n'est qui il prétend être...

« Mais je sais qui je suis, je crache. Je sais... »

Personne n'est qui il paraît...

« C'était un autre monde, dit Kodaira. Une autre époque. »

Un siècle de changements en une nuit d'incendie ; quartiers rasés, les habitants brûlés vifs ; là où il y avait des usines et des maisons, là où il y avait des ouvriers et des enfants, il n'y a plus que de la poussière, il n'y a plus que de la cendre et personne ne se souviendra de ces immeubles, personne ne se souviendra de ces gens...

Personne ne se souviendra de quoi que ce soit...

Ce qui est arrivé la semaine dernière semble s'être produit il y a des années, des décennies. Ce qui est arrivé hier n'évoque plus rien...

C'est la guerre, maintenant...

Il y a des jambes coupées et des têtes coupées, un tronc de femme aux intestins répandus, des lunettes d'enfant soudées à son visage, des grappes de morts : animaux familiers et bébés, chiens et enfants, hommes et femmes, jeunes et vieux, militaires et civils, tous impossibles à distinguer les uns des autres...

Odeur d'abricot...

Tous brûlés, tous morts...

C'est ma guerre, maintenant...

Air chaud et aube rose. *Odeur d'abricot.* Piles noires de literie et piles noires d'objets personnels des deux côtés de la chaussée. *Puanteur d'abricot pourri.* Bicyclettes noires couchées, corps noirs serrés les uns contre les autres. *Odeur d'abricot.* Usines noires et établissements de bains noirs, encore fumants...

Puanteur d'abricot pourri...

Fin de l'alerte...

Je ne devrais pas être ici...

Ordre de se rassembler dans certaines écoles primaires, ordre d'en éviter d'autres. *Odeur d'abricot.* Je vacille et trébuche, Yuki toujours dans mes bras. *Je ne devrais pas être ici.* J'ai envie de l'abandonner, j'ai envie de rentrer chez moi, mais je ne peux pas. *Puanteur d'abricot pourri.* Je vacille et trébuche parmi les colonnes noires de survivants, leur literie noire sur le dos, leurs bicyclettes noires à leurs côtés. *Je ne devrais pas être ici.* Je vacille et trébuche jusqu'à la Sumida, la rivière maintenant noire de corps. *Odeur d'abricot.* Je franchis le pont noir, Yuki dans mes bras. *Je ne devrais pas être ici.* Je vacille et trébuche parmi les soldats qui nettoient les rues noires, chargent les cadavres noirs dans leurs camions à l'aide de crochets. *Puanteur d'abricot pourri.* Je vacille et trébuche tandis que la chair noire se déchire, que les corps noirs tombent en morceaux. *Je ne devrais pas être ici.* Jusqu'au moment où l'air n'est plus chaud, l'aube n'est plus rose. *Simplement l'odeur d'abricot...*

Jusqu'au moment où je suis incapable de regarder, je vacille et trébuche...

Je ne devrais pas être ici. Je ne devrais pas être ici...

Jusqu'au moment où des heures, ou peut-être des jours plus tard, je la porte dans l'escalier d'un immeuble d'habitation désert de Shinagawa...

Je ne devrais pas être ici...

Jusqu'au moment où je la pose sur les tatamis pâles, effilochés et élimés d'une chambre du premier étage, le papier peint à motif de chrysanthème mou et déchiré. *Ici, dans la pénombre.* Je sors le flacon de ma poche. Je dévisse le bouchon. Je sors le morceau de coton du goulot. Je compte les cachets...

Je ne devrais pas être ici...

Une Calmotine, deux. Je compte et compte encore. Je prends le deuxième flacon. Je compte les cachets. *Trente et une Calmotine, trente-deux.* Je compte et compte encore. Je prends le troisième flacon. *Soixante et une Calmotine, soixante-deux.* Je compte et compte encore. Le quatrième flacon puis le cinquième...

Cent vingt et une Calmotine...
Je ne devrais pas être là, à genoux...
C'est la capitulation...
Je ne devrais pas être là...
C'est la défaite...

Potsu-potsu, la pluie tombe toujours, grosses gouttes chaudes sur les bouilloires et les casseroles ; *potsu-potsu,* elle tombe selon son rythme horrible sur les pots et les ustensiles ; *potsu-potsu* sur les vêtements et les chaussures ; *potsu-potsu* sur l'huile de cuisson et la sauce de soja...

Pas de *Chanson de la pomme* ce soir...

Potsu-potsu, elle tombe sur le toit en tôle ondulée de l'escalier conduisant au bureau de Senju Akira...

Potsu-potsu, potsu-potsu...

De plus en plus fort...

Zā-zā, zā-zā.

Je serre mon sac à dos. Je recule en direction de la porte, à quatre pattes...

Ha, ha, ha, ha !

Senju se moque de moi et demande : « Tu ne m'as pas rapporté de souvenirs de Tochigi ? Ce n'est pas très gentil...

– Je regrette profondément », je réponds, et je m'incline à nouveau...

Mais Senju en a trop dit...

À quatre pattes...

Il en a trop dit...

Je me relève. *Il en a trop dit.* J'ouvre mon vieux sac à dos de l'armée. *Relève-toi !* J'en sors le pistolet de l'armée modèle 1939. *Il en a trop dit.* Je le pointe. *Relève-toi !* Je le braque sur Senju Akira. *Il en a trop dit.* Senju est assis en tailleur à sa longue table basse cirée. *Relève-toi !* Torse nu, la ceinture de son pantalon déboutonnée. *Il en a trop dit.* Des revolvers et des sabres courts sont disposés devant lui sur la table...

Relève-toi ! Relève-toi !

« C'est vous, dis-je. Vous qui avez ordonné à Ishida de me tuer. Vous qui avez ordonné à Ishida de voler ce dossier, parce que Fujita vous a dit qu'il persuaderait Adachi de se taire. Parce que vous saviez qu'Adachi comprendrait. Qu'il comprendrait que c'est vous ; vous qui avez présenté Fujita à Nodera ; vous qui les avez chargés de tuer Matsuda, votre patron, votre mentor, l'homme que vous considériez comme votre frère ; c'est vous...

« Qui avez fait tuer Matsuda... »

Senju lève la tête et sourit...

Senju se moque à nouveau de moi...

Hé, hé, hé, hé ! Ho, ho, ho, ho...

« Tu es soudain brave, n'est-ce pas ? Avec tes cheveux gris et ta puanteur de mort, tu es soudain redevenu un héros, n'est-ce pas ? Soudain, revenu d'entre les morts. Vas-y, caporal... »

Le pistolet de l'armée modèle 1939 pointé sur lui...

« Caporal comment... ? Quel est ton nom... ? »

Le pistolet de l'armée modèle 1939 braqué sur lui...

« Quel est-il, cette semaine, caporal... ? »

Le pistolet de l'armée dans ma main...

« Qui es-tu aujourd'hui, ca... »

J'appuie sur la détente. *Bang !*

Son front vole en éclats...

Je me suis relevé...

J'entends des pas. Je prends le dossier et les documents, l'argent et la drogue. Des pas dans l'escalier, sur le seuil...

Sur le seuil et je tire à nouveau...

Bang ! Bang ! Bang !

Le premier tombe, l'autre pivote sur lui-même...

J'atteins la porte en courant et je tire...

Bang ! Bang !

L'homme roule dans l'escalier et je le suis...

J'enjambe la chemise imprimée tachée de sang. *Zā-zā, zā-zā.* Je marche sur les lunettes de soleil américaines. *Zā-zā, zā-zā.*

Je cours, je fuis à nouveau...

Zā-zā, zā-zā. Zā-zā, zā-zā.

Je cours jusqu'à la gare...

Zo–zo, zo–zo...

Le train arrive dans de véritables rideaux d'eau blanche qui rebondit sur les voies et les parapluies du quai. *Zā-zā, zā-zā.* Le phare du train de Shinjuku apparaît et on commence à pousser, à se bousculer. *Zā-zā, zā-zā.* Je me fraye un chemin jusqu'au wagon et je me hisse à bord. *Zā-zā, zā-zā.*

Il en a trop dit. Il ne dira plus rien...

Les portes se ferment et le train démarre. *Zā-zā, zā-zā.* Ça me démange et je me gratte. *Gari-gari.* Précipitation et bousculades tandis que nous avançons lentement sous la pluie. *Zā-zā, zā-zā.* Mais je ne vois pas ce train. *Zā-zā, zā-zā.* Maintenant, ça ne me démange pas et je ne me gratte pas. *Zā-zā, zā-zā.* Je ferme les yeux...

Zā-zā, zā-zā. Zā-zā, zā-zā.

Je ne suis pas là.

Chapeau enfoncé sur la tête et veste par-dessus, je cours dans la rue jusqu'au restaurant situé à mi-chemin entre la gare et chez moi...

L'unique lanterne se balance à la pluie, au vent...

Ha, ha, ha, ha! Hé, hé, hé, hé! Ho, ho, ho, ho!

J'écarte le drap qui tient lieu de porte, et les blagues, les sourires et les rires s'arrêtent net. *Net.* Pas de blagues. Pas de sourires. Pas de rires. Tout le monde est parti. Il n'y a personne...

Personne, sauf l'homme qui se tient derrière le comptoir...

Personne n'est qui il prétend être...

« Bienvenue chez toi, dit l'inspecteur chef Adachi...

– Ce n'est pas chez moi, je réponds. Ce n'est pas chez moi ! »

Mais Adachi hoche la tête. Adachi dit : « C'est tout ce que tu as.

– Stop ! je crie et je hurle. Vous mentez !

– On t'a ramené de Chine dans une camisole de force, dit-il. Et sans Kita, on t'aurait enfermé à Matsuzawa avec ton père.

– Je ne veux pas entendre ! je crie...

– Je t'ai pris pour rendre service à Kita et ensuite, après la capitulation, il nous a remboursés en nous donnant ces emplois...

– Stop ! je crie à nouveau...

– En nous donnant ces noms... »

Je ne peux pas oublier...

Mais je n'écoute plus Adachi. Je démolis les murs de cette cabane. Je démolis le toit...

Et dans la lumière, dans la lumière étincelante et vive, Adachi a disparu ; cet homme est redevenu le capitaine Muto...

« Et je suis tout ce que tu as, dit-il.

– Ils viennent vous chercher. »

Et je les entends. *Ils viennent me chercher.* De porte en porte. *Ils viennent me chercher.* Je les entends. *Ils viennent me chercher.* Kita arrive, les Vainqueurs arrivent. *Ils viennent me chercher...*

Le capitaine Muto pose un rasoir sur le comptoir...

Je ne devrais pas être ici, pas ce soir. Je devrais être chez moi...

Près du rasoir, les flacons de Calmotine...

« Fais de beaux rêves, caporal Katayama. »

Elle est allongée, nue, sur le futon. *Sourcils rasés, dents noires.* La tête légèrement sur la droite. *Sourcils rasés, dents noires.* Le bras droit tendu. *Sourcils rasés, dents noires.* Le bras gauche contre le flanc. *Sourcils rasés, dents noires.* Les jambes écartées et fléchies au genou. *Sourcils rasés, dents noires.* Mon sperme sèche sur son ventre et ses côtes. *Sourcils rasés, dents noires.* Elle dit...

« Épouse-moi, s'il te plaît, épouse-moi... »

Elle porte la main gauche à son ventre. Elle trempe les doigts dans mon sperme. Elle porte les doigts à ses lèvres. Elle lèche mon sperme et demande :

« Cela me va-t-il ? »

Vêtu de son kimono jaune à bande bleue, je souris : « Rien ne pourrait mieux t'aller... »

Plus de cachets...

« Épouse-moi... »

Je prends le rasoir. Personne ne connaît mon nom. Tout le monde connaît mon nom. *J'ouvre le rasoir.* Il n'intéresse personne. Il intéresse tout le monde. *Je dénoue la ceinture du kimono.* Le jour est la nuit. La nuit est le jour. *Le kimono jaune à bande bleue.* Le noir est blanc. Le blanc est noir. *Il s'ouvre.* Les hommes sont les femmes. Les femmes sont les hommes. *Le rasoir dans ma main droite.* Les braves sont les peureux. Les peureux sont les braves. *Je baisse ma main droite.* Les forts sont les faibles. Les faibles sont les forts. *Je baisse le rasoir.* Les bons sont les méchants. Les méchants sont les bons. *La lame touche ma peau.* Il faudrait libérer les communistes. Il faudrait enfermer les communistes. *Je soulève ma queue de la main gauche.* La grève est légale. La grève est illégale. *La lame est froide.* La démocratie est bonne. La démocratie est mauvaise. *Ma bouche est sèche.* L'agresseur est la victime. La victime est l'agresseur. *Mon estomac me fait mal.* Les gagnants sont les perdants. Les perdants sont les gagnants. *Mon cœur me fait mal.* Le Japon a perdu la guerre. Le Japon a gagné la guerre. *Je commence à couper.* Les vivants sont les morts...

Je coupe, coupe, coupe et coupe encore...

Jusqu'au moment où les morts sont les vivants. *Je coupe...*

Je compte au nombre des survivants !

Jusqu'au moment où les murs de la chambre sont tachés de sang rouge, les tatamis imbibés de noir, où ses murs ont disparu, ses nattes ont disparu, où je cours dans les rues...

Un de ceux qui ont eu de la chance !

Dans ces rues qui ne sont pas des rues, devant les boutiques qui ne sont pas des boutiques. Dans cette ville des morts...

Les morts de l'ère Shōwa...

Leurs voix m'appellent, leurs mains se tendent vers moi. *Les morts de l'ère Shōwa.* L'aubergiste de mon restaurant habituel. *Les morts de l'ère Shōwa.* L'ami de l'école primaire. *Les morts de l'ère Shōwa.* Le vieillard du bar. *Les morts de l'ère Shōwa.* Mes camarades de l'équipe de base-ball de mon lycée. *Les morts de l'ère*

Shōwa. La femme de l'arrêt de trolleybus. *Les morts de l'ère Shōwa*. Les collègues avec qui j'ai obtenu mon diplôme. *Les morts de l'ère Shōwa*. Les enfants, les enfants...

Dans la ville des morts...

Les morts de l'ère Shōwa...

Ils m'appellent...

Chez moi.

Je cours dans les rues, je cours en direction de chez moi. *Dans la pénombre, je ne peux pas oublier*. Poussière sur mes genoux, sang sur mes mains...

Le soleil se couche à l'ouest, des nuages de pluie menacent...

Les bords de la chaussée couverts de cadavres sur des nattes : hommes et femmes, jeunes et vieux, militaires et civils, yeux vides ou fermés, chair pourrissante et os en poussière...

Puanteur d'abricot pourri...

Mais il n'y a pas de voitures dans ma rue, le pont est tombé dans le fleuve, les restaurants sont détruits et les fermes abandonnées...

Champs brûlés à perte de vue, champs brûlés de cendres et de mauvaises herbes...

Je suis incapable de reconnaître ma maison...

Je ne vois pas parce que mes yeux sont pleins de larmes...

Maintenant je me souviens. Je me souviens...

Je suis resté trop longtemps absent...

Je me souviens. Je me souviens...

J'ai trahi ma femme...

Maintenant je me souviens...

Mes enfants.

Mais je reconnais la barrière de chez moi, maintenant je reconnais l'allée de chez moi. J'ouvre la barrière, je prends l'allée...

J'ouvre la porte de chez moi...

Leurs chaussures face à la porte...

Je m'arrête dans le *genkan...*

« Je suis rentré... »

Chez moi...

Ma femme et mes enfants sortent de la pénombre, leurs capuches sont calcinées, la literie qu'ils portent sur le dos est noire, leurs visages sont couverts de cloques, leurs yeux enfoncés dans les orbites, mais ils sont en vie...

Je me précipite, les prends dans mes bras...

Je tombe à genoux, les serre contre moi...

« Je vous croyais morts, je m'écrie...

« J'ai cru que je vous avais perdus... »

Mais ils me repoussent, retournent dans les ombres, lèvent le doigt et le pointent sur moi...

La pluie tombe sur moi, maintenant...

« Nous sommes morts... »

Il n'y a plus de toit et il n'y a plus de murs, seulement des cendres, plus de nattes et plus de paravents, seulement des cendres, plus de meubles et plus de vêtements, seulement des cendres, plus de *genkan* et plus de porte, seulement des cendres...

Leurs chaussures sont de la cendre...

Ma main droite tremble, mon bras droit, mes jambes maintenant...

Car je n'ai pas de femme, je n'ai pas d'enfants, seulement des cendres...

Masaki, Banzai ! Sonoko, Banzai !

Je n'ai pas de fils et je n'ai pas de fille.

Papa, Banzai ! Banzai !...

Je n'ai pas de foyer. Je n'ai pas de famille.

Papa, Banzai !

Je n'ai pas de cœur...

Banzai !...

Dans la maison de l'oubli, je suis la mort.

Entre les immeubles à l'abandon et dans les jardins en friches, portails disparus et arbres abattus ; devant la peinture passée et sur le linoléum usé, parmi les uniformes tachés et devant les bureaux crasseux, ils arrivent ; parmi les hurlements et les sanglots, dans les odeurs de DDT et de désinfectant, ils arrivent maintenant...

À l'hôpital psychiatrique Matsuzawa...

Ils arrivent. Ils arrivent...

Dans ces couloirs et dans ces escaliers, dans cet escalier et dans un autre long couloir de portes métalliques fermées à clé, ils arrivent maintenant ; au-delà des portes métalliques fermées à clé et dans les services fermés, dans les services fermés et dans d'autres couloirs, ils arrivent maintenant ; dans d'autres couloirs encore et dans les chambres d'isolement, ils arrivent maintenant...

Ils sont là ! Ils sont là ! Ils sont là !

Le docteur Nomura devant la porte métallique fermée à clé...

Devant le judas équipé de verrous...

« Nous y sommes », dit-il.

Le docteur Nomura fait coulisser les verrous du judas. Nomura abaisse le volet du judas. Nomura recule puis dit :

« Voilà... »

J'avance jusqu'à la porte. Je regarde par le judas...

Je fixe, par le judas, leurs yeux...

Paires d'yeux marron et paires de bleus...

Ces hommes m'ont déjà regardé dans les yeux...

Mes yeux qui ne cillent pas et mon crâne rasé...

Je m'éloigne du judas...

Je m'assieds en tailleur sur ma couchette...

Vêtu de ma robe informe, jaune à rayures bleues en soie chinoise, avec mon crâne rasé et mes yeux qui ne cillent pas...

Le rouleau taché de sang au mur, au-dessus de ma couchette...

Le moment de dévoiler l'essence véritable de la nation est venu.

Une carte postale en couleurs du sanctuaire d'Itsuku-shima...

Mes mains croisées sur mon ventre pansé...

Je compte au nombre des survivants...

« En avez-vous assez vu ? » demande Nomura...

Les hommes s'éloignent du judas...

« Nous en avons assez vu, répond Kita. Merci, docteur. »

Le docteur Nomura ferme le judas. Le docteur Nomura fait coulisser les verrous...

Les murs sont blancs, mais maintenant, la cellule est obscure...

Dans la pénombre, les esquisses de choses bougent...

Je ferme les yeux et je me remets à compter : cent vingt Calmotine, cent vingt...

Un de ceux qui ont eu de la chance.

de toutes les provinces que nous traversons. *Datō Nippon Teikokushugi !* Tranchée tous les six mètres, jonchée de chapeaux, de ceintures en cuir et de cages à oiseau. *C'est notre conquête, c'est l'émancipation !* Les os non enterrés des Chinois morts se dressent comme des bâtons fichés dans la terre. *Lumière de l'Est.* Les fémurs marron brillent au soleil, les vertèbres miroitent. *Paix lumineuse.* Les mouches grouillent, l'air empeste, je gis parmi les cadavres. **Cent vingt Calmotine, cent vingt-et-une**. Les deux Chinois du couple sont couverts de crasse, leurs visages sont sans expression. L'interprète crache l'allumette qu'il mâchonne et crie une question à l'homme. Puanteur d'ail et mots métalliques. La femme répond. L'interprète la frappe. La femme vacille. L'interprète hoche la tête. Nous conduisons, Kasahara et moi, le couple à la lisière du village, ciel rouge se reflétant dans l'eau bordée de saules. Les arbres sont immobiles, ce soir, les fermes abandonnées. Le couple regarde l'eau de la rivière, les bouquets de chrysanthèmes sauvages, le cadavre d'un cheval dont la selle est prise dans les mauvaises herbes. Kasahara dégaine son sabre et moi le mien. L'homme et la femme tombent à genoux. Mains jointes du premier, supplications métalliques et frénétiques de la deuxième. La lame puis le silence. Le sang coule sur les épaules, mais les têtes ne tombent pas. Le corps de l'homme bascule sur la droite, s'affaisse sur les chrysanthèmes sauvages. *Masaki, Banzai !* Je pousse le corps de la femme dans la rivière, semelles boueuses de ses chaussures tournées vers le ciel. *Papa, Banzai !* Dans le village proche de la rive bordée de saules, le groupe de jeunes hommes vigoureux pose devant une maison partiellement détruite. Notre capitaine, au centre, a les mains sur la tête de deux enfants. Pas de larmes pour les rivières et les montagnes de leur pays, pas de tristesse pour leur père et leur mère partis. *Je vois ta petite silhouette qui agite un petit drapeau dans son petit poing.* Le corps de l'homme parmi les chrysanthèmes, les pieds de la femme tournés vers le ciel. *Papa chérit cette image pour toujours dans son esprit.* Près de la rive bordée de saules. Dans la maison partiellement détruite, je gis parmi les cadavres. Des milliers, des millions. **Cent trente Calmotine, cent trente-et-une**. Le soleil entre à flots par les vitres du wagon, des bottes dépassent du porte-bagages. Un enfant dégaine un sabre de bois. *Banzai !* **Cent quarante Calmotine, cent quarante et une**. Dans la maison de l'oubli, il n'y a pas de drapeaux. *Ton-ton.* La mort est un homme de Tochigi. *Ton-ton.* Il n'y a pas de chants. La mort est un homme de Tokyo. *Ton-ton.* La mort est un homme du Japon. *Ton-ton.* Il n'y a que des tambours. La mort est un homme de Corée. *Ton-ton.* La mort est un homme de Chine. *Ton-ton.* Des tambours de peau, des tambours de cheveux. La mort est un homme de Russie. *Ton-ton.* La mort est un homme d'Allemagne. *Ton-ton.* Les baguettes sont des fémurs. La mort est un homme de France. *Ton-ton.* La mort est un homme d'Italie. *Ton-ton.* Des enfants les battent. La mort est un homme d'Espagne. *Ton-ton.* La mort est un homme de Grande-Bretagne. *Ton-ton.* Battront le tambour quand nous aurons disparu. La mort est un homme d'Amérique. *Ton-ton.* Il n'y a pas de sortie, dans la maison de l'oubli. *Ton-ton.* La mort est un homme. *Ton-ton.* Coupe ta queue ! *Masaki, Banzai !* La mort est un homme. *Ton-ton.* Arrache ton cœur. *Papa, Banzai !* **Cent cinquante Calmotine**...

Les esprits des morts de mes crimes passés
Me font sursauter.
Et alors que, plongé dans le désespoir, je consacre mes
Jours à l'attente de ma mort,
Je songe à la douceur qui m'a été accordée,
Jusqu'à la toute fin,
Et fait couler mes larmes sans limite.

Kodaira Yoshio, 1949.

Note de l'auteur

Kodaira Yoshio a été exécuté à la prison de Miyagi, dans le département de Sendai, le 5 octobre 1949.
Il avait quarante-quatre ans.
Kodaira Yoshio a avoué le viol et le meurtre de dix femmes, dont Miyazaki Mitsuko et le deuxième cadavre découvert dans le parc de Shiba, à Tokyo, en août 1946.
Toutefois, cette femme n'a jamais été identifiée.
Elle avait entre dix-sept et dix-huit ans et elle est morte aux environs du 22 juillet 1946...
Namu-amida-butsu...

David Peace, Tokyo, 2006
Année du Chien.

Glossaire

Nous avons suivi, dans le texte, la convention japonaise qui place le nom de famille avant le prénom.

Akahata	*Le Drapeau rouge*, quotidien communiste.
Asahi Shimbun	Journal quotidien.
Asobu... ?	Allons-nous jouer ?
ayu	Espèce de poisson.
bakudan	Explosion d'une bombe ; c'est aussi le nom d'un alcool de mauvaise qualité qui produit un effet similaire sur ceux qui le consomment.
Banzai !	Hourrah !
bentō	Boîte contenant le repas de midi.
butsudan	Autel familial ou bouddhiste sur lequel on pose les photographies des morts.
Calmotine	Marque de somnifère.
chiku-taku	Tic-tac.
-dōri	Rue.
Formosans	Habitants de l'ancienne colonie japonaise de Formose, aujourd'hui Taiwan.
furoshiki	Grand mouchoir utilisé pour envelopper des objets.
fūten	Groupe de prostituées.
gari-gari	Bruit des ongles sur la peau quand on se gratte.
genkan	Entrée d'une maison, derrière la porte, où on ôte, enfile et entrepose les chaussures.
geta	Mules à semelle de bois.

GHQ	Quartier général du SCAP.
gumi	Groupe ou bande.
haramaki	Ceinture.
ikidaore	Mort accidentelle au cours d'une excursion.
Incident de Jinan	Également nommé « Incident du 3 mai » en chinois : bataille ayant opposé l'armée japonaise à l'armée du Sud du Kouo-Min-Tang, en mai 1928, au terme de laquelle l'armée japonaise a investi Jinan, capitale du Shandong, afin de protéger les citoyens et les entreprises japonais.
Minshū Shimbun	Journal quotidien.
kachō	Chef de section.
kaidashi	Terme désignant le pillage de nourriture ou la recherche de ravitaillement.
kakigōri	Cornet de glace parfumée.
Kantō	Région du Japon où se trouve Tokyo.
Katakana	Un des deux syllabaires japonais.
Kakyō Sōkai	Association d'entreprises chinoises après la guerre.
keisatsu techō	Carte de police.
Kempei	Membre de la police militaire.
Kempeitai	Police militaire japonaise.
kuso	Interjection : merde.
mechiru-arukōru	Alcool de bois de mauvaise qualité.
Meiji	Nom du règne de l'empereur Mutsuhito, 1866-1912.
meishi	Carte de visite.
Minpo	Journal quotidien.
monpe	Pantalon de femme.
Namu-amida-butsu	Sauve-nous, Bouddha miséricordieux/ Puisse son âme reposer en paix.
okawari	Deuxième portion de nourriture.
pan-pan	Prostituées japonaises d'après-guerre.
potsu-potsu	Bruit des gouttes de pluie.
Rikusen Tai	Corps des Marines japonais.
Roei no Uta	*Chant du bivouac* : ouvrage vainqueur d'un concours de chants patriotiques, qui s'est vendu à plus de soixante mille exemplaires dans les deux semaines qui ont suivi sa sortie, à l'automne 1937.

sara-sara	Dans ce cas, le bruit de l'eau courante.
SCAP	*Supreme Commander for the Allied Powers* (Commandement suprême des puissances alliées).
SCAPIN	Directives du SCAP.
Shinchū Gun	L'armée d'occupation.
Shōwa	Nom du règne de l'ancien empereur Hirohito, 1912-1989.
tekiya	Commerçant ambulant, mais aussi voyou.
Tōhoku	Nord-est de Honshu, île principale du Japon.
Tokkō	La « Police de la pensée ».
ton-ton	Bruit des coups de marteau.
wā-wā	Pleurs de bébé.
yakitori	Brochettes de poulet.
Yobo	Dans ce cas, terme péjoratif désignant un Coréen âgé.
Yomiuri	Journal quotidien.
yukata	Kimono d'été.
zaibatsu	Clique financière.
zanpan	Repas composé de restes.
zā-zā	Bruit de la pluie d'orage.
zōsui	Porridge de riz et de légumes.

Remerciements

Depuis treize ans que je mène une existence heureuse à Tokyo, de très nombreuses personnes m'ont aidé et ont, de très nombreuses façons, contribué à ce livre, surtout ma famille : Izumi, George, Emi, Shigeko et Daisuke.

Cependant, en ce qui concerne la préparation, la recherche et la rédaction de ce livre, je voudrais remercier les personnes suivantes qui m'ont apporté leur aide, leur savoir et leur temps :

Tout d'abord mon cher agent William Miller, ainsi que Sawa Junzo, Hamish Macaskill, Peter Thompson et toute l'équipe de l'*English Agency Japan.* Ainsi que Koyama Michio, Hayakawa Hiroshi, Chida Hiroyuki, Yoshida Tomohiro, Hamaguchi Tamako, Nagayoshi Yuki, Edward Seidensticker, Donald Richie, David Mitchell, Mark Schreiber, Michael Gardiner, Justin McCurry, Koizumi Atsuko et Matsumura Sayuri.

À Londres, je voudrais remercier Stephen Page, Lee Brackstone, Angus Cargill, Anna Pallai, Anne Owen, Trevor Horwood et toute l'équipe de Faber and Faber; dans le Yorkshire, ma mère et mon père; à New York, Sonny Mehta, Diana Coglianese et Leyla Aker; à Paris, François Guérif, Agnès Guéry, Jeanne Guyon, Daniel Lemoine et toute l'équipe de Payot & Rivages, et Jean-Pierre Deloux; à Milan, Luca Formenton, Marco Tropea, Cristina Ricotti, Marco Pensante, Seba Pezzani et toute l'équipe d'Il Saggiatore, et Elio De Capitani; à Munich, Juergen Kill et Susanne Fink de Liebeskind, Markus Naegele de Heyne et Peter Torberg.

Je voudrais également remercier Shimoyama Susumu, de Bungei Shunju, mon éditeur japonais, de ses conseils ainsi que de son soutien, et enfin mais surtout, Nagashima Shunichiro, mon éditeur, qui m'a apporté la confiance et l'assistance qui m'ont permis d'écrire ce livre. Shunichiro a fourni et traduit des documents qui, sans lui, me seraient restés inaccessibles, puis a édité avec diligence et sans complaisance les manuscrits anglais et japonais. En bref, les qualités éventuelles de ce livre lui reviennent. Les carences, comme toujours, m'appartiennent.

SOURCES

FICTION

Un artiste du monde flottant de Kazuo Ishiguro, 10/18, 2002.
Childhood Years de Tanizaki Jun'ichiro, traduit par Paul McCarthy (Kodansha International, 1988).
« The Camelia » de Satomi Ton, traduit par Edward Seidensticker, dans *The Essential Akutagawa Ryūnosuke*, textes choisis et réunis par Seiji M. Lippit (Marsilio Publishers, 1999).
La fille que j'ai abandonnée d'Endo Shusaku, Denoël, 1994.
A Gray Moon de Shiga Naoya, traduit par Lane Dunlop (Charles E. Tuttle, 1992).
« The Hole » de Kuroshima Denji, dans *A Flock of Swirling Crows & Other Proletarian Writings*, textes réunis et traduits par Zeljko Cipris (University of Hawaii Press, 2005).
L'Idiot de Sakagushi Ango, Picquier, 1999.
Retour au pays d'Osaragi Jiro, Albin Michel, 1962.
The Legend of Gold and Other Stories d'Ishikawa Jun, textes réunis et traduits par William J. Tyler (University of Hawaii Press, 1998).
« Militarized Streets » de Kuroshima Denji dans *A Flock of Swirling Crows & Other Proletarian Writings*, textes réunis et traduits par Zeljko Cipris (University of Hawaii Press, 2005).
La Pierre et le Sabre de Yoshikawa Eiji, J'ai Lu, 1999.
« Nonresistance City » de Maruo Suehiro, dans *Untra-Gash Inferno*, traduit par James Havoc et Shinkado Takako (Creation Book, 2001).
Occupation de John Toland (Doubleday, 1987).
One Man's Justice de Yoshimura Akira, traduit par Mark Ealey (Canongate, 2003).
Récits de la paume de la main de Kawabata Yasunari, LGF, coll. « Livre de poche », 2001.
« A Quiet Obsession » de Kyōka Izumi, dans *In Lights of Shadows*, textes

réunis et traduits par Charles Shirō Inouye (University of Hawaii Press, 2005).
The Saga of Dazai Osamu par Phyllis I. Lyons (Stanford University Press, 1985).
« Sakurajima » de Umezaki Haruo, traduit par D.E. Mills, dans *The Catch and Other War Stories*, textes réunis par Saeki Shōichi (Kodansha International, 1981).
The Scavengers de Kafū Nagai, traduit par Edward Seidensticker (Stanford University Press, 1965).
Self Portraits de Dazai Osamu, traduit et présenté par Ralph F. McCarthy (Kodansha International, 1991).
« Shitamachi » de Hayashi Fumiko, traduit par Ivan Morris, dans *Modern Japanese Stories* (Charles E. Tuttle, 1962).
Soldiers Alive d'Ishikawa Tatsuzō, traduit par Zeljko Cipris (University of Hawaii Press, 2003).
« The Sound of Hammering » par Dazai Osamu, traduit par James O'Brien, dans *Crackling Mountain and Other Stories* (Charles E. Tuttle, 1989).
Une histoire singulière à l'est du fleuve de Kafū Nagai, Gallimard, traduit du japonais par Alain Nahoum.
Contes de pluie et de lune d'Ueda Akinari, Gallimard, 1990, traduit, présenté et annoté par René Sieffert.
This Outcast Generation de Takeda Taijun, traduit par Shibuya Yusaburo et Sanford Goldstein (Charles E. Tuttle, 1967).
Wheat and Soldiers de Hino Ashishei, traduit par Ishimoto Shidzue (Farrar & Rinehart, 1939).
Where are the Victors ? de Donald Richie (Charles E. Tuttle, 1956 ; réédité sous le titre de *This Scorching Earth*, 1986).
La Dame de Musashino d'Ōoka Shōhei, Picquier, 2002.

ESSAIS

Embracing Defeat de John Dewer (W.W. Norton, 1999).
Geisha, Harlot, Strangler, Star de William Johnston (Columbia University Press, 2005).
Japan at War : An Oral History de Haruko Taya Cook et Theodore F. Cook (The New Press, 1992).
Japan Diary de Mark Gayn (Charles E. Tuttle, 1981).
Japan's Longest Day du Pacific War Research Society (Kodansha, 1968).
Keiji Ichidai : Hiratsuka Hachibei no Shōwa Jiken-shi de Sasaki Yoshinobu (Sankei Shimbunsha ; Nisshin-Hōdō Shuppanbu, 1980).
Nippon no Seishin Kantei, textes réunis par Fukushima Akira, Nakata Osamu, Ogi Sadataka, Uchimura Yushi et Yoshimasu Shufu (Misuzu Shobo, 1973).
The Other Nuremberg d'Arnold C. Brackman (William Morrow, 1987).

Oyabun : Nippon Outlaw Retsudan, textes réunis par Jitsuwa Jidai Henshubu (Yosensha, 2005).
The Phoenix Cup : Some Notes on Japan in 1946 de John Morris (The Crescent Press, 1947).
The Police in Occupation Japan de Christopher Aldous (Routledge, 1997).
Sensō to Kodomotachi (Nihon Toshokan Center, 1994).
Shocking Crimes of Postwar Japan de Mark Schreiber (Yenbooks, 1996).
Showa de Tessa Morris-Suzuki (Methuen, 1984).
Tokyo Rising d'Edward Seidensticker (Charles E. Tuttle, 1990).
Tokyo Underworld de Robert Whiting (Vintage, 1999).
Typhoon in Tokyo de Harry Emerson Wildes (Macmillan, 1954).
Valley of Darkness de Thomas R. H. Havens (University Press of America, 1986).
War, Occupation and Creativity, textes réunis par Marlene J. Mayo et J. Thomas Rimer avec la collaboration de H. Eleanor Kerkham (University of Hawaii Press, 2001).
Yakusa : la mafia japonaise de David E. Kaplan et Alec Dubro, Picquier, 2001.

FILMS

L'ange ivre (Kurosawa Akira, Toho, 1948).
La barrière de chair (Suzuki Seijun, Nikkatsu, 1964).
Senso to Heiwa (Yamamoto Satsuo et Kamei Fumio, Toho, 1947).
Histoire d'une prostituée (Suzuki Seijun, Nikkatsu, 1965).
Chien enragé (Kurosawa Akira, Shintoho, 1949).
Les contes de la lune vague après la pluie (Mizoguchi Kenji, Daiei, 1953).
Sous les drapeaux, l'enfer (Fukasaku Kinji, Toho, 1972).

CHANSONS

« Ringo no Uta » (Chanson de la pomme) chanté par Namiki Michoko, chez Nippon Columbia, a été le grand succès des années 1945-46 au Japon.
« Roei no Uta » (Chanson du bivouac), paroles de Kozeki Yuji et musique de Yabuuchi Kiichirō, chez Victor Records, a remporté en 1937, le concours national de composition de chants patriotiques.
Plus les œuvres complètes de Les Rallizes Dénudés, The Stalin, Nigen-isu, Sigh et Church of Misery.

Cet ouvrage a été achevé d'imprimer en décembre 2007
dans les ateliers de Normandie Roto Impression s.a.s.
61250 Lonrai (Orne)
N° d'impression : 07-3595
Dépôt légal : décembre 2007

Imprimé en France